カイエ・アンティーム

Cahier intime ―こころの航跡

清水　茂

土曜美術社出版販売

カイエ・アンティーム

Cahier intime ―こころの航跡

清水　茂

土曜美術社出版販売

2012 年 9 月 30 日　傘寿祝　椿山荘にて

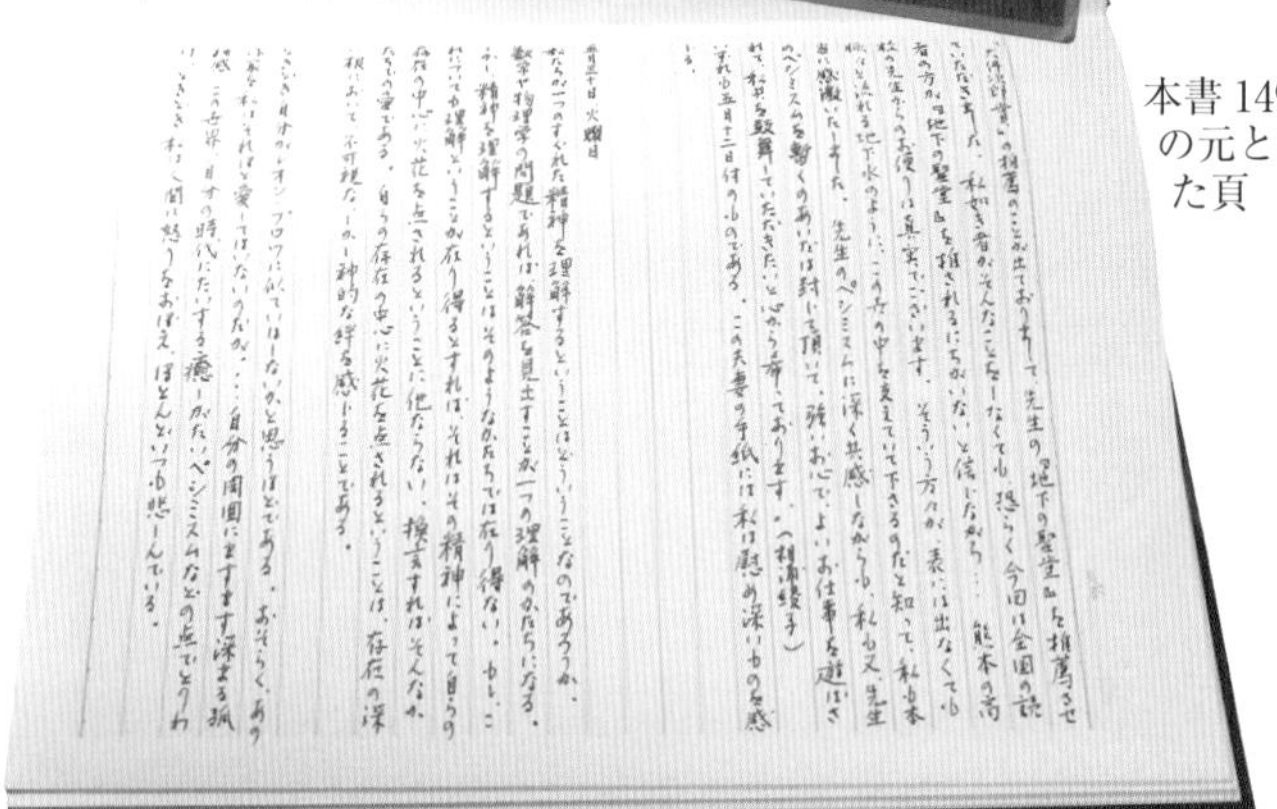

本書149頁の元となった頁

清水には、数十冊の日記とも言える感想・見聞などを記したノートがある。本書『カイエ・アンティーム』は、清水自身がそのノートから、文学的で心の機微にふれる内容のものを抜粋、推敲してパソコンデータに残し、さらにプリントして4冊にまとめ、章題をつけたものを原本とした。

カイエ・アンティーム　Cahier intime ―こころの航跡

序　「こころの航跡」　― 清水茂氏からの贈りもの ―

川中子義勝

ほとんど読み返されることもなく、折おりの経験や考察、感想や見聞などを書き誌《しる》してきたノートが手許に数十冊はある。幼い頃から身についた習慣によるものだが、一定の年齢に達してからは、書くという行為自体によって、そのときに自分が何を考え、何を感じているかを慥《たし》かめているのだという自覚を伴うようになった。結論を固定するのではなく、そこまでの意識の過程を辿るためでもある。白い画面に、線を引くことによって、はじめて対象をどのように見て、捉えようとしているのかが理解されていくデッサンの場合と同じだ。

『翳のなかの仄明かり』という書物の「あとがき」を、清水茂氏はこう書き起こしている。筆者はこの本によって清水氏をはじめて知った。詩の潮流や詩人の交りから退いた処で詩を書いてこられたと、氏は別な機会に述べられている。肩書きは仏文の大学教授であったにせよ、詩人としての経歴をすでに重ねておられた。詩人の世界から遠かったのは筆者も同じで、さらに仏文学と独文学と身を置く場の違いが、交わりを得る機会を遅くした。右の書は二〇〇四年八月に発行され、その年度の詩書を対象とする第五回日本詩人クラブ詩界賞候補に上がっていた。筆者は審査委員の一人として手にしたのである。九十頁に満たない小著ながら、深い世界を感じさせる好著という印象を抱いた。その年度は大作と呼びうる詩書が候補に並んでいたため、受賞は逃したが、独特な世界から受けた印象はいつまでも残った。

　時を措かずして、清水氏は日本詩人クラブに加わり、会合でお姿を拝見するようになる。他の方々と歓談される姿を筆者は控えめに拝見していた。業績に加え、お人柄ゆえに人々の心を摑んで、氏は二〇一一年に会長に推挙された。理事長としてお支えする立場で、親しい交わりをいただくことになる。創立六〇周年を経て、会がいくらか揺らいだ時期であったが、運営は順調に進んだ。理事会では、信頼してすべてを委ねて下さった。様々な会の前にいただいた挨拶はいつも、穏やかだが存在の重みを感じさせるものだった。理事会初めの挨拶で、役員の務めは、円天井の建物でアーチの頂点に置かれた要石のようなものと語られたが、氏の存在がまさにその頭石《おやいし》の役を果たされていた。氏のお陰で、月ごとの例会が楽しく充実したものだったと懐かしく思いおこされる。二〇二〇年正月のある会の終わりに握手をしてお別れした、その暖かい掌の感触を忘れぬうちに、訃報を伺ったときは驚いた。ただ、氏が生前いつも仰っていたように、すんなりと「向こう」の世界へと移って行かれたと受けとめた。氏を偲ぶ会を期したが、その直後からコロナウイルス蔓延の状況が深刻さを増していき、今日まで果たせなかった。そんななか奥様から相談を受けて伺うと、氏が生前から整えておられた膨大な記録が残されてあることを知らされた。エッセイ、メルヘン、日記、書評、翻訳、書簡と、ジャンル毎にそれぞれかなりの量がパソコンで打ち出され、整然と綴じられている。

　そのなかで『カイエ・アンティーム Cahier intime』と題された四冊の綴りは、直訳すれば「自分だけの密かなノート」あるいは「内面の大切な備忘録」で、日記に相当するもの。冒頭に引用した文章で、清水氏が「ノートが手許に数十冊」あると、述べておられるものがそれに相当しよう。ただそれは「折おりの経験や考察、感想や見聞などを書き誌してきた」そのままの姿ではなく、清水氏が御自身で公に出来る形に整えておられる。『翳のなかの仄明かり』は、その先ぶれとして一部を抜粋したものであったことに気づく。

題名は、清水氏が記したとおり『カイエ・アンティーム』をそのまま用いることにした。日常の瑣末な記録、些事の備忘録の類いではなく、もっと文学的で心の機微にふれる内容が精選されている。ごく短く訳せば「心のノート」となるが、それは道徳教育の副読本として学校に配布される冊子に重なる。それは、清水氏の立場とは正反対。ご自身で長らく刊行された文芸誌「同時代」の編集方針を、「いかなる理由であれ戦争に加担する言動をしない、あらゆる差別に反対する。権力や時流に阿らない」と語られていた。清水茂氏の精神に即して、その澪・水脈の広がりを窺えるものとして、「こころの航跡」とした。

「カイエ」には、文学上のジャンルとして一つの伝統がある。清水氏が自ら本文中で示唆しておられるシモーヌ・ヴェイユの「カイエ」は、彼女の死後『重力と恩寵』と題して公刊され、無名だった彼女が哲学者に数えられる契機となった。近々の文学史、特にフランス文学では、ポール・ヴァレリーの『カイエ』がある。彼が五十年に亘って書き継いだ省察・思索の膨大な記述である。清水さんは、自分は哲学が好きではないと表明されているが、フランスの思索の伝統には、筆記自体が思想をなし、日常の記述から心の内奥に分け入っていく記述の系譜がある。論理だけを純粋に展開するのとは違う、そうした思想的探求の記録は、フランスに限らず、ヨーロッパの文学史・思想史をさらに遡る。

著者七十歳頃までの歩みを記した本書の記述に、筆者が交わりをいただいた八十歳代の思想の主なものは既に語られている。愛娘を亡くされた痛切な響きを伝える『薔薇窓の下で』に続く時代の二十年。個の深みと、死生を越えた世界との交流が豊かな響きを奏でる。日頃の交友交際、旅路の記述、自然との交歓に深い思索が同伴し、おおきく三つの主題が協奏曲のように繰り返される。（一）御自身の生活の感興や死生に関わる想い。「向こうとこちら」を想いは行き来する。これとふれあう仕方で（二）世界のあり方に関することが語られる。「宇宙の記憶」という表現や、宇宙の二つの重なりを述べた部分は、思想的な深みを窺わせる。さらに（三）詩や芸術に関すること。これらが渾然一体となった形で述べられていく。ご家族との和みの中から、また、イヴ・ボヌフォア他の親しい人々との交わりにふれて、清水氏の真情が吐露され、深い息づかいを感じさせる。読み進めるのに何ら困難を覚えない仕方で、氏の内面の歩みを共に辿ることが出来る。フランスの思想文化と深い関わりを持ちつつ思索を重ねた先人、例えば森有正、辻邦生といった人々が思いうかぶ。清水茂氏の『カイエ・アンティーム』も、その系譜に新たな一歩を加えるものといえよう。清水氏の詩作品を考える際に、「カイエ」他の散文は、詩と思想との交流や展開、派生を探求することの必要を促す不可欠な典拠となろう。

本文の中で、氏は自らの没後のことについて、――人には記憶してくれとは願わない、ただ自分は思い出を携えて行く――と語られている。私たちにとっては、清水茂氏の生前の姿を髣髴とさせるこの著作が残されたことは、何よりの贈りものであると思う。

目次

カバー・扉装画／著者

カイエ・アンティーム

Cahier intime ——こころの航跡

世界が夢想するとき　1983—1992

I

　穏かな陽ざしがあって、庭はもうすっかりフローラを迎える準備が整っている。山椿はひときわあざやかな大輪の紅の花をいくつも開いている。そして、沈丁花ももう甘やかな、それでいて何処か悲しげな匂いを漂わせはじめている。クリスマス・ローズも深紅紫色の花を、ぎざぎざのある若々しいみどりの葉のあいだに置いている。庭のなかほどでは李の樹に、やがて枝を飾ることになる花の蕾もはっきりと判別できるほどになっている。さらにつけ加えていえば、花壇の土には、ヒロハノアマナも、はや五、六センチほどに美しいセピア色の葉をのぞかせている。

　枝に来て鳴く鳥たちの声も、冬のあいだに聞かせたような、鋭く悲しげな調子がなくなり、甘く、やわらかく、恋の囀りをひびかせるようになった。空の碧さも穏かで、まるで幼な児が安心して遊べる水溜りのようだ。

　それなのに、私にはまだ春がここにあるとは感じられずにいる。自然が日々、刻々、こんなにも精一杯努めて、まるで冬のあいだじゅうの頑固一徹を詫びているかのようであるのに、こんどは私の感性のほうがいっこうにそれを赦そうとしない。いったい、どうしたことか。私は何を待っているのであろうか。

＊

いくらかあたたかくなったかと思えば、またまた寒さが戻ってくるという奇妙に混乱した気候のために、今日はまたすっかり体調を損なってしまった。空は灰いろ。風は冷たい。

二、三日まえに家族と話していて、自分が小学校からの帰り道にいつも考えていたことなど語って聞かせているうちに、もしかするとそれが現在の私の問題の原型のようなものだったのかもしれないということに気がついた。どちらかといえば虚弱で、仲間もなかったから、私は一人で下校することが多かった。そんなとき、道すがら私がしばしば考えていたのは、――「そこに何もないのに、どうして穴があると言うのか」という問題であり、また、「けっして見ることができないのに、間違いなく裏が存在していると言うのはどういうことなのか」という問題であった。

これらは幼い私にとっては解きがたい難問であった。

子どもの手が砂場に掘る小さな穴、それを穴として存在させているのは周囲に取りはずされた砂だけではないか。真ん中に窪みをつくっているそれらの砂がなければ、けっして存在し得ないこの穴という不思議なもの。しかも、何もないということとは決定的に異なるこの不思議なもの。

不在の形而上学の最初の芽生え。

また、私は自分の目に映るすべてのものの形姿をそのものの一つの表としてとらえていたように思う。そして、それらすべての表にはかならず裏があるのだと考えていた。幼い生徒だったころ、私たちは学校への往き帰りに、草履袋というものを持っていた。校舎内での上履きを入れておく布製の袋だった。私は袋の底にたまったごみを捨てるとき、道でよく袋全体がひっくり返るように、なかに手を突っ込んで底を抓み出したものだった。

裏と表とについて考えはじめる最初のきっかけはそんなところにあったのではなかろうか。いままで裏であった筈のものが、帰り途の午後の陽に照らされるとすぐさま表であり、いつも裏は私の目にはけっして触れることがないというのは、やはり訝しいことであった。

私は一つの大きな石を眺める。私が見ているのはその石の表である。向う側の表面が裏なのではない。その石の内部からのぞいてみるときに、そちら側から見えるはずのこの表面の相が、私にとって不思議な、どうしても見ることのできない裏だったのである。

私にはいま自分に見えるこの世界の表面のすぐ反対側に、世界の裏側であるものが想定される。いつから私は時間の裏側というものを確信するようになったのであろうか。

＊

人間自身のなかに宿りながら、無限に私たちを超えているもの、それを神的なものと名づけることもできようが、この神的なものの息に触れて生み出されてくるものを、こんにちほど蔑ろにする時代が以前にもあったのだろうか。

＊

今朝、学校へ出かける途中、自分でも気がつかないあいだに、心のなかで、あるいは口のなかで――声に出さなかったのは、きっと人混みのなかを通っていたからだ――、一つのメロディーをゆっくりと幾度も繰り返していた。それがいつ、何処から来たのかも気がつかないほどであったが、気がついてみると、それはモーツァルトの《レクイエム》のなかの、あの〈ラクリモーサ〉の一節であった。

なぜ、それが今朝私を訪ねてきたのだろうか。私にはわからない。

この数ヵ月、あるいは一年以上、私は《レクイエム》を自分のレコードでも聴いていない。言いようもなく深いあの音楽が私の内部の秘かな記憶を喚起することがあるためなのだが、ときとして、それは私には耐え難いほどに痛切なものに感じられてくる。

だが、今朝、繰り返し〈ラクリモーサ〉のメロディーを想い出していたとき、あるいは無言でうたっていたとき、私の心にはある静かさの印象こそ浮んでいたものの、悲しみはなかった。

＊

昨日はT・S夫人に招かれて、ルートヴィッヒ・フィルクスニーの演奏を聴きに出かけた。これまで私はこのチェコ生れのピアニストのことをほとんど知らずにいたのだが、非常な技倆の持ち主であり、その音楽はきわめて抒情性に富んでいる。曲目はベートーヴェンの《六つのバガテル（作品一二六）》、シューマンの《ダヴィッド同盟舞曲集》、ここで十五分の休憩があり、後半はドヴォルシャークの《主題と変奏（作品三六）》、ヤナーチェクの《霧の中で》、スメタナの《チェコ舞曲集・第一集》。

ベートーヴェンについていえば、私はこれほど色彩を感じさせる演奏を聴いたことがなく、むしろ若いシューマンのほうが精神的なのかと思わせるほどだった。だが、後半の部分はすばらしく印象的だった。ヤナーチェクの作品がこれほど魅力的なものであるとは思ってもいなかった。それは限りなく情感に富み、不安な憧れをさだかならぬ雰囲気のなかで、光の滴のようにたえずきらめかせている。若いころのリルケの詩の雰囲気。昔の中国の貴族は水を入れた器のなかで、翡翠を指先で撫で、自らの感覚を洗練させたというが、七十歳のフィルクスニーはピアノの音を洗い、磨き上げている。

また、ドヴォルシャークやスメタナがじつに大きな音楽であることを、このピアニストは感じさせた。

＊

朝のうち降りつづいていた雨が、午後になって霽れた。

私はいま自分の心がどんな道を辿ろうとしているのかを、興味をもって見ている。それは日常的なものへむかって均衡を回復するのであろうか、それとも、奥深い内部へむかって不安にみちた深化をすすめるのであろうか。私はどちらにむかっても自分の意志によって動き出そうとは思わない。私は自分の意志というものをあまり信じていない。ほとんど信じていない。私の意志が弱いからではない。ときとして、堪えることにおいては、私は自分の意志をどちらかといえば強いほうだと思っている。けれども、要するに、自分の意志によってなし得ることは、たかが知れていると考えているからだ。私自身に、自分の意志を超えたものが作用することを私は待っているだけだ。

＊

私が未来を予想するとき、それがほとんどいつでも喜びの色彩を帯びてみえてこないのはどういうわけなのであろうか。

あれも楽しいだろう、これも楽しいだろうというふうに自分の行く先を夢想することのできる人には一種の幸福の天分が具わっているのだと私は思う。おそらく私に決定的に欠如しているのはこの幸福の天分だ。

*

パリでの滞在を含んだこんどの旅で、私は自分にとって一つの時間の環がはっきりと閉じたことを理解したが、それはどうしようもないことであった。

私はそのことにいま一種の苦痛を覚えている。私自身が自分だけで過ぎ去るものたちの記憶をまもらなければならないということ。——すくなくとも、私はパリのルクルブ通りが、あるいはスクワール・サン＝ランベールの公園があの当時の記憶をもちつづけているだろうと信じていたのだ。そこを歩けば、街角の舗石の一つひとつが、木々の葉の一枚一枚が亡き人についてのそれらのものたちの記憶を私に語ってくれるだろうと期待していた。だが、ほんとうに率直なところ、私自身があの街に投影するもの以外には、何も私は感じとることができなかったように思う。

幻滅とか何とかいうのではない。街にせよ、そこを通る人びとにせよ、現にいま在るものたちは、現にいまの時間を呼吸している。そのことへの苦い認識。私自身もまた、そのようにして、現にいまここに在る存在なのだが、私は自分をここまで搬んでくれた私の過去のすべてにたいして、ただこの私だけが責任を負っているのであって、他のどのような存在にも幾ぶんなりとこの責任を分担してもらうことはできないのだという実感。

これまで私はこの責任を自分以外のさまざまなものたちと共有し得るのだと信じていたのかもしれない。たとえば、街の舗石の一つひとつが、かつてその上を歩いた人の存在を記憶しているのだと考えたかったのだ。そのことのすべてが錯覚だったとは思わない。だが、これからはおそらく私自身が孤独にその記憶を担ってゆかねばならないように思う。

＊

これからは自分の内部に孤独な灯明を点しつづけていなければならない。おそらく、私の内部を棲処として、意味がすこしずつ成長し、その姿をあきらかにするまでには、永い時間が必要なのだろう。

昼まえ、一度は陽射しが現れたのに、先ほどからまた雨が降っている。

秋が深まってゆく。あんなにも暑かった夏の日々がもうどこか私たちの知らないところに立ち去ってしまった。確実に時間が過ぎてゆく。

＊

自分にたいする沈黙のなかに閉じ籠ってしまうのではなく、できるだけ自分の状態をそのときどきに書きとめておく作業が、おそらく、いまの自分にはもっとも必要なのだろう。それはのちになって読み返すときにはほとんど何の価値もないものだろうが、そんなふうにいまの状態を想い返すことのできる新たな段階をつくり出すために。

＊

自分の感性と思考とを維持しつづけることを生活上の大きな目標として、そのことに反対に作用するような要素をできるかぎり削ぎ落すこと。外側からの止むを得ない状況によって、そのような持続が中断されても、それは仕方のないことだが、自分からそうした要素を、たとえばつまらない気晴らしなどのために生活のなかに持ち込まないことが大切だ。つねに自分の仕事へむかって自分を開いておくこと。

＊

この夏のヨーロッパ滞在の手記のための、最後の一章を昨日から書きはじめたが、その冒頭に私はハンス・カロッサの「ささげる詩句　古代の墓の浮彫に」というあの詩を置いた。そのことがどうしても私には必要だと思われた。なぜなら、こんどもまた、ある意味で、私の手記は古代アッチカのあれらの墓碑と同じように、亡き人びとに献げられるものであるから。

＊

もう一度確認しておきたいと思うのだが、彼ら、亡き親愛な人びとは、結局、私たちがなお属しているこの時間の領域へ後戻りすることはできないのだし、おそらく、それをのぞんでもいないのだ。彼らが永遠の浄福のなかへ帰っていったのだということを、これまで私は認めていなかったのかもしれない。だからこそ、私はたえず逝いた存在たちをなにかの形で——たとえば自分が書くもののかたちで——この時間のなかへ連れ戻そうと希っていたのだろう。私はエウリデュケを連れ戻そうとするオルフェウスの歎きを生きていたのだ。

だが、彼ら、亡き親愛な人びとはもう煉獄にも似たこの世界に戻ってくることをのぞんではいないのだということ、そして、私がどのような在り様によってであれ、なお生きてある多くの親愛な存在たちに充分に心を注ごうとせずに、彼らとともに、彼らの許にとどまろうとすることを、彼ら自身がこれ以上はのぞんでいないのだということ、私をなお暫く彼らのものとは違う世界に生きるようにと奨め励ましているのは、ほかならぬ彼らの愛そのものであるのだということ、——そんなことに、すこしずつ私は気がつく。

どちらが夢であるのか、どちらが真実であるのか、それは私にはわからない。おそらく、彼らの在るところがいっそう真実であり、私たちの在るところがいっそう一ときの夢であるのだろう。彼らの浄福はもはや時間のない永遠のなかにあり、私たちの苦しみやよろこびはつねに過ぎてゆく時間のなかにあるのだから。

*

小春日和のような一日二日がつづいたかと思うと、ふいに冬のような冷たい日になった。重い灰いろの雲が空を蔽っていて、そこからはいまにも雪が降ってきそうだ。身体の疲労感は依然として脱けないが、心の状態は申し分なく晴れやかなものだ。ほんとうに突然に自分が変化してしまうと、それまでの自分が別人のように思われてくる。

実際、私たちはただひたすら亡き人びとの浄福に値するように生きてゆけばいいのであって、それはとりもなおさず、私たちが日常を彼らの反映によって照らされながら十全に生きるということに他ならないのだ。

＊

一方において外の世界を把握したり、内面を凝視したりする折の視力を鍛え、視たものを確実に表現するためのメチエを身につけなければならないが、同時に、他方で、表現の象徴性をいっそう富まし、それによって詩的創造の領域をおし拡げてゆくことが必要だ。

自分自身が書こうとするときに、この二つのことに留意すること。

＊

昨日は一日じゅう雪だったが、今日も朝からまた雪が降りつづいている。いまは午後三時過ぎだが、ひっきりなしに落ちてくる雪片は庭の樹木の、撓みながらもなお水平に張っている枝々に堆く積り、すでに十センチばかりにはその白い層をつくっている。午前中、所用で出かけたが、電車の窓からの広い雪景色はなにか奇妙に死を連想させるもののように想われた。そんなふうでありながら、それが必要以上に明るすぎるようでもあり、たとえば逝いた人びとの在る世界のためには、これはあまりにも生理的に白すぎると感じられるのだった。

空中での雪の動きは非常に抽象的であり、音楽的でもあるのに、事物に纏りつき、地上の風景の日常性を蔽いつくしている雪は、そのようでありながら、すこしも霊的なものの印象を与えない。しかも、生のあらゆる兆候がそこでは息をひそめてしまっているので、もしかすると、この風景は虚無そのものの貌《かお》なのかもしれない。ここには死者たちの集う国へ通じる道は見出されない。

*

ついにほんとうの春がそこにいる。

目にみえない彼女は柔らかい、かがやく若葉で、そのもの憂げな、魅惑的な肉体をかろやかに蔽い、さまざまな花飾りで、無造作に四肢や頸を飾っている。風がかすかに吹くと、彼女の纏っている淡いきみどり色の薄衣が不可視の胸や胴のまわりで揺れ、気紛れに彼女がその身を翻すと、花飾りから花々が散りこぼれる。そして、大気には彼女の肌に沁ませてある香水の、言いようもなく微妙な芳香が漂っている。

あまりに冬が長く、酷しかったものだから、すべてがまったく一時期に開花してしまった。李、椿、連翹、雪柳、そして、まだ沈丁花の名残りがあるのに、花蘇芳の枝が美しく飾られ、木瓜が満開になっている。

*

依然として私は好ましくない状態のなかにいる。

どんな種類の憧れも心に湧いてこないというのは、心が赴くべき方向を見失っているということだ。方向を見失った心は歩くことができないし、また、仮に少しばかり身動きしたとしても、そのことにどんな確信をも抱くことができない。

いま必要なことは、努力して日常のリズムを整えることだ。日々の生活をよい習慣で整えることは最悪の場合でも、人を破滅から救う。ともかくも船は進みつづけるからだ。

*

いったい何のために、誰のために書くことになるのであろうか。

私自身の、長い、長い別離のためにであろうか。だが、それならば私はこの世界にたいしてほんとうに別れを惜しんでいるのであろうか。いったい、この世界の何にたいして？　うわべの穏かな、美しい平衡の下で、なんというこの索莫とした日々！　私自身の心を充たすものがないのではなくて、私自身が何ものかによって心を充たされることをいまやのぞんでいないかのようにさえ思われる。

私をなお生活へ繋ぎとめているのは、形而上学でも宗教でもなく、もっと身近な、日常的な存在たちへのささやかな愛であり、その存在たちから受け取るちいさなよろこびだ。それがなければいまの私は存在しない。私を内側から生きさせ、押しているものの密度が非常に稀薄になっているのが感じられる。こんなとき、私は外側との関係によってかろうじて支えられているのだ。

ずっと若い十五、六歳のころ、なにかしら漠然とした熱意のようなものをもちながらも実際にはなに一つまともな文章など書けずにいる状態をよく自覚した。いつもそうだった。だから、自分の考えたり感じたりすることが言葉によって整えられてゆくというのは謂わば一種の奇蹟のようなもので、私自身の努力でどうこうなるものではないのだと私は思ってしまう。一つの仕事を終ってしまった状態のなかでは、もはや一行も書くことはできないのではあるまいか、と。

＊

月曜日に浦和の埼玉美術館で〈アンソール展〉を観た。火曜日に新宿の小田急デパートでパスキンの展覧会を観た。才能もあり、技術もある或る種の画家たちに付き纏うことのある悲劇性。人間にたいする関心がいずれも個人的な生活の領域からのみ発するものであるために、描かれる世界はしだいに絶望的なトーンを深めてゆく。アンソールの慥かさ、パスキンの抒情的な美しさはこうして救われ難いものへとのめり込んでゆく。

＊

昨日は二人の子どもやSといっしょに、奥武蔵の吾野から顔振峠を越え、毛呂山の駅まで歩いた。烟るような若いみどりに蔽われて、なだらかな山々のつらなりはまるで夢のなかの風景のようだった。小径はいろいろな種類の菫の花を鏤め、崖には黄金色の山吹が咲き、かがやいていた。山から低地へおりてくると、ひなびた一軒家が小さな庭に色とりどりの花を咲かせ、沢では子どもたちが蟹を取っていた。

すべてが穏かな日本の春だった。Sは夕暮れるまで、何も見えなくなるそんな時刻まで、この風景のなかに身を置き、この空気を呼吸していたいと言っていた。

この世界に、あるいはすくなくとも自分自身の周囲に、しだいに死の空気が充ちてくるように感じられるのは何故なのだろうか。美しい空のいろに、窓のすぐ外にいる小鳥の囀りに、それからまた、萌え出たばかりの若いみどりに、死の予兆のようなものを感じないではいられない。

そんなことがどうしてあり得るのか、私にはわからない。それが誰の死であるのか、私自身の死なのか、それとも世界の死なのか、私にはわからない。しかも、奇妙なことにそんなふうだからといって私の内部に焦燥感が生じるわけでもなく、また別れを惜しむ気もちになるわけでもない。それかといって、死に憧れるわけでもなければ、いそいでそこに往きつこうとするのでもない。

ただ、依然として、死がそこにある。すぐそこに。息のように。

＊

光の印象について感じたこと。

よく晴れている。出勤の途次、朝だからまだ気温そのものはそれほど高くはないのだが、奇妙に光が強く、すべてのものの陰影がはっきりしているように感じた。つまり、翳がまるで事物そのもののように存在感を伴って認められるのだ。そのため、通りの小さなトウカエデの並木の下を歩いているときには、そのあたり一帯が明るく耀くみどりと黒い翳とだけで構成された特別な空間として感じられるほどだった。

私は自分でなにごとかを成し遂げようと企図し、意志しても、けっしてうまくはゆかないタイプの人間だ。自分がこれから何を書こうとしているのか、私にはわからないし、また、何かがうまく書けるのかどうかさえわからない。

私は自分でないものを信頼している。そのものの働きかけを、私は醒めた状態で待っているだけなのだ。自分の道具である思索と感性のすべてをできるだけ研ぎ澄ませて。

おそらくこれほど創造的でない在り様はないのだろうが、十全にこんな状態であるときにのみ、多少とも創造と呼び得るような営みに自分も加わることができるのだ。

それにもかかわらず、私はいつでも一人称でしか語ることができない。

＊

雲が厚く空を蔽っている。その雲のところどころに稍《やや》紫がかった重い灰いろの部分があって、明るいところと混り合いながら、こころよい濃淡をつくっている。この季節には、たとえ曇り日でも樹木がかがやくような緑なので、その梢のあたりと雲の色との対比が非常に美しい。

私はしだいにこの世界のなかに自分の居場所がなくなってくるのを感じる。なぜそんなふうに感じるのかわからないが……

スタンダールが『ローマ散策』の冒頭に置いているシェイクスピアの台詞、——

エスカルス——友よ、あなたはいささか人間嫌いで、妬み深いように私にはみえるが？

マーキュシオ——私はあまりにもはやく完璧な美を見てしまったのだ。

あまりにもはやく、何かが過ぎていってしまったために（完璧な幸福とは私は言わないが）、私は残りの人生を消化しているだけなのかもしれない。

だが、それならばその何かは、いったい、何時、どんなふうに私の人生のなかに在ったと言えるのだろうか。

*

フランスの著名な現代作家の一人が大学に来て、若い研究者たちの質問に応えるような会が先週の金曜日にあった。

現代の西欧世界の閉塞的な状況を分析し、そんななかで自らの同一性を喪失したこんにちの人間がつくり出す文学がたとえば十九世紀の、バルザックの創造した文学とは異なるものであるのは当然だと主張するその発言は私にもよく理解できるのであるが、それにも拘らず、この現代の文学（または唯一の先駆的存在としてのフローベール）は過去の文学よりもすぐれたものであるかのように誇らかに彼は言い放つ。しかも、この閉塞的な状況を打開することがおのれ自身の責務であるとはもはや彼は考えていない。それはつぎの世代がなすべきことであるというのである。

問題はそれほど手軽なことであろうか。自分自身が現にいま生きている状況そのものを、客観的な、物理的現象ででもあるかのように観察し、分析するこの能弁な主知主義は私自身の抱え持っている問題とはおのずから触れ合う余地のないものだ。

必要なことは、もし現代の人間が自己の同一性を喪失しているのであれば、それを回復することをこそ、急務とすべきである。閉塞的な状況に陥っているのであれば、この閉塞的な状況を巧みに解読してみせることではなく、打開しようと努力することである。そして、そのために個としての存在の奥底に普遍に連なるものを発見し、それを個としての私たちの主体のなかに辛抱強く生かすことである。

それ以外には、私たちが他とともに生きる道はない。

この作家の場合もそうなのだが、人間の精神の最高の営みにたいする深い敬意を現代ほど欠いている時代がこれまで他にもあったのだろうか。芸術や思想の領域で、全人間的な運命に深くかかわり、それを生きた偉れた存在たちにたいして、恭敬の念いが抱かれるのをみることが、こんにちではあまりにも稀である。まるで動物学者が実験動物を解剖するように、これらの偉れた存在たちの仕事を多くの有能な解剖学者がばらばらに腑分けしてみせる。芸術家や思想家の心血を注いだ仕事が、ときとして生命のない時計の仕掛けかなにかのように扱われる。解釈学の不毛な過剰。分解にも解剖にも適していないと考えられるものは、そのままに、まるごと廃棄物として処理され、顧みられない。そして、何もかも理解されてしまう。人間そのものが何の謎も含まないもののようにみごとに解明されてしまう。ときには、僅かひとつの知的呪文によって。〈開け、胡麻！〉——するともうどんなに偉大な作品であろうと、人間そのものであろうと、深奥の扉は開かれ、たちどころに隅々までも解釈しつくされたことになってしまうのである。あとになにが残っているのだろうか。遊び疲れた虚しさだけである。

＊

一昨日、ギリシァのエギナ島に住んでいる若者から短い手紙と絵葉書とを受け取った。中学生が使うようなノートの紙にたどたどしい英語で書かれている、

エギナ、キプセリより　親愛な教授、私たちはあなたがヘレン・カザンザキス夫人に会いに来られたとき、クレタのイラクリオンのギャラクシー・ホテルであなたにお目にかかった二人の男性です。私たちのことをあなたが憶えていられるように、のぞんでいます。ニコス・カザンザキス〔カザンツァキ〕が久しく暮し、何冊かの本を書いた私たちの島エギナから、私たちは友情の挨拶をおくります。また、エギナからの絵葉書を送ります。敬具
ディミトリス　＆　テオドール・ロレンゾス

私はこの二人のことをよく憶えている。一人はすでに七十歳を越しているかと思われる小柄な気品のある老人で、いつも温和な笑みを口もとに浮べていた。そして、もう一人は十七、八歳ばかりの少年で、いつもこの老人の傍らにいた。髪も眉も目も黒かった。老人を慕うように、労る

ように、その傍らにいた。たどたどしい英語を話すのはこの若者のほうで、老人はギリシァ語のほかは語らなかった。ニコスの墓参のセレモニーの折に、エギナを代表して、美しい、大きな友情の花束を墓に献げたのはこの老人であった。そして、そのときには、微笑のかわりにある静かな厳粛さがその横顔を印象づけた。

あのクレタの夏はつい一年まえのことであるのに、この手紙はなにか遙かな過去のなかから思いがけず私にまで到着した合図のように思われた。

*

昨日、今日と二日つづけて、今年はじめての郭公の声を聞いた。東京にごく近いこの野火止のあたりでも、家のまわりにはまだ辛うじてそこここに武蔵野の雑木林の名残りがあり、また、志木街道の筋には古い農家の屋根を蔽っている欅の巨木もみられるので、初夏のこの時期には、毎年のようにその声を聞くことができる。そして、その啼き声を聞いたために幸福な気分が自分の内部にいつまでも持続する。

ただ鳥の声を聞いただけなのに、そのことによって生じた幸福感が、生きていることのいちばん根元のところにまで及んでくる。

昨日はとりわけ朝はやく目醒めたときに、家のすぐ近くで、まるで大気に斧でも打ち込むように、非常にはっきりと張りのある声を放っていたので、もしかすると、その声で自分は目醒めたのかもしれないと思った。私はまだ夢とも現ともつかぬ朧げな気分のなかにいた。その気分がぬけきらぬまま、鳥の啼き声は意識の皮相なところですぐさまベートーヴェンの音楽を喚び起したので、私はまるであの《田園交響曲》そのものの内部にいるような気がした。

だが、意識のもっと深いところでは、「カッコウ」というこの歯切れのいい二音節はなにかしら遙かな遠い日の想い出のようなものに強く呼びかけてきた。ずっと若いころ、乏しい貯えのなかから姉が私たち弟を小さな旅に連れていってくれたことが幾度かあり、そんな時代に、まだそれほど行楽地化していなかった蓼科高原で数日を過したことがあった。ある朝、霧につつまれた白樺湖畔で、その深い乳白色のなかにひびくこの二音節を繰り返し聞いたことは、なぜか鮮やかな印象を私のなかに残した。そして、昨日の朝も、そのときのことがかなり具体的に想い出されたが、それよりもさらに昔の、まだ時間が動きはじめていなかった遙かな幼年時代の朧げな記憶へと私は引き戻されるのだ。

そんな幸福の瞬間が私の幼年時代のなかに実際にあって、いまも私の内部に潜在しているのかどうか私は知らない。だが、それは確かに在るはずのものであり、その在るはずのものにむかって、現在の幸福の断片は呼応しているのかもしれないと思う。

どれほど暗い、希望のない日を生きているときにも、私たちを生きさせるのは、むしろ、この初源の幸福の感情なのかもしれない。それに較べてみれば未来の幸福の約束などというものはじつに不慥かであり、根元的に人を生へ駆りたてることはあまりないような気がする。

初源の幸福の感情と私は書いたが、記憶以前の幼年時代というようなものを想い浮べてみると、すべてがなにかイデー的なかがやきを帯びてみえてくる気がする。父や母や兄、姉たちの姿にしても、小さな庭の樹蔭にしても、草の堤のあいだを流れていた川にしても、そこに映っていた夕暮れの空にしても、それらはすべて幸福の原型的な姿のように思われる。実際には、なにもかもがよろこびのなかにあって私自身の幼年時代が過ぎたわけではないのだ。しかし、そこからは苦痛や悲しみが蘇ってくることはきわめて稀だ。どうして、そんなふうなのだろうか。

＊

人間には不安を愉しむような奇妙な癖がある。

この世紀も一九八四年となって、あと十数年を残すばかりだというので、最近はしきりに世紀末ということが言われる。そして、地球の滅亡だとか日本列島の沈没とかいう大規模なものから、個人の生活上の趣味の問題にいたるまで、あらゆるところに衰退もしくは衰滅の兆候を看てとろうとする。新聞は著名な評論家に世紀末についての意見を訊き、それを掲載する。いろいろな予言の書が刊行される。

こうしたことすべてがもし真面目に論議されているのだったら、私はうんざりする。世界や人類の存亡が論じられることにではない。それが世紀末ということに結びつけられる点にである。多くの近代人がこれほど運命論的であるとは思わなかった。

百年を一つの単位として便宜的に世紀という区切りを設けている以上、一つの世紀に初めと終りとがあるのは人為的に当然のことだ。だが、世紀の初めはなぜ希望に充ちた夜明けで、世紀末は暗い、絶望の日々なのか。世紀全体があまりに不幸であったのなら、その不幸から脱して新たな決意をするために世紀が変るのを待つのも無意味だとはいえない。だが、そんなふうに謂わば予め余計者のように迎えられる一九八〇年代後半や一九九〇年代の歳々はなんと気の毒なことか！

いつだって、この地球という惑星は危機に曝されている。それを救うためには不断の決意と努力が必要だ。いつだって、生きることは一つの謎だ。それに真面目に立ち向おうとするならば、世紀末的不安の喜劇に興じる気にはなれない。

＊

初夏らしいかがやきのある日。青いアヤメの花が一茎咲いている。

久しぶりでヘッセの「ファルドゥム」や「イリス」などのメルヒェンを読んだ。ここに語られている世界が私にはじつに現実的で、私自身のさまざまな問題と濃密に混り合う実質で形成されているのを感じる。いかにも自然で、必然的なイマージュの展開。これを語っている詩人自身の熱い、深い悩みの純粋さ。

＊

生きている私たちを通じてしか、彼ら亡き人びとは自らのメッセージュを伝えることはできないのだ。私たちは親愛な人びとの死後の世界を語ることはできない。彼らはまた、いま彼らがどのような姿をもち、どのような面影によって在るのかを語られようとものぞんではいない。そんな姿を私たちが勝手な想像によって語ろうとするのは、むしろ亡き人びとを貶める行為だ。私たちにできるのは、あの人びとのかつての日の、もっとも美しかった面影を繰り返し想起することであり、不可視のものとなったあの人びとの微笑に私たちの地上的な微笑で応えることだ。また、亡き親愛な人びとのよき思想を語った言葉を、私たちの心のなかで繰り返すことだ。そうすることによって、亡き、親愛な人びとの微笑や想いがけっして滅びてしまってはいないことを証しなければならない。

夏らしい夕暮れに、ふいに私ははっきりとそう感じた。

Ⅱ

「一九八四年夏　北軽井沢日記」断片

宇佐見英治さんの好意で、数日まえから北軽井沢の山荘に来ている。

午前中はよく晴れて、林の奥にホトトギスの啼く声がきこえていたのに、昼すぎになると、日課のように黒雲が空を覆いはじめる。軒下の洗濯物を縁側に取り込み、様子をみていると、ほどなく雨が落ちはじめる。それもまことにすさまじい勢いで落下するので、庭の木々と私の立っている縁側との間に厚い水の幕ができたようで、おそらく滝の奥から山中の樹木を眺めたらこんなふうだろうと想像させる。はやくも生気を失ってかすかに黄ばんだ葉が、つぎつぎに梢から叩き落される。庭の芝草の低いところに小さな水溜りや小川ができる。まるでそこに小さな魚でも住みついていそうな感じだ。

私は人と顔を合せないままに過ぎてゆく日々に次第に馴染みはじめている。数百本、あるいは数千本の樹木だけがみえているこの建物のなかで、私は自分が植物的な存在であることを強く感じる。

雨あがりの夕暮れ。藁屋根の、たっぷり含んだ雨水がひっきりなしに軒に音を立てているが、庭に出てみると、アカシアの梢の上の空はかすかに明るんでさえいる。私は鳥の名には疎いので、何鳥かは知らないが、森のどこかで一羽の鳥がキヨチーヨと澄んだ高い声で啼いている。そして、その声のあい間にウグイスとホトトギスとが鳴き交している。

湿った葉の繁みから心のなかに滴が落ちる。すると心はその滴のなかに、いまは消えてしまったと思われていた遙かな日の名残りをみる。けっしてそこへ戻ることのない遙かな日の名残りを。そのなかに一つの面影が浮んでくる。二度とめぐり逢わなかった一つの面影……

＊

朝からはっきりしない天候で、ときに青空が目を開くこともあったが、驟雨がくり返し戻ってきた。

夕刻、あい間を縫って林のなかを歩いた。道は下草も木々の枝もびっしょり濡れている。戻りはじめて、ちょうど山荘へのなかほどまで来たとき、ふいに背後に谷川の瀬音を聞いたように思った。樹蔭の山道で、ずっと下のほうによく聞くことのあるあの音だ。それは幻聴ではなかった。しかも、その音は背後からずんずん私のほうへ近づいてきた。ほどなく、音は私の周囲の木々をはげしく叩きはじめた。用意の傘を開いて私は歩きつづけた。すると、そのとき、突然の雨の襲来に逃げ場を失った一匹の赤褐色の美しい蝶が私の傘の下に舞い込んできて、一瞬ののち、また雨の降りしきるなかへと必死の力をふるって飛び去っていった。

＊

午前中、よく晴れ上がっているので画架やスケッチブックを自転車の籠に積み、自分もまた晴ればれとした気分で森を抜け、山嶺の見はらせる畑のほうへ行ってみたが、牧草地の傍らまで往き着いて自転車を停め、用意にとりかかる段になって、パステルの箱を忘れてきたことに気がついた。

止むを得ず、そのまま暫く自転車で、木の根や石ころのためにひどく走りにくい道をゆっくりとまわったのち、山荘へ戻った。

そして、山荘のすぐ傍らの、木洩れ陽の美しい小径を手ばやく描き上げた。

ここに来たすぐのころには、ふいに一枚の葉が高い枝から舞い落ちてきたかと思うと、そうではなくて、それが一匹の黄褐色の蝶であるというようなことがしばしばだった。今日もそんなふうに一匹の蝶だろうと、舞い落ちてくるものを眺めていたら、それは蝶ではなくて、ほんとうにレモン黄に色づいた樺の葉の一枚だった。

いつのまにか、そこここの枝に、すでに秋の近さを想わせる黄や朱色の葉がみられる。おそらくはつぎの驟雨を待って、散ってゆくのだろう。

森のなかの蝶やある種の昆虫たちは、それぞれ、不思議なほどに植物たちのもつ色彩に似通っている。まるで木の肌やみどりの葉や枯葉からその色を借り受けてでもいるかのように。

私自身もここにこうしていると、あの「ピクトール の変身」や「ファルドゥム」の物語のように、一本の樹木か森そのものに変容しかねないと思う。すくなくとも、私の思考や感性がこれらの無数の樹木から影響を受けないことはあり得ないだろう。

＊

今朝、目が醒めたとき屋根に雨の落ちる音がひっきりなしにきこえると思ったのに、起きて台所のほうに来てみると、今日もまた明るい陽射しが差し込んでいる。雨戸を開けて庭に出ると、そのまま暫く私は赤松や槲の樹の高い枝のあたりを眺めた。みどりの葉叢のあるそのあたりは、今朝、寂かに風に揺れているだけである。昨夕、自分にすぐ近い繁みがふいに音をたてたかと思うと、そこから栗鼠が現れて、瞬く間に一本の樹の幹の上をいささかの不安も感じさせるところなく渡って、木から木へと次第に遠ざかってゆく様子を私は見た。ときには少し動くのを止めて、小さな手や大きな尾だけを目だたせた。それから高い槲の樹——と私は思うのだが——の葉叢の一つに身を潜ませた。私はそこからつぎの枝に栗鼠が身を移すのを暫く待った。だが、栗鼠はもうそこから出てこなかった。私はこの森の軽業師の愛らしい姿を見失ったのだ。

こんなふうに子どもらしい昂奮をおぼえたのは、ほんとうに久しぶりのことのような気がする。なにかしら、ある無心なよろこびといったものが自分のなかに残った。

いま、陽が射し込み、照っている部分と翳の部分とが、そして、さらにその隙間に空の青さが、三様の色どりとなって、自然のヴィトローの耀きをみせている。その大きな一面が昨日はジョングルールの子どもの情景を描いていたのに、今日はその玻璃窓がどこにあるのか、私にはわからない。

＊

白樺と落葉松の森はもうすっかり秋の気配を漂わせている。

昨夜半、私たちは庭に出てみたが、いつも目のまえに青あおとみえている巨木のシルエットの枝間にところどころ、低く星の燦きがあり、まことに幻想的だ。それは暗い真冬のクリスマス・ツリーを私に連想させた。頭上には、暫くののち闇に目が馴れると、無数の星が鏤められている。こんな夜空を眺めるのは久しぶりのことだとSが言う。

今日は午前中、栗平部落の先の浅間大滝を見に行く。

滝のすぐ下流の谷川沿いの小径のところでは芒の若い穂が風に揺れ、咲いている花々は秋の歌をうたっている。萩、オミナエシ、オトコエシ、ヤマハハコ、ソバナ、とりわけ紅色の美しいナデシコ。私たちはさまざまな野の花を摘み集めて、秋の祝祭の花束をつくり、山荘の卓上を飾った。


諦念をではなく、愛を培うこと。厭世と抛棄によってではなく、努力とよろこびを関係のなかに生かすことによって、なお自らも生きること。


数日前に野火止に戻ったが、一昨日、Sの運転で最後にもう一度北軽井沢まで行き、昨日、山荘を閉じて帰ってきた。これでこの夏がすっかり終ったような気がした。

往路は長野原から草津への道を回り、白根連山が穂の出揃った芒のむこうに美しく現れているのを眺めたり、草津の町を湯畑から西の河原へと歩いたりして、午後おそくに大学村に着く。森のなかにはもう殆ど人の気配はなく、夕暮れになると、雨戸をたてても冷気が身に沁むほどになった。山荘のまわりの小径には、ワレモコウ、オミナエシ、アザミ、オケラなど、深い秋を想わせる花々が咲き乱れている。

十二日は早朝に二人で散歩に出て、浅間の見える高原野菜畑のほうまで歩き、自分が夏のさかりにスケッチをした地点をSに教えたりした。雲が高くなり、浅間山も外輪山も、はっきりとその輪郭が現れている。畑のはずれの数軒の別荘も、もう雨戸を閉してあったり、カーテンが閉められたりしている。農家の庭からは犬の、申し訳ばかりの吠え声がきこえて、そこだけ人の気配、生活の日常性が感じられる。

黄ばんだ葉が湿った道に舞い落ちてくる。とり残されたレタスが畑のところどころにあって、寂しさを増す。

散歩から戻り、簡単な朝食を済ませてから、部屋のなかを片付ける。

七月末に宇佐見さんに連れられてここに来たときに、あれこれ出してもらった坐蒲団や卓袱台をしまい込むと、そのときの宇佐見さんの口調や、私自身の数週間の起居などが、それなりに懐かしく想い出されてくる。ひとつには、もう私がここを訪れてくることもあるまいと思われるからだ。そして、また、他方では宇佐見さんがお元気だった奥さんと過された三十数年近い年ごとの夏の日を想ってもみるからだ。――「私がここで夏を過すことはもうないかもしれません」と、あのとき宇佐見さんは言われた。

午前十時半、私たちは山荘を離れた。

Ⅲ

私をあの遙かな日々に育ててくれた精神的な一世界の全体がいまでは消滅してしまったかのように感じられる。

若い日々に、私の糧であったもの、それらはすべて偉大さと高貴さとの刻印を帯びていた。詩人たちにせよ、思想家たちにせよ、彼らには人間の運命の全体と自分とを同時に貫く思考と感性と行為との軸があった。そのことによって、彼らはさまざまに異なる個性の持ち主でありながら、私には同じ一つの血族の存在であるようにみえた。

いまや、彼らについて語られることはきわめて稀だ。彼らはまるで存在しなかったかのように扱われようとしている。すくなくとも、今日の世界とは無縁であるかのように扱われている。

これらの存在たちの星座が西の空に没してゆこうとするとき、いま、私の頭上に、空は厚く雲に蔽われ、どんな星座をもみることができない。

*

空が重く曇っている。午前十一時、いまにも雨が降りそうな気配であるのに、雨滴はまだ落ちてこない。

雲に厚みの感じられるこのどんよりとした空を眺めていると、秋の終りから冬にかけてのパリを想い出す。おそらく、行ってみれば今日もあの街の空はそんなふうであるかもしれない。だが、私が想い出しているのは、実際には、空間のなかのパリではなくて、時間のなかのパリなのだ。他のすべてのものとともに過ぎ去ってしまったパリなのだ。

ほとんどいつでも過去に執着し、失われたものにはげしく執着したのちに、ふいにその執着から解き放たれる自分を感じることがある。ひどく泣きじゃくっていた子どもが突然泣き止んで、放心したように夕暮れの空をぼんやり眺めている様子が想い浮ぶ。疲れからだろうか、自分の執着に満足したためだろうか、それとも断念からだろうか。

＊

ときとして、人生というものがある種の魅力を示してくれる。そして、私は自分もそれに愛を感じているのだと思う。だが、ときとしてはその魅力自体がなんとわずらわしく感じられることか！　――私のこの抜き難い厭世感！　しかし、それでいて、私はしばしばこの世界をほんとうに美しいと思う。夕映えや海や遠方の山の青い連なりや子どもの笑顔や若い娘の羞じらいや、それからまた、すばらしい音楽や人びとの善意、朝の霧のなかの街路など、ほんとうにたくさんの美しいものがある。もっともそれらのものがなければ、生きていることは一瞬だって堪え難いものとなってしまうだろうが。

こんな場所が宇宙の他のところにも在るのかどうか、私は知らない。物質的なひろがりとしての宇宙が、しかし、こんなに美しいものを多く所持しているというのはまことに不思議なことだ。私は感嘆する。それでいて、私にはこれらの美しい数かずのものにたいしてほとんど執着がない。

*

一日がかりで庭を片付け、夕暮れに枯枝や落葉を集めて焼いた。この季節にしては、あたたかくて、穏かで、まったく風がなく、いい日だった。朱や黄や紅の葉が二日続きの雨のあとで、燃え立つ炎のはげしさを失い、大地への眠りを求めて舞い散ってゆくのであった。

焚火の炎をみていると、薄闇のなかで自分の心が集中してくるのをおぼえた。炎の動きが大地そのものの意志であるように感じられた。いろいろな色彩の一枚一枚の葉が熱せられて、やがて自らの色を失い、一様に紅炎となり、ついで黒くなって灰の上に落ち、もう燃え上がる力はもたないままに、すこしずつ灰そのものに同化してゆく様子を眺めていると、穏かさが心のなかにひろがるのがわかった。ひろがるというのは適切ではないかもしれない。しかし、私の心は隅から隅まで、穏かさに浸されていた。身体には昼間の労働のあとの快い疲労があった。

おそらく、これは幸福の一つの状態なのだろうと思う。

多くの人びとの営みも、もう存在のぎりぎりのところでなされているものしか、私の関心を繋ぎとめることはなく、また、感動を喚び起すこともなくなってしまったように思われる。

現代では、あまりにも多くの如才ないもの、他愛ないものが尤もらしく装いを凝らして自己を主張し、我がもの顔で横行している。かつては心へ呼びかけ、心へ訴えることこそが、召命された人びとにとって何よりも火急の責務であったような時代も存在したにちがいない。だが、こんにちでは、誰もが自分自身の内部に心が存在していることを忘れてしまっているかのようだ。そして、まるで狂ったように虚飾に身をやつし、物質的繁栄を追い求め、外見だけはいかにも気の利いた、その実、何の実質もない遊戯的営みを真の文化と思い込んでいるかのようだ。

どのようなものであれ、ほんとうに人間の心に訴えるようなものは、その思想家、その詩人、その芸術家の実質そのものから生れ出ている。それはその創造的な魂の思索と感性、想像力と経験の総体であり、すべての人生の悲哀や歓喜が糧となってとり込まれているようなものだ。

＊

よく晴れているが、冷たい風が吹く。そして、雑木林のへりには散り残った葉が赤みがかった鉄錆色に美しくかがやいている。その耀きは褐色とも言えるが、何ともいえず複雑な、深い色をしている。それらの葉はあの、春や夏のさまざまな色彩を自らの衷に深く沈めて大地に還ってゆく。すると大地は冬の酷しい大気の下で植物たちの夢をみる。

どの枝もが冬枯れて寂しいこの季節に、きっと大地のなかには、あの花々や豊熟の果実のたのしげな夢がくり拡げられているのかもしれない。

*

けっして頑なになることなく、しかし、もしそれが必要ならば孤独に徹すること。

すくなくとも真に創造的なものは孤独を避けるところからは生れ出ない。そして、真に創造的なものとは自分一個の才能や想いつきなどを源とするものではなく、限りなく内側から押されて出てくるものだ。いったい何ものが私たちを内側から限りなく押しつづけるのか。そのものを外側から他の誰彼によって定義されることを私はのぞまない。

そして、外側から定義されるかぎりにおいてしか、私の内部における私と超越者との関係が客観化され得ないのだとすれば、私はそのような客観化の作用とは無縁なところに敢えて自分を置くほかはない。止むを得ずであれ、そうするほかはないのだ。

しかし、なお付言するならば、この非客観的な内部は、同時に、限りなく非主観的なものである。

＊

まるで世界そのものが凋落してゆくみたいに、冬のなかへ入ってゆく。美しかった秋の炎はもうほとんど燃え尽きてしまった。そして、空がひろくなる。

今日はその空が灰いろで、小雨が降っている。こんな天気はこの季節のパリには馴染みのものだった。あの当時、私にとってのパリをつくり出してくれていた人びと、――マルチネ家の家族たちや老齢のルネ・マルチネの友人たち、それからまた、界隈のレストランのリュック夫人やロジーヌ、ホテルで私の部屋を片付けてくれていたシモーヌにいたるまでが、なんと深い善意の空気をつくり出していたことか！

幼い娘を喪ったばかりの私の悲しみを中心にして、あの人びとが善意の同盟を暗黙の裡に形成しているかのようであった。そこには、他とは異なる一つの密度があった。誰もが微笑を湛えていた。そして、その微笑から、誰よりも多くのものを受け取ったのはこの私だった。

もはや、この地上から消えてしまった私のパリ、あの一九七二年、七三年！

窓の外で、雨の音がしだいに強くなる。目を閉じて、その雨の音だけを聞いていると、亡くなった人びとのことばかりが想い出されてくる。大きな糸杉の樹、薔薇の蔓の這っている墓石、そこに降りつけるほんとうに冷たい霙、ソーミュールの墓地のN地区。

まるで私の苦痛の受け皿のように、あそこに、ルクルブ通り一八〇番地にいた、あの母らしい存在。彼女は生きることとの勇気と自由との見本のような存在だった。――「家庭と友情と教育とが私の人生の三本の柱だよ」と彼女は言っていた。つつましい日常生活のなかに、このうえなく高貴な精神の富をもっていた。

相変らず雨は降りつづけている。

＊

この年の最後の一日が暮れてゆこうとしている。

多くの紙の類といっしょに原稿の束を焚火に燃やした。炎の舌がつぎつぎにそれらを舐めてゆくと、それらはやがて灰になってくずれ散った。炎をじっと見ながら、精神の炎というようなことを連想した。自分自身の存在、あるいは自分自身の肉体を、あますところなく炎として燃焼しつくすこと、燠のなかにまだ燃え残っている部分があると、そこだけ奇妙に物質の相がつよく感じられ、見苦しい。私は棒の先で、この燃えのこりの紙片を炎の舌のほうに押しやる。すると、それもまた、歓喜の激情となって燃え上がり、見るまに黒くなり、やがて灰となってゆく。

こんなふうに私自身を燃焼しつくすことができるのだろうか。それはどんな炎なのだろうか。精神の炎と私は言ったが、そうではなくて、神の炎であるのかもしれない。私のなかで私である部分、私でありつづける部分とは、謂わば燃えのこっている部分なのだ。自分自身を全的に仕事そのもののなかに置き換えること。

Ⅳ

以前私は自分の親愛な存在たち——それが家族や友人たちであれ、なつかしい風景であれ——それらを時間が奪いとり、滅ぼそうとすることにたいして、言いようもないほどの苛立ちを感じていたものだった。私がこれまでに書いた幾つもの作品にこの感情を認めることができる。

だが、いまではこの苛立ちがまったくと言ってもいいほどに消えてしまっているのを、私はときとして不思議に思う。それらの親愛な存在たちにたいする自分の愛情が以前に較べて薄くなってしまったのかと自分を疑うほどだ。それとも、この世界そのもののある種の凋落を私が感じているために、それらの存在たちの地上的な永続を私は希わなくなったのであろうか。

たしかに、もはや歯止めなく世界は凋落する。偉大や高貴を志向する営みはどこにもみられず、詩の感情は完璧に抹殺されてしまった。この二十世紀後半の数十年は人間の魂の観点からすれば、とりかえしのつかない没落の時代である。無名の聖者たちはまだしも生きた実例として存在してくれているにちがいない。日々を純粋に他者への愛のなかに生きている人びとの呼吸がこの汚れた大気のなかにもなお感じられはする。だが、祈りとしての創造行為によって自らをではなく、世界そのものを豊かにしようとする種族はいったい何処にいるのか。まるで、その種族の全体がこの地上から消滅してしまったように私には感じられるのだ。

＊

朝のあいだ暫く雪が降っていたが、昼ごろからそれは霙にかわり、いまは雨が降りつづいている。私は部屋の窓からそれを見ているのだが、みるからに冷たそうな、身顫いをおぼえるような雨だ、二月が終る日だというのに。こんなのを氷雨というのだろうか。

自分の表現を習得するために、日常的にさまざまなものを詩的に形象化する術《すべ》を身につけなければならない。自分が考えたり感じたりすることを、言葉の表現力を藉りて形象化しようと試みるならば、そのことによって自分の思考や感性を必然的にいっそう生きいきとしたものにすることができるにちがいない。

なんとかして、何かを発条にして自分に浮力をつけたいとのぞんでいるのだ。いまの私はまったく低調で、いろいろなことに楽しみをおぼえながら仕事にとりかかるための気力が欠けている。こんな状態が何ヵ月も、あるいは何年もつづいている。おそらく、その意味では、生涯の大部分の時間を私は心の低迷のなかで過していることになる。ときとして、ほとんどすべてのことが疎ましく無意味に思われてくる。

他の人びとはどうしてあんなにいつも快活にしていられるのだろうか。どうしてあんなに些細なことにでも熱中することができるのだろうかと不思議に思われもする。私には昨日仕上がったばかりの仕事でも、もう遙かに自分とは距たったものに感じられるのに。

自分に、ある種の内的な浮力をつけたいと思う。よろこびの密度の稀薄さ。信じることの密度の稀薄さ。

＊

私は変化したと言い、また、私は変化しないと言うこともできる。それはそれぞれに自分というものをどの層においてみるかによって決まることだ。外部の事象の刻々の変化に応じて変化する私の意識の表層。そこにみられるのは絶え間ない変化の連続である。だが、私のその部分は風に揺られる漣だ。

私というこの水の深部。そして、私の存在の奥底は何でできているのか。

＊

あの春めいた気配は夢だったのだろうかと訝るほどに、朝から絶えまなく雪が降りつづいている。葡萄の棚にも、李の枝にも、隣家の美しく咲いている紅梅の枝にも、雪が降り積っている。そして、なお雪はひっきりなしに落ちてくる。

その様子を眺めていても、今日はすこしも心がよろこばない。

ほんとうに私はこれまで一貫性を保ち得て、本質的には変化しなかったのだろうか。奇妙に抜き難い厭世感、癒し難い孤独感、それらのものこそがいつも私の中心にあって渝ることのないものなのではないか。社交性の欠如、人びとに馴染まない頑なさ。

たとえば自分の過去の仕事の集積をふり返って、これが私だったのだと言い得る人の確信を私は感嘆する。その確信は何に由来するものなのだろうか。

それに引き換え、私自身はこれまでの自分の仕事をふり返ってみても、そのなかに自分が在るとはとても思えないのだ。仕事があまりに小さな形しかもたないからというのではない。私自身の存在はそれほど大きなものではない。おそらく棚一杯に自分の本が並んでいたとしても、結局は同じことだろう。

かつての私自身はほとんど跡形もなく消滅してしまっている。僅かに微々たる反映が、まるで自分に無関係なもののように、そこに在るだけだ。——そのことに私がこだわるのは、私自身が親密にかかわりをもったすべての存在たちが等しく消え失せてしまったためかもしれない。私は失敗したのだろうか。あるのは挫折の集積だけだろうか。

時間の途上でみれば、なにひとつ誇るべきものをもたない無一物の浮浪者のように感じられてくる。

午後から雪は霙にかわり、それから雨にかわった。みるからに冷たい雨が降っている。その雨のなか、どこかでチーチーチーと小鳥の啼く声がきこえる。それを聞いている自分がふいに遙かな時間の奥の自分を回想する。いつかもこんなふうだったと私は想う。すると、現在の、肉体によって個として限定されている私が、ふいにその奥に個を超えた私の現存を確認する。

*

昨日は僅かに一日だけ晴れ間をみせていたが、今日はまた朝から冷たい雨が降りつづいている。三月に入ってから春の足どりがすっかり鈍ってしまったかのようだ。この雨つづきのために彼女の美しい、しなやかな脚の運びが思うにまかせないのだろう。

*

ロマン・ロランが一九三八年春にレマン湖畔からフランスの、生れ故郷クラムシーに近い中世以来の聖なる丘の町ヴェズレーに帰ってゆくことを知らせたとき、同じスイスのルガノ湖畔に住んでいたヘルマン・ヘッセはそのことを非常に残念がり、友情の貴重さについて、つぎのように書き送っている、――

世界がしだいに騒々しく、機械化され、非人間的になってゆくとき、のぞまれるのはもはや対話や意見交換などではなく、人間らしい目のなかに友情のまなざしをまた見出すことであり、これこそはなにかしら兄弟的な友愛に近いものです。

まことに私が渴望するのもこんな友情のまなざしだ。

こんにちでは、人間の営みのほとんどすべての領域にわたって、あらゆる種類の力の抗争が瀰漫している。世界支配の野望が我が物顔に振るまう国際的な関係にあっては、すべてを決定しているのは野蛮な軍事力と、非協調的な経済力である。芸術や文化の領域にあっては、自己顕示欲のきわめて強い粗野な知性である。そして、日常の生活の隅々にまで、他者を圧倒して自己の優越性を誇ろうとする諸々の力が及んでくる。

なにかしら、そのようでないもの、失意や悲歎のなかにある人間に、なお生きることのよろこびの源泉であり得るものをつくり出すことこそ必要だ。

*

今朝もまた朝から雨が降っている。すくなくともここの小さな庭では、春の訪れはすっかり遅れてしまっている。他処ではもういろいろな花が競い合って咲いているのに、ここでは漸く沈丁花の小さな十字形が幾つかみられるようになったというにすぎない。それから、冷たい大気のなかで、果敢に春に呼びかけているクリスマス・ローズの可憐な暗紫紅色の花。あとは何があるだろうか。プリマヴェールの淡桃色の花も三、四日まえに瞳をのぞかせた。日本桜草はやっと鉢の土からかすかなみどりの芽生えを嬰児の小指の先ほど持ち上げたばかりだ。

雨は相変わらずだが、空の一部分にかすかに明るいところがある。

＊

ミスティックであり得ない信仰形態は必然的にドグマティックになる。一方があらゆる差異を超えて根元的な〈一致〉を目指すのにたいして、他方はどのような差異をも見逃すことなく、排他的になる。ミスティックな宗教感情においては自己は無化されるが、ドグマティックな在り方は無限に神に近く自分を置く（しかし、その間の距離は決定的に無限である）。自己自身がつねに中心である。

＊

雨が降っている。ひっきりなしに銀いろの雨が降って、僅かばかり白い花をつけている李の枝を黯々と濡らしている。

いろいろな枝からいろいろな色の花が咲き出して、そのためにこの小さな庭にも春が感じられる。しっとりと湿っている春。明るくて、妙にもの悲しくて、亡くなった者の想い出と、悲喜それぞれの予感とに充ちている庭。それらの回想と予感とが今朝は雨に濡れて、やすらぎを呼吸している。

その雨が私の心の大地に沁み込むのが感じられる。そして、この春の恵みの呼びかけに応じて、内部から大地が割れ、かすかな桜草のみどりのような、小さな希望が萌え出る。それは希望なのだろうか。私にはわからない。意志と呼ぶにはなにか力強さが欠如しているように感じられるが、しかしまた、希望と呼ぶにはあまりに具体性を欠いているもののように思われる。しかし、そんなものでも、どれほどかすかであろうと、認められるならばそれを自分の拠としたい気もちがいまの私にはある。

＊

どことなく冷えるが、久しぶりによく晴れた日曜日。この近辺の雑木林の萌え出たばかりのみどり（それはほんとうに目醒めたばかりのみどりだ）はまことに美しい。死と生との縁にあるもののように深い哀しみを含んだ幸福の感情を喚び起す美しさだ。私がしばしばモーツァルトの音楽に見出すのと同質のものだ。

この淡いみどりはあまりにも短い数日のうちにこの世界を通過してしまう。おそらく四、五日、あるいは三日。時間を単位にして数えることも可能な程度の僅かな持続。数十時間の。私たちはここに住むようになって毎年、この春の一瞬を見逃すまいとしている。それはほとんど一年を通じての忍耐に値いするものなのだ。

本質的な厭世感と幸福感とがときとして矛盾するものではないことに気がついて、私は驚く。

むしろ、自分にとってこの人生そのものがすこしばかり縁遠く感じられるために、自分と世界とのあいだの距離そのものから、ときとして幸福感がわき出てくることさえある。

V

ゲーテの「マリーエンバートの悲歌」を片山敏彦訳で、一人で静かに声を出して読んでみた。終りまで全部声を出して朗読してみたのだ。自分よりも二十歳も年上の賢者が、まるで二十歳も年下の詩人のように瑞々しい感性に充たされているのを感じた。そして、この朗読から何かが私の裏に入ってきたようだった。

そして、自分の生涯の残りの時間を祝祭的なものとして生きることにしたいと思うようになった。これはゲーテの詩の影響だろうか。世界そのものを讃える作業としての仕事にもう一度立ち返ることを意志すべきだ。

私の回想のなかの一風景。ヴェネチアの謝肉祭の、はやい朝のサン・マルコの広場、人びとがそこに残したはずの前夜の昂奮がすっかり消え失せて、色褪せた紙吹雪が冷たい風に石畳からお舞い上がって、なにかしら味気ない気分を漂わせていたのを想い出す。時間がすすむと、どこからかさまざまに着飾った仮装の人びとがふたたび姿を現し、広場はふたたび賑わいをとり戻していった。

私は一人で広場に面したアーケードを歩いていた。そして、あの不思議な少女を見かけたのだった。他の姿で彼女を回想することは私にはできない。当然のことながら、私がこの地上であの少女に出会ったのはそれがただ一度だけだったのだから。彼女は広場に面した一軒のカフェ、ジョルジュ・サンドの想い出を生きているカフェの、大きなガラス窓の傍らのテーブルに坐って、外の通行人を見ていた。真白い鬘を被り、縁にレース飾りのある黒い貴族風の帽子を載せていた。それが彼女の装束だった。色白のあの顔、ミオゾチスの花のような淡青のあの目、口もとから顎にかけての輪郭はヴェネチアのガラス細工のように華奢に、デリケートにできていた。十二、三歳ほどであったろうか。おそらく、周囲には、彼女を何処からか連れてきていた大人たちのお喋りがあっただろう。だが、彼女は一人だけガラス窓越しに通行人の様子を眺めていた。アーケードの下から私が手の先で挨拶を送ると、彼女はかすかな微笑でそれに応えた。幾らか取り澄ましたその微笑には子どもらしい矜持がうかがわれた。

なにが真実であり、なにが仮象であるなどと言い切れるのだろうか。人けのない、索漠とした広場がこの世界なのか。私はすべてが仮面だなどと言う気も毛頭ない。

仮象と真実とが存在しているのだとすれば、それはどちらも真実だ。なぜなら、それはどちらも存在しているのだから。

＊

多くの宗教が言うようにこの世界の、移ろいゆくすべてのものが仮象にすぎないとしても、依然として、その仮象は実在していると私は言わざるを得ない。それらは転変し、消滅するものではあるが、しかし、一度も存在したことがないというのとは決定的に異なっている。これらの消滅する個々のものを不在の形態においてもなお支えているのが不可視の〈実在〉であるのだが、真実なのはこの〈実在〉だけではない。

朝の微風に身を顫わせながら光を浴びているこの若葉、そして、一瞬、大気を顫わせながら自分も光へのよろこびを囀っているこの小鳥の声、――それらすべてが真実だ。

＊

生きていることの全体がなにかしら不思議なことのように感じられてならないのはどうしてなのか。

私はすべてのことの前提としての〈生〉ということをどうしてもまだ無条件の事実として受け容れることができずにいるのだ。永遠の連続性のなかの一点としての〈生〉、しかし、この一点が欠落すればひろがりの全体が決定的に崩壊してしまうと思われる。〈生〉の肯定ということはそこからしか来ない。

＊

明るい初夏の陽ざしが庭一杯に舞っている。そこここにホタルブクロが咲きはじめた。槙の木の傍らにしつらえてある餌台におりてくる子雀たちのぎごちない飛び方もそれなりにすこしずつ上達してくる。今朝、まだ陽が高くならないころに、近くの森から郭公の啼き声がきこえた。すべてが何気なく明るく、世界のなかで失われたものなど何一つないように振舞っているのが奇妙に感じられる。自然そのもののなかでもじつに多くのたたかいがあり、じつに多くの非情な淘汰があるのに、この明るさそのものが一種の非情なのであろうか。

内部に目をむけると、私自身の世界はそれとは反対に次第に暗さを増し、翳が濃くなってゆくような気がする。かつて親しかった人びとの話し声や笑い声がひびいていたその空間の部分が虚ろであり、そこがいつのまにか翳の暗さを帯びてくるのだ。その人びとはつぎつぎに私自身の内部へと、じつに奥深いところまで過ぎ去ってゆくので、私の記憶の目はともすればこの人びとの姿を見失いがちになるほどだ。だが、なにかのはずみで、その人びとの声がふいにどこからか訪れてくることもあるのだ。また、その人びとの、それぞれに独特の足どりや身のこなしがみえてくることもあるのだ。

そして、つぎには私の内部の翳は彼らの姿を隠してますます暗さを増す。

＊

夜なかの三時過ぎに、暴風雨は雨戸をはげしく叩きながら通過していった。七月はじめのこんな季節には珍しいことだと思う。

夜が明けて、午前中はまだ強風の余波が上空を支配しているらしく、雲の動きがはげしかった。幾層かにわかれていて、それぞれの層によって雲の流れてゆく速度も方向もちがっているので、庭に立って空を眺めていると、いつまでそうしていても見飽きないほどであった。陽光のあたっている部分は絹の艶を帯びて軽く明るく、翳の部分は重く、暗くて、エル・グレコの描いたトレドの空を連想させるところがあった。あるいはプッサンの画面のなかのもののようであった。しかも、もっともすばらしいのは、その奥にある空の深い碧さであった。

空があんなふうにラピズ・ラズリのように深い、すばらしい碧さを開いてみせてくれることがあろうとは。以前に飛行機に乗っていて、白く耀くような雲のあいだから海を見たときのことを連想した。あの碧さはどこの海だったろうか。日本海だろうか、それとも地中海だろうか。

午後、風は依然として木々の枝を揺らしつづけているが、空全体がみごとに晴れ上がっていて、空そのもののたたずまいに還っている。

＊

夕暮れになると、秋の黄金いろがそのまま冷たく、肌にこころよくなってくる。その黄金いろのなかに、熟れた葡萄の香りがあり、遠い高原の伝言のような薊の花がある。虫たちのすだきがあり、心の渇きを癒す風のそよぎがある。

＊

暗い雨が降っている。

以前パリにいたころは、こんな天気の日によくノートル＝ダム寺院の藁の椅子に坐って、長いあいだひとりで、あの北の薔薇窓の幽暗な光をじっとみていたものだった。あそこでは私には深い心のやすらぎがあった。静謐があった。それは休息や怠惰とは異なるなにかで、心が周囲の諸々のことに気を散らされることもなく、自分自身のなかに深く沈潜し、自分自身の遙かな奥底にまで到る行為だったと思われる。それは私にとって一種のやすらぎであった。瞑想と集中と祈りとが一つになっているような状態。大聖堂の内部の暗がりというものは、私にはいまでも人間の魂の内部の空間を可視のものとしてそこにつくり出しているのだとしか思えない。

私にとってフランスの原風景であるものはやはりあそこにあるように思われる。

そのほかのものとしては幾つかのなつかしい顔……ルネ・マルチネのあのアパルトマンのなかの限りなく人間的な雰囲気。そこに集う人びとの不思議な親切さ。おそらくあの部屋のなかでは誰もが善意以外のものに心を支配されることは許されなかったのかもしれない。

＊

数日ぶりに明るい秋の陽ざしがみられる一日であった。

午後の時間のなかに、すこしずつ夕暮れの気配が深まってくる。庭の草叢のそこここで虫の鳴く声がきこえはじめている。塒《ねぐら》へ帰る鳥たちの鋭い叫びも、ときおり、冷たくなりはじめた大気を斜切ってくる。だが、つい先ごろまであんなにも繁く聞えていた蟬の声はもう一つもない。何時ごろからそんなふうなのか。私が気がつかなかったあいだに蟬たちはもう死に絶えてしまったのであろうか。

些細なことではあるけれども、こうしたことで気がついてみると、確実に季節は移っている。物理的な時間の推移には寸分の狂いもない。一週間は一週間の時間のあいだに経過する。三ヵ月は三ヵ月の時間のあいだに経過する。そして、この時の経過というものは完全に不可逆的だ。（それに伴って生じる諸々の現象が総体として繰り返しや回帰を含んでいないかどうかは私にはわからないが……）　おそらく、すべては決定的に一回的であろうと思われる。この地球の上で、自惚れの強い人類がその愚かさのゆえに滅びるときがきて、それからまた久しいのちに神の手がもっと質のよい粘土を捏ね、新しい人間の一種族を仮に誕生させることがあるとしても、それは宇宙の新しい一経験であり、同じことの繰り返しではない。すべては何処へむかってか、涯しなく進んでゆく。

そのようでありながら、私であるこの存在は〈いま、ここに〉微小の一点を占めており、おそらく、宇宙の全拡がりのなかでこの一点は無限に小さいが、その一点がなければ〈いま、ここに〉

宇宙の全拡がりは構成され得なくなるにちがいない。すべてはつねにそのようである。空間の全体においての諸存在の共時性ということは私たちの知覚の現象としては把握され得ず、一種の形而上学的な愛によってのみ確認が可能なのだが、すべてのものが存在することを欲するのであれば、諸存在の共時性の認識こそが、個々の存在に根拠を与えているのでなければならない。

いま、この瞬間の、対象の共時性を認めるということは、対象の存在を信じるという行為以外のものではあり得ない。数万光年、数億光年の距離の彼方に一つの星をみること。

＊

実際、私たちを搬びつづけるのは逝いた親愛な人びとであり、消え去ったなつかしい日々なのだ。

それら無数の、不在の面影がいまの私をなお前方へとおし進めるのだ。それらのものがなかったら、私もまた存在し得ないだろう。

時間が消滅させてしまおうとするのに、人間はなんとさまざまな形でそのことに抵抗し続けることか！　あたかもそれこそが人間の魂の存在理由であると証明しようとするかのように。

私たちが心に想い浮べる幸福の大半は追憶に由来するように思われる。すくなくとも私にとってはそうだ。この脆い私自身の内部に身を移し、時間の外に存在し続けることになった人びと、物たち、さまざまな風景、それらすべてが内側から私の心を照らす。その音楽的な光によって心は幸福の感情を経験する。

眼前の現存たちを私自身の内部のものとしてゆくためには、それらの現存に限りない共感の視線を注がなければならない。そのことなしには、すべては時間によって搬び去られてしまう。

＊

今朝起きて雨戸を開けたとき、外はすこし風があり、空は七分どおり晴れているのに、東のほうに幾つか、かなり暗い雲のかたまりがあり、それらははやい速度で流れていた。この空を目にしたとき、私はいつかもこんな空をみたと思った。それはけっして確実な記憶の甦りではなかったが、十数年もまえにブルターニュを一人で旅していたときの、サン＝マロかどこかのホテルの窓から朝の空を眺めたときの気分を想い出していたのだ。そのときの気分がどのようであったかを、言葉で確定することはできないが、しかし、それにもかかわらず、その気分の内容はじつに鮮明に浮び上がってきた。娘を喪ってまだ何ヵ月も経ていないころのことであった。朝のホテルの窓のずっと下の街路で、パン売りの声が聞えていた。

あの時間はいまではじつに遠いところにあるのに、私の内部の奥深いところから、雲のたたずまい一つで、すぐさま浮び上がってくるのだろうか。

＊

すでに地平までひろがった大きな燭台の上で無数の蠟燭が燃え尽きようとしている。いまでは風もないのに、朱や黄金、赤褐色の滴がひっきりなしに落下する。そして、青い円天井のほうにむかって、燃え尽きたあとの黒い芯ばかりが身を起している。まるで自然の全体が祈りに心を委ねてでもいるかのような、まことに壮麗な、深い季節だ。

この自然の動きには、なにかしら抗い難いものがある。それは個々の生き物の意志などとはおそらく関係のない、ある宇宙的な力の支配なのだ。私たちがそれぞれに自分自身の主体によってなにごとかを決定したり、行為したりしているように信じているときにも、私たちはこの力の支配を免れることはできないし、その外に身を置くこともできない。

窮極的には、生きることの根拠のようなものはここにある。私自身が存在することも、また、この大きな、宇宙的な力の一瞬の顕現なのだ。共時的宇宙存在への確信。

*

この季節になっての楽しみの一つは庭に来る小鳥たち、——曇り日の枯枝の上、落葉のかげで、餌台や蹲《つくばい》の水のなかで、跳びまわり、遊び戯れる鳥たち、雀、四十雀、鵯、雉鳩、メジロ、コゲラ、鶯……　とりわけ数羽の四十雀が訪れて来ると、庭は一気に活気を帯び、まるで幼い子らの群れ遊ぶ遊園地の一角のようになる。鵯は水浴びが好きだ。そして、また、餌台のパン屑を啄む雀たちを、怒ってよく追い回す。雀たちはさりげなく避けてはいるが、すぐにまた餌台に近寄ってきて、威嚇者をいっこうに恐れる様子がない。鵯が軽んじられているさまが如実にうかがわれる。

白と黒との縞模様のあるコゲラがやって来ると、庭を眺めている私のほうが息をひそめて昂奮する。隣家の庭のはずれにある公孫樹の幹を嘴で叩きながら、先日はその梢近くまで垂直にのぼっていったが、今日はつい先刻、この狭い庭の隅の、ナツツバキの幹を同じようにのぼってゆくのをみかけた。

＊

この十数年の歳月のあいだに私が書いた文章は墓碑銘のようなものばかりだった。

だが、よく考えてみるならば、私の書くものにかぎらず、多くの詩や芸術には墓碑銘としての性格がそなわってていはしないだろうか。詩人たちは彼らが往き着く窮極のところで、皆そのように詩っていはしないだろうか。薔薇の詩人のロンサールにしても、『ドゥイノの悲歌』のリルケにしても、彼らは時間の所業にたいして、詩人の言葉を対置した。

ときとして、私は自分のなすべきことを終ってしまった人間のように生きている。

小鳥たちが水を飲みにくる蹲のすぐ傍らに一茎だけ、ホタルブクロが咲いている。それからまた、先日、Ｓがみつけて軒下に取り込んだのだが、鉢に一輪だけ、淡い紫紅色のエイザンスミレが咲いている。厳寒の日々に咲いた季節はずれの花たち。それに引き替え、おお、どうしてまだ私は枯れないのですか！　――そう叫びたくなるときがある。

＊

歴史のなかのどの時代でもそうだったのだろうか。誰しもが、自分の生きている時代を幸福の一時代としてではなく、最悪の時代の一つとしてしか考えられないというのは、人間の宿命のようなものだろうか。

だが、それでもそれぞれの時代はなにかしら人間の尊厳を証左するものを私たちに遺贈してくれている。どれほど暗い、不幸な時代のなかからも、私たちを勇気づけ、励まし、慰めてくれる光が放射されて、私たちにまでとどく。その光はレンブラントの画面のなかでのように、さだかならぬものでもあるが、それでもなお仄明りは私たちにまでとどいてくる。

この時代に生きていて、私が自分のためによろこびを汲むことのできる泉は、すべて過去に属するものばかりだ。汲み尽すことができないほどのよろこびがバッハやモーツァルトからはやって来る。数日まえ、西武美術館で、日を変えて二度、印象派の画家たちを中心とする絵画展を観た。シカゴ美術館所蔵のものだが、コロー、モネ、ピュヴィス・ド・シャヴァンヌなどの画面を見ていると、それらの作品からある深い人間的資質の示す高貴さが伝わってくる。だが、私たちのこの時代はそれらの高みに比肩し得る何を生み出しているだろうか。

＊

この数日のあいだに暇を縫ってロマン・ロランの戯曲の幾つかを読み返した。『愛と死との戯れ』『花の復活祭』『獅子座の流星群』――じつに久しぶりに読み返したこれらの作品から或る一種の気品のようなものが深く感じられてくる。フランス大革命という時代を背景として、たがいに対立する諸要素間の葛藤が最終的には調和的な和解にまで達するのだが、示されるのはいつも個の意志による征服感ではなく、個の意志を超えたものに自らを従わせることによって生じる諦念の静謐である。

おそらく、ロラン自身は革命や動乱を本質的に好まない人間であった。精神の高貴性を彼はもっとも重んじるタイプである。

だが、また、精神の高貴性というものはけっして自己中心的であってはならず、そこになお人間的なものがとどめられているとしても、それは人間的な慈しみの窮極的な姿のものでなければならない。彼が革命を受容するのはこの点からである。それは一方で、おのれの本然の傾向を殺すことでもある。

ここでも「死して成れ」は至高の格率としての意味をもつ。なぜなら、精神の高貴性が生来の性質にとどまるのでなく、真に高いものになるためには、ひとたびは自らを死ぬことが必然の行為だからである。

＊

ひどく寒い曇り空の日だ。鶫や雀たちが頻りに餌を求めて飛来する。その訪れかたがあまりにもはげしいので、ほどなく雪が降り出すのではないかと思う。パン屑を餌皿に入れてやる。野も森も枯れてしまった冬の寒い日に、小さな生命にこんなふうに恵みを施していると、こんな自分の気紛れがまるで神様の仕事の手先のように思われてくる。ほんのすこしだけ、アシジのフランチェスコの友だちになったような気がする。

この灰いろの空を窓から眺めながら、私はＦＭ放送でベートーヴェンの《ピアノ協奏曲変ホ長調》を聴く。アシュケナージのピアノの音が高らかに澄んでひびく。すばらしく昂揚した精神の歌がそこにはある。それは朱がかった葡萄の枯枝や、隣家の建物の冷たいコンクリート壁や灰いろの寒ざむとした空間とはべつの一つの世界を私に開いてくれる。いったい、どちらが幻なのだろうか。どちらも……おそらく……

たしかに過ぎゆく一切のものは幻にすぎない。それは夢だ。三十年まえのいったい何が、十三年まえの何が、そしてまた一年、半年まえの何が、昨日の何が、いまなお在ると言い得るだろうか。愛も友情も仕事も、すべては幻であり、夢である。私たちが大切におもうそれらのものは、幻でないもの、夢でないものの、ほんの一瞬の反映に他ならない。

じっさい、私たちの生きているこの世界、この人生そのものが、一瞬の反映に他ならないのだ。

だが、それは夢として、幻として確実に存在しているのだと言うこともできる。

＊

私は変ったのであろうか。——どのような点において。

私はこの現象世界の背後に、いまも何かを信じているだろうか。おそらく。私は依然として虚無主義者ではあり得ないと思われる。

どうしても私にはこの幻のような世界の全体が、ある根元的な実在の、そのときどきの一瞬の表情に他ならないのだという印象を打ち消すことができない。私の誕生以前にも、死後にも、また、この瞬間のまえにもあとにも何も存在していないのだとする考え方は、あまりにも個別の意識の主観主義に陥りすぎているように思われる。結局のところ、私たちの存在の前後に広大な無があるのだという考えは虚妄としか思われない。

私の死後にもなお春はめぐってくるだろう。なお鳥たちは囀るだろう。私たちの生きていることの世界が人類の愚かさのゆえに消滅しても、なお太陽は照りかがやくだろう。そして、いつかこの宇宙の全体が消滅しても、なお窮極のものが存在しつづけるだろう。実際にそのものが存在するかどうかは、また、どんな様態で存在するかは、そのとき、もはや私の推論の外である。私はそのものの存在を証明することはできないし、また、同様に、そのものの不在を証明することもできない。また、そのものが窮極において人格的であるか非人格的であるかということも私の推論の外である。

だが、この地球の上での季節の循環や花々の美しさや、星空の調和や、その他の諸々の現象がすべて無意志的に生起していると考えると、これらの分子の結合はあまりにも奇蹟的である。私は窮極的なものの存在を確認することはできないが、確信している。そのものへの信頼によって私は生きている。なぜなら、これは慥かなことだが、そのものによって私は生かされているのだから。

この点において、私はこの三十五年来、すこしも変っていない。

＊

亡き人びとにたいする私たちの想い出が浄化されるのは、幸福の記憶だけをとどめておきたいという生命あるものの生存本能のゆえとも思われるし、また、時間や距離というものが私たちの心理に及ぼす微妙な作用のゆえとも考えられるが、むしろ、亡き人びとの、私たちにたいする愛のゆえではあるまいかと感じられることがある。

逝いた親しい人びとのひそかな働きかけが私たちの心を純粋なものにしてくれるので、その人びとのことを心に想い浮べる刻々は私たちの内部にあってもっとも美しいものとなるのではあるまいか。

＊

自分の意識が平板な流れのままに動いてゆくようになると、私のなかでもっとも重要な或る部分がほとんど見失われてしまう。流れに抗うような、あるいは逆に流れそのものを完全に消滅させてしまうような意識の在り方が必要だ。

この垂直の運動方向をもつ意識の作用は、漠然とした過去や未来を場として横向きにだらだらと流れ出るのではなくて、いまの瞬間そのもののなかに時間の拡がり全体をとらえるように働く。

意識を無理に過去のほうへと押しやらないこと。そうではなくて、いまの意識の実質として過去のすべての拡がりを吸収すること。換言するならば、過去をも現在化することが必要だ。

*

かつて存在したものはいまも存在しているのだとロマン・ロランは言う。このバーガヴァッド・ギータ的なひびきをもつ言葉も、もし私たちが万象を流転の様態でとらえるならば、一種の気休めのようにしか聞えない。そして、そう思われても当然のところがある。

しかし、また、流転するとすれば、その不断の運動は何処でなされているのであろうか。その運動の全体が私にもみえてくるとき、そこに在るすべてのものはけっして滅びることのない或る全体として感じられてくる。

このことに私は十六歳の夏のある日、ふいに気がついたのだが、それからのち、私が何かをもっとも本質的な根拠において吟味する必要が生じると、最後にどうしても否定し得ないものとして残るのもこの確信である。私にとって、もっとも理解し難いのは〈虚無〉だ。なぜなら、ひとたび何ものかが存在したからには、もはや〈虚無〉は存在し得ないからである。

存在し得ない様態を〈虚無〉と称ぶのか。――それならば、最初から最後まで徹頭徹尾決定的に何ものも存在し得ないはずである。

*

昨日の午前中から降りはじめた雪が夜通し続いて、朝まで残った。目が醒めたときには、まだひっきりなしに細かい雪片が落ちてきていて、二年ぶりの大雪になった。

だが、それがまだすっかりは降り止まないうちから、昼近くにはもう気温が高いためか融けはじめて、ときおり、屋根からすさまじい音をたてて雪が滑り落ちる。朝のうち思いがけず枝いっぱいに白い花を咲かせていたかのような木々も、いまはただ黯々と裸の枝を張っているばかりだ。それでも、外側からは動きの見えないそれらの樹木に、内側からの活気が抑え難く漲り、溢れそうな気配が感じられる。

はや、すぐそこまで春が来ているのだ。

庭の土はまだ深く雪に覆われているが、その上を飛び交う鳥の影はよろこびに弾んでいる。そして、空の一隅にあった淡い碧さがしだいに拡がりながら澄んだ深い碧さへと変ってゆく。それを見上げる目はこのなつかしいものに触れて、感謝したい気もちをおぼえる。空に残っている雲も、いまは光に照らされておだやかな明るい白さだ。

いつの頃からか私自身が思っている以上に私の内部で我の意識が強くなりすぎていて、その肥大した我の意識が、それよりはさらに重要な人間的な悩みやよろこびの純粋な経験を圧迫しているのではなかろうかと、ふと気がついた。私に何ができるのか……私は何を生み出し得るのか……――いつもいつも私はそう自問してきたような気がするが、おそらくそれはあまり意味のあることではない。

自分を大きなものに従わせて、あらかじめ死を受容すること。

仕事を純粋に無名性にまで高めること。バッハやモーツァルトの音楽がもっている素晴らしさが多く無名性を帯びていることに気がつく。

Ⅵ

灰いろの雲に空一面蔽いつくされていて、その雲に濃淡のトーンがないため、この厖大な量の雲がいまもどちらかの方向にむかって移動しつづけているのだとはとても思われない。世界のはじめから、私たちの頭上の空というものはこんなふうに灰いろだったのだと信じ込ませるほどだ。

そして、ほどなく雨でも降りはじめるのか、空気が湿っぽい。街路を歩いていると、微小の水滴のようなものが頬に触るのが感じられる。季節はもう、ひどく寒さを覚えさせるようなものではない。冬の立ち去ってゆこうとする気配がうかがわれる。

この季節の微妙な肌ざわりが私に同じような季節のパリを想い出させる。たとえば十五区のルクルブ通りのすぐ裏手にあるサン＝ランベール辻公園のなか。あるいはまた、メトロをサン＝ミッシェルで下りて、そこからノートル＝ダム寺院の白いかたまりを見ながら、セーヌの河岸を歩くとき。

自分の生涯のなかにも、かつてそんな生活があったのだということさえ、いまでは幻のように想い浮ぶだけだ。なにか、かぎりなく懐かしい、旧い映画の一場面のようだ。そこを歩いている自分自身の姿も浮んできはするが、それはもう私自身ではない。もうそれは誰でもない。在るのはただ、時間の経過のなかに呑み込まれてしまった不可視の風景だけだ。

私たちの内部のものとなったそれらの風景、それはもはや時間にも奪い去られることのない私たちの富なのだろうか。

回想は幸福の色彩を帯びる。どれほど惨めな現実のなかから収穫されたものであろうとも、回想が人の心をやすらぎに導くときには、それは幸福に彩られているのだ。もしも、時間とともに何もかもが喪われてしまっているのだとしたら、どうして回想という行為がまた成立し得るだろうか。やはり私たちの心のなかに何かが喪われることのないものとして宿っていると考えるほうが、まだしも自然ではあるまいか。

私にはいまでもはっきりとみえる。あのルクルブ通り一八〇番地のアパルトマンで、老齢のルネ・マルチネ夫人がロマン・ロランやジャン＝リシャール・ブロックや画家のシニャックのことを私に話してきかせるとき、彼女の顔が内側から照らされて、なんと輝いていたことか！

そうかもしれない。すべてのものが内面化されるという言い方は、たんに言葉の戯れではないかもしれない。そして、私たちの内部に宿るものがしだいに多くなってゆくとき、私たちにとって、内と外とのどちらがいっそう密度の濃いものであるのか、もはや分らなくなってくる。だが、もし私が私自身の内面空間とともに死んでしまったら、すべては無に帰するのだろうか。私の内部に隠れ家を求めてきたこれらすべてのものはどうなってしまうのであろうか。私自身はともかくとして、これら親愛なものたちの不可視な現存を、なお誰が護りつづけてゆくことができるのだろうか。

この最後の点が、ながいあいだ、私を悩ませ続けてきたのだった。

だが、これを書きながら、たったいま、ふいに気がついたのだ。私たち自身を不可視のものとして、そのときには、宇宙そのものの記憶に委ねればいいのだということに。

空の全体が依然として灰いろだ。

＊

遅れてやってきた春のなんと美しいことか！

そこここの庭や畑のはずれで白梅や紅梅が咲き、桃がそれに色を添え、椿が乱れ咲き、重たげな花を落とす。

家の小さな庭にも、はや、さまざまな草花が開いて、大地の消息を伝えてくれる。今朝もカタクリやイカリソウやサラシナショウマの芽生えを見て歩きながら、私はほとんど感動に近い気分であった。実際、これらすべての生命を迸らせる大地のエネルギーというものは驚くべきものだ。

*

やわらかい、穏かな草色の巻き貝のような葉のちらちらと輝くなかに、同じようにちらちらと白い花の苞が目立ってきた。淡い水色の、春の夕暮れの空、その空の下の李の樹。

今日はカタクリの花も二つ開いた。気がついたときには、もう花弁が反って、美しい花のかたちが出来上がっていた。

ふと、自分がもう存在しなくなったのちになお続いている明るい、からんとした空間のようなものを想像した。自分が特別に穢れた存在だと思っているわけではないが、なぜか、もう自分が存在しなくなったのちの世界空間が奇妙に透明感をもって美しいものに思われるのだ。私は自分の死後の世界というようなものと混同しているのだろうか。いずれにせよ、個体としての私の存在などというものは、そこにはまったく考えられもしないのだ。それでいて、或る、明るい、静かな空間のひろがりが、私の存在などよりは遙かに確実なものとして確信される。もう自分など存在しなくなったとき、そこに在る空間はどんなに静かでかがやかしいことか！

これは生きていることにあっては大きな慰めだ。

＊

先日、ひとりで庭の草抜きをしながら想ったことだが、昔、なにかの修業を始めるにあたって、高僧や偉れた師が入門者に草抜きや庭掃除をやらせたというのは、まことに理に適ったことだったのではあるまいか。

大地の呼吸にじかに触れ、誰とも無駄なおしゃべりをせず、風の流れを身に受け、小鳥の囀りに聞き入るというような行為からは、なにか言い知れぬ豊かなものを学びとることができる。思いがけない植物が予想もしなかったところに飛び散って芽生えているのがみかけられる。消えてしまったと信じていた野の草の若い芽が勢いよく片隅にあるのを見つけ出したときのよろこび。

大地に身をかがめて、微かな風に吹かれていると、裏の家の庭で高く澄んだ声で囀っている四十雀が、家の東側の月桂樹やリラの枝を伝ってこちら側まで回ってくる。春の頌め歌をうたっているその四十雀の声はまるでヴィヴァルディを奏でるミカラ・ペトリのソプラノリコーダーのようだ。

自然そのものの鼓動にじかに触れるとき、それに呼応するかのように、私自身の内部でも、普段はどこかに潜んでいる自然の要素が深く呼吸するのが感じられる。

*

いつの頃からか、自分が終りにむかって急いでいることを、私ははっきりと感じとっている。その実感はあまりにも唐突に明確なのであるが…… 以前は逝いた親愛な人びとを、この世界に、どのようなかたちにおいてであれ、引き止めようとすることに私は熱意を傾けていた。しかし、いまでは私自身がすでに半ばは亡き人びとの集うところに身を置いているかのようであり、日々、大きな旅立ちの準備をしているかのようだ。

*

この世界のことは、すべて夢にすぎないというあの実感、——ピンダロスやシェイクスピアやロマン・ロランが共通にそんなふうに感じていることが私には面白い。（いまや私には芸術や文学のほうが人生そのものよりも興味深いのだろうか。）愛も仕事も学問も、すべては夢なのだと、ロマン・ロランの『愛と死との戯れ』の主人公クールヴォワジエは言う。同様に、シェイクスピアの登場人物たちのなんと多くが、そのことを、それぞれに彼らの口で語ることか！　すべてはむなしいとゲーテのファウストは語る。そして、つぎに彼は恋の情熱を発見する。生き甲斐の発見である。そして、ゲーテは人生へのたゆみない日々の努力を説く。これは驚くべきことのように私には思われる。なぜなら、他方で、彼は過ぎゆくものはすべて象徴にすぎないことを知っていたのだから。

すべてが虚無なのではない。そういうことはあり得ない。ただ、いっそう大きな、唯一の、絶対的真実にたいして、相対的なものの一切があまりにも極小の一点にすぎないのだということである。物質的空間としての宇宙という極小の一点。そして、そのなかでの私という極小の一点。

＊

世界に意味がないのではない。生きることに意味がないのではない。ただ、自分のしていることのすべてが、これまでの努力のすべてが、何もかも一つの夢に過ぎないのだということがいかにもはっきりとしているということだ。

昨年の秋に子どもといっしょに李の樹にかけた巣箱を四十雀がつかっているらしい。すっかり葉の生い繁った枝のあいだに、巣箱は僅かにみえているだけなのだが、そこにはなにか独特の静かさが漂っている。ときに、何処からか囀りもなく、矢のように一羽の四十雀が李の樹に戻ってきて、葉叢に姿を消すと、そのまま他処へ移ろうとする気配もうかがわれない。きっと、巣箱のなかで卵を抱いているべつの一羽がいるのではあるまいか。小さな、巣箱の暗い内部で、何が生じているのかは判らない。外からは、そこに一つの生命の営みのあることが想像されるだけだ。静かな秘密が一つ、そこにはある。

そして、すっかり生い繁った李の枝々の、まだそれでも若々しさを保っているみどりが、風に揺れながら、その静寂を神聖なもののように保護している。

私からみればそれもまた夢のなかの一つの風景のような、一本の李の樹と小鳥の営みだ。いつか目醒めて想い出せば、夢のなかの、もっとも美しい光景の一つであるだろう。だが、それらのものたちは、自らが夢の光景をつくり出しているのだと考えているふうでもなく、また、私が彼らをそんなふうにみることを拒絶しているようにも思われる。

秋になれば木々の葉は散ってゆく。また、数年のうちには、老樹は枯れるかもしれない。四十雀の生命はさらに脆いものであるだろう。だが、李の樹や小鳥は夢を生きているのではないように思われる。彼らの努力はおそらくあらゆる意味で必然性への従順である。

私たちについても、本来、同様なことが言えるのかもしれない。絶対的なものの必然を十全に生きているときには、すでにそのものと一体であると言い得るのかもしれない。小鳥や樹木は宇宙の必然を生きているのだと言い得るのかもしれない。

＊

四十雀の物語がつづく。もう十日ほどになろうか、巣箱のなかで雛の囀りがきかれるようになり、それは日増しにはっきりしたものになってきた。

ある時期には、静寂のなかで親鳥が卵をあたためていたのだ。

いま、番《つがい》の親鳥はひっきりなしに李の樹と遠方とのあいだを往復している。どのあたりまで飛んでゆくのだろうか。巣箱から飛び立つときには、直径三センチ足らずの小さな出口の穴から頭を出して、一瞬、周囲の状況を慥かめると、飛礫《つぶて》のようにすばやく飛び去ってゆく。そして、ほんの二分か三分ほどの間をおいて戻ってくるのだが、こんどはすぐさま不用意に李の樹まで直行するようなことはけっしてしない。すぐ近くの他の樹まで来て、様子をうかがいながら、まるで忍者のように枝伝いに渡り、巧みに巣箱に入る。

青虫や小さな蜘蛛の類をくわえた親鳥が巣箱に入ると、箱のなかは一斉に活気づき、小さな生命の証しの囀りが賑やかにきこえる。

この四十雀の親鳥の無私の営みに、いまや私は強い尊敬の念を抱いている。

＊

昨日の朝、起きて雨戸を開けたとき、巣箱のなかの囀りがこれまでよりも遙かに小さくなっていることに気がついた。

不安をおぼえながら、李の樹に近寄ってみると、樹の下のガクアジサイの大きな緑の葉の上に糸屑の毬のように細かい動物の毛や乾いた山苔のかたまりが落ちていた。親鳥が巣に戻ってくる回数も減った。

今朝みると、昨日と同じ場所に驚くほどの量の毛屑の類が落ちている。はっきりと意図的に巣箱の外に押し出したものと思われる。そして、もう巣箱のなかに囀りはなかった。雛が何羽いたのかは結局判らず仕舞いだったが、みんな育っていったのだろう。ひとまず、そう思うことにした。

朝のあいだは何処にいたのかはっきりしなかったが、昼ごろから頻りに庭を四十雀が飛び回る。まだいかにも飛翔の弱々しいのがいる。ときおり、巣箱の小さな穴のところまで舞い戻ってくるが、しかし、もうけっしてなかに入ろうとはしない。

いまも夕暮れの戸外に、ソプラノリコーダーのようによくひびく囀りがきこえる。四十雀の物語はこうして唐突に幕を閉じてしまった。

私は拍子抜けしたようにぼんやりと李の枝を見上げる。巣箱の静かさはもう昨日までの緊張と充実とを伝えはしない。ドラマは終ったのだ。あたりは幕を閉じたあとの舞台のように空虚だ。

「よかったじゃないの、小鳥に巣箱をつかってもらえて。ほんとうに、よかったわよ」とSは言う。

＊

昨日は、午前中、言いようもなく幸福な気分であった。

講義のない日だったので、朝食のあと、くつろいだ気もちで時間を過していると、Sが——「四十雀が鳴いているわよ」と、さきに気がついて教えてくれた。

硝子戸のところまで行って庭を眺めると、李の樹から山茶花、山椒の木のあたりにかけて、六、七羽ほどの四十雀が賑やかに跳びまわり、囀っている。多くは跳びまわっているというには、まだいささか危なっかしい飛び方で、一メートルか二メートルの距離を漸く地面に落下せずに移動しているだけのことなのだが。

いかにも小鳥らしい身軽な自由さで飛翔してみせているのは、つい先日まで必死で餌を運びつづけていた親鳥なのだろうが、どんなふうにか巧みに幼い群を誘導しながら、隣家の枇杷の樹に移り、やがて、そこからさらに雑木林の方向へと去っていった。

そして、その囀りは私の内部に、いい音楽を聴いたあとの幸福の余韻のように残った。

＊

朝五時、目醒めて仕事部屋の雨戸を開けると、生い繁った庭の木々の、濡れた葉に明るい黄金いろの陽が降り注いでいる。

目醒めぎわに奇妙な夢をみた。どこかわからないが小さな部屋に二十人ばかりの人びとが集まっていた。何によってか、皆、抑圧され、苦しんでいる人びとだった。革命か解放かをひそかに計画していたのだろうか。それとも、そんな切羽詰った状況にまで追いつめられてきたということなのだろうか。どんな状況なのか、なぜ自分がそこにいるのか、私にはわからなかった。ひとしきり、発言が続いたあとで、皆、口を噤んでしまった。私は何か言わなければならないと思った。そして、重い口を開いた。生気に乏しい語り口だと自分で思いながら、こんなことを述べていた、――「やはり、世界にむかって、国家を超えなければならないと思います。国というものは基本的にはエゴイズムとしての集団の特性をもっているのであり、総体としての人類には敵対的な関係を維持するからです……」

私はその集まりのなかで自分だけどこか遠方へ旅立つまえのようであった。その遠方は何処だったのか、死の彼方のようにも予感されていた。そこで私は夢の外に出た。

目が醒めて最初に思ったのはベガンやバシュラールが指摘している夢という現象の奇妙な特性についてだった。あの夢のなかで、私のコギトはどのように働いていたのだろうか。あの夢のなかの私とはいったい誰だったのだろうか。

意識がしだいにはっきりするにつれて、私のなかに〈戦い〉という語がのこった。それは、みたばかりの夢のなかから意識へと押し出されてきた語ではあったが、夢の情景とはもう直接の関係はなかった。

なぜ、〈戦い〉などという言葉がある種のキーワードのように自分の意識のなかにあるのだろうかと、一方では、最近の私自身の情けないペシミズムの状態を想い返しているとき、ふいに私は気がついたのだ、――私のこれまでの生涯は、考えてみれば、自分自身の本性にたいする長い戦いなのだということに。

私が自分の本性だけによって生きようとするならば、それはすぐさま私に戦線離脱を促したことだろう。

いまではある種の意志的な努力がさながら私の本性のようでさえある。それはむしろ私自身の生来の傾向にたいする意志の不断の戦いの姿なのだが、今朝まで、私はそのことを自覚していなかった。

＊

それならば何もかも幻影であり、夢にすぎないのだと看做している現在の私、一切の努力は結局のところ空無のなかに消滅してしまうのだと考えている現在の私、――この私は生来の自分自身に還ったということなのだろうか。なにかしら、そうとばかりは考え難いところがある。

一切が夢だとはいっても私はかならずしも虚無主義者ではない。

私は依然として自分がある全的なものに絶対的な価値を置いているのを感じる。それを否定することはできない。すべてはむなしいと言っても、それは私たちの日常のものである時間的視点によってそのように看做すということである。それならば、私たちには時間的なもの以外の視点、謂わば永遠の視点というようなものが可能であろうか。おそらく、可能である。論理的に考えてみても、私たちの個別の、日常的な視点が時間的なものであると知ることができるのは、私たちにも時間的なものを超えた視点をめぐまれる瞬間があるからだ。だが、また、それが地上的な在り様においてのみ存在し得る私たちに、どんな意味をもち得るのだろうか。

現在の私がすべての努力を抛棄し、思考を停止し、判断を中止するとすれば、それは個としての私というものの全的な消滅である。そして、それはこんなふうに筋道を辿ってくると、虚無のなかへの消滅というよりは、全的なものへの一種の絶対的帰依であるように思われる。

個別の私にかかわる一切は、それならばイリュージョンであるというのか。おそらく。だが、そうだとすれば私の個別の視覚がとらえるこの眼前の光景、家族の団欒の姿や友人たちの顔、若葉のそよぎや小鳥の囀り、強欲な政治家の自惚れ、悲惨な戦争や飢えの苦しみ、これらすべての眼前の光景はイリュージョンであるというのか。そうかもしれない。私は断言を避ける。だが、個別の私がそのように判断することもまた、イリュージョンであり、どのような意味をも構成しないことなのだ。

すべてはイリュージョンなのだと考えることのイリュージョン。

私が自分自身にたいして赦すことができないのは、私のみにかかわるのではない他者の在り様にまで及んで、それをイリュージョンだと言い切ることである。そのような行為は本質的に愛の欠如だと思われる。親愛な他の人びとの努力、樹木や小鳥たちの努力、海や星々の努力、それらすべての持続的な、瞬間の、あるいは数億年来の努力を、あらかじめ、空虚のなかに押しやるようなことはけっして赦されてはならないことである。それがイリュージョンであろうとなかろうと、そこには一回限りの営みのかけがえのない真摯さが潜んでいるからである。

＊

朝から小止みなしに雨が降りつづいている。気が滅入るような雨だと感じるのは、ともかく私自身の気が滅入っているためだ。光が欲しい。

いま、私の存在を大きな、深い肯定へとむかわせるだけの光が欲しい。そんな光が何処から来るものなのか、ともかく、レンブラントやモーツァルトを最後まで仕事へ駆り立てていたもの、それはどれほど微かで、どれほど希望から遠いものであろうと、やはり光だ。闇そのものを放逐してしまうような光ではなくて、暗がりをその衷に含んでしまうような光。あるいはどれほど厚い闇のなかにも浸み透ってゆく光。失意や絶望を衷に含みながらも、なおそのことに耐え続けていられるような愛。生きていることに、いささかの嫌悪もないといえば、この年齢では、それは偽りになるが、そんな嫌悪をもなお吸収して、大きな受容に変えてしまうような在り方の根拠は何処から来るのであろうか。

＊

自分に欠落しているものが何であるのか分らないままに、長いあいだ、その欠落している部分を私は埋め尽そうとしていたように思う。心の何処かでは、それが可能なのではあるまいかと希いながら。

一種の形而上学的欠如感。メタフィジックなどという語を通常私はあまり好まないが、この場合は止むを得ないかもしれない。なぜなら、これは存在の地上的条件そのものに付き纏う欠如感なのだから。十全に存在するなどということはあり得ない。地上的な条件としては、存在するということはつねに一瞬のことなのだから。存在は十全であろうとするその瞬間に、絶えまなく突き崩されてゆくものなのだ。形成される波がその頂点において、すぐさま突き崩されるように。私たちはそれを生成と称んだりするが、この生成はけっして完成することがない。存在は他者によって自分を養いながら、同時にたえず、他者を養っている。一つの波がつぎの波をつくりだすように。

生きていることとの根元的な悲哀は存在そのものから来る。窮極において死に到達するからではない。死はむしろ個としての存在の様態の消滅であり、また、人びとが〈実在〉または〈神〉と名づけているものへの合一なのだから、大きな慰めだ。存在が個であること、そして、それが欠如であること、――そこから悲しみは来る。

だが、また、それぞれの個としての存在が相互補完的であることによって、悲哀を通じてのよろこびが訪れる。なぜなら、この相互補完性こそは〈愛〉なのだから。

いつも、〈いま、ここに〉である。すくなくとも、私にとっては。生きていることとそれ自体がつねに〈いま、ここに〉である。

先日、「神の記憶に委ねる」というような言い回しを発見したときから、慥かにすこしずつ気がやすらいでいる。「宇宙の記憶に委ねる」と言ってもいいのだが、宇宙というものの全体に、なお痕跡の消滅というようなことが感じられて、やはりそれでは不充分だという気がする。「神の記憶に委ねる」ことと、「いま、ここに生きる」こととのあいだで、距離は無限にひろがるが、同時にまた、それらは一つに重なり合う。両者のあいだで時間と空間とが除去されているから。

*

雨が降っている。こうして一日ずつ秋が深まってゆく。

昨日は一日じゅう庭の手入れをした。葡萄棚の、伸びすぎた蔓を整理し、山椒や梅の木の枝を剪り、槙の樹の形を整える。庭じゅう藪みたいだったのが、すっかり明るんで、風がよく通るようになったので、一緒に手伝っていたSも満足げである。

葡萄の房はついに熟れはじめたようで、四周に芳香を放つようになったのか、はやくも鵯がしばしば飛来して、歓声をあげながら粒を啄んでゆく。秋海棠が花ざかりである。

こんな日常的な生活のリズムを体得すること、――そのことがいまの私には徹底的に必要であると思われる。二、三日まえにも、ふいに私は考えていた。これまでの自分の生活とは何だったのか、と。久しい歳月のあいだには、じつにさまざまなことがあった。仕事をめぐっての希望や失意、異国での生活のことなど。だが、結局のところ、それらは一体何だったのかと私は考えたのだった。

〈それが一体何だというのか〉――この言い回しは一切の事象から意味を剝ぎ落し、一瞬にして無のなかに投げ還してしまうほど強力である。そこにあるすべてのものを瞬間のうちに無の大洋へと奪い去ってゆく大津波のような、全否定の万能的な強さがある。あらゆる情念、あらゆる欲望、あらゆる意志、どのような堤防もこの大津波にはひとたまりもない。

地上的な些細な営みの数かずを粉砕するのに、これ以上のどのような言い回しも必要ない。すべては空であり、すべては夢であると感じるとき、一切は根拠を失う。それが窮極の真実であるというのだろうか。光も闇も、大地も宇宙も、一切は夢にすぎないのだと感じるとき、なんと心がやすらかであることか！

だが、この認識は結局のところ、私たちからすべてを奪い去る時間の作業に与することになる。私たち自身をも変化させながら、同時に、親愛なすべてのものを私たちから奪い去るのは時間である。否定しようのない事実として、このことは在る。そして、この事実を容認すること、それを私たちは諦念とよぶ。

だが、また、この夢であるすべての事象の外に、いったい何があるというのか。

いま、秋の庭を雨が濡らしている。いま、葡萄の房が重く垂れている。いま、子どもの一人が熱を病んで、二階で寝んでいる。いま、世界のそこここで、烈しい争いがあり、人びとがそのために血を流し、斃れてゆく。それらすべても一つの夢だ。だが、この夢の外にいったいどのような真実があるというのか。

＊

一つのすぐれた精神というものが他者によって継承されるということは結局はあり得ない。それはいつでも孤独なものであり、しかし、地上的な存在としての様態を失ってもなお、その存在の中心点から発光しつづけるのだ。

＊

昨日は一日じゅう、すさまじい風が吹き、それまでみごとだった樹々の炎をほとんど吹き消してしまった。いまは燃えさしのような黒ずんだ枝に残り火がわずかに紅や黄にちょろちょろと見えるだけだ。そして、昨日にひき続き、空はどんよりと重く暗い。寒さも依然として続いている。

＊

風はおさまったが、依然として冷たい曇り日が続く。

学校へ出かける途中のバスの窓から眺めると、なにも生えていない畑の黯ぐろとした土のひろがりのむこうに、何の樹だか一本立っていて、それにまだレモン黄の葉がたくさんついているのがみえた。もっと遠くのほうの林はすでに冬景色である。そして、黄いろの一本の樹の背景になっている空の部分はすっかり乳色で、こちら側からは樹の姿が全部はっきりしているのに、まるでその乳色のなかに嵌め込まれているようにみえた。それは壁画のなかの風景のようだと私は思った。

地平に近く、低いところまで空が乳色なので、世界全体がそんな色を滲ませている印象を受ける。この白さはどこかに温かさが含まれていて、そのために心が和む。いまにも雨か雪が降りそうなのに、心は身顫いするのではなく、なにか幸福の予感のようなもの、かすかなよろこびの歌のようなものさえ、そこに感じとる。

*

今朝、バス停のところで空を見上げたときには一面灰いろに曇った空に、よく見ると、色の濃淡があり、そのために幾つもの雲の重なり合い、隣り合う動きによって空が覆われているのだということがわかった。そして、いま、九時過ぎ、研究室に着くと、その窓からみえる空は遠方に薄い雲を棚引かせているものの、いっぱいに陽光を湛えている。

私はこんなふうに詳かに観察しながら、まるで、自分がなにか重大な局面に立たされているかのような感じを抱く。氷上の探検家、あるいはアルプスの登攀者、または決戦を挑もうとする将軍、そんな人びとの極度に緊張した神経は、おそらく自分の周囲全体にその緊張した神経の網を張りめぐらし、状況を充分に把握し、また、ほんの僅かな変化でもそこに生じれば、けっして見逃すまいとするだろうから。すべてを予兆としてとらえ、その意味を読みとろうとするだろうから。ほとんど無為に近い私はいったい何を待っているのか。何が私にとって決定的な局面の変化なのだろうか。

＊

「昔はこんなふうではなかった」とよく人は言う。おそらく、その昔の時代にあっても、同じように人びとは言ったのではあるまいか。

そう考えれば現代が特別にひどい時代とも思われなくなる。いつでも、その時代などというものに足をさらわれることなく、孤独に、しかし、確かなものとして、自分の精神を保持しつづけた少数の人びとがいたにちがいない。そして、その人びとの孤立無援のたたかいによって、人間の威厳は保たれてきたのであり、その人びとによって、現在の私たちは多くの慰めを得ているのかもしれない。

＊

晴れているが、風が冷たい。一昨日の雪はこのあたりでも三センチばかり積ったが、きっとその上を遙かなところから渡ってくる風なのだろうか。庭には、なおところどころに雪の白さが残っている。そして、その傍らで、黄色のクロッカスが僅かに瞳をのぞかせはじめている。木々の枝には生気が蘇り、ネコヤナギの芽は銀灰いろに光っている。

まるで、死と生とが交錯して、一つの季節をつくり出しているかのようだ。厳しい忍耐と、かすかに燃えはじめた憧れとの微妙な混り合いがこの二月の日々の大気を顫わせている。一方には、過去への苦味の混った悔恨と郷愁とがあり、他方にはおずおずとした希望がある。

Ⅶ

誰にとっても、そんなふうであるだろうか。旅をするとき、ときに私は徹底して孤独でなければならず、そんな状況に身を置いてみるとき、はじめて自分が世界そのものと真に深く触れていると感じられるのだ。また、生活の日常性から離れて、自分自身の内心との対話が可能になるのも、そんな孤独な旅においてである。

書きとめておく暇のなかった昨日のことを、いま誌しておきたい。それはまた、この年の春について書きとめておくことでもあるのだ。

＊

マドリッドからトレドへむかう道すじのなんと美しかったことか！　見渡すかぎり小麦畑と牧草地、オリーヴ畑、そして、何ひとつ見ることのできない荒蕪地が交互に訪れてくるこのスペインの高地には、ふいに春の夢が舞い下りてきたところだった。つい一週間まえには雪が降ったという。そして、道を下ってゆくと、盆地状の小さな窪みには霧が漂っていた。

だが、かすかに柳が芽吹いている傍らで、あるいは村落の小さな庭で、綻びはじめたばかりの桃の花の紅が、そして、李の花の白がなんと愛らしく美しかったことか！　美しかったと、幾度でも繰り返して、私はそう言いたい。実際にそのとおりだったのだから。前の晩、私はマヨールの広場で、薔薇いろの晴れ着で飾られた幼い少女たちを何人も見かけたが、この寂しく、涯しない高地で、あの花咲ける桃の樹々はその幼い少女たちそのものの存在のようであった。

エル・グレコとエル・シドの古都については今回の訪問によって特別に付加する印象はない。ただ、ここの大聖堂でみると、エル・グレコについて私が最近強く抱いていた印象に、多少の変更を加える必要があるかもしれない。というのも、東京で開かれたあの大規模な〈エル・グレコ展〉は、この芸術家にたいする奇妙な不快感を私に抱かせたからだ。エル・グレコはトレドでみなければならない芸術家だ。

それよりも感慨深かったのは同行した現地ガイドのヒメネス氏である。トレドの大聖堂のなかで、学生たちの外側に離れて立っていた私にむかって、同じように手持ち無沙汰になっていた彼はスペインのミスティックの思想について話しはじめた。そこで突如として、私たちの会話は十字架の聖ヨハネの〈暗夜〉に、また、アヴィラの聖テレジアの魂のひたすらな憧れに及ぶことになった。彼の話しぶりは聞き手を得たことで、熱を帯びた。彼自身が十字架のヨハネの詩を感動をもって読むのだと言っていた。私は十六世紀スペインのミスティックたちの、現代への影響について訊ねてみた。即座に、彼はミゲル・デ・ウナムノについて話しはじめた、――「ウナムノはいつも疑いと希望とのあいだで熱く不安に生きている魂です」と、一見何の見栄えもしない、赧ら顔の、眼鏡をかけた旅行ガイドが答えるのである。そして、あの『ドン・キホーテ』についての注釈のかたちで自分の思想を展開しているウナムノの書物のすばらしさを口にした。

夕刻、私たちがトレドを立ち去るまで、私はこのヒメネス氏としばしば言葉を交した。詩人ヒメネスについて、また、ロルカについて（彼は三島とロルカについて興味深い比較を論じた）。彼がグループ観光客のガイドという職業であることが、私にはなにかしら驚くべきことのように思われた。

＊

九時過ぎにホテルを出て、まっすぐにサン＝ミッシェルまでメトロで行く。そして、以前にいつもそうしていたように河沿いにあの大きな聖堂の均斉のとれた塊を眺めながら、しだいにそこに近づいてゆく。こうして、私にとってのパリがはじまる。何故かは知らないが、自分一人だけで正面右側の扉からなかに入ると、この聖堂の内部空間がはっきりと息づいているさまが感じられるのだ。

まだ、午前のミサが行われている最中であった。団体の観光客の無遠慮な訪問もほとんどなかった。私はあの聖母子像の近くに椅子を一つ選んで坐った。北の薔薇窓がほぼ正面にみえる。今日、それは明るく、とても大きくみえる。まるで、そこからの光が聖堂のなか全体に溢れて、私をも浸しているように感じられる。なぜ、そんなふうに感じられるのだろうか。ミサを執り行なっている聖職者の声は依然として聞えていた。

かつて一九七二年九月にここに戻ってきたときのことを私は想った。そして、一瞬、そのときの自分と現在の自分とを重ね合せたためか、泪が出てきそうになった。幼いままに逝った娘のことを想った。それから、一人ひとりの子どものことを想い、家族全部のことを想った。泪は悲しみのためではなかった。一瞬、私は〈救われた〉と想ったのだ。これはどう説明したらいいのか分らない感情だが、すべてのことがほんとうに明るみのなかに在るのだということが感じとれるような、ある実感だった。

ミサは私にはかかわりなく進行していた。私にはただこの霊的な慈しみの空間が必要だった。

生も死も、在も不在も、見えるものも見えないものも、ほんとうに一切は透明な世界そのものを形づくっているのかもしれない。

三年半まえの夏にヨーロッパに来たとき、私は何かを決定的に見喪った気もちで帰国した。それは十余年にわたる時間の環の一つの終結を意味するものだと、その後に私は気がついた。奇妙な言い方かもしれないが、あのとき、私は不在そのものを喪失したことに気がついたのだった。

それから数年を経て、今朝、同じところに身を置いてみると、生と死との両側にわたって、もう自分に見えない部分は何もないように確信されたのだった。ふいに〈救われた〉と感じられたのはこのことである。

そして、ずっと昔、自分がそうしたことがあったのを想い出し、マリアの像の足許に、娘のために一本の蠟燭を献げた。

ノートル＝ダムを出た私の足は、そのまま、当然のことのようにサント＝シャペルにむかう。今日、この聖ルイ王の聖堂の内部はなんと美しく耀いていたことか！　その窓の碧から、紅から言い尽せないよろこびが来る。そして、また、古い壁や古い柱やその柱頭から来る。

それからまた、もう一度橋を渡り、あの園芸店や小鳥屋が軒を並べている河岸の通りをルーヴルのほうへむかった。

ルーヴルは新しい入口を設けるため、中庭の側から大改修中で、いつもとは違う臨時の出入口から入った。サン＝ジェルマン・ロークセロワの入口であり、入るとすぐに古代オリエントの部屋になる。

幾つかの目当のものだけを観る。イタリア・ルネッサンス期の傑作たちやレンブラントはすでにひどく疲れを感じはじめている今日の私にはすこし重い。十六世紀のフランス派に私の心は傾いてゆく。あまりにドラマチックでなく、端正なのがいい。

そして、また、とりわけ離れがたく思われたのは、大階段のすぐ傍らのあの壁画のボッティチェッリであり、また、中世フランス彫刻の部屋に静かに置かれている十四世紀のラ・セールのあの聖母子像だ。どうしても幼いままにイエスを喪ってしまったとしか思えないあの美しい聖母の像だ。

＊

ほどなく七時になる。パリの夜明けだ。

どれほども生活の根を下ろしていないこんな旅から何かの感想を語ることには、いつでもある種の危険が伴うが、自分の見ている対象にたいして判断を下すのではなくて、見ている自分自身にたいしてであれば、多少はそんな危険を避けることも可能かもしれない。

いまやはっきりと私は自分の年齢というものを感じる。たしかに日に日を重ね、ほとんど三週間にもわたって動きまわっているのだから、身体の節ぶしが痛いほどだというのは当然だが、問題はそういうことではなくて、何か新しいものに触れたときに、その新しさそのものにたいして心の底から驚き、感嘆することが以前に較べて非常に稀になってしまったということだ。明らかに自分自身のなかにいまや一つの世界があり、それを外部と対峙させている自分を感じる。

ヨーロッパに関していえば、おそらくその文化の最良の部分を私なりに受け取ってきたと思う。もちろん自分の必要に応じてのことだが。そして、それによって私自身の内部の実質がある程度まで形成されていることも確信できる。それは幸いなことに、ヨーロッパのなかでももっとも人間の根元的な本質にもとづく部分であろうと思われる。

こんなことを考える自分というものに私は年齢を感じるのである。

先刻四時過ぎにホテルに戻ってきた。メトロから街路に出てみると、細かい雨が降りはじめていた。

結局は自分の自由な一日をほんとうに自分のものにしたいために、私はまた一人でシャルトルまで出かけてきた。モンパルナッス駅九時四分発の長距離の急行で、シャルトルへは十時まえに着く。パリ以上に風が冷たい。パリからの車窓では何の花の樹も見かけられない。このあたりではミモザもまだ固く莟を閉しているのだろうか。

シャルトルのフランス、これもまた私にとっては特別なものだ。この堂内の幽暗な空間に碧や紅の珠玉の耀きをみるとき、私は自分のなかに古いフランスの敬虔の美が息づくのを感じる。マリアの生涯の物語、アダムとエヴの物語、北の薔薇窓、美しきガラス絵の聖母、葡萄酒樽の車、諸々の預言者たちの姿……　それらはかつての聖なる時間を、感嘆すべく私たちにまで伝えている。この光を生み出し、この光によって語ることを得た人びとに、溯って、私たちの時代はなにを贈り物にすることができるのであろうか。もはや私たちの時代はルオーを持たない。

暫く堂内にとどまったのちに、また、ここに来ればいつもそうするように裏手の高台へとまわり、そこから掘割のほうへ坂を下ってゆく。襟巻をしっかりと頸に巻き、オーヴァーの襟を閉じているが、頬が氷のように冷たくなってくる。

幾つもの形の異なる小さな橋、古めかしい家々、そして、さまざまに変化している路地、――大聖堂の裏手のこの界隈を歩くのが私は好きだ。ふり返れば、せり上がってゆく家々の屋根や壁のむこうに、形の異なる二つの塔をもった大聖堂が一瞬隠れたかと思うと、またたったいま見たばかりのものとは違った姿を現す。二つ目の橋を渡ったところにある散歩道の公園で小さなスケッチを一枚描く。それからもう一度、坂道をのぼりはじめ、いつもとは違うすこし左手のほうに、直接街の中央に通じる道を選んで暫くゆくと、ふいに坂の中途でペギーの記念碑のあるところに出た。ペギーの肖像の円盤の傍らにつぎの詩句が誌されている、――

私たちの国の一人の男が豊かな土くれから
ここに、一息に迸らせ、立ちのぼらせたのだった、
しかも、ただ一つの泉から、ただ一度だけ担うことによって
あなたの被昇天にむかって、世に比類ない尖塔を。

『聖母のつづれ織』にみられるこの詩句そのものが幾世紀も経たもののように私には思われてくる。

もう一度、南の扉から大聖堂のなかに入る。小さな灯りまですっかり消してしまってあって、

内部は先程よりもいっそう暗く、そこに漂っている幽かな明るみはところどころの蠟燭とヴィトローからのものだけだ。いまにも雪になりそうなほどに外は重く曇っているので、陽光を受ける窓は何処にもない。それだけにほとんど暗がりそのものである空間の高みに鏤められた宝石の耀きを見るのは、いっそう深く静かさへと心をしずめるよろこびだ。

もうフランスへ来ることはないかもしれない、――シャルトルの聖堂はいつもそんな気もちへと私を誘う。あるいはまた、いつか家族のものたちを伴ってここに来ることができれば、そのときには、自分がこよなく愛しているものに同じような感嘆の声をかすかに上げるにちがいない存在を自分の傍らにもっていることが、私を二重に幸福にしてくれるだろう。そんな幸福を実現したいと心から希うのもやはりここでだ。

きっと、私にとっても、シャルトルは巡礼の地なのだ。そして、ヨーロッパに来るその都度、シャルトルは私にとって旅の終りを意味する。

Ⅷ

今日からまた学校が始まる。静かに雨が降っているが、もうそれほど寒さを感じることもない。

あの遽しい三週間のヨーロッパの旅の日々はもう忘れかけた夢のようだ。それが何処かこの地上でのできごとだったとは思われない。だが、こうしたことはたんに私の場合のヨーロッパの想い出というようなものについてだけではなく、過去の日々について、おしなべて言い得ることではあるまいか。遙かな昔から、洋の東西を問わず、人びとは過ぎ去るすべての事象について、そのようにとらえてきた。どれほど重く現実的なことであろうと、いったんそれが私たちの眼前から消えてしまえば、二度と見てとることはできないからだ。どれほど明るく、豊かで、穏かな幸福の光景であろうと、どれほど苦しい試煉の時間であろうと、それらが過ぎてしまえば、もはや私たちのものとは言い難い。

だが、過ぎ去り、消えてしまうとはいったいどういうことなのか、――幾度も私はこのことを問い返してきた。そして、その都度、何らかのかたちで、自分自身、納得するところはあったと思う。それでいて、いつもまた、あらためて問い訊さずにはいられないのだ。つまりは私自身にも何らかの意味で仕事と名づけ得るものがこれまでにあったとすれば、その仕事とは、過ぎ去り、消えてゆくものと私自身との関係について、その都度問い訊す作業に他ならなかったと思われる。このことはおそらく今後においても変ることはあるまい。

けれども、それはすでに、私自身と世界との関係を問い訊す作業に他ならないのではあるまいか。なぜなら、この、過ぎ去り、消え去るものの総体こそはおそらく世界と名づけられ得るものであるのだから。

＊

先日散歩をしているときに、Sがはじめての体験というものがどれほど貴重なものであるかという話をした。私たちは散歩からの帰り途に、台田団地から柳瀬川へとくだってゆく回り道を辿ったのだが、その折、団地にさしかかる小さな雑木林のはずれの斜面に幾株も自生しているカタクリやイカリソウの花を見かけた。それらのうちの一株は濃い紅いろのイカリソウだった。私たちはその花の色をすばらしいと思った。

おそらくこのあたりに移り住んだばかりの十五年まえだったら、幼い子らを連れての散歩のときだったら、この小さな発見に私たちはもっと胸をときめかせ、昂奮をおさえきれなかっただろう。

実際そのとおりだと思う。この世界の何もかもが新鮮なかがやきを帯びて、無限の魅力を蔵しもっていたように感じられた時期というものもあったのだ。

それらのものの多くはこの齢になってみると、それほど不思議なものでも何でもないのだというふうに素顔がわかってしまっており、他方では、未熟な年齢のときには見つけることもできなかった遙かに多くの真実な富をのちになって理解することも可能になった。だが、あのおののきにも似た心の、歓喜ゆえの浄福感――あれはいつごろから消えてしまったのであろうか。どんなに些細なことであれ、それを計量したりすることなどけっしてせずに、自分の全存在によって受けとめたあの日々の感性――あれは何故にもう今日のものではないのか。

世界から日々敬虔に学ぼうとすること、ある意味できわめてゲーテ的なこの格言こそ、もしかすると、生きることを根元からよろこびによって支える秘密を宿しているのかもしれない。だが、世界そのものへの関心自体が薄れかけているいま、私にとってこの格率を持してゆくことはなんと大きな困難を伴うことか！　夕暮れの静寂をうたったローダンバックの詩の雰囲気のなかででも過しているかのようなこんな時期に、もう一度世界をその耀きのなかにみてとろうとすることが私にもできるのだろうか。

＊

竹橋の美術館に〈ゴーギャン展〉を観に行った。

印象派的な特徴のうかがわれる初期の数点の絵はこの画家の、じつに達者な技倆と慥かな視線とを感じさせる。だが、彼は突如それを捨て去り、さまざまなかたちで自分の世界を描こうと試みはじめる。この主観主義、それは彼の時代への反逆であろうか。自らの置かれている市民的な社会にたいする拒否の身振りであろうか。一八八〇年代ということを考えれば、多かれすくなかれ、詩人であり芸術家であることはそれ自体すでに市民社会にたいする反逆、拒絶という意味を帯びていたにちがいないのだが、しかし、ゴーギャンはそうした詩人や芸術家といった人びとにたいしてもさらに拒否を押し通そうとしていったように思われる。

ときとして、感嘆すべきタブローが仕上げられる。ときとして、試みは破綻をきたしているかにみえる。西欧の文明社会に生れながら、そこで疎外感をおぼえつづけたにちがいない一つの魂の孤独な悲劇がこの展覧会からは浮び上がってくるように思われる。

若葉の美しい季節だ。そして、もうほとんど夏を想わせる数日が続く。この時期には一日ごとの自然の様相に変化があり、また同じ一日のなかでも朝と夕とでは咲いている花の種類も異なるほどなので、追いたてられるような慌しさを感じさせられてしまう。美しさの奥になにか病み疲れているものが感じられる。これほど自然のなかに溢れる生命力の迸りがあるのに、何故、私はそこに死を連想するのだろうか。

先日、ギリシァのステールをみた折に感じたことが、まだ私のなかにとどまっているのであろうか。

*

実際、生きているということには、一種悲痛なよろこびがある。生きているということが矛盾としての事実であるためだ。

よろこびは自分が存在していることとそれ自体から来るのではなくて、存在することによって多くの、愛すべきものたちに接することができるというそのことから来る。いまカセット・テープでアルバン・ベルク四重奏団の演奏するモーツァルトの《へ長調四重奏曲》を聴いていること、葡萄棚につくられた雉鳩の巣で二羽の雛が日々育っているのをそれとなく見ること、Sや子どもたちが何ごとかを楽しそうに話すのを聞くこと、遠方にいる友人たちの無事を心に想い、いつかまた彼らと再会できるかもしれないと希望を持ちつづけること……　その他のさまざまなことからもよろこびは来る。

＊

韓国での学生の反政府デモに、昨日は市民が加担したために警察も強圧的な措置がとれなかったと今朝のＴＶのニュースは報じている。だが、映像はまるで小規模な市街戦の様相を呈している。そして、これを契機にして、ふたたび改憲論議が高まることになろうと新聞は見通しを述べている。

人間の尊厳の窮極的な根拠はやはり自由ということにあるのかもしれない。これがどのような自由であるのかを厳密に定義することはできないが、一種の精神の自由であり、どのような形態をとっていようと圧制に苦しむとき、そこから解放されることを希い、努力することである。自己の尊厳を他のものが脅かすとき、人は肉体としての自己の存在をどのような危険に曝してでもたたかう。

この地球の上のいたるところで、そのような、もっとも根元的な自由を自分のものとするために、なんと多くのたたかいがたたかわれていることか！

＊

いたましい雉鳩の親！　雨のなかで、雨に濡れながら、巣にすぐ近い物干棹にとまったまま、動こうともしない。そして、しばらくののち、飛び立ってゆくが、おそらく雛たちに餌をやろうとする習慣が働くためか、また舞い戻ってくる。

だが、巣のなかはからっぽだ。二羽の雛はどうしてしまったのか。昨日Sが夕刻帰宅したときにはもういなかったそうだ。葡萄棚の下のホタルブクロの茂っているところ、サツキの植込みのなか、隈なく捜してみたが落ちてはいなかった。猫にでもやられたのだろうか。それとも、何か他の大きな鳥に狙われたのだろうか。

葡萄の蔓に踏み荒されたあともなく、羽毛などの散らされた様子もない。だが、いま、編籠のような鳩の巣はからっぽだ。そこには喪の悲しみのような静寂が漂っている。

母鳩は雨のなかで、物干棹から飛び去ろうとしない。まるくふくれた雉鳩の身体のなかに虚ろな心がみえる気がする。ときおり、雨のなかで喉をふくらませて、かすかな啼き声をもらす。低い、小さな声が、――「ク、クッ、クウ、ク、クッ、クウ」ときこえるが、それはまるで嗚咽のようだ。

二羽の雛は昨日の朝まであんなに元気で母親に甘え、餌をねだっていたのに、何処に姿を消してしまったのか。親鳥はそのことをまだ受け容れることができないでいる。

だが、これも自然の大きな動きのなかの一断片として必然のことなのかもしれない。

すべて、心的な苦痛とは必然を受容することを拒む心の働きだ。だから、必然を必然として受容するならば苦痛は消えるかもしれない。心がなければ、すべては必然の支配のままになる。自分自身の存在のみにかかわることであれば、つねにそうでありたい。

だが、愛するすべてのものにかかわる必然の力の作用を、どうして苦痛なしに受け容れることができようか。

＊

勤めに出る途中のバスの窓からみると、農家の庭に紫陽花が咲き溢れ、石榴の朱紅色の花が若いみどりのなかに揺れている。若いころに好きだったあの、畑なかの小径の土を踏む感触が、通りがかりに眺める田舎の風景のなかから立ち上がってくる。路傍の雑草は露に濡れているだろう。そして、それを踏む足の甲をきっと濡らすだろう。濡れた足の甲に付いた泥がみえる。私は十五歳か十六歳だ。夏の朝、遙かな昔の夏の朝、眠たげな意識、草いきれ、微風……　私にとって世界のはじまりであったような季節の、おぼろげな記憶、感触の記憶……

＊

雨が降っている。空は一様に灰いろだが、どちらかといえば明るい。ガラス窓をひっきりなしに雨が叩いている。雀のチッチッという囀りが間断なく聞えている。

何事が生起しようが、一人ひとりの心のなかにどれほど苦しい痛みが生じようが、また、どれほど充実した幸福が感じられようが、いつも、いつも、こんなふうであるだろうと思われる。

宇宙のリズムのようなものは個々の現象を超えて続いてゆくだろう。自分をある全的なもの、超越的なものにあずけて生きるとき、すべての個であるものは仮象にすぎないのだと観ることはいささかも困難ではない。また、その立場にあって、自我の欲求を消滅することは、ある場合には、むしろ容易でさえあるかもしれない。

だが、いつからか私自身は敢えてこの仮象の世界であるものをこそ唯一の真実と看做し、すべての悲喜をそのままに己れ自身のものとして、この心に受けとりたいと希っているのではあるまいか。

＊

書き誌すべき多くのことが書かれないままに日々が過ぎていった。

暑さのなかに秋の気配が深まってゆく。日中はまだ三十度を越す高温だが、風には乾いた、高原を想わせる音があり、いつからか鵯が嬉々として叫びを発しながら、葡萄の粒を啄みにくるようになった。何よりも日の暮れがはやくなった。

季節が秋にむかって傾きはじめるこんな日々、夕暮れに庭で時間を過すのが私は好きだ。空がすこしずつ青のなかに薔薇いろや黄金いろを溶き混ぜ、やがて、その金いろの睫毛のある瞼を、はやい睡気に誘われて閉じるとき、そして、そのときまで遊びはしゃいでいた小鳥たちが黙ってしまうと、大きな、深い夜が訪れる。

リヒャルト・シュトラウスの《最後の四つの歌》の、あの雰囲気が世界と私を包む。

＊

精神のエネルギーは休息によって回復するのではなく、仕事によって取り戻される。何もできないからといって何もせずにいると、無気力になり、奇妙に疲れるだけだ。

肉体の疲労は純粋に疲労であり、それはある程度、休息によって取り除かなければならない。だが、精神というものはもっと複雑なものだ。

三、四日まえ、目醒めぎわに奇妙な夢をみていた。

私の傍らに家人の誰かがいた。ふいに電話が鳴った。合図のベルが三度、四度と鳴ったとき、漸く私は受話器のところに行き着き、受話器を取ったが、もう電話は切れていて、誰も応答はなかった。そのとき、私の傍らにいた誰かが言った、——「いまの電話はヘルマン・ヘッセからだったのよ。あなたがもう絶対非暴力の思想をもっていないのではないかって、気にしてかけてきたのよ」。夢のなかで、私はその言葉をそのとおりに信じて疑わなかった。

＊

木々の葉をふるい落すように、つぎつぎに私から離れて落ちる、私にとって不要なすべてのものが。

暫くのあいだ、私は自分の視力では何もみえない暗がりに置かれていたような気がする。日常の生活にはそれでも支障ないのだが、そして、外見上は仕事も続けられるのに、自分自身では何をどうしたらいいのか分らない、あるいは何が自分の内部に生じているのかまったく分らない、そんな状態がつづく。

こんな時期に、自分が全面的に崩壊してしまわないように維持してくれるのは、これまでの、生きることとの過程で形成されたある種の習慣なのだが……

そして、ある日、唐突に脱出したと思う。あるいは暗がりの外に自分が置き直されたと感じる。すると、ほとんど間違いなく、何かが私から離れて落ちていることに私は気がつく。そのときまで、おそらくもっとも執着していた何かある考えのようなもの、それが突然自分の内部でたいした重要性をもたなくなる。

そんな経験がこれまでにも一度ならずあった。

私はすこしずつ身軽になり、すこしずつ裸の状態に近づく。

秋のはじめにＦＭ放送で、オネゲルの《火刑台上のジャンヌ・ダルク》の音楽を聞いて深く心にのこったことが二つある。

その一つは、まえに彼の《クリスマス・カンタータ》を聴いていたときにも感じたことであったが、彼が現在的な時間に沿って展開してゆく自分自身の旋律と重ね合せるようにして、その奥によく聞きなれた、なつかしい歌のしらべをひびかせる技法の効果である。

それはあたかも、自分の現在の知覚に重ね合せに浮びあがってくる遠い、なつかしいものの記憶のようである。そして、この遙かな回想が現在の時間に、救いの彩りを帯びさせる。《ジャンヌ・ダルク》では、アンドレーやピエールがうたっていた〈ローザンヌの歌〉合唱団のレコードにも収められている〈森のうぐいす〉の歌が聞かれる。

もう一つ、心に沁みたのは、ポール・クローデルのテクストの最後に置かれてあったつぎの言葉である、——「他の人びとのために自分の生命を与えることほど大きな愛はない」。

＊

どんよりと曇っている。そして、すこしずつ地表が冷えてゆくのがわかるような日だ。昼間の長さだけを考えれば、ほとんど三月上旬と同じようなものだろうから、それに較べればまだ暖かさはのこっているが、この季節には、あの若々しい約束のよろこびはない。私には、まだこの数週間で何が自分から削ぎ落されたのかは分らない。ただ、心は落着きをとり戻している。この微妙な感覚は、しかし、慥かなものだ。

いま、午後になって気がついたのだが、何が真実であり、何が仮象であるのかということの吟味を試みたがっていた自分の心の在り様が、すでに私には遙かな昔のもののように思われるのだ。どちらがどうであってもいいようなことに、私はながいあいだかかずらわっていたのであろうか、そんなふうにも思われてくる。

*

ニシキギやナナカマドの葉が真紅に燃えている。さまざまな樹木の葉がいまにも枝先から離れて落ちようとしている。そして、ムベの実が夜の寒気にあたって日増しに紫の色を濃くする。一見静かな植物たちの世界に、春先と同じような慌しさがある。だが、早春のころの変化がよろこびに弾んでいたのに較べて、この季節の日々の変化には、なにか世界そのものの崩壊を感じさせるような壮大さがある。宇宙の壮大なドラマがそこでは演じられている感じがある。リルケが詩ったように。

数日、激しい偏頭痛に悩まされた。日曜日の夜から月曜日の朝にかけてがとりわけひどかった。頭のなかの、こめかみに近い一点がいつもきまって劇痛を蒙ることになるのだが、その位置が非常に正確に一定しているために、痛みはともかくとして、どうにか耐えていることができるのだ。それがはじめてのことだったら、おそらく、脳内の血管の何処かに重大な障害が生じたにちがいあるまいと考えてしまうだろう。

私が自分の生き方として、能動よりも受動を基本的な在り様として選択するのは、物心ついた時期から馴染みのものであるこの痛みの所為ではあるまいか。ただひたすら、時間のままに耐えつづけるというときの在り様は、植物たちの営みにいくらか似ている。

先日の文化の日に、FM放送が朝から夕刻にかけて、ベートーヴェンの九つの交響曲全曲をヴィーン・フィルの演奏で聴かせた。私は身体の調子が悪くて仕事へ気がむかないので、そのあいだじゅう、ベートーヴェンを聴いていた。ある種の幸福感を伴って、そこからエネルギーが来るのが感じられた。

最近、私は充分にはベートーヴェンを聴いていなかった。というのも、最後期の四重奏曲や幾つかのピアノのソナタ以外にはほとんど触れることがなかったからだ。

けれども、これらの交響曲での、〈生〉そのもののようなベートーヴェンはなんと挫けずに戦いつづけていることか！　彼にたいして深い敬意をおぼえずにはいられない。

人間の歴史のなかでも、おそらくはもっとも凡庸な、そればかりでなくあらゆる価値を貶めた時代としてこの二十世紀の後半は過ぎてゆくだろう。それは人間の偉大さからも高貴さからももっとも遠い一時代としての刻印を捺されるだろう。ベートーヴェンの精神の空気とはもっとも距たったところで。

私は自分の時代にたいしていささかも楽天的にはなれない。世界戦争や地球滅亡への惧れのためにそう思うのではない。日常的な、そして、徐々に、ますます進行してゆく精神的頽廃のためにだ。この精神的頽廃はすこしも症状が顕在的ではなく、むしろ、すこぶる頑健な肉体を具えた知性の病気であり、自分が病んでいることにすこしの自覚もない。

この数ヵ月、この国では、どの時間にもTVやラジオで流されるニュースは金銭に纏わることばかりであり、この数日、コローやクロード・モネの名が頻りに出てきても、それは巧妙な窃盗団との関係で語られているだけだ。

高度な機械技術と経済的繁栄とだけで生きてゆくことのむなしさを、いつになったら悟り得るのであろうか。

＊

食事のとき、Kが同級生の想いがけない病死のことを私たちに語って聞かせた。

人生がただひたすら耐えるだけのものであるとしても、誰しもそれがどのようなものであるかを知る権利ぐらいは与えられてもいいはずだと思われる。失意や挫折をも充分に経験しないままにこの世界を断念しなければならない若者や幼な子の死は、それだけいっそう悲痛だ。なぜなら、しばしば、自分が失意の底に陥っているとき、徹底的に打ちのめされているとき、そんなときに限って、また、人はもっとも美しいもの、もっとも愛情深いもの、もっとも価値あるものに出会いもするからだ。

*

自分のために必要な覚え書。

自分自身の、人格的な首尾一貫性などにこだわらないようにすること。たえず、打ち砕かれて生きることを懼れないこと。

なにか一つのことが自分にとって実現すべき目的であると考えられるときには、それを実現するために自分の全存在を傾ける必要があるだろう。それはそれでよい。私にとって、一つひとつの仕事はこれまでにもそういう性質のものであったし、これからも依然としてそんなふうで在りつづけるだろう。

けれども、私はいつも既に実現されたかたちのものによって、自らを拘束してはいなかったか。私はある物の見方、ある表現の方法、世界との、ある関係の在り方を自分のものとして獲得すると、それによってその後も生きつづけることができると、いつも思っていはしなかったか。実際にはそんなことは不可能であるのに。

すべてはその都度、一回だけのものであることを知らねばならない。

おだやかな晩秋の日が続く。昨日も今日も静かによく晴れている。

ルオーのキリストにふさわしい色調が世界に不思議に霊的な空気を生み出している。すべての色が深い。

＊

自分のなかから、いろいろな焦りのようなものが取り除かれてゆくのが感じられる。

この地上の時間のなかでは一切が変転し、私たちがどれほど深く愛を注いだものであっても、いつか不可視の領域に入っていってしまうのだということにたいする、強迫観念のように私に付き纏っていたあの苛立ちがほとんど消えてしまっていることに気がつく。

『バーガヴァッド・ギータ』は時間にたいする人間の精神の窮極の捷利をうたっている。大きな真理を会得したものは、もはや不安を覚えることはないという。私にはそれは否定できない。おそらくそのとおりだろう。

けれども、私がいま到達しようとしている状態は、それともすこし異なっているように思う。私はむしろ大きな、深い諦念につかまれている。

あらゆる個別の小さな我が消滅するところに、はじめて真我が生きるのだというならば、私はむしろ、自分の視点をこの小さな、個別の我の窮極のところまで維持してゆくことになるだろう。是非ともそうしたいと自分がのぞむわけではないが、それが私自身の必然であるように思われる。そして、そんなふうに個別の私であり続け、私自身が時間に打ち斃されるのでなければ、私はそのように時間によって変転を蒙った多くの存在たちと自分を一体化することはできないだろう。

＊

夜なかに目が醒め、暗いなかでそのまま暫くとりとめもないことを考えているうちに、どういうわけか、ロマン・ロランと美術史家ルイ・ジレとの友情のことが頭に浮んだ。あの二人は第一次世界大戦の折に決定的に友情の絆を断ち切られたのだが、三十年後に、奇蹟的な再会をはたした。この友情の回復の数ヵ月後には年下のジレが、暫くののちについでロランが亡くなった。彼らのことを想うとき、赦し、和解というようなことが人生の最後には貴重なものになるのかもしれないと考えられた。同時に、シェイクスピアの《テンペスト》、さらには《冬物語》とベートーヴェンの最後の《へ長調の弦楽四重奏曲》とが心に浮んできた。

私は夢をみていたわけではなく、非常にはっきりとした意識のなかで、このテーマを暫く考えていたのだが、いま思い返してみると、あれは非常に重要な時間であったように感じられる。

人生において、窮極の赦し、あるいは和解と考えられるものは、一方において、この世界を全的に受容することであり、他方において、自分自身が何かしら最後のものであるこだわりから解き放たれるということでもあるのだろう。

＊

いつもいつも自分の光を自分で紡ぎ出すこと、自分の空気を自分で醸し出すこと、そうしていなければ私には生存が不可能だ。

＊

昨日ワシントンで、ソ連邦のゴルバチョフと米国のレーガンとのあいだで、ＩＮＦ全廃条約が調印された。ともかくも核軍縮がどんなに些細な規模であれ、超大国の権力者によって一歩だけ推し進められたのはよいことだ。そして、それはいっそう大きな規模で核兵器の全面的な廃絶につながるものであってほしい。地球の存続のために必須のことであるのだから。そして、また、そのことは厖大な軍需費のために苦しむそれぞれの国の民衆の生活にそのぶんだけよろこびを齎すことにもなるだろう。

＊

雨でも小雪でもなく、そうかといって陽が照るでもなく、空一面が白い雲に蔽われていて、そのやわらかい白さが空ばかりでなく、世界そのものをも蔽っているように感じられる。

*

昨日、フランスの友人ニコル＝ラシーヌから「イストワール」誌の抜刷りがとどいた。彼女の論文はあのプロヴァンスの作家ジオノの反戦思想がどのようなものであったかを、状況の推移と絡めて詳細に跡づけており、非常に興味深い仕事である。

遠方の友人の実直な仕事は、ともすれば孤独であると思いがちな私を力づけてくれる。そして、それは慰めでもある。パリのルクルブ通りのマルチネ夫人のアパルトマンで彼女に会い、そのまえではじめて彼女と別れたのはもう何年まえのことか。彼女はあの日、マルチネ夫人の生活を手助けしながら、同時に夫人の部屋で自分の研究に必要な資料を調べていたのだった。私がパリに落着いて幾らも日を経ていないころだった。私たちはいっしょに夫人の部屋を辞したのだと思う。そして、下の通りまで出て、ルクルブ通りをそれぞれ反対方向に歩きはじめるまえに、――「何かお困りになったら、気軽にご相談くださいね」と彼女は言った。あの街の風景のなかには、いま想うと、驚くべき密度があった。だが、あそこにはいまではもう何一つない。

ニコル＝ラシーヌの文章を読んでいて感嘆することの一つは、フランスの知的階層がもち続けている関心のみごとな持続性である。ジャン・ジオノという作家にとって、絶対的戦争反対の基盤は第一次大戦の折の非常に生なましい彼自身の経験であり、それが第二次大戦の折にも、対独、対ナチスということ以上に、絶対的反戦という態度を彼に選ばせることになったのだが、翻って考えてみるとき、私たちのこの国では半世紀まえの詩人や思想家についてこうしたことを充分に吟味してみるための精神的風土はまったくといっていいほどに消失してしまってはいないだろうか。

＊

二日ばかりおくれて、ニコル＝ラシーヌから来書、——

親しい友

……お別れしてからもう久しくなります。でも、M・マルチネの家族の周辺での私たちの出会いの想い出によっていつまでも互いに身近なままでいましょう。マリー・ローズはM・マルチネ百年祭のために小さな集まりを十月に催しました。すばらしく成功し、熱烈で、共感のこもったものでした。ナンシー・ゴールドバーグというアメリカの若い女性に会いました。大学の研究員で、第一次世界大戦の際のフランスの反戦詩について研究した方です。

私どもはあなたがまたフランスにおいでになることを切望しています。私の父が十月に日本に招待されたことをご想像になれますか。観光開発について書いた父の本の一冊が日本語に訳された際のこの旅行に、父はとても幸せでした。

大衆向けの歴史雑誌「イストワール」誌のためにジオノの態度について書いた文章の抜刷りをお送りしました。標題が変更され、ところどころ削られていますが、この文章にご関心をもたれますように。

マリー・ローズはB・デュシャトレの力をかりて、「M・マルチネ＝R・ロラン往復書簡」が刊行されることを期待しています。けれども何一つまだ決定していません。……

＊

ジオノが対独抵抗運動に加わらず、ひたすら戦争に反対し、なお、たとえば親独派のアルフォンス・ド・シャトーブリアンの主宰していた「ジェルブ」などに作品を発表したことは、フランス解放後、彼をきわめて危険な状況に置くことになった。それはナチズムに抗して戦うというよりは、この異常な力にたいして一種妥協的な姿勢を彼にとらせているように印象づけたためだ。ジオノには絶対的反戦の立場があったが、ナチズムに抗して戦う意志が欠如していたと、結論でニコル＝ラシーヌは指摘している。

こうした問題がいまなお、そして、おそらくつねに自分たち自身の在り様を吟味する課題となり得るフランスの知的な人びとに私は深い敬意をおぼえる。と同時に問題の難しさを感じる。

朝から曇っている。空の全体が雲に蔽われているのだが、しかし、太陽はボードレールがしばしばうたったように、潤んだ眼の瞳のように、そこだけまるいかたちで、その所在を明らかにしている。

学校へ来る途中、駅までのバスの窓からみると、何も生えていない土だけの畑にも、小さな牧草地にも、樹々の枝にも白く霜がついていた。風景のなかのこの白さは、私に遠い国でのかつての時間のことを想起させた。それはいつだったか真冬にシャルトルへむかったときの朝の車窓からの、田舎の風景、または同じようにヴェズレーを訪れようとしたときの、車窓からの風景であった。〈givré〉とか〈gelé〉とかいう単語が浮んできて、目に映っている風景の上に、回想の風景を重ね合せた。そのために、私は東京の郊外の道をバスに揺られながら、異郷の旅人の心を経験したのだった。

冬枯れて折れた枝がまるで薄く雪にでも包まれたかのように白くみえている樹々の並ぶ傍らに、やがて、そんな季節でもみどりを残している牧草地があらわれるのだが、そのひろがりも白い薄布に蔽われている。もうすぐ私は列車を下りなければならないだろう。どうして、いま私はここにいながら、またしても一人きりでシャルトルを、あるいはヴェズレーを訪れようとしているのだろうか。

＊

仕事への集中力を一気に強めること。それによって自分の弱さを克服すること。おそらく、これこそが生きてゆくことにとって最善の健康法である。

この数年来、私にとってシェイクスピアは瞑想のための宝庫である。若いころには《ハムレット》や《ヴェニスの商人》を芝居として愉しんだことはあったが、この偉れた劇作家のつくり出した世界に、これほど多くの深い省察がこめられているとは考えていなかった。いまでは、ただ一つの台詞だけでも、私の久しい時間のなかでの熟慮の全体を要約しきっていることに驚嘆する。もし、自分になお時間の余裕があれば、いつかシェイクスピアを丹念に読みつづけてみたい気がする。

＊

雨が霽れて、空が明るむ。桃の節句。

異文化に学ぶとはそれを模倣するということではない。自らのものとは異なる文化の在り方を理解しようとすることである。精神の表現形式を深く知ることを通じて、その精神の在り処を理解することである。そして、その作業をとおして、人間の根元的な共通性、普遍性へ到達することである。そうすれば、そのことはおのずから私たちのものである文化をいっそう創造的に、独創的に富ますだろう。

これまで、私たちの国が異文化に学ぶというとき、それはほとんどの場合、「まねぶ」こと、模倣を意味したように思う。すべての場合に模倣が悪いわけではけっしてないが、しかし、それのみにとどまることは、異質の文化を理解し得たことを意味しないのではあるまいか。文化の規範を他に求めるというような言い方をすれば聞えはよいが、しかし、結局は手習い以外のものではない。

そして、今度は一転して、いまやわれわれにとって、自らの文化の外に学ぶべきものなど何もないかの議論が誇らかに展開されることがある。驚くべき精神の狭隘さであり、独りよがりである。まるで自分たち以外に人間は存在しないかのようである。「古来、日本の精神は……」という表現、これほど自らの無知をさらけ出しているものはあるまい。

しかも、私たちの現代において、独創性、創造性を誇り得る日本の文化などというものはほとんど何一つありはしないのだ。独創的であるとは、他に比較するもののない珍奇さということではなくて、そこに自らの精神の営みが十全にあらわれているということであり、また、人間にとって根元的な価値であるものがかけがえのない形態をとって表れることではあるまいか。

＊

生きていることに純粋なよろこびを齎し得るような仕事をしたい。この悲劇的な地上の時間を、それにもかかわらず祝祭的なものにし得るような仕事をしたい。自分を超えたものがそこに宿り得るような、あるいはせめてその反映がうかがわれるような仕事を。

＊

モーツァルトやシューベルトの音楽を聴いていると、彼らが現にいまそこに顕在しているのが認められる。張りつめた精神の持続や、疲れのための放心や、愛に震えおののく心の息づかいや、深い悩みがそのままにそこに顕在しているのが認められ、私はその瞬間に彼らと同時代の人間になる。

＊

朝の光のなかで自然が耀く。その光のなかで小鳥たちの囀りがかがやき、花々の笑いがかがやく。若い人たちにとって、この季節は自然の諸々のものたちにとってと同じように恋の季節でもあるのだろう。彼らは、そして髪の長い娘たちはときとして陽気に笑い、ときとして翳りを帯びたもの想いにとらえられるのだろう。遙かな昔に、自分にもそんな時代があったような気がする。初夏のみどりの蔭が重くなったことに愁いをおぼえ、山鳩の声に感傷的になったそんな時代があったような気がする。

そして、すこし以前ならば、まだその時代の追憶のなかから朧げに一つの面影が浮び出てくるということもあった。そして、輪郭のさだかでないそんな面影が季節と同じような陰翳の愁いを含んでいることに、ある懐かしさを感じもした。だが、それすらもいまや過ぎてしまった。そんな面影が浮んでくることもなくなってしまったのだ。いまや哀惜をおぼえるでもない。

もしこれが自分の人生の夕暮れだとしたら、何と明るい夕暮れであろうかと思う。よく晴れた五月の空と、その下にひろがる木々のみどりの眩ゆいばかりのかがやきと、すべては何の曇りもないかのようなこの世界は生命の営みと真摯さと怠惰のもの憂いよろこびとその他のさまざまな兆しを宿しているが、それがそのもの自体として透明な死の翳に大きく包まれていることが私にはいまではわかるのだ。

いま一度、これほど自分が死ということについて考えるようになるだろうとは思っていなかった。衰滅への怖れとしてではなく、それかといってもう時間と結託している不倶戴天の敵としてでもなく、ある大きな寂かさとしての死が徐々に生のなかに、二重に、しかし二つのものとしてではなく、混り合ってくるのが感じられる。実際、在ることと不在であることとはもういつからか私にはどんな隔たりもないもののように思われてならないのだ。

世のなかでは、しばしば、ドラマチックな死というものが、雄々しい人間の壮挙であるかのように報じられたりする。彼、もしくは彼女は最後の一瞬まで不撓の意志をもって、生きることに情熱を傾けつづけてきたという類のことである。その人にとって、それはそれとして必然性もあり、大きな意味もあるにはちがいない。だが、そうした壮絶な死が、生きることに苦しみや悩みをおぼえている人びとに、何かのかたちで慰めや励ましを与えるということはほんとうにあり得るのだろうか。私にはわからない。静かに、日常的に生きることがそのままに、死を受容することでもあり得るのではなかろうか。

この世界にあって、刻々にすべての事物が変るものであることを認識し、他の存在たちのために、このことに深い哀惜をおぼえたことのある者ならば、刻々がまた、死の経験であることを識らずにはおかないだろうと思う。

ここまで書き綴って、私はノートを中断し、他のことを考えていたのだが、いま気がついたのは、この死を矢張り永遠と書き換えてもよいのかもしれないということだ。

*

私にもなお大きな願望があるとすれば、その一つは所謂作品であれ、あるいは生活そのものであれ、自分がつくり出すものの中心に、創造的なよろこびが生きるようにすることだ。そして、たとえばモーツァルトやボナールの仕事のなかに感じられるものが自分自身の手を通じて僅かばかりでも息づくことができるようにすることだ。

おそらくこの唯一の関心事によって私はまだ世界そのものと結び合っていることができるのだ。誰のためにでもなく、そのこと自体のために。

おそらく、偉れた精神とはこの世界に大きな魅力を感じている精神に他ならないとさえ思われる。なぜなら、そんな精神だけにこの世界を充分に讃めることが可能なのだから。そんな精神だけが世界にたいして充分な敬意を払うことができるのだ。彼らが讃め、尊敬することによって、世界はいっそうの美しさと威厳を帯びる。そして、私たちにまで、その美しさと威厳とを示してくれるのだ。さまざまな行為により、芸術創造により、詩と思想により、世界の魅力であるものを顕してくれた人びと、彼らこそはほんとうに偉れた存在たちだ！

＊

私は石になろうとしている。私は樹木になろうとしている。石になって、砕かれようとしている。樹木になって、朽ちはてようとしている。

＊

空のところどころに青さがみえる。この青い部分に近いところでは、雲が薄くちぎれて、かすかに光を滲ませたような白さだ。そして、ずっと低いところには、まだ雨の名残りの暗い灰いろの雲が波のうねりのように横たわっている。

そんな空の様子をじっとみていると、それが何か徴しを帯びたもので、私自身の運命にまで深くかかわっているように思われてくる。ただの気象学的な現象だといってしまえば、それだけのことだ。だが、この宇宙に存在する一切が相互の関連のなかにおいてのみ存在し得るのだということを知るならば、このかすかな青空のひろがりが私の察知し得ないところで、私自身の運命と深くかかわっているかもしれないことを、どうして否定し得ようか、ネルヴァルが『オーレリア』の最後のページで言っているように。

私自身のなかではいつも二つの傾向が葛藤を繰り返している。その一方は自分をも含めて自分の周囲に一つのアンティームな、あるいは精神的な価値の一世界をつくり出し、それを他の諸々の、形而上的、形而下的な力から護ろうとする傾向だ。そのせいで私はしばしば執着の強い人間である。

いま一つは、固定し、停滞した自分にどうにもならないものを感じ、なにかしら新しい刺戟を求めて旅立とうとし、世界のなかで自分がどれほど深く孤独であるかを、その都度、確認しようとする私だ。

この二つの私、——定住する私と、旅する私——がいつも私自身の衷で相手にうち克とうとしている。

＊

水曜日に、竹橋の近代美術館で、ルネ・マグリットの展覧会を観た。土曜日には、銀座のセゾン劇場で、ピーター・ブルック演出による《マハーバーラタ》の八時間に及ぶ公演を観た。いずれもある種の興味深さはおぼえたが、自分の心の奥底にまでとどいてこない。あの古代インドの、すさまじい争いと平和との物語は文字によって私の想像力のなかにむかえ入れられるほうが遙かに相応しい。たぶん私は演劇的人間ではないのかもしれない。音楽も演技もともにすばらしいのだろうが、それにもかかわらずなにか時間を忘れさせるものがなかった。夢中にさせるという意味ではない。永遠に触れる味わいということである。神話的世界に持ち込まれたリアリズムというものは想像力を削いでしまうところがある。ポエジーがそのために窒息する。真の意味での宗教性もまた。

芝居の最後の台詞、——「これが最後のイリュージョンだった」だけが強く心に残った。インドの精神性はいつもそのことを訴える。そして、インドにかぎらず世界の叡知はひとしくそのことを語る。私も結論的にはそのとおりだと信じている。そして、そう信じるとき、なんと多くの苦しみから解き放たれることかとも思う。

だが、ともすればそのことによって自らの苦しみとともに、他者への何と多くの愛が脱け落ちかねないことかとも思う。——このことへの自覚が新しい在り様の発端でなければならないと考える。世界というイリュージョンを、イリュージョンと知りながら担いつづけることが是非とも必要だ。

マグリットの知的な戯れにはある種の面白さがある。セザンヌの画面のように、それに触れるたびに新しい発見がもたらす驚きではなく、最初に一目見たときに驚かす面白さだ。だが、これは創造的な魂と世界との関係を語るものではなく、それ自体、きわめて概念的だ。彼の試みは私たちのなかで固定化される傾向のある芸術や美についての概念、遠近法的な視点などをもう一度動揺させ、吟味させようとはする。だが、この作業自体がまた、新たな概念化に陥っていると言わざるを得ない。知的な作業の宿命みたいなものがここにはある。

＊

私にとって真の宗教感情はよろこびの根元でなければならず、そのためにはさまざまな詩的想像力がそこでは働く。人が何かを愛するというとき、誰であれその人の心のなかにこうした詩的想像力が働かないなどということは考えられない。多くのミスティックの人びとが神との合一を神秘な婚姻として実感し、自らの魂を夜の深みで一人の花嫁として生きたではないか。

＊

昨日のチリの投票で、軍政を続けてきたピノチェト大統領の不信任が過半数を占めたと、今朝のTVは報じている。軍政の打倒を叫んできた民衆のうれしそうな顔が映されていた。一方、ビルマの情報はその後途切れがちで暗い。あそこでは民衆のなかにおそらく深い挫折感があるのではあるまいか。

地球上いたるところで、人びとは真実と自由を求めて、きびしいたたかいを展開している。自らの生命を賭して、自分一個を超えたものに連なろうとしている。幾たびも幾たびも真実が幻影に変るのを経験しながら。幾たびも幾たびも獲得した自由が新しい足枷に変るのを知らされながら。

＊

ほどなくこの国で「昭和」という元号でよばれている時代が終ろうとしている。

一人の人間である天皇在位の時期を基準として地球上の一時代を把えようとする考え方、生活の風習というものもいかにも奇妙だが、あまりにも多くの変転のありすぎた六十余年を一まとまりのものとして評価するようなものの見方を私は拒否したい。

この見方に同意するとき、その同意の程度がどれほどであれ、世界における根元的に人間的なものの見方を喪うことになる。

空は一面重い灰いろに曇っている。研究室の窓からみえるそこここの灰いろの建物の外壁と空とに色彩の相違は認められない。明度の違いのようなものがあるだけだ。そのために世界全体が静かに感じられる。この静かさは季節が冬にむかって傾いてゆくときのあの静かさだ。人びとの心を内部へと誘い込むあの静かさだ。

いまにも雨が降りそうだ。それともう音もなく降りはじめているのであろうか。

雨に烟っている。昼過ぎ、静かさのなかにいまではひっきりなしに雨の音がきこえる。

私はしだいに多くのことから興味を失ってゆく。たとえば書物にしてもそうだ。ある種の、生活の必要上からフランスの詩や文学や芸術の作品だとか、それらについて論じた文章だとかを読むが、それらのなかでも自分の心の渇きを癒してくれる著作に触れることはきわめて稀だ。いつも欲しいのは知的なひけらかしや実験的な表現の追求などではなくて、生きていることの奥底に触れている詩だ。文学形式上の、ジャンルとしての詩ではなくて、言葉のなかに息づいている宇宙の回想のような詩だ。そんな詩に接するときにのみ、私はよろこびを覚える。だが、そんな作品の、いまではなんとすくなくなってしまったことか！

きっとパリに滞在していたら、あそこにはサント＝シャペルやノートル＝ダムがあるのだから、そして、オランジュリーのモネがあり、ルーヴルの古い彫像たちがあるのだから、私はそれらのものに立ち混って、自分の問題の所在をもっとはっきりと見窮めることもできるだろう。だが、ここでは私を扶けてくれるものはほとんど何もない。知的な機能を刺戟するものはまだしも幾らかは得られる。しかし、魂の呼吸を扶けてくれるものは音楽を除いては何もない。

＊

静かな雨が街全体にやわらかい覆いをかけている。通勤時間の地下鉄から上がってくると、アスファルトの路面が黒く濡れている。そして、熱いコーヒーの香りが傍らの店から漂ってくる。職場に急ぐ人びとの足音の、はやいリズムがきこえる。私はふいに心が自由になる。これはパリのどこかの街角だ。私に馴染み深いいつものヴォージラールの界隈ではない。もっと都心のほう、たぶん、オースマンの大通りのどこか。なぜ、こんな時間に私はそこにいるのだろうか。それから、また私の心は呼び戻される。私は早稲田の界隈を、学校にむかって歩いている。そして、自分の日常性のなかに場所を見出す。

研究室の窓からみえる空は依然として灰いろである。何日も何週間も、このあたりでは雨が降らなかったから、乾燥しきった空気にとっては、これは非常に好ましい湿り気だ。だが、ものの空間においてばかりでなく、この雨は私の内部の空間で、なぜかよい効果を生み出してくれている。つい先刻、私はその最初の一つを経験したばかりだ。

来る途中の電車のなかで漠然と考えていたことだが、人生とはおよそこんなものだと考えるとき、その人にとって、人生とはおよそそのようなものなのだ。つまり、何かしら、それぞれの、精神の背丈に似合ったものとして人生は在るにちがいない。自分が生れたところで、生涯のほとんどの時間を送る人がいる。また、政治家や実業家のように、世界じゅうを駆けめぐるようにして生涯を過す人がいる。それらの人びとの差異は慥かにある意味で、それぞれの人生の大きさの差異だと言えないこともない。

だが、また、こうした外見上の差異というものとは異なる別種の尺度があるような気がする。

＊

よく晴れている。もうすっかり冬だ。

暫くのあいだ、いま私たちがみるとおりのテオドール・ルソーの絵のように、樹々は赤みを帯びた鉄錆いろにかがやいていたが、やがて、枯れたまま枝になお残っていた木々の葉が風の一吹きごとにはげしく舞い散ってゆく。

光は鋭く透明さを増してゆく。ほどなく自然は裸になってしまうだろう。そして、大地には雪が積み、夜の寒気は人びとの心を自らの衷に閉してしまうだろう。

＊

上野の美術館に〈ジャポニスム展〉を観に出かけた。

大変な混み様で、しかも日頃は絵画などに何の興味もないらしい中年婦人たちが作品とは無関係のことをやかましい声で喋っていたりして、ひどく神経が苛立った。

マネの《笛吹きの少年》やゴッホの《タンギー親爺》など、さらには初期のボナールの石版画などがあって、もしゆっくりと作品に対い合うことができればどんなによいかとも思った。

幾つか、この展覧会で気がついたことがあった。その第一はフランスにあってもごく凡庸な画家たちが何か日本的な雰囲気だと彼らの思っているものを画面に描き込もうとすると、その画面がこの百年来の日本の洋画家たちの作品に驚くほど似通ってくるということだ。日本的なものの描写の正確さの問題や何かではなく、むしろある種の実験的な試みやエクゾティスムの誘いに応じたことによって、彼らの画面から本質的な〈詩〉の部分が欠落する方向において。

つぎに、おそらくもっとずっと重大なことであるが、北斎や広重や歌麿らがその表現技法上の驚くべき刺戟を彼らに与えたことはよく理解できるが、私たちが彼らに及ぼし得たのは様式化された技法と日常的風俗に伴う感性との領域にとどまるものであって、それ以上の何ものでもないということだ。それがこの展覧会でははっきりとうかがわれる。それゆえ、壁紙の文様などについては影響は申し分なく生きいきとしており、また、陶磁器類に関してもほぼ納得のゆくものである。しかし、たとえば絵画のようにとりわけ個々の創造者の魂の深い領域にかかわる営みにおいては、彼らに与える感銘のいかにすくなかったかがよくわかる。おそらく、その奥深いところでは、日本の文化というものは問題にならないのであろう。（ゴッホの手紙などを読むと、日本の芸術ばかりか、日本人の自然的な宗教感情にたいする彼の憧れにも似た感嘆がうかがわれるが、それはむしろ私には彼自身の内的な世界の投影の一つであるように想われる。）

逆に考えてみるならば、たとえばこれまで私たちがいわゆる外来文化から摂取してきた（と信じてきた）精神的なもの、ある時期の仏教であれ、近年のキリスト教であれ、それらを受容するというときにも、やはり私たちは一種の風俗的感性と様式化のレヴェルでしかそうしていないのだと言い得るのだろう。私たちはつねに模倣によって摂取しようとするが、この模倣は必然的に外的な形態にとどまる。そして、異質な文化の中心にあって、真に人間的、根元的であるものはいつもとり残される。それが在ることさえ、私たちは理解し得ないのかもしれない。

もっと在り得べきところで影響ということを考えるならば、自らの必然性にしたがって創造的な営みをつづけているものが、その必然性の奥深い中心点に他からの力を受けることこそが、一つの体験としての影響であると言い得るのではあるまいか。

この展覧会の会場で、そこを訪れている人びとの口からしばしば、「日本人のように描いてはいない」「日本人ならばこんなふうには感じない」などという言葉が幾ぶんかの嘲笑を混えて発せられるのを耳にしたが、これほど私を不愉快にするものはなかった。もしかすると、展覧会の訪問者たちに虚しい優越感を抱かせるのが、この企画の意図ではあるまいかとSは言うのである。私もそれに同意する。

＊

朝のうち、雪が降っていたが、昼近くなって雨に変った。冷たい、氷のような雨だ。

一昨日、この季節にしては稀なあたたかさに誘われ、Sの運転で遠出した。雪の山をみたかったのだが、妙義にはまったく雪はなく、ただ黯ぐろとその截り立った峰々が青空にむかって聳えるばかりであった。だが、鉄の屏風のような山塊のむこうで、浅間はやわらかい曲線をまっ白く空に描き出していた。

ふいに磯部の町が見たくなって、そのまま、山のむこう側へ下りてもらった。四十年も遡っての過去の時間のなかに、何かかつての自分の痕跡を見出し得るとでも考えたのかもしれない。磯部の駅舎のまえの広場に駐車し、暫く町のなかをSと歩いた。幼い日の印象とは異なって、想いがけないほどに町の規模は小さかった。駅から赤城神社へとまっ直ぐに行き、境内の裏手から妙義と浅間とを眺めた。すぐ眼前に大きなホテルが建っていて視界を遮っていたが、その建物のはずれのところからは碓氷川の流れの彼方に往時のままの山景をみることができた。

戦争のさなかの一九四四年夏が想い出された。小学生だった私たちはあの田舎の駅で下車すると、赤城神社の境内にまず整列した。長すぎる集会のために、私が貧血して倒れたのはその時だったろうか、またべつの時だったろうか。暑い日だった。それから急坂の道を下って、鉱泉の井戸のすぐ傍の東泉館という旅館に連れてゆかれた。この旅館にはどのぐらいの期間、滞在したのだろうか。その年の秋には道を挟んで反対側にあった一新館といういかにも旅籠といったふうのところに私たちは越していった。学校の生徒が暴れるのにたまりかねて東泉館の主人がその子の頰を叩くのを見たことがあった。私たちの責任者であり、父親がわりでもあった三本菅先生と宿の主人とが話し合いをしているのを、ちらっと見たことがあった。たぶん引っ越しはそんなことのあとだったのではあるまいか。何かしら、自分なりに尤もなことだと納得したような気がする。子どもたちは空腹のあまり、付近の畑の大根や薯を掘っては碓氷川の水で洗って、野猿のように囓った。ときには、上級生が下級生のぶんまで調達してきた。赤痢が発生し、パラチフスが発生した。真冬に川の水で洗濯をしなければならないときには、手の指がちぎれて、そのまま流れてゆきはしないかと思われるほどだった。

いろいろな意味での惨めさの体験があった。だが、どちらかといえば、いつでもそうなのだが、私は物質的な困窮によってひどく心理的に苦しむことはなかった気がする。これはそのときだけのことではなく、その後にも同様であり、そのためにときとして、私はこれまでこの種の困窮を経験したことがない人間ででもあるかのように誤解を受けることがある。

かつての日のことをSに話してきかせながら、Sと私は町なかの急坂を下りていった。実際、この温泉街の規模は想いもかけないほどに小さなものだった。この季節には路面が凍てつき、傍の崖から氷柱が何本もさがっていたこの急坂がもっとずっと長いものとして、その後何十年にもわたって想像されていたのは、そこで過した時間が十一、二歳の子どものものであったためだろうか。

坂を下りきって、道を橋のほうへ右折する角のところに昔どおりの梅泉堂という名の煎餅屋があった。そこに入って昔どおりの鉱泉煎餅を買い、若い主人とすこし話をした。東泉館はもう存在せず、一新館の跡地は駐車場に変ったと話してくれた。

駅前に戻り、蕎麦屋で簡単な昼食を済ませて、帰途についた。白雪に蔽われた浅間の姿が背後でしだいに小さくなり、やがて消えていった。

＊

ときとして、ひどく冷たい日があるが、概しておだやかな、あたたかい日がつづく。今日も明るく晴れている。庭にはマツユキソウが幾つも雪の雫のような白い花を十センチばかりの花茎の尖端から垂らしている。

昨日はニコル＝ラシーヌから便りがとどいた、——

パリ、一九八九年一月十六日

親しい友

お送りくださったお品にとても感謝しています。それはクリスマス前に着き、私どもをよろこばせました。

この年に、フランスであなたにお目にかかれますように希っております。

私はいささか失望しています。というのも、アルバン・ミッシェル社が「R・ロラン＝M・マルチネ往復書簡」をロマン・ロラン叢書で刊行することを拒んだからです。ベルナール・デュシャトレは、何処かほかでこの往復書簡の抜粋が刊行されるよう努めてみようと私に言いました。

よい、幸せな一九八九年をあなたのためにお祈りしつつ、親しい友、私の渝らぬ想いをお送りします。

ニコル＝ラシーヌ

Ⅸ

誰しも見知らぬ土地では、自分がけっして賢い人間ではないことを知らねばならない。そんな土地にあっても賢い人間であるためには、その土地が見知らぬものではなくなるだけの時間の経過が必要だ。そして、ある人にとっては必要なこの時間はわずか数時間にすぎないが、他の、ある人にとっては数年を経過してもなお不充分だ。

＊

今回旅先から家に帰り着いて、玄関に入り、最初に感じたのは、自分の家のなかの空間がとても明るくて、白いということだった。おそらく自分が夜を過したヨーロッパの何処のホテルでも、室内のすべての照明を点してみてもそれほど明るくはなかったのだろう。

そして、あの感覚。朝、目醒めたときに、あるいはまた自分の部屋で仮睡したときなど、ふいに最初に自分に来るあの感覚、——「ここは何処なのだろうか」。かすかに見慣れたもののようでもあり、それでいて、自分がそこにいることが奇妙に不安定でもあるのだ。「ああ、そうなのだ、私はもう帰宅したのだ。ここは私の家であり、私はもう家族と一緒にいるのだ」というふうに自分を納得させるまで、暫く時間がかかる。そして、つぎに眠ると、目醒めたときに、また同様なことの繰り返しだ。庭に出てみても、あるいは表の通りをフェンス越しに眺めても、同じ感覚に襲われた。以前にも同様な経験があった。この親和感と違和感との奇妙な交錯はいったいどのように説明されるものなのだろうか。

旅先ではこうした感覚を経験することは稀だ。おそらく、目醒めて、意識がしだいにはっきりしてくるにつれて、安堵感ではなくて、すぐさま心が緊張の状態のなかに置かれるためなのだろう。

*

この数日、はやくも梅雨を感じさせる日がつづいているが、今日は薄陽が洩れている。

民主化を求め、権力の腐敗を糾弾する中国の学生や市民たちの大規模な運動は、連日数十万の数で北京の天安門前広場を埋め尽してきたが、保守的な左翼——ほんとうの左翼と言えるのかどうか——の長老たち、李鵬一派の強圧的な出方がとりあえずの勝利を収めようとしている。だが、問題は趙紫陽と、鄧小平、李鵬らの間の権力争いということではなく、強圧的で、策謀的な権力にたいする自由と公正を求める非暴力の民衆のたたかいであるから、けっしてまだ終焉ということにはならないだろう。学生たち、市民たちのこの間のたたかいぶりは節度があり、熱情的であるとともに理性的でもあり、尊敬に値するものである。

*

私たちが一つのすぐれた精神を理解するということはどういうことなのであろうか。数学や物理学の問題であれば、解答を見出すことが一つの理解のかたちになる。しかし、精神を理解するということはそのようなかたちではあり得ない。もし、これについても理解ということがあり得るとすれば、それはその精神によって自らの存在の中心に火花を点されるということに他ならない。換言すれば、そんなかたちでの愛である。自らの存在の中心に火花を点されるということは、存在の深い根において、不可視な、しかし神的な絆を感じることである。

ときどき自分があの十九世紀末のフランスの思想家レオン・ブロワに似ていはしないかと思うほどである。おそらく、あの作家を私はそれほど愛してはいないのだが……。自分の周囲にますます深まる孤独感、この世界、自分の時代にたいする癒し難いペシミスムなどの点でとりわけ。この時代に生きて、ときどき私は人間に怒りをおぼえ、ほとんどいつも悲しんでいる。

*

秋が深くなってゆく。そして、秋の深まりとともに自然のなかの霊的なものの密度が濃くなるのが感じられる。自然が可視の自然だけのものではなく、光が一個の天体としての太陽からだけのものではなくなるのだ。万物が寂かさのなかに還ってゆく様子がうかがわれる。

若い頃にはそのことがよく分らなかったためか、私はこの季節をただもの悲しい衰滅の日々と感じていたようである。おそらく、人間の、あるいは万物の死ということについても、自分の感じとり方に同様の変化があるかもしれない。

この数ヵ月は現代世界がもっとも大きく変った時期ということになろう。

ハンガリーとポーランドとが東欧圏のなかで共産主義体制を拋棄したこと、——しかもそれが戦争や暴動などの形態を伴わずになされた移行であるということに私は感嘆する。それはある意味で、現代の人間の社会における政治的理想の失墜であり、イデオロギー的な方向喪失でもあろうが、それがそのままにいわゆる資本主義諸国の現状を肯定する根拠にはいささかもなり得ない。

人間は何処に往くのであろうか。政治的には赴くべき方向はさだかではないかのようである。しかし、それは摸索が政治的次元でなされようとするからだ。

いま東欧諸国で生じていることのなかで重要なのは、政治のなかに非政治的なもの、あるいは反政治的なものが作用しているということである。誰しも人間は一人ひとり存在の根元的な自由を要求する。それは精神が自ら精神であるための不可欠の条件である。

＊

チェコスロヴァキアからも共産党による一党独裁が消える。この夏以来、ポーランド、ハンガリー、そしてつぎには予想もしなかった展開として、十一月十日に東西ベルリンを隔てる壁がとり除かれ、東欧諸国の体制がつぎつぎに変っていった。ソ連邦内でのゴルバチョフという一人の政治家の苦しい努力が、むしろ彼の、予想していなかったところにまで多くの反響を喚び起したのだと言えるかもしれない。

それらの諸国で生じていることは一見、精神の自由の実現のためのたたかいであるようにもみえるが、おそらくそれ以上に物質的窮乏からの脱出の願望であると私には思われる。だからといって、それが空しいものだなどとは思わないが、あまりに大きな期待を彼らにかけすぎないようにしたい。

＊

火曜日に宇佐見さんが来訪。午後から夜おそくまで歓談し、また宇佐見さんが持って来られた二本のヴィデオをSも交え、三人で観た。

ひとつはアフリカのウスマン・センベーヌの《チェド》という作品で、アフリカの伝統的な文化の世界にイスラム的なものが侵入してきたときの烈しい葛藤を描いている。映像がすばらしく美しく、さらに音楽もよく、きわめて単純化された画面と話の筋立てのなかに、人間の世界のもっとも基本的で、普遍性のある問題が扱われているように想った。

もうひとつは《バショー》という標題の、フランス人の作品であったが、M・ベジャールが語り、彼の振付けで彼のダンサーが踊り、また、マルセル・マルソーが演じている。芭蕉の『奥の細道』の道すじの風景が映され、そこにシャルトルが重ね合せにみえてくる。芭蕉の〈旅〉は結局は生と死とのあわいを往く旅であり、また、夢とレアリテの間の旅なのだと言っているが、こうした問題のとらえ方はそっくりそのまま、のちにSの言うところでは、私自身のものと同じだという。

この二本のテープを私たちにみせてくれようとした宇佐見さんの好意に感謝する。

＊

若葉が雨に濡れて美しい季節だ。もうすこし陽光が欲しいとは思うが、灰白色の雲に蔽いつくされて世界が静かであるのもわるくはない。

昨日は必要があって、著述によって名のある人びとの幾つもの文章に目を通したが、まことに密度が稀薄であり、読んでいてがっかりした。

フランスのすぐれた文章家であれば、言葉の意味性と象徴性とによって自らの思索や感性がきわめて詩的に表現されたものを書き得るのに、なぜ、日本語で書かれたものにはそんな特質のうかがわれるものが乏しいのか。

＊

なぜ自分の書くものがいまやこんなにも暗澹たるものになってしまったのか。

おそらく私の生来のペシミスムもあるだろう。だが、私一個の存在についていえば、私がペシミスムに陥る理由など何もないのだ。遙かな以前から私は自分一個の死のようなものに懼れをいだいたりしたことはまったくと言っていいほどないのだ。むしろ私自身に限っていえば、死は大きな、絶対的なやすらぎだ。

だから、私が悲痛な気分に陥るのはむしろ自分にとって親愛な人びとの不幸や病苦によってだ。だが、彼らは私がそうなることをのぞんでいるだろうか。もしかすると、むしろ私の晴れやかさをこそ、のぞんでいるかもしれないのだ。それこそがいっそう彼らにとって慰めになるかもしれないのだ。

いま一つ、私を終始打ちのめすのは、この国の、もはや救いがたいまでの〈詩《ポエジー》〉の欠如だ。すべてがおそろしいまでに物それ自体に貼り付いてしまっている。まるで物以外にこの世界を構成する要素は存在していないとすべての人びとが信じ込んででもいるかのようだ。何処にも心の風の吹きとおる余地がない。なぜそんなふうになってしまったのであろうか。もはやミスティックの精神的系譜が存在しないかどうかなどという次元の問題ではなくなってしまっている。物質的な繁栄がそのままで幸福の尺度だという思い込みはいったい何なのであろうか。私を悲観的にする最大の要素はこれだ。

私はまるで百年まえにレオン・ブロワがそうであったように怒りつづけているふうだ。

＊

存在すること——自分ではなく、すべてのものの——に、ほとんど何の根拠もないように想われることがしばしばであるのに、この夢幻のような現象のなかで心身をすり減らして自らを燃焼させようと私が努めるのは何故なのか。

いつも行為の基準として、何かしら形而上学的とでも称び得るようなものの設定を、あるいは発見を達成したがる傾向が自分にはある。一種の理由づけである。だが、この努力はいつも撥ね返されることになる。

おそらく、このうえなく単純素朴なもの、季節になって小鳥が愛を囀り、巣を営み、雛を育て、やがて自らを滅して土に還ってゆくような、自然、あるいは宇宙のリズムとでもいうもの、それが私たちのもっとも深い思索やもっともしなやかな感性をも、絶えず押し、搬びつづけているのではあるまいか。

*

今朝、庭に出てみると、ナツツバキの樹の下に動物の毛屑や乾いた苔がたくさん散らばっていた。この春、この樹にかけた巣箱に四十雀のつがいが出入りしはじめた様子だったので、とても楽しみだったが、それにしても雛の巣立ちにははやすぎる気がした。

ひどく散らかっているので、片付けるために樹の下まで来てみると、なんということか、無残に喰い散らされた小さな翼のつけ根の羽がそこには残されていた。雌の四十雀が猫に襲われたのだ。巣づくりに夢中になって不意を衝かれたのだろうか。

私は言いようのない気もちにとらえられた。巣箱をかけてやる場所が悪かったのであろうか。理由はともあれ、昨日までの、つがいの小鳥たちの努力が想い出される。私は樹の周囲を片付け、また、いたましい巣箱をとりはずした。

ときおり、何処からか舞い戻ってくる雄の四十雀がひとしきり高く囀り、連れ合いに呼びかける。その歌にはまだよろこびの余韻さえ感じられる。それからナツツバキの樹に飛び移ると、在るべきものが見当らないためなのか、急に沈黙してしまう。そして、みどりの濃くなった繁みのなかにじっと身を潜めてとまっているのだ。そのときにはもうけっしてうたわない。あんなに小さな生き物の小さな心のなかにも深い、深い喪のかなしみがあるのだろうか。それからまた急に何処へか飛び去ってゆく。もしかすると、そちらのほうに愛するものがいるかもしれないと想い出しでもしたかのように。

＊

世界ははげしく揺れ動いている。そこに大きな戦争のないことが不思議に思われるほどだ。しかし、それは人類が身につけた或る種の辛抱強さの故であるかもしれない。第二次世界大戦以降、半世紀にわたって固定されてきた世界の枠組が昨夏からの一年間で想いもかけず素早く崩れ去った。

人間は何をのぞんでいるのか。そして、何処へ往こうとしているのか。そして、私たちのこの国についていえば？——この国はいまや救いようもないほどに精神的に頽廃しきっている。魂というものがない。僅かな知性、そして、これ以上ないと思われるほどに肥大化した利己心。こんなふうに私にはみえるのだが、とりわけ最悪なのはそんな自分の状態をノーマルで、健康だと思っていることであり、一切の自己批判能力を喪失してしまっていることだ。すさまじいばかりに自浄能力が欠落してしまっている。

ここにも何らかの変化の波は及んでくるのだろうか。それは依然として、外から及んでくるだけのものなのであろうか。

＊

ここにいると、私が知りたい世界の国ぐにのなかでの創造的な空気のようなものはまったく伝わってこないので、何処か地球上の他の場所ではまだ〈詩〉の空気を呼吸している魂たちがいるのかどうか、あるいは新たに生れてきているのかどうかまったく分らない。だが、すくなくともこの国の現状に限って言えば、そのような気配はほとんど皆無だ。

人間が世界にたいして、宇宙にたいして、敬意と愛情を抱き、自らの衷に、内在的で同時に超越的でもあるものの存在を感じとり、そのような存在を感じとることのよろこびを日々の生活と仕事とのなかに反映させること、私が〈詩〉の空気を呼吸するというのはこのことだ。

諸々の科学技術の発展のなかでも、こうした〈詩〉の空気をもっとも弑してしまったのは、おそらく、ＴＶというメディアであるような気がする。たしかにＴＶはそれまで私たちが知らなかった、あるいは知り得なかった多くのことを情報として、私たちに与えてくれる。見知らぬ遠い国の人びとの生活や文化、刻々に変化する世界情勢など。ＴＶの果す役割のすべてが罪悪であるとは私は思わないし、そこには多くの貢献もある。

しかし、もっとも大きな過誤はいまやこの国のほとんどの人がＴＶの伝達する情報によって、自分のなまの生活経験から得るべきもの、得られるものをも置き換えてしまっているということだ。草のそよぎや風の匂いさえもＴＶの映像から受け取るものだけで充分なのだ。そのために若い人びとに——あるいはもっと上の世代にも？——現実の経験にもとづくそれぞれの形成する世界像がまったく欠落しており、豊かな想像力の展開というものがまったくない。映像の虚偽のリアリズム！

＊

〈詩〉の欠如、さらには人びとが謂わばなまの世界との接触をとおして自らの世界像をつくらなくなってしまったことについて。

幼い子どもが手で粘土を捏ね、木登りをし、繁みのなかに異様な姿の生き物を発見し、夜の闇のなかで大きなひろがりの不思議さと恐怖を感じることによって、徐々に世界というものについて獲得してゆく知識と実感、それらをＴＶや他のメディアが幼いものらから匿してしまい、それらのかわりに均一で、仰々しくて、見苦しい虚像を彼らに与え、本来その年齢で充分に育つはずの想像力の内容をなんとも貧弱な、いかがわしいもので埋め尽してしまう。こうして、すでに幼時の段階から〈詩〉はすべての可能性の萌芽を踏み潰されてしまうのだ。

彼らは成長したのちにも、なまの世界そのものから養われる想像力の展開を生きることができない。彼らの想像力（そう彼らが信じ込んでいるもの）が生み出すのは、幼いころに夢の貯蔵庫に間違って貯えてしまった怪しげな、貧弱な幻のヴァリエーションにすぎない。

あとは何があるのか。自己を中心に据えての利害打算の判断、それがすべての局面で〈経済〉

という尤もらしい名称を付されてまかり通っている。ときとしては、〈正義〉のように語られるものでさえ、不当に奪われた物質的利益を敵の手から奪い返すというだけのことにすぎない。どのような人間的共感の発露もない。

いまのような時代に、この国で、人間的であるということは、それだけでもおそらく軽蔑の対象たるに値することになろう。そして、もっとも残念なのは、こんなふうに言ってもおそらくその言葉がむなしくひびくだけだということである。

＊

フセイン大統領によるイラクのクウェート侵略と、ブッシュ大統領のアメリカによる報復的な軍事的、経済的措置は依然として国家的エゴイズムが人間的理想の行く手を大きく阻むものであることを感じさせる。

アメリカ、イギリスの一連の動きはまるでアラブ人に奪われた聖地を奪回するための十字軍の聖戦を想わせる。しかも彼らを動かすのはどのような信仰でも理想主義でもなく、純粋な利害打算である。

＊

私が何かについて書き、また語るとき、私はその何かに投影された自分を語ることしかできない。何故なのだろうか。もし対象の客観的把握というようなことが学問的研究者の必須の条件であるとすれば、私にはその条件が欠落している。
だが、他の人びとが何かについて深い共感もなしに語り得るというようなことがどうして可能なのか、むしろ私には不思議に思われる。その行為は彼らの人生にどんなふうに組み込まれるのであろうか。

*

かすかに小雨が降りはじめ、これで秋がずっと深まってゆくように感じられる日だ。
今朝学校へ出かける途中の電車のなかでふいに幾つかのイデーがヴィジョンを伴って、伝統的な俳句のリズムで浮んだ。それらはつぎのようなものであった、——

秋よ　神の光をすべて地に灌げ
われらいま　生命の秋の淵に立つ
秋に充てる神の光のまろやかさ
われらいま　誰に歎かむ深き秋

満員の通勤電車のなかで、ルオーの描いた幾つかの画面が想い出された。

私はルオーによって秋を、彼の画面を知らなかったときとは異なるふうに受けとるようになった。シューベルトとモーツァルトによって、早春のある日々を、彼らの作品がまだ私の馴染みではなかったときとは異なるふうに感じるようになった。もしかすると、そうではなくて、私の感覚が以前から擒えていたものが彼らの芸術によって顕かになったということであるのかもしれないが、自分の感覚だけでは一時的で、不慥かであった事柄を、それらの芸術は謂わば恒久的で、慥かなものとして意味づけてくれるようだ。

おそらく、すぐれた芸術や文学というものは、そんなふうにして、われわれが生きているこの世界そのものを何かの仕方で意味づけてくれているものなのだと言い得るかもしれない。

＊

昨日、東西ドイツの併合が報道された。〈統一〉という言葉が用いられてはいるが、実質的には東ドイツの、国家としての責任の抛棄であり、西ドイツへの全面的な国家委譲である。

巨大国家としてのドイツにたいしては嫌なイマージュがつき纏う。個々の詩人や芸術家としていえば、あれほどに真摯で、敬虔な人びとが多いのに、集団になると奇妙に全体主義的で、威圧的、排他的になる民族性とはどんなものであろうか。とりわけ、そんな場合には、彼らにあっては思考よりは行為のほうが先走っており、今度の〈統一〉に到るまでの過程でもその性急さが強く感じられる。

＊

久しぶりによく晴れている。昨日あたりから気温はときに寒さを感じさせるまでになった。先日、偶々ＴＶで大江健三郎と金芝河との対談をみた。それぞれ自国を代表するほどの人物なのであろうが、対談の重要な部分で精神が嚙み合っていないことが察せられた。私の判断ではその原因は主として大江氏の側にあり、そして、それはそのままにほとんどの日本人の主要な欠陥を曝け出すものとなっているように思われる。これを日本人の思考、または発想の、と言っていいのか、感性の、と言っていいのか私にはわからないが……。

大江健三郎は「きみは広島を憶えているか」という問いを、こんにちの核の脅威にたいするたたかいの中心に据えていると発言していた。

憶えていなければ過去の事実はすべて消滅してしまうのであろうか。

最大の問題はいつもわれわれ日本人にとって此処に在ると言うことができる。このまえの戦争にかかわる一切の罪悪について、「過ぎ去ったことなのに、何故そんなにこだわるのか」というような発言が出る一方で、戦争の惨禍をけっして忘れないように、「戦争体験の継承を！」という運動がつづく。一見、正反対のものであるようにみえるこの両者に共通しているのは、過ぎ去ったすべてのことは無に等しいという感じ方である。だから、一方は消え去ったものを何故わざわざ呼び出そうとするのかという発言になるのであり、他方は不幸をふたたび招来することのないようにするためには、あの不幸の体験を消してしまわないようにしようという発言になる。

過去の事実にたいするこの主観的な取り組み方は僅かにそれぞれの人間の、現実にたいするかかわりを規定するものであり、そうした過去の事実に直接に関係のあった人びとにとっては大きな意味がある。けれども、このことにはまったく普遍性がない。

「アウシュヴィッツを忘れるな」「真珠湾を忘れるな」「広島を忘れるな」「南京を忘れるな」——人びとは叫ぶ。だが、人間はなんと忘れっぽいことか！　私たちは始皇帝のことを、ネロのことを、アッチラのことを忘れてしまった。個別にはどんな体験の継承もなかった。

人がそのことを憶えていようが、忘れようが、ひとたび存在したものは、それがはじめから存在しなかったこととは決定的に異なっているのだ。過去の事実の一切はそれを人が憶えていようと忘れてしまおうと、そのことにかかわりなくけっして消滅したりはしない。加害者が相応の謝罪をすれば、ときとして被害者の心のなかの恨みの感情は和らぐだろう。だが、そのことによって犯罪の事実そのものが消えるわけではない。ある種の埋め合せは可能であるだろう。だが、犯罪の事実と謝罪の事実が継起的に存在しつづけるだけで、何一つ消滅するものはない。

私たちがこのことを充分に自覚して世界との関係を構築してゆくのでなければ、日本人の発言や行為はいつも世界の他の部分から理解されないままでありつづけるだろう。

また、いつも想うことだが、なまの体験などというものはけっして他者に継承させることのできないものだ。私の寒さの体験、飢えの体験、私の恐怖の体験、よろこびの体験、それらの体験はいずれも私に固有のものであり、他者がそのままのかたちで共有することなど不可能である。

この点で重要なのは、体験から思想を手繰り出すことである。なぜなら思想は伝達可能だからだ。戦争体験から手繰り出した平和の思想をこそ、すべての人びとにむかって語るべきであろう。ただし、誤りのないように付言すれば、思想化するとは、事実を抽象化し、概念化することとはまったく異なることだ。

＊

おそらく、一民族の思考や文化においても、個人の生き方においても、ほんとうの理想主義というものは徐々に形成されてくるということはあり得ないのかもしれない。どういうわけか、比較的安定した時間の流れのなかでは、人間が志向するものは物質的繁栄であり、逸楽であり、現実主義であって、そんな場合には人間は自分には肉体だけしかないかのように思い込んでしまう。肉体の肥満のなかで精神は眠り込む。だが、それは精神にとってはじつに危機的な状況なのだ。眠り込むということは精神にとっては死を迎えることでもある。

どのようにすれば精神が覚醒しつづけていることができるのか。

たとえば人間の存在そのものがほんとうに危機的な状況に陥ったときには、精神はにわかに肉体の奥から姿を現す。人は自分の衷に精神がまだ潜んでいたことに気がつく。戦争の惨禍のあとで、あるいは大災害のあとで、まだ生きのこっていれば、人は廃墟をまえにして、精神によって生きることを志すだろう。

そして、そのときには精神の誇りである理想主義が語られるだろう。

だが、いま、この国の状況はあらゆる点でその反対である。

私はけっして人類の危機的状況の到来をのぞんでいるのではない。いずれにせよ、いまのままの傲りたかぶった在り様で進んでゆけば、そんな事態にたち到るだろう。私がのぞんでいるのは、そんな状態での精神の覚醒ではない。

むしろ、私たちの存在が精神と肉体とによって形成されており、したがって目にみえるものは目にみえないものを担っているのだということを、ほんの僅か自覚的にそれぞれが日常生活のなかで確認し、そのように生きてほしいというだけのことだ。そうすれば、この国の現状は一変するだろうに。

＊

つねに驚嘆すべき芸術的創造の範例としてのモーツァルト、――内的必然の十全性、表現形式上の驚くべき多様性、形式の面で完全に獲得されている自由と完璧さ、そして、生のよろこびと、言いようのない死の翳の混り込み。

＊

ごく些細な転倒で、Sが脚を骨折、入院。

あまりに遽しく時間が過ぎてゆくせいで、心は日常生活を維持するためのリズムに従っていて、何かを考えることを止めてしまう。何か非常に大切なことが心から離れて落ちる。あるいは生活のリズムのなかに心の立ち入る余地がなくなってしまうということであろうか。

だが、今朝はひどい疲れのなかで心が何かを想い出そうとしている。まるで若者の心のように、――もっと真摯な何かを。ひどく哀しくて、しかも美しく、この世界のものではない何かを。昨夜はすこし雨が降った。いまは明るい光がこの庭に射しかけている。土はかすかに湿っている。つい先刻は小鳥が鳴いていた。春を呼び戻そうとしているかのように。空気がやわらかく感じられる。部屋のなかではモーツァルト。《クラリネット五重奏曲》。フランス・ブリュッヒェンのグループ。それが私の心に何かを想い出させるのであろうか。

＊

イラクでの戦争は漸く終った。多くの犠牲、人類の進化のはげしい後戻り。

鎖された国イラクの妄想としか想えない確信にもとづく行動も理解しがたいが、他方で、アメリカという国にたいする嫌悪がますます自分の衷に抑えがたいものになるのを私は感じる。あの国の政治的指導者や、その言動に唆される民衆や、あの国の軍事力が今度の戦争で捷利したのであれば、それはイラクの敗北ということ以上に、人間の精神そのものの敗北を意味するように私には思われる。破れ、傷つき、信頼を喪い、自らの無力感にうなだれているのは人間の精神そのものである。

私自身に拭いがたい敗北感がのこる。

いつまで生きることになるのかわからないが、生きているあいだ、納得のゆく仕事をしたい。こんどの戦争が示したものとは正反対の極点にあるもの、何かしら人間の魂がまだ健在であることを示し得るような仕事。自然の光とはちがうもっと透明で、もっと慰めにみちた光の反映がうかがわれるような仕事。現代という時代そのものと真っ向から対立するような質のものであり、したがってその仕事のゆえにますます孤独を強いられることがあっても、それは止むを得ない。

＊

ある人びとがときとして誤ってこの世界に紛れ込んできてしまったかのようにいう感覚、それはまた現実世界のなかでの流謫の感覚ともなるが、おそらくこの感覚はごく少数の詩人や芸術家にのみ認められる例外的なものではあるまい。なぜなら、それは物質世界に紛れ込んできてしまった精神の、あるいはもっと正確には魂の実感でもあるからだ。だから、魂はいつも自分のほんとうの居場所は何処なのかと探しまわるのである。そして、小鳥が巣をつくるように、魂は自分の居場所を空間に整えようとする。音楽や絵画や詩のなかに。魂が自らのためにつくり出すこの巣は、現実世界のさまざまな素材によってできているが、そこには魂にとっての、何処か遠い故郷の匂いのようなものが宿る。

＊

今朝から想いつづけているのだが、私自身の衷に身を隠したさまざまなものたち、いろいろな人びとの面影や仕種や話しぶり、さまざまな風景や瞬間のヴィジョン、それらのものをまだ充分にはすくい取っていないのではあるまいか。もしかすると、それらのものたちは言葉によって甦ることをまだ待っているのではあるまいか、――そんな気もちが心のなかを繰り返し斜切ってゆく。おそらく、それらの存在たちの促しが私を立ち直らせようとしているのだ。

私は回想を書こうとしているのだろうか。

もしいまの気もちがもっと生きいきと動きはじめれば、それはある種の回想として整えられてゆくかもしれない。だが、回想と名づけ得るとすれば、私の書こうとすることが自分の過去の時間にかかわりがあるという点においてのみだ。

自分の内部と外部とが一つに混り合ったような形で、文章を綴ってみたい。現在の知覚が過去の回想を促すというのではなく、謂わば二重の時間を同時に生きるような形で文章を綴ってゆくことはできないだろうか。一方から他方へと移るのではなく、また、必ずしも平行に、それぞれをというのでもなく、もっと渾然とした在り方で、現存と不在、生と死とを綯い混ぜられたものとして一本の美しい紐に仕上げてゆくように。

なぜなら、実際、私は、あるいは私たちは誰しも生と死との混り合ったなかを漂いつづけているのだから。数日まえに、私は一人の友人を喪った。たとえば、彼は亡くなったことで何処へか去ってしまっただろうか。以前の私だったらはっきりそう想っただろう。だが、いまは違う。彼にせよ、あるいは他の誰彼にせよ、亡くなった人たちも、そのままでそこに居るのだ。同様に、消えてしまったある一つの情景も、そのままそこに在るのだ。消えてしまった姿のままに。

時を経てすっかり変ってしまった風景に、すっかり変ってしまった面影に出会ったとき、私たちが驚いたり失望したりするのは、ほんとうは奇妙なことであり、あるいは間違ったことでさえあるかもしれない。暫くまえに私は「宇宙の記憶に委ねる」ということに気づいたことがあり、そのことによって自分が一種のオプセッションから解放された。とすれば、こんどは「宇宙の記憶に訊ねる」ということが私自身のなすべき作業であるかもしれない。

*

社会主義の一つの相であったソ連邦があっという間に解体してしまった。外からみればそれは巨大な、堅固な建造物のようであったのに、白蟻の巣にすぎなかったのかもしれない。だが、一つのイデオロギーを人間的理想だと信じて心底から真摯に生きてきた若者たちも、あの国には数多くいるのではあるまいか。彼らはこれから、どんなふうに生きてゆくのであろうか。

世界の全体が精神の廃墟と化してしまったかのように思われる。そこから何が出てくるのであろうか。

＊

講演の依頼を受けて、ロマン・ロランの『ピエールとリュス』を久しぶりに読み返した。いい作品だ。以前には気に留まらなかった幾つかのことに気がついた。愛し合う二人の殉難に先立つ最後のサン＝ジェルヴェの教会でのピエールの夢想には、そのまま、若いロマン・ロランの、あのトンネルの闇のなかでの「トルストイ的体験」の反映がある。リュスはそのまま〈光〉であり、それは愛でもある。国家の体制と動きを一つにしている中産階級のエゴイズムが鋭く告発されている。愛はその外側に身を置いている。この関係が空間的に置き換えられて、ムードンに隣り合うシャヴィルの森が、パリの混乱と対比して描かれているのも興味深い。

これを戦争の犠牲にされた幼い恋の物語であるとだけ読むのは、おそらくほとんど読み誤りだと言ってもいいように想われる。

X

母が亡くなって数日が経つ。

両親の死は私の年齢になれば当然のことだが、これに伴って私自身のなにかがその環を閉じたような気がする。あるいは父母の環が閉じて、私がその外に出たということであろうか。

晩秋の光。今日は想いのほかに明るい。

だが、ますます私にとって生と死とは同じ一つのひろがりのなかのものに他ならないように想われる。死を復活の契機と考えることさえも及ばない。なぜなら、この再生の考えは依然として死者の領域を私たちのものから隔てることになるからだ。それに、率直に言って、これは不自然だ。空間的表象として死者の領域を定めることなど不可能だ。絶対的に物質的なイマージュに依拠しない実感の表明が必要だ。それをどのように言ったらよいのか。

人間の感覚との関係でいえば、おそらく私たちは絶対的に無限である不可視のひろがりの、瞬間という切り口を生きているにすぎないのだ。この切り口だけが可視の状態のものとして、私たちにも擒えられるのだが、同時にこの断面であるものの相は刻々変化してもいる。しかし、事実存在しているのは、この相だけではなく、むしろ不可視の全体のほうであると想われる。

一切のものの時間的、空間的共在があるだけだ。その外には何もない。この点ではこの認識はたぶんキリスト教的であるというよりはむしろインド的なものであるかもしれない。だが、このひろがりの全体は無機質のものではなく、謂わば関係の網によって縦横に繋がっている。密度、あるいは存在相互間の愛のようなものがそこにはある。これは人格的だろうか、非人格的だろうか。

以前は気が滅入るようなこの季節を私は好きになれなかった。

この季節の色彩は私の印象では褐色だ。大地から緑が消えて、黒褐色の土が現れ、樹木は生気を失った葉を撒き散らし、さらに、樹木そのものが褐色の裸身を晒している。夕暮れの光は透明感のない黄褐色で、事物の長いかげをつくり出す。すべてが衰滅へと沈んでゆくかのようで、私は真っ白い、凍てつく冬の酷しさのほうがまだしもましだと思っていた。

けれども、いまではまったく異なる印象を抱いている。この季節の姿勢の全体が謂わば絶対的、超越的なものへの、抗うことのない服従であり、祈りであるように思われるからだ。

＊

おそらくこの数日じゅうにソ連邦が完全に崩壊するだろう。そして、何が残るか。複数の共和国による理想的な主権国家連合か、ロシア帝国とその周辺の属国か、内戦状態か、壮大な混乱か。

この間の推移で私にまったく理解できないのはエリツィンにたいするあの国の知的階層と民衆の支持、期待（と報じられる）である。あの日和見的なアジテーターはどんな幻想を、誰に抱かせているのであろうか。

混乱はソ連邦だけにとどまるものではないだろう。どのような形でか、世界じゅうが荒れ狂うだろう。そして、常軌を逸した人間集団の所業のなかではエゴイズムと暴力が走りまわるだろう。喚き散らすだろう。機を利して、これまでの二極のうちの、生き残った一方がそうしないとは保証できない。

この苦しい予感は的中しないでほしいと思う。だが、ジャーナリズムが宣伝するような新秩序の到来などでないことは慥かだ。

＊

昨年の六月以来、イヴ・ボヌフォワの『ジャコメッティ』の翻訳の作業に携わってきたが、これは私にとってなんと大きな経験の機会となったことか！　この二つの精神を相手にしながら、私は人間の精神というものがどれほどぎりぎりの極限まで自らを生き得るものかを改めて知らされた気がしている。そして、また、結局はどのような戦いの果てにも和解があることを改めて想う。神的な平和、光の体験であるもの。

けれども、そのぶんだけ私は多くの文学や芸術にたいして、自分がきびしくなっているのを感じる。個人的主観性の戯れにすぎないようなものが、まったく面白くなくなってしまったのだ。造形的な分野でいえば、自己という枠組みを越え得ていない抽象的作品にも、凡庸な、外観の写しにすぎない具象的作品にも、同様な面白みのなさを感じる。詩や散文でも同様である。

創造行為の中心には、あるいは基底には、つねに体験的なものがなければならない。自己と世界との、自己と神との、あるいは根元的な絶対であるものとの、その都度一回限りのものであるかかわりの証がなければならない。そうでないものにどんな意味があるだろうか。

＊

旧ソヴィエト内の状況は以前に私が予想したとおりに進んでいる。アルメニアとアゼルバイジャンとの間の戦争状態をはじめとして、民族諸国家間の紛争は日ましに顕かになり、ウクライナはロシアに背を向け、ロシアは少数民族の自由を奪おうとしている。

しかし、二十世紀も末近くなっての、この状況はたんに旧ソヴィエト内だけのことではなくて、およそ世界全体に共通する成行きでもあるのだ。いたるところで、エゴイズムが先行している。あるいは、それだけが行動の原理ででもあるかのようだ。

いわゆる現実世界を判断し、何らかの関係をその世界と自分とのあいだにつくってゆこうとするとき、私は疑い得ない恒常的な要素として、世界の全体、あるいは全人類というものと、社会的な観点からすればこれ以上の分割が不可能である個としての人間存在というものを両極として考え、他の一切の機構は、国家をはじめとして、すべて可変的で、一時的な、人為のものとして捉えてきた。その考え自体が間違っているとはいまも思わない。しかし、その絶対的な二要素が今日では何と色褪せてみえることか。

＊

朝から粉のような雨が降っている。霧のようだが、やはりそうではなくて雨だ。

空は一面灰いろに覆われていて、直接の陽光がなく、そのために地上は奇妙に静かだ。そして、その静かさをいっそう大きな、深いものにしているのは、すっかり生い繁った木々の葉のいろだ。それは一口にみどりという言い方をするには多様でありすぎ、いくらか黯ずんだみどりから、どちらかといえば軽やかな若葉までの明度――あるいは段階――を揃えているのだが、なにか色彩的なものとは異なる、言い表しがたい印象を与える。矢張り、深い静かさの印象だ。あるいは寂かさという文字を用いたほうがいっそう適切だろうか。木々の葉叢の宿している静かさのニュアンス。

私は深いという修飾語を用いたが、それは自然のこうした印象が一種の漠然とした回想に結びつくことからの特徴だろうか。それとも、自然の、事物のひろがりそのものが、そうした性質を帯びてのことだろうか。つまり、この寂かさのなかには過去のさまざまな時間が、あるいは消失したと思われた幾つもの存在や情景が溢出してくるのだ。眼前の風景に触れながら、私はそこに、見えないものの、あるいは見えるはずのないものの現存を一瞬感じとる。いつも朧げに二重に、あるいは三重に重なっている。

それからまた、見えないものは見えないものとして身を退いてゆく。そして、こんどは不在を印象づける。あれはすでに四十年もまえのことだ、あるいは、二十年もまえのことだと私に報せる。もしかすると、この不在の印象が私に深い寂かさを感じさせるのだろうか。

＊

私は依然として、ある沈滞した気分から脱出できないままに、それでも折おり、ボヌフォワの詩の訳を試みている。イマージュの展開の仕方がじつに新鮮だ。この『光なしに在ったもの』においては、詩人の心に生起するかつての日のさまざまな光景が感性の実質として息づいており、その息づかいがイマージュの見え隠れの呼吸そのものになっている。実際、私たちの内部に身を潜めたすべてのものたちはそんなふうに在りつづけるのだ。

イヴ・ボヌフォワの詩は近年になってすばらしく深いものになった。

＊

自分に決定的に欠落しているのは生きることの意欲のようなものだ。生存へむかおうとするエネルギーの迸りだ。だから、他の人びとのなかに謂わば本能のようにそんなエネルギーの発露をみるとき、私はいつもある種の驚きすらおぼえる。

いつからそんなふうなのだろうか。私は眼前の現在に触れながら、すぐさま、ずっとむこうまで、言い様もなく遠いところまで視透してしまう。何もない、あるのはただ静かな、大きなひろがりであるところ迄。個別のあらゆる存在の様態が解消してしまっているひろがり。この絶対的な、静かさのひろがりは私の想像力の産物というよりは、すぐそこに見えるものなのだから、まったく疑いの余地などないのだ。

ときとして、人が――「死を受け容れなければならない」と言うのを聞く。この言葉には、意志的な努力のニュアンスがうかがわれる。そして、そのことが私を驚かせるのだ。それほどまでに、人びとはこの地上の人生を愛しているのだ。他方、それほどまでに私はこの地上に影のように生きているのだ。

*

幼いころ、私が夢想するとき、それはきっと世界が夢想していたのだ。その夢想を想い出そうとするのだが、どこへ隠れてしまったのか、どこに埋もれてしまったのか、どうしても想い出すことができない。学校――学校は嫌いだ。喧嘩が嫌いな、読書好きの子ども。だから、孤独でいることも多かった。私は何に感嘆し、何に驚いただろうか。あるいは何を凝視しただろうか。何も想い出せない。ときとして、夕暮れの空の、雲のいろの変化。ときとして、廊下の窓ガラスに雨粒が一瞬宿り、それがスーと線を引いて落ちてゆく有りさま。斜めに右に落ちるだろうか、それとも左にか。また、夏の日が暮れて、薄闇の空を蝙蝠が飛び交うときの、すばやい黒い影の動きの異様さ。

すべては夢のなかのできごとのようであり、何一つさだかではない。あの頃は世界が夢みていたのだろうか。

＊

一本の樹が花咲く。懸命に空にむかって枝をのばし、その枝いっぱいに花を咲かせる。鳥たちを呼び集める。まるで、ほどなく自分が消えてゆくものであることを知っているかのように。

詩の在り処を求めて　1993—1996

I

いわゆるミスティックを自認する人びとがときとして閉鎖的、秘密結社的グループを形成することがあるが、これにたいして私自身はある種の生理的嫌悪をおぼえる。

物語やポエジーの領域では、これは興味深いものとなる。モーツァルトの《魔笛》の場合にせよ、ヘルマン・ヘッセの『朝の国への旅』の場合にせよ、ある種の教団の秘儀の物語である。ゲーテの晩年の長詩「秘義」もそうだ。しかし、こうした芸術的形象化はあくまで内面の次元のものとして受け取られるべきではあるまいか。

これがそのままに地上的現実空間に組織化されると、そこには著しく排他的な要素が混り込む。おそらくは自らの本質であるものを護ろうとする故にであろう。だが、すでにそのことによって、本質は変ってしまい、頽廃が生じる。根本的にミスティックであるものの組織化などあり得ない。

＊

仕事をするということは、それによってその都度、自分と世界との関係をつくることであり、あるいはそれを慥かめることだ。朝、目醒めるたびに、世界を新しいものとして凝視することだ。驚きと感動とをもって。

そうだとすれば、これまでに私が蓄えてきたと考えられたものなど、何ほどの価値をもち得るのであろうか。ときにはむしろ仕事の妨げになることさえあるかもしれない。

＊

宇宙的、遍在的な力が絶対に抽象観念の産物ではなくて、愛の根元的な源であるということは、何によって肯われるのだろうか。

＊

この国での文化は何故、無時間的普遍性と個別の存在との関係を問い質し、それを語ることがないのだろうか。まるでそんなものは在りはしないのだとでもいうふうに、それについては無関心である。ごく最近の、いわゆる近代化以降にそうなったというのではなく、遙かな昔からそうなのだ。

逆にいえば、異質な文化から私たちが吸収し得るのは日常的生活感覚の次元での風俗的なもの、様式的なものであって、その風俗的なもの、様式的なものの奥に潜む何ものかを把握するにはいたらないのだ。たとえば、私たちはキリスト教という宗教をさえも風俗と様式のレヴェルで理解しようとする。日常生活にあっては、それ以上のものは何も必要ないのだろう。あるいは日本でのキリスト教の修道生活においてさえも、そのような傾向が指摘できるかどうか、私にはわからないが。

しかし、時間のなかへの無時間の溢出、あるいは昔からの言い方による〈一者〉への回帰の体験などというものは、言葉の論理的な整合性のなかで捉えきれるものではなく、それを無理にも捉えようとすると、さまざまな概念の作用が妨げになって、ほとんど無味乾燥なものになってしまう。だから、可能なかぎり直接的にそれを表出しようと試みるほかはない。しかし、たとえわずかな反映にすぎないものであれ、それが創造の根柢に宿るならば、文化の全体は〈光〉の回想の場になり得るのだ。言葉よりは視覚や聴覚に訴えるもののいっそうの重要性。そして、言葉の場合には、〈詩〉の重要性。

＊

共在ということについて考える。いま、この僅かな時間をともにしている無数の存在があることに思いをめぐらすと、不思議な気がしてくる。全体の網目としてのこの共在は、しかし、絶えず動きを、変化を内包している。一瞬も固定されていることがない。それなのに、人びとは何と安心しているようにみえることか。私たちの一人ひとりが、いま、ここに在るというそのこと自体がまさしく奇蹟なのだ。

薄曇りだが明るい春、昨日は夜になってから、雨がはげしく降った。

*

風は冷たいが、空は明るく、電車の窓からみる景色のいたるところに白や紅の花が咲いている。いつだったか、フィレンツェからアシジへと向った列車のなかで感じたよろこびを想い出す。あのときも空は青く澄み、まだ冬の名残りをとどめて黯ぐろとした風景のいたるところに早い春が晴れ着姿で目をよろこばせてくれた。それから、また、ローマの春の日を。それはおそらく桃や巴旦杏の季節だ。

凍てついた大気を融かす光が訪れると、風がやさしく流れはじめ、そのために大気のなかに固められていた小鳥の囀りが動きをとり戻す。それを聞く人の心がよろこびをもって遠い時間のなかの、かすかな何かを想い出そうとする。想い出したいそのものが何なのかはさだかでないままに、それでも心ははやくも回想を希望と予感とに転調しはじめる。

＊

庭に咲いたクリスマス・ローズを二茎截って研究室まで持ってきた。はじめてこの花の名を知ったのは片山さんのお宅でだった。白さの中心に淡いみどりを溶かし込んだその花には華麗さはなかったが、実直な、清々しい気品が感じられた。その気品が私は好きだった。そして、年ごとに片山さんは春の先触れのようなこの花を私にくれた。家に持ち帰ると、それは母にも私にも貴重なものであった。

他処ではあまり見かけることがなかった。

一度だけ、それも酷しい初冬の気配のなかで、クリスマス・ローズを見かけたのはヴェズレーの丘の、一軒の家の入り口の傍らでだった。ただ、これは花が白ではなくて、現在私の家にあるものと同じで、紅葡萄酒色のものだった。聖マドレーヌ寺院からロマン・ロランの家のほうへと坂を下ってくる途中で見かけたものだった。

五弁の、中心に多くの蘂をたくわえているこの花に私が感じとるものは、花そのものの特性である以上に、ある種の回想なのかもしれないが、しかし、そんなふうに弁別する必要はまったくなくて、ただ一回だけのものとして、この春咲き出たばかりのものにも、そのままに、久しい歳月の記憶が流れ込んでいるのかもしれない。

＊

イヴ・ボヌフォワから手紙とともに、詩集『雪のはじまりと終り』を贈られた。

それを読みながら、しばしば、リルケのことが心に浮んだ。『ドゥイーノの悲歌』を書き了えたあとで『オルフォイスへのソネット』と軽やかなフランス語の詩篇を綴ったときのリルケだ。

ボヌフォワはこれらの詩篇によって、自らの詩業がついに到達点を見出したと考えているだろうか。そこには二つのものとの詩人の和解がうかがわれる。言葉にたいする和解、そして、世界にたいする和解。すべては一つに融け合う、雪のなかでのように。そして、この和解を可能にしているのは遙かな、遠い日の想い出だ。子ども時代の、あるいはそれよりもさらに遠い日の。

そして、私は自分の衷にあの声を聞く、幼年時代の奥底からひびいてくるあの声を。ぼくはここに来たことがある——そのとき、声は言った、——ぼくはこの場所を知っている、ここで生きていたんだ、時間がはじまるまえだった、地上にぼくが来るまえだった。

ぼくは空だ、大地だ。

ぼくは王だ。ぼくはこれらの根っこのあいだの窪みに風が押しやったこのたくさんのドングリだ。

（「ふたたび矢の落ちるところ V」）

詩人の言葉は全篇を通じて限りなく率直さに近づいている。

＊

北向きの窓の外には春の青い空がみえている。僅かに白い雲があるが、その雲も明るいかがやきを帯びている。そして、ここからみえる建物や屋根はどれもほぼ南面がみえるので、それらも明るい。この風景は目を愉しませ、心をよろこばせる。自分が光のなかに置かれてあることに劣らず、光を見ることに心はよろこぶのであろうか。

たとえばボヌフォワの仕事の多くは、光のなかに身を置くことというよりは、光を見ることの体験の証言である。おそらく、光のなかに自らの身を置くときには、自己確認も、発語もないのかもしれない。

＊

昨日、ＴＶでコンスタブルの画面を観ながら、自分にとって何かとても大切なことを想いついたのだが、それが何だったか書きとめないうちに忘れてしまった。

そのとき、私は何を考えていたのだろうか。芸術表現についてだったろうか、文化的状況についてだったろうか、――そして、すっかり忘れてしまったいまとなってみると、それはまるで夢のなかのできごとだったような気がする。

いま想い出したが、それは何か無名性の問題にかかわることのようだった。観ていた作品は、空に虹のある、ソールズベリーの大聖堂の描かれている風景だったが、描き手と世界との関係が純粋なものになればなるほど、その作品は無名性の密度を高めるのではあるまいかと私は思ったのではなかろうか。そして、一瞬、この画家の画面とともに、中世の大聖堂のヴィトローやその他のもののことを考えていたと思う。

また、私が芸術創造の問題を考えるとき、世界と名づけているものは、言語や色彩、あるいはデッサン、音などによって捉えられる以前の素材としてのひろがりであり、生身の自分自身が置かれているひろがりなのだということも漠然と理解された。

＊

眩いばかりの若いみどりの迸り。そして、いま、この冷えた春の名残りの桜や桃がいたるところ、その淡いみどりのあいだに淡桃色や緋色、紅色を置いている。肌が感じるのは早春の気候だが、目がたのしむのは陽春の風景である。とりわけ、野火止のあたりでは雑木林の櫟や小楢の芽生えと、旧い街道沿いや農家の北側に残っている欅の若葉が美しい。

この美しさはまさに自明性そのものであって、根拠付けを要しない。仕事がそんなふうであることを、私はどんなに久しく希っていることか！　意味を含みながら、熟れた果実のように、萌え出た若葉のように自明であるということの矛盾を知りながらも、である。

だが、私たちの内部に残っている風景というようなものはどうだろうか。それは論理付けを超えて、私たちの衷に残ったものであり、あるいは喚起されたものであり、それゆえ自明のものであり、なお意味を生きているのだと言うことができるのではあるまいか。

フォンテーヌブローの早春の、雨のなかに咲き出たばかりの淡レモン黄のプリムヴェールの花、木瓜の花も咲きはじめていただろうか。「ママンは夏の夕べに、この井戸の傍らにテーブルを置いて、そこで食事をする時間が好きだったわ」と、マリー・ローズの声。

庭の、生え出たばかりの草がすでに濡れはじめていた。

それからまた、ジャスミンの芳香の漂うクレタの夏の夜。村の子どもたちが異邦からの来客たちに料理の皿を搬び、葡萄酒を注ぎ、甲斐がいしくサービスに努める。赤い提灯が幾つも夜のなかに並んでいる。仄かに照らされている夜のなかの、さまざまな言語による人びとの談笑の声。すると、ふいになつかしい人影が私の傍らに浮び出てくる、――「どうかしら？　遠くから来てくださって、ご満足？」　エレニー・カザンツァキと別れて、あれが最後だった。

ポエジーの役割の一つは眼前の風景をすぐさま回想のなかに取り込むことだ。言葉によって。だが、論理的整合の機能と装置をはずされた言語としての言葉によって。

イマージュを豊かにもつこと。言葉が呼吸するために。

依然として肌寒い日がつづく。光は戻ってきているのに、大きな寒気団が私たちの上を覆っているのだという。それは何かの暗喩のように思われる。何かがそこにあって、自明のものであり、私たちにまでとどいているのに、私たちはさだかでない冷たいものに遮られて、それを充分に受け取ることができずにいるといったふうだ。たとえば、私たちが真実を知ろうとして推論するために用いるときの言葉のようなもの、概念、あるいは論理そのもの。

＊

昨日の日曜日、朝はやくSと畑の中道や雑木林の縁を散歩した。畑のなか、私たちから四、五十メートル距たったところを、私たちと平行するように一羽の雉が歩いていた、長い尾を地に擦るようにして、流謫の王の威厳をみせて。その深紅の頭が印象的だった。

いたるところで若葉が湧き立ち、はや初夏の気配さえ漂わせていた。

私たちは故郷喪失ということについて話した。

ジャコメッティがパリで極端な物質的貧困——それはすくなくともある時期以降、経済的貧困と同義語ではないと思うが――のなかに身を置いていてもほとんど何の精神的苦痛もなかったのは、スタンパやマローヤに戻りさえすれば、そこに湔ることなく在る原初のものをすぐさま見出し得たからではあるまいか。おそらく、母親のアネッタは必要最小限にしかそれに手を加えはしなかっただろう。アルベルトが生活上というよりも、芸術創造上もっとも困難なときには、彼はこの原初のものに拠を求めたと考えられる。あの《食器棚の上の林檎》はそのよい例だ。ボヌフォワが言うように失われた楽園の反映なのであろうか。

だが、〈全一〉の様態のなかで、未だ自己を対象化することのない幼児期という時間的要素が重要なのだろうか。それ自体は時間が動きだすにつれて、否応なしに遠ざかってゆくものだ。したがって、その意味ではすべての大人は流謫者だ。こうして私たちは楽園を追放された者として、働きながらしばしば困難に行く手を遮られる。そのとき、故郷を想い、故郷が未だこの地上の何処かに在るのだと確信することができさえすれば、私たちはどれほど多くのエネルギーをそのことから汲み得ることだろう！

だが、幼時の記憶を喚起してくれるはずの一切を、この地上から抹殺されてしまったことを確認した者は、あらゆるときに、自力で切り抜けてゆく他はないのだ。彼をこの世に送り出したそのもとのところが喪われてしまったのだから。戦争の進行とともに、サン＝テグジュペリがもっとも惧れたのもこのことだった。

アルベルトは故郷をもつがゆえに、パリでの刻々をある意味で蔑ろにし、謂わばそれ自体としては形成しようとしなかったのに反して、故郷を喪失した者はむしろ、その時どきを何らかのかたちで、それ自体として形成することを考えざるを得ないのではあるまいか。呼び返されることのない流謫の状態に意味を与える必要、ほとんど人生そのもののように。

たんに流謫という問題ではなくて、故郷そのものが消失してしまったという意識の問題は私にとって大きい。自分の内部に取り込んだもの以外には何一つないのだ。夏の日に、南から北へと広く開け放たれた三つもの部屋を、尾に黒と黄の横縞のある蜻蛉がじつにゆったりと通り抜けていったときの、子どもの心のなかのあの讃嘆、縁日の夜に、神社の参道の屋台でみた走馬灯の朧げな光、蛍の籠、雨の朝、ガラス戸越しに眺める庭の木々、そして、幼い私にとってもっともうれしかったのは、明るい空を映している川の流れであり、そこまで下ってゆく道沿いの田野であり、松林や雑木林のあるなだらかな丘のつらなりだった。空が広かった。農家の裏庭からは鶏の啼き声が聞え、水田のなかには蛙たちの輪唱があった。でこぼこの、土の道にはありとあらゆる種類の面白い草や厭な匂いの草が生えていた。

＊

人が仕事をするとき、ただひたすら自分にとって興味があるから彼は仕事を——それが仕事だとして——しているということだろうか。それともつねに意味に依拠しようとしているのだろうか。

先日、マチスの《ジャズ》の連作を見た。ブリヂストン美術館の特設展の一室に入ったとき、私は純粋なよろこびを覚えた。そこに醸し出されている空気が特別なものになっているのを感じた。それは色彩とフォルムとがうたっている光の歌だ。——だから、もしマチスが「私の仕事には意味があるか」と私に訊ねたら、「あなたの仕事には意味がある」と私は答えるだろうと思う。

＊

遠くで夕立ちが降っているかと想われるような、菫いろがかった灰いろの空。その空のところどころにかすかな光の気配がある。この空をいま研究室の窓から眺めていると、頻りにレンブラントの描いた空が想い浮ぶ。アムステルダムの美術館で観た小さな橋のあるあの風景のなかのものだろうか。そして、そのために私はすこし幸福な気分になる。——これは大切なことかもしれない。

何によらず、自分をよろこびの方向へ位置づけること。ときとしては、無理にでも。あるいは、自分にとってよろこびであったものへと結び合せること。

＊

土曜日にまたフランス・ブリュッヒェンの十八世紀オーケストラを池袋で聴いた。

以前にもそう想ったのだが、この指揮者は——そして、また、彼の率いるメンバーもそうだが

——自分のつくる音楽以外のことはまったく念頭にないとでもいうふうにみえる。彼は背広にネクタイ姿で、まるで聴衆の目に晒されているのを恥しく感じてでもいるかのように舞台を不器用に歩く。そして、聴衆にむかって不器用にお辞儀をする。その姿は誠実な田舎の教師のように実直さそのものだ。彼が音楽への集中以外のことで、自分のメンバーに何か叱言を言うとも思われない。

しかし、演奏がはじまると、このオーケストラは木洩れ陽の美しいきらめきを感じさせる。静かな水面のさざ波の、光の反映をすばらしく美しく感じさせる。私はすぐさま感覚のよろこびのなかに魂を擒えられる。

曲目はハイドンの《交響曲・奇蹟》、モーツァルトの《フルートとハープのための協奏曲》、シューベルトの《交響曲・悲劇的》、そして、アンコールにシューベルトの《ロザムンデ》から一曲。シューベルトの交響曲では第二楽章の、まるで歌劇の二重唱を聞くような美しさが感銘深かったが、やはりこの作曲家は努力して構成的になるときよりは、溢れる泉のようにうたいつづけているときにすばらしい。ときとして、そのもの憂い単調さまでが。

＊

アシジのフランチェスコについての、チェラノのトマスの伝記を読み返して、こんな文章に出会った、——

私たちの巡礼の福者はこの世界を流謫の地のように感じていて、一刻もはやく離れたがっていた。けれども、彼はこの世界のすべてのもののなかに大きな慰めを汲むことができた。彼はそれらを闇の帝王と戦うときの武器として用いていた。また、神の親切さを観想するための鏡として用いていた。どのような作品にも、その〈創り手〉を讃嘆していた。一つひとつの被造物に見出される特質のすべてを〈創造主〉に委ねていた。神の手になるすべての作品を享受し、彼によろこびをもたらすこの地上の光景によって、宇宙の原因であり、原理であり、生である〈その者〉の高みにまで上っていった。……

（『第二の伝記・一二四章』）

こうした種類の記述はところどころに見られる。そして、私自身はこの感じ方にある意味で共感をおぼえる。一見素朴なチェラノのトマスの言葉が自分と同時代のあれこれの評論家や思想家たちのものよりも遙かに密度をもって感じられるのは、何故であろうか。私自身が幾ぶんか時代離れしているのであろうか。

＊

慥かに自分自身を全的なものの衷に投げ返すことによってしか、私たちはある種の迷妄、ある種の錯覚から脱することができない。だが、それにも拘らず、回答の見出せないある種の問いを発しつづけることの行為がそのままに、芸術創造を導き出す一要素として働くのも事実だ。

個別のなかへの全一の現れを知る瞬間、私たちはよろこびによって創造する。そこには無数に変容するよろこびと感謝との芸術の誕生がある。

そして、他方、むなしい問いを発しつづけることから生れる、さまざまな異議申し立ての芸術がある。意味を問いつづけ、時間の作用にたいして抗議する芸術がある。

他におそらく、無意味の、愉しみの芸術というものがあるのかもしれないが、そして、その存在を私は認めるが、これは私にとっては決定的に無意味だ。それについての批評もまた。

＊

東武美術館で、ド・スタールの展覧会を観た。

極度に抽象化された具象、あるいは抽象のなかから現れ出た具象といった感じで、現代絵画には本質的にこの両者の区別は大きな意味をもたないことをわからせてくれる。それにしても、なんと悲劇的な画家であることか。ここにも故郷を喪失した者の悲劇がある。彼が最終的に帰るべきところは死のなかへだ。この地上に、精神的な意味での存在の根拠をもつということの大きな意味を逆説的に感じさせられる。

そして、また、彼が造形芸術の領域に到達したとき、すでに西欧の伝統的造形空間は表現を成り立たせる場ではなく、すでに捩れ、崩壊していた。それを一つの絵画言語ということもできようが、あのレオナルド以来の透視図法的空間は僅かな面影をとどめるのみで、すでに廃墟であった。この画家は観念的操作から、いわゆる現実世界と自己との接点の探求へと赴くが、外界からよろこびが来ることはもうないようだ。灰いろはそのことの徴なのか。

この展覧会で私は人びとの住む家々を四角の連なりで描いた三点の作品をみたが、それを見ながら、私にはそれが墓石の連なり以外のものを表しているようには感じられなかった。この場合、虚無を背後に閉じ込める徴としての墓の並ぶ墓地だ。そして、強烈な色彩の金管楽器的な不協和音。

*

数日まえからジェイムズ・ロードの『ジャコメッティのある肖像』を読んできたが、ロードの証言によれば、この最晩年のジャコメッティはしばしば仕事の最中に（すでに、矢内原伊作もそう証言していたが）、——「今日、はじめて幾らか分りかけてきた」というような言い方をする。それはたんなる口癖などではない。その瞬間に、実際、「はじめて分り」かけてきたのであり、換言すれば、この画家・彫刻家にとってはつねに「はじめて」世界はそこに現存するのだ。謂わばまったく新しいものとして。

瞬時ごとに新しいものとして世界を受容するということは恐ろしいことだ。しかし、また、それだからこそ、この芸術家の仕事の、あの激しい緊張があったのだとは考えられないだろうか。

——何もかも知りつくしてしまったと信じた老ファウストにとって、世界が古びて、魅力のないものになってしまったのは当然のことかもしれない。

自然の諸々の事象にたいしても、私自身、以前ほどには心のおののきを感じなくなっている。自然が古びたのだろうか、——そんな筈はない。私自身の心が古びたのだ。自分のまなざしのなかに、もう一度驚きを呼び込むための、世界との関係のつくり直しが必要だ。つねに自分自身を打ち砕くことが、実際に必要だ。そのことによって、世界の蔽いの下に、世界の真実を見ることが可能になるかもしれない。このことによって、私は魂を賭ける必要もないのだから。

*

新宿の三越美術館で、近代西欧絵画の展覧会。グルノーブル美術館の収蔵品であるが、幾つか感銘深いものがあった。夕暮れの樹の繁みと空と水の反映とを描いているコロー。山岳地方の雪道を描いているクールベ（雪道の翳の青みを帯びた部分と光を受けて軽く明るい部分との対比がじつに美しい）。それから、ボナールの果物のある画面の、不思議な色彩の祝祭、ヴラマンクのヨットのある風景、さらには人物を描いたヴュイヤールのじつに立派な水彩、幾点かのヨンキントの水彩の小品など。

これらを見ながら、もう一度眼前の世界を愛することから学びはじめなければならないと思った。

自分の視線があまりにも遠くへ及びすぎないように限定すること。それらすべてが一瞬のものであり、過ぎ去り、消えてゆくものであるゆえにこそ愛する必要もあり、その価値もあるのだと知ったあの若い日々の、幾らか感傷的ではあったが、純朴でもあった心情を、もう一度、自分のものにすること。

あの頃、まだ私にとって世界は新しかった。だが、それから私はどれほどの時間を生きてきたというのか。宇宙の瞬き一つのあいだに過ぎなかったのではあるまいか。あるいはそれですらない。それなのに、私の乏しい能力ははやくも日々の世界の驚くべき新鮮さ、刻々の新しさを感じとる感応の機能を喪失しかけている。それは同時にまた、私が共感の能力を失いかけていることをも顕しているのだ。

＊

意識のひろがりと現実空間とのあいだのなんという大きな矛盾、――だが、また、それだからこそ私たちは一挙にすべてを失ってしまうという結末に到らずに済むのであり、喪失の感覚を伴いながらも、たえず外的なもの、過ぎ去るさまざまなものを私たち自身の内部の実質に変えることができるのだ。

＊

空と地上との関係が今日は美しく感じられる。この関係をつくっているものは大気であり、また陽光だ。そこには、永遠なもの、無限なものの反映があるかもしれないと思う。個別のあれこれの事物や存在にではなく、その相互の関係のなかにこの反映は宿るのではあるまいか。そして、もしかすると、愛というものも個々の心の衷にというよりは、心と心との関係のなかに宿るのかもしれない。互いの心が共鳴し合わないときでさえも。

もし聞き手の心が開かれず、よろこぶこともなければ、モーツァルトの音楽はどんなに孤独に、愛に顫えていることだろうかと想う。スザンナやケルビーノや伯爵夫人の歌唱がどんなにひそかに、深く、大気を顫わせることか、と。なぜなら、おそらく、モーツァルトほど自らが愛されることを願って、この世界を愛した者はいないからだ。

＊

幾らか風が吹いていて、それが季節の深まりを感じさせるが、よく晴れている。

庭のそここに石蕗の黄いろい花が勁い茎の上に立って咲いている。この花は訪れてくる冬に立ち向ってゆこうとでもするような雰囲気をもっている。

だが、全体としては紛れもなく凋落の季節だ。

ある意味では世界がこの上なく無に近づき、不要なすべての衣を脱ぎ棄てて、この上なく精神的なものの姿を取ろうとしているようにも思われる。けれども、よくみれば、すでに水仙の芽が地面から現れ出ており、木瓜やヒウガミズキ、トサミズキなどもつぎの春のための花芽を用意している。だから、ものの空間においても総体としての存在のなかには完全な無などの立ち入る余地はないのかもしれない。

＊

生きていることに付き纏う空しさという想いは、たぶん時間とともに眼前の光景が不可視の全体のなかに組み込まれてゆくことに抗う心から生じるものだ（ときとして、自分自身の存在をもその光景の変容に合せて、そこに置いてみたりする）。なぜ、そんなふうにすべてが移りゆくことを心は拒もうとするのか。自分自身の注いだすべての努力が跡かたもなく搬び去られてしまうからか。だが、搬び去られると言うのはおそらく正しくない。なぜなら、たとえば一九七二年五月にその時間のなかで生起した一切は、依然として、その時間とともにそこにあり、一九八三年の夏に生起した一切についても同様なことが言えるからだ。どの瞬間についても同様だ。異なる時間に生起したことを、何故、そのままいつまでも消えずにあるようにと望むのか。そんなことが不可能なのははじめからわかっているのに。

＊

今回のアメリカ合衆国の中間選挙で、上、下院とも、クリントン大統領の属する民主党にたいして、野党の共和党が圧勝したと報じられている。この記事が新聞の一面のトップを飾っている。同じ今朝の新聞の社会面に、アメリカの、べつの記事が載っている。ルイジアナ州で、両親が帰宅したとき、彼らを驚かそうとして隠れていた押入れから飛び出した十四歳の少女が、強盗と間違えて発砲した父親の銃に撃たれて、数時間後に死亡したという。彼女は亡くなるまえに、――「パパ、好きよ」と言ったとこの記事は伝えている。

私には、選挙の動向よりも、この小さな、痛ましい悲劇のほうが遙かに重く感じられる。「父親が銃を持っていなかったら、撃たれはしなかったのに」とSは言う。その通りだとも思う。そして、この記事を読んだ直後には、私もいわゆる病めるアメリカ社会の出来事だと特定していた。

けれども、いま、このノートを書きながら思うのは、おそらく、この事件の本質はたんに「銃社会」とよばれるアメリカだけの特徴ではなく、私たちの生きている現代世界の特徴をなしているのではないかということだ。人間が人間を排除し、抹殺しようとするということが世界のいたるところに生じている。それらすべては謂ってみれば誤認にもとづく誤殺だ。

＊

必要があって、数日まえから折おり、セザンヌの、ガスケとの対話を読んでいる。じつに興味深く、多くのことを考えさせられる。ここには世界（または自然）と対い合っている一人の芸術家の在り様、自然とキャンヴァスとのあいだでの彼の役割、その意識の様態などが語られていて、それ自体が驚くべきドラマであり、宇宙的な規模の作品だ。まことに、言葉においてもセザンヌは偉大だ。たとえば、こんな言葉、——

……だらだら描くのではなく、いいかね、平静に、持続的に描いていると、必然的に一種の明察の状態に立ち到る。これはわれわれが毅然として生きてゆこうとする上でとても有益なことだ。すべては相互に関係しているのだ。この私を感動させ、私をいっそう高めてくれるこの漠とした宇宙的宗教性が、私の画面に満ち溢れるほどになれば、それは他の人びとの心をも捉えることだろうよ、おそらく、彼らの感性だけでは知ることのないある一点において。

実際、彼の《サント＝ヴィクトワール》の画面に「宇宙的宗教性」が充ちていれば、それは作品を観る者の心の衷で、同じ部分に共鳴を生じるかもしれない。そして、これこそ、私たちの詩や芸術が実現すべくのぞむものだ。セザンヌのような芸術家が個別の存在の奥に、根元的に共通するものの存在を信じていることは私たちを勇気づける。

モーツァルトがこんなにも哀しく、明澄に響くのは、彼がかぎりなく深く希求しながら、彼がその身を置いた現実社会にあっては何も叶えられないからだ。《ピアノ協奏曲・イ長調》の第二楽章をハスキルの演奏のCDで聴きながら。

＊

よく晴れていて、今日は風もない。地上の風景はしだいに寂しさを増すが、世界はそれだけますます内省の姿勢をはっきりさせる。人間の営みの圏だけが以前にもまして殺伐としており、威嚇的で、物質的だ。ボスニア、ルワンダ、カンボジア……　そして、アメリカやロシアのようなかつての大国が無秩序に自壊してゆくようにみえる。物質主義と自己中心主義、力への信仰などがそれを招いたのだ。

＊

二、三日まえの夜、ＴＶでフレデリック・バックというアニメ作家についての放送を見た。もともとはフランス生れのようだが、久しくケベックで仕事をしているらしい。色彩感がすばらしく、また、ポエジーをうたっている画面でもある。作品のなかには、あのプロヴァンスの作家ジオノから感銘を受けたものもあるらしく、つねに自然と人間との和解を提唱している。それだけに現代の世界にたいする憤りも、おそらく心の奥深くでは強いものであるにちがいない。TVの画面を見、彼の語る言葉を聞いていると、多くの点で自分もそれに同意しているのが感じられる。

＊

他者にたいする慈しみというような、きわめて単純な言葉で言い表せるもの、人間の根元的な部分を、自らの衷にも、他者の衷にも等しく敬うこと、こんなことがいま、ここでは気が遠くなるほど遠方に、なつかしく想い出される。いまは失われてしまった親愛なものの面影のように。

＊

風邪がこじれたことからか、昨日は一日じゅう頭痛があり、夕刻から夜にかけてはとりわけ耐え難い劇痛。右側頭部のいつも同じところが、一点、疼くように痛むのだが、それは私の人生のいつの頃からのものであろうか。母がよく言っていたものだった、――「あんたはいつも頭が痛いと言って、よく泣いていたよ」と。そして、そんなふうでありながら、最新医学の物理的な検査はこれについて何一つ明らかにはし得ないでいる。

朝近くなって、ふと、痛みが去っているのに気がついた。

この痛み、それが働いているあいだは私から人格的なものを引き剝がし、物同然にしてしまうこの痛みは、しかし、つねに私にとって負の要素でしかないだろうか。

　これもまた、さまざまなことを私に教えてくれているのではあるまいか。たとえば、じっと耐えて待つこと。どのように自発的で、積極的な意志をもとうと、その意志が効果的に作動しない長い時間があるということ、など。その他にも……

＊

　すべては神の意志によって決定されているのだ、あるいは運命として予め定められているのだという考えは、人間の判断の恣意的な中止の一種にすぎないもので、それを受け容れるかどうかは信仰の問題とは本来無関係なのではあるまいか。個別の事象の一つひとつは、それが生起することによって絶対的な意味をもつが、それらの事象の背後に何ものかの動かしがたい意志、あるいは決定のようなものが働いていると考えるよりは、偶然が作用しているのだと考えるほうが、自然でもあり、それ以上に人間的ではあるまいか。

　私は偶々この国の現在の時間に生きている一人の人間であるが、そうではなくてアフリカの一本の樹であり得たかもしれないし、中世ヨーロッパの石工でもあり得たかもしれない。それどころか、ここからはもっとも遠い天空の涯ての星雲の塵の一つであり得たかもしれないのだ。考えるというよりは、むしろこのことを直観的に感じとることが、共感の、あるいは共生感覚の基盤になりはしないか。いま、ここではない何処かに生れ出るものも、この私であり得たかもしれないし、いまこの瞬間に、何処かで崩れ落ち、滅びるものもこの私であり得たかもしれないのだから。

すべては切り離しがたくただ一つだという感覚と時間の感覚とは、どんなふうに結び合うのであろうか。

Ⅱ

午後に、バッハのモテットの幾つかを聴いているときにふいに想ったこと（バッハの音楽とは関係なしに、あるいは関係があるのかもしれないが）、――私たちの存在や生を時間が搬び去ってゆくのではなくて、むしろ私たちの存在や行為が時間を前方へ推しやっているのだとは考えられまいかということ。何故そんなことをするのか。新しいものの、不断の誕生のために。これがそのときの想いだった。そして、この想いが心に浮んだときから、私には無数の隙間をもつ時間の流れというこれまでのイマージュが遠ざかり、世界の相が一変したようにみえる。いまだけのことかもしれないが。

私のこの年齢になって、そんなふうに考えられることに、私自身驚いている。

＊

昨日の雨が上がって大地はしっとりと湿り気を吸い、空はやわらかく穏かで、いまが酷しい寒の季節だなどとは信じられない朝だ。雑木林の傍らの畑地からは陽炎がゆらゆらと立ちのぼり、地表から一メートルばかりの高さのところまで、軽い靄の布地が大きくひろげられていた。道沿いの欅並木のあいだにも、ほんのすこしだが靄が流れていた。

こんな風景は心をなごませる。そして、そのために小鳥の囀りまでが明るく、たのしいもののように聞えてくる。自分の心のなかの情感が溢れでて、外界にまで反響するからだろうか。それとも、外のものが私の内部に入り込んで、よい作用を及ぼすからだろうか。

学校に着いて、研究室でラジオのスイッチを押すと、FM放送がシューマンの歌曲集《詩人の恋》を聞かせている。このFMが音楽を放送するのもじつに久しぶりのことだ。この数日、震災による罹災者の安否の問い合せの情報交換の窓口になっていたからだ（今日までで、災害の死者の数はほとんど五千に達しようとしている）。

このノートを書いているいま、FMはシューベルトの《連弾による幻想曲》に移った。空はまた灰いろの雲に覆われている。私は研究室の窓からそのひろがりにときおり目を移す。ときどき、背中に痛みが走る。神経痛だろうか、何か他の理由によるものだろうか。

亡くなった人たちはもうこの空の変化を見ないだろう。彼らはもうシューマンやシューベルトの音楽を聴かないだろう。彼らの背に痛みが走ることはないだろう。

そして、そんなふうに想いながら、私には私自身のいる此処と、彼らのいる名づけ難い領域とが截然と区切られ得る、異なる二つの領域だとはどうしても考えられないのだ。同じ一つのひろがりのなかでの、可視と不可視との渾然とした一体性。シューベルトの《幻想曲》もそんなことをうたっている。そこには燃え上がってはまた鎮まり、もの憂くなってはまた燃え立とうとする情感の動きがあるが、そんなふうでいて、いつも大きな沈黙を背後に、あるいは内部に秘めているさまがうかがわれる。この《へ短調》の曲の美しさ！

さらに放送は《さすらい人幻想曲》に移る。空は依然として覆われたままだ。ピアノの一小節ずつが演奏されながら、全体としての時間をまえへと推し進めているという想いが浮ぶ。一小節ずつが消えてゆく方向へではなく、つぎつぎに紡ぎ出されてゆく方向に、一つの小節が生きて、そこに在るからこそ、つぎの小節がさらに推し出され、連続してゆくのだという想いに心が動く。

＊

昨日、リュック夫人から感動的な手紙を受け取る。私はすぐに彼女への返書を認める。彼女からの文面はつぎのようなものだ、――

親しいお友だち
たったいま、ラジオとテレヴィジョンはすさまじい地震がお国を揺り動かしたことを私どもに報せました。

私どもはすぐにあなたとご家族のことを想いました。そして、災害が襲ったのがあなたの町ではないにせよ、お友だちやご親戚が神戸においでではないかと心から案じております。人命が喪われ、家屋が被害を受け、交通網が損壊を蒙ったことを深く憂慮しています。あなたとご家族の皆様に深い想いを寄せています。

親しいシミズさん、どうしておいでですか、また、ご子息たちは？　まだ、ときには、パリにおいでになられますか。

一九九三年以来、九月に主人は退職し、私どもは一戸建の家で田舎暮しをはじめました。とても古い家なので、修復のために手をかけています。でも、イシー＝レ＝ムーリノーのアパルトマンもそのままにしておりますから、二、三ヵ月に一度はパリのほうへもちょっと戻って、子どもたちとも会います。

……冬にはパリがすこし懐かしく想われますが、夏には広い庭のある私どもの家はとても快適です。

住所をお報せします。ボルドーから八十キロ、アングレームから五十キロ、そして、ペリグーから南西に五十キロばかり離れたところにある小さな村です。とても小さな村ですが、フランスのことはよくご存じですから、地図ですぐにお見付けになりますでしょう。

親しいシミズさん、あなたとご家族にたいする心からの想いをこめて、この手紙を終りにしましょう。……

B・リュック

二十数年まえのレストラン・ル・ペテルを想い出す。

パリのあの界隈の様子がまだよくわからない私にとって、あそこは一種の家庭的雰囲気をもつ場だった。どのテーブルにも紅い食卓布がかかっていて、壁にはルノワールの描いた少女像の小さな複製がかけられていた。そして、ドアがそこに取り付けられていた小さな鐘の音を立てて開くと、まだ若いマダム・リュックはすこし誇らしげに、だが、愛想よく客を迎えた。ほんとうに彼女は誇らしそうだった。そして、幸福そうだった。奥の調理場で料理が整うまでのあいだ、よく客のあいだを歩き、親密な言葉を品よく語りかけた。歩きながら腕組みしていることがあったが、それが彼女にはよく似合う仕種だった。

老齢のマルチネ夫人や私、他にも二、三の常連客は中仕切りのむこう側の、調理場に近い三つの卓のどれかに坐るのが習慣だった。――「日本からのお手紙は？」「奥様やお子様がたはお元気かしら？」などとよく訊かれたものだった。幾らかコケットな、明るい声が私を慰め、励ましてくれたし、そのことを通して彼女の幸福の分け前を与えられたような気がした。

その後に私がパリを訪れたときには、もう私たちはレストランの女主人と客ではなく、たがいに友人だった。いまもそうだ。

そして、昨日受け取ったこの文面の率直さは、私にあの七二年夏のことを想い出させる。他者の不幸にたいするなんとすばやい人間的反応があそこからは幾つもとどいてきたことか！

＊

リュック夫人からの懇ろな見舞いに引き続いて、今日の午後、ボヌフォワから想いがけず来書、――

親しい友、
お国に、たぶんあなたのお住いの地域に生じていることを知って、心配しています。私からの挨拶を迎えに来られたあなたの新年のご挨拶にお応えしようとしていた矢先、というのもお仕事の上でも、あなたにとって親愛な方がたのためにも、すべてご満足のゆく年でありますようにと祈りたかったからですが、このとおりたいそう心配しています。あなたに直接ではなくても（でも、どうか、私を安心させてください）、お住居とか、かけがえのない方がたとかのために案じられます。ご存じのように、私にとっても日本は親しい国ですし、京都までもがこの地震によって災害を蒙ったことを聞いて、気がかりです。この文面が私の友愛をあなたに伝えてくれますように、また、あなたがご健康で、いつもながらのお心の平静さを保っておいでになられるようにと願っております。お手を握ります。

イヴ・B

こんな文面を受け取って、その返事を先延しすることなどできようか。他者の痛みにたいするフランス的率直さの、かけがえのない表現をいままたこんなふうに受け取り得るとは！

＊

あるのは存在と行為、または変転の無限の連なりだけであって、時間も空間も、それらが生じる総体としての場の、たんなる概念的なとらえ方にすぎないのだろうかという考えが私の衷に生れはじめている。この場のひろがりは可視の領域を遙かに超えるものであるが、しかし、なにかべつの超越的なひろがりによって外側から限定され得るものだとは考え難い。

この考えに暫く落ち着くのかどうかわからないが、しかし、ふいに私にとって時間とか空間とかが重みを失って、実感から概念の領域に後退してしまったことは慥かであり、それだけいっそう謂わば過去のなかに消えてしまったと思われた諸々の存在たちが、無限の連鎖としての全的な現存を確固として形成しているかのように前面に浮び出てきた。まるで、ずっと以前に読んだスピノザを想い出してでもいるみたいだ。

＊

毎朝、夜が明けないうちに目が醒める。そして、暗いなかでいろいろなことを考える。身辺のこともあるが、とりわけいまの仕事のことを。そして、かなりいい調子で取りかかった連作詩篇

『旅する者』がはじめの八篇まで来たところで何故、突然、停ってしまったのかを想った。おそらく、書きはじめた頃、それは昨秋の末近くだったが、その頃と現在とでは、〈時間〉についての私自身の感じ方に大きな変化があるからだ。昨日か一昨日か、やはり夜明けに〈風〉と〈波〉との対話のイマージュがふと浮んだ。〈風〉はすべてを搬び去って、そこにはもう何も残らない。〈風〉自身も何処へか消えてゆく。かつて賢者ソロモンもそう感じていたではないか。そして、〈波〉は反論する。遙かな沖に、いつか分らぬほどの昔生じた動きが、つぎつぎに動きを誘発して、背後から新しい波を押すので、それがさらにまた新しい波をつくり出し、こうして私たちの波打ち際にまでとどくのだ、と。私たちが目にするこの波打ち際、それがおそらく〈時間〉の現在なのだ。――以前にも、幾らか修辞的な要素を混えて、私たちの背後からのこの動きを詩に表現したことはあったが、そのときにはまだ実感が充分ではなかったように思われる。

同時にまた、この時間の波の前面で、私は未知のひろがりを切り拓いてゆくのであれば――他の人びとも同様だ――、空っぽの両手をもって、そこに立ちつくすというこの実感はすこしも悲劇的なものではなく、ごく自然なのかもしれない。これまでの私の日々、私の仕事の数かずが現在の私をここに押しやってきたということであって、その限りでは虚しいものでもなければ、それかといって、いまの自分の富だというわけでもないのだ。

*

世界の全体と調和しながら、刻々を生きることのよろこびと結びつくような在り様で、なお、創造的に仕事をしてゆくこと。何をしてもむなしいのではあるまいかといつも想いながら、しかし、結局はその絶望的な努力を継続してゆくことの他には何もないと知ること。

＊

一昨日、東松山の菅谷氏邸跡まで赴き、ほんとうに美しい春を満喫してきた。陽ざしが明るく木々や花々に降り注ぎ、その影が幻想的な効果を地上にもたらしていた。親子連れや若い夫婦や老人たちが今年も春を迎えたことで幸福そうだった。私はパステル画を描き上げ、Sは小径や植え込み沿いの影を追って、たくさんの写真を撮った。

いまは言いようもなく美しい季節だ。

だが、何につけても昔に較べて、私はよろこびに恵まれることが寡なくなったような気がする。以前ならばほんの些細なことでも心を躍らせるに充分だったのに、いまでは心は外界の多様な現象に自らを重ね合せることもなく、老いて、佇んで眺めているかのようだ。――それはたぶん自然なことなのだとSは言う。そうかもしれない。感性の衰え、あるいは生命力そのものの衰えということだろうか。おそらく、苦悩、悲哀といったものでさえも若さを失うことがあるのだ。

自分にとってかけがえのない、貴重だった数かずのものを背後に置いてきてしまったという感じ。それなのになお何処へむかってか歩きつづけている。

想い返してみれば、日常のあれこれのよろこびは、おそらく執着ということと無縁ではないのかもしれない。とりわけ、生きることへの執着というものがある。その執着を失いかけているように感じられるいま、おそらくよろこびもまた、以前とは異なる性質のものとしてしか在り様はないのかもしれない。

だが、考えてみると、何かにたいして執着をもたないということは、多くの場合、そのものの価値を認めないことでもありそうだ。執着せずに、それでも愛しつづけるということは至難の業であろうか。

*

自らの衷に無限に超越的な部分をもち、この超越的な部分によって、人は世界や他者と結ばれているのだ。これは私たちの日常的な、外界との繋がり方とは対応しながらも別種のものであり、深く、不可視なものだ。ときに、これを愛と名づけることもできよう。そして、人間に自らの品性を保たせるのもこれだ。人と人との関係のなかで、あるいは人と世界との関係のなかで、行為を通して認められるこの愛は、また、しばしば、芸術や詩のなかによろこびの反映となる。

だが、こんなふうに書きながら、私たちの生きているこの世界がなんと遠くそこから離れてしまったことかと私は思うのだ。

たぶん、新しい、若い世代が問題なのではない。私たち自身が問題なのだ。余りに速い世界の外的な変化に驚き、戸惑って、自らの信じていたはずの価値をいとも容易に投げ棄ててしまった私たち自身が問題なのだ。私たちが正当だと（あるいは、正統だと）考えていた価値のなかに宿るよろこびを信じることができずに、それをすでに古くさいもののように思い込んで、投げ棄ててしまった私たち自身が問い直されなければならないのだ。そこに人間のよろこび、人間の知慧など、貴重な数かずのものが含まれていはしなかっただろうか。

新しい価値の創造が可能だとすれば、それは現在の私たちが蔑ろにしているものからしか生れないのではあるまいか。

＊

慥かに科学技術はいろいろな領域で効率を高める。また、それによって生活によろこびを与える面をもっている。たとえばいま、私はＣＤによって、モーツァルトを聴いている。ＣＤのシステムからスザンナのよろこびに弾んだ歌声が聞えてくる。あるいはまた、もし健康が耐え得るようであれば、来年は数ヵ月をヨーロッパで過すことにもなろうと、夢のようにではなく考えもする。（一年まえに、私が病気の不意打ちからかろうじて脱することができたのも、さらに付言すれば、現代医学の精密な検査器具に負うところが大きかったことを否定し難い。）

問題は何処にあるのだろうか。

おそらく、こうした高度な科学技術というものが人間のすべての営みに隈無く及び得ると考えられがちなことだ。あるいはまた、そうした技術が対象化し得ない部分があるとすれば、そんな部分は顧みられるだけの価値のないものだと考えられがちなことだ。

今朝のＴＶで一つのエピソードが紹介されていた。画像の出る子ども向けの電子手帳であり、その画像としては生れたばかりの仔犬や仔猫が登場し、操作にしたがって生長したり、愛らしい動作を示したりするという。住居事情によってはペットの飼育が禁じられていたり、また、動物アレルギーの子どももいたりするから、この小さな手帳の画面によって動物が育つのを知るのもよいだろうと、母親らしい女性がコメントを述べていた。

現実を対象化して処理する技術、現実の代替としての情報を提供し、それればかりか、この情報によって、現実と個々の人間とのあいだを遮蔽する技術、または現実を破壊し、人間を破壊する技術……

ここでは教育は専ら技術を駆使することのできる人間を育てようとする。効率ということが最優先される基準にしたがってプログラムが組まれてゆく。このプログラムに合わない部分はすべて無駄なもののように切り捨てられてゆく。

こうして個々の人間は現実世界に対応して自らの衷で発動するはずの想像力や分析力や判断力を喪ってゆくことになるのだ。つまりは自分と世界との関係の基礎的な部分を欠落させてしまうことになるのだ。世界をまえにして感嘆する能力を失い、また、他者を愛する能力をも失う。

そして、それらの能力はすでに昔の聖人や隠者たちのようにその存在すらも忘れ去られてしまったのだ。

夜の暗がりのなかで途方に暮れているバルバリーナの愛らしい歎きの歌がすばらしく心に沁みる。小さなその歌には、私がもう一方の対立項と考えてもいいほどの魅力がある。そこにはなつかしい人間的現実のひびきがあるためだ。

＊

春の陽ざしは穏かであたたかいと言う。夏の太陽は酷しく、息苦しくさせると言う。季節に応じて、また、地球上の異なる地域によって、太陽は異なるもののように言われる。だが、ただ一つだけの太陽しか存在しない。おそらくこの事実は関係というものの重要性を語っているのだ。それぞれの関係はそれぞれの状況のなかで形成されるものだが、また、関係が状況を変化させもするだろう。

＊

ポーランド語で書かれたチェスラフ・ミロシュの『汲み尽し得ぬ大地』の仏語訳でつぎのような表現に出会った、――

私が他の人たちと同じようにこの世界を理解しているのだと、誰が保証してくれるだろうか。私は規格はずれ、他処者、突然変異でしかありようがなく、彼らが経験しているものを、私は受け取ることができない。そうだとすれば、隠れたものとは謂え自分の差異が私の判断に影響を及ぼし、比率を変えていることに自分で気づきもしないかのように、人間や歴史、善悪の違い、社会、政治形態などについて一般的な判断を述べる権利が私にあるのだろうか。

あるいは、また、——

二十世紀の体験の中心とは何か。疑いの余地なく個人の無力化ということだ。われわれの周囲で、一切は動き、生成し、進み、繰り拡げられてゆくのに、これにたいして、特に一人の個人が影響を及ぼすことなどまったくないのだ。人間によって創り出されたものが彼らの欲求にこんなにも従属していないという事態がどうして可能なのか。つい百年前には、理性的で、意志的な人ならば、すべての障害、とりわけ彼の理性や意志の十全な開花を妨げるような障害の消え去る階梯の訪れを期待していたというのに。

私はまだこの詩人のことをよくは知らないが、ここに述べられていることの幾ぶんかは私自身の実感とも重なり合うところがありそうだ。

二日ほどまえから興味をもって読んでいるもう一つのテクストはボヌフォワの『デッサンに関する考察』である。このテクストで、詩人はしばしば詩をデッサンと較べて論じている。また、その表現の筆致が語によるデッサンのようでもあるが、私には非常に理解しやすく、面白い。たとえば、彼はつぎのように言う、――

……真実《レエル》なものとは、私たちの知性がこれは一本の樹だと私たちに言うまえに、目にみえるとおりの樹、あるいは雲の、あのゆっくりとした拡張、その色の砂のなかに生じるあの収縮と分裂だ。それらは語の力など物ともせずにいる。

それから、また、――

そして、多くの語のなかには、それらの語が語り得ないものと、それにもかかわらず触れ得ている一点があるのだということを人が忘れずにいることができたときに、言葉がなるもの、それが詩なのだ。

＊

詩とは言葉を通じての〈全一〉の回想、もしくはその反映だ。そのとき、言葉がどのような様態であれば、これが可能になるのか。まずは言葉が世界を対象化しないことが必要だ。指し示すのではなく、世界という主体が語るものとして在ることが必要だ。世界から離れて在る私が語るのではなくて、世界そのものと一つに融け合って在る私が語ることが必要だ。

＊

上野の文化会館で、ザルツブルク・モーツァルト・アンサンブルの演奏会。ヴァイオリンはガボール・ファダスツ、レオニード・ビンダー。ヴィオラはヴェルナー・クリストフ。チェロはヨーゼフ・シュナイダー。コントラバスがルドルフ・ハルランダー。そして、ホルンがヴィルヘルム・シュヴァイガーとディーター・ビンニッカーという顔ぶれ。

曲目はモーツァルトが中心で《ホルン五重奏曲・変ホ長調》（K・四〇七）、それに馴染みの《セレナード・ト長調》、私がはじめて耳にするアルペンホルンの曲は父親モーツァルトの《アルペンホルン五重奏曲・ヘ長調》など。二十分の休憩ののちは《ディヴェルティメント・ニ長調》（K・二〇五）を中心とした数曲。

どの曲でもヴァイオリンがすばらしく美しく、また、ホルンやアルプスホルンがよく響きわたるので、私はあたかもアルプス山中の陽のあたる斜面に坐っていて、谿へむかって吹く微風のなかに楽曲の音と、その遠い谺を聞きとっている気分を、いつも断ち切られずにいた。耳慣れた曲の一つひとつがとても新鮮なもののように感じられた。若いモーツァルトの《ディヴェルティメント》のある部分は、同じく若いベートーヴェンの幾らか感傷的に悲しげな表情を想い起させるところがあった。あのベートーヴェンの《セレナード・ニ長調》である。

ともかく直接に聴く楽器の洗練された音が感覚をあまりによろこばせるので、その後の日々には、機械を通して聴く演奏がどれほどのものであろうと、いつも満たされないものを感じる。

＊

今年もすでに梅雨入りしたという。鬱陶しい日がつづく。研究室の窓からみえる空に、雲の動きがはやい。昨夜来の雨はいまは上がったのだろうか。

その空を眺めながらふと想った、――幸福というものは随分長い時間をかけて築いてゆくものなのだ、と。それは注がれたたくさんの努力のはてに漸く姿を現してくるのだ、と。それなのに、不幸はなんと唐突に襲ってくることか、と。私たちは骨身を削って、なにかを実現しようとする。ついに期待していたその何かが見えてきたと思う。すると、つぎの瞬間、もうそれはないのだ。

＊

先日、小平に墓参に出かけた。初夏の庭の花々を摘んで。

今日も雨になった。強くない雨だが、絶えず降りつづけている。そして、ホタルブクロやアジサイの花を濡らしている。ときとして、山鳩の声。

あれから何年経ったのだろうか。昔、一人の幼い少女がいた。明るくて、陽気で、ときに生真面目で、齢に似合わず何か考え込むような様子すらうかがわせた。素焼きの鈴を振ったときのような、独特な声で笑った。利発ではあったが、たぶん虚栄心も非常に強かっただろうと思う。他の人の目を惹くことがすでに嫌いではなかった。好んで絵を描いていたし、できれば文章も書きたかっただろう。私たちには解読不能の、不思議な文字で原稿用紙の枡目を丹念に一つひとつ埋め尽していった。

唐突に地上から姿を消してしまった。

それからすでに久しい歳月が経過した。いったい、私はどう考えたらいいのだろうか。どんなふうに想像をめぐらしてみても、辻褄が合わないのだ。あのときのままの幼い少女として想い描いてみても、彼女の死を悼んでくれた幾人もの人たちがいまや他界しており、あるいは弟たちは遥かに彼女の持ち合せていた年齢を超えて、みごとな青年なのだ。それかといって、亡き人たちもまた、この地上にある私たち同様に齢を重ねており、いまや彼女は二十七歳にもなろうとしていると、計算の上で、そんな姿を想い描くのも奇妙なことだ。

そのためか、亡き人びとは誰でも、私には変幻自在の姿をとるように想われるのだ。なぜなら、どんな意味でも完全に地上の重力から解き放たれているからだ。

＊

自分の人生というものは慥かに外から造られてゆく部分もあり、与えられるものとしての性格があるが、また、かなりの部分は自分で作ってゆくものだとも思われる。何故あの時代ではなく、この時代に生れたのか、何故あの国ではなくて、この国に生れたのか、その他諸々の、自分の一存ではどうにもならないさまざまな決定的事実が一人ひとりの人生というものには関わっている。それが幸運に作用することもあり、また、不運に作用することもあるが、いずれにせよ、個人として幸運をよろこぶにせよ、誇るには足らぬことだ。誰かが軍事的、経済的な大国に生れたからといって、歴史的な文化都市に育ったからといって、それだけのことで、ある個人の意識のなかにそうでない者にたいする優越感や蔑視のようなものが芽生えることがあるとしたら滑稽なことだ。たぶん民族意識というものにも、ときとして、同様の滑稽さの伴うことがある。人間が集団化して、数を恃み、自己を正当化し、他を威圧するなどということは、それこそ非人間的だ。

他方で、こうした抜き差しならない諸要素のなかにありながら、自分がどのように考え、行動し、なにをつくり出すか、どのような人間関係をつくるか、などのことによって、しだいに自分自身の人生として付加されてくる要素がある。こうした付加要素は私という個人の選択や努力と関係があり、しだいに形の現れてくるものだが、当初は一つの表情にすぎなかったものが、人間の顔のなかで、やがて顔つきそのものとなるように、人生の構成要素そのものとなってゆく。私自身が悔いのないように仕上げなければならないのは、私の人生のなかのこの部分だ。

ほどなく午前十時半になる。窓からみえる空を蔽っている白い雲のところどころにかすかに、その奥の空の青さが透けてみえる。青さはすこしずつ拡がってゆくだろう。

＊

なにかを深く想い出し、なにかを懐かしむということのためにも、おそらく、ある種のエネルギーが必要だ。意識のなかで時間や距離をとび超えるための。そして、また、基本的には自らの生の全体が価値を帯びつづけていることのための。このエネルギーは肉体的なものであろうか、精神的なものであろうか。

＊

先日、閑な時間に、かつて自分の書いたものを手に取り、数ページ読んでみた。想いがけないほど距離のある何かを感じた。文章の緊張がいまの私には強すぎるように感じた。言葉のリズムも違うように思われた。そこにはまだ何かある種の気負いのようなものがあったのだろうか、それとも現在の私がある種の緊張の持続に耐えられなくなっているのだろうか。

もしかすると、書くという行為はそのとき一度だけ有効なものであって、その後にはこの行為の僅かな反映だけを字間にとどめているに過ぎないのかもしれない。もちろん、概念操作に頼っての論理的なエクリチュールというものはこの限りではないが。というのも、結局のところ、その種の文章は法律の条文や商取引の契約書と同じように、ある程度、約束を前提としているからだ。

そうではなくて、ただ一度の、謂わば奇蹟にも似た自己と世界、または宇宙との関係が驚きや感動、または讃嘆などを伴って生じたとき、これを逃すまいとして捉えようとする行為が言葉を通じてなされるときのことを、いま私は考えているのだ。言語によって表明することが不可能なのはミスティックな体験にとどまらない。

だが、他方で言葉は何ひとつ捉えてはいないのだというふうに断定することもできない。なぜなら、しばしばすぐれたテクストは、なまの現実――私たち自身と世界との関係――が私たちに及ぼすのと同じような感動や讃嘆を私たちに及ぼすからだ。それらのテクストもまた、物の空間に繰り込まれて、そこに在りながら、純粋な物自体とは異なっているようでもある。これは何なのか。それらが世界それ自体以上に世界の本質を語るということはあり得るのか。

気候不順のせいで風邪を引きかけているためか、咽喉が痛む。そして、かすかな頭痛の気配。こんなときには、人間は物質性のほうへ大きく傾く。

先日、親しい数人で上州に旅したとき、四万湖のダムの放水の場所で、放水された水が下の四万川に落ち、そこで飛沫となっているところに陽光が射し、路傍からみると遥かな下のほうに美しい虹をつくり出しているのを見かけた。私たちはその想いがけない光景に感嘆しながら、国道の縁から、ダムの堰の上に架けられている通路のほうへと歩いた。私たちの視点が移動するにつれて、虹の美しい半円形の弧は、まるで方程式の解のように、その位置を変えてゆくのだった。私たちの歩くかなりの距離にわたって、それは多様な角度から眺められた。異なる位置から発するそれぞれの視線は同一時間のなかで、それぞれ異なる虹を認めたにちがいない。しかも、ある程度感動をともにして。

なぜ、私はいまそのことを想い出したのか。一つのすぐれたテクストとはこの虹のようなものなのであろうか。

Ⅲ

今日も細かい雨が降りつづき、それでいて幾らか気温が上昇ぎみなので、鬱陶しい。他のところでだったら、北欧とまでは言わなくても、フランスでも、パリでも、いまごろは夜の閉すのがずいぶん晩く、黄昏の時間が九時かそれ以後までも続いて、黒鶫が鳴き、きっと快い季節であるだろうに。ここではほんとうに雨ばかりだ。スクワール・サン゠ランベールの公園のベンチに腰かけて、孤りで、周囲の人びとの楽しげな様子を見ている自分の姿が想い浮ぶ。

あの異郷での日々、私はどんなふうだったのだろうか。たとえば家族の団欒とか、リズムの整った仕事とかからは引き離されてもいたので、けっして日常的な意味で楽しい時間を過してはいなかっただろう。（それでいて、たとえば始終旅先にあったリルケやカザンツァキよりは遙かに、家族の気懸りというものにつよく結ばれてもいた。）――私は何のためにそこに身を置くのか。

だが、また、そんな日々にほど私は深く自分や世界や人間を見たことはなかったように思う。剝出しの私の心が謂わば外気に触れるようにして、そこには在ったからだ。何かを理解することと、それもあるだろう。だが、おそらくそれ以上に何かを体験すること。ここにいたのでは日常性の幕に包まれて、不可能な、何かを体験することの問題。フランスやフランス文化を理解するということ以上の何かを体験すること。その体験を通じてはじめて理解できる何かに到達すること。そして、さらにその何かを深めること。

＊

久しぶりに雨が切れている。空は依然として曇ったままだが、ここの窓から見える近くの建物の屋根は乾いている。

私は何故、いつもこんなふうに空や大気の様子を書きとめようとするのだろうか。なにかしら、そこに、外へむかって働く知覚作用に、そのときの思考の発端を求めようとするのだろうか。慥かにそうした一面もあるように思う。そして、そんなふうにして動きはじめる意識のなかに、何かしら無意識の深い奥底から浮び上がってくるものを看てとり、摑えようとしているのかもしれない。

だが、そうだとすれば、私はいつも眼前のものであるこの世界よりも、私自身の内部であるひろがりのほうに大きな価値を置いているのだろうか。そうかもしれない。現在よりも過去、此処よりは彼処というふうに方向を求める憧憬は、ロマン主義的な特徴だが、私はそれとは幾らか異なったふうに自分を感じる。つまり、個別のものを〈全一〉へと押し戻したいのだ。あるいは個別のもののそれぞれの顔の上に、〈全一〉の耀きの反映をみたいのだ。

いま、CDでバッハの《マニフィカート》を聴きながら、このノートを書いている。ミュンヒェンの合唱団やマリア・シュターダー、ヘルタ・テッパーやヘフリーガー、フィッシャー＝ディースカウらが、かわるがわる歌っている。私は一瞬、ペンを停めて、美しいと想う。そこにはいま書いたばかりの〈全一〉の耀きが響き渡っているのが聴きとれる。私はできれば音楽なしにも、それを空のひろがりのなかに、風のなかに、木々のそよぎのなかに、いつも聴いていたいのだ。

＊

シューベルトのピアノ曲のある種のものが醸し出す気だるい雰囲気。放心、まなざしが眼前の世界へ注がれることなく、それかといって深く内面に沈んでゆくというのでもない。何処か遠いところにあらかじめ去っていって、もう立ち戻る意志がないかのようだ。唯一の願いはただじっと眠ることだとでもいうふうに。

*

ながながと続いた梅雨から天候は急変。九州では一昨日から猛暑だという。この辺りでも昨日になって久しぶりの晴天。Sと二人で庭の手入れをする。延びすぎた葡萄の蔓を切り、花の終った沙羅の木の枝を整え、あまりに乱雑に生えすぎた秋海棠や藪茗荷をほどよい数まで抜き去る。

こうした作業は身体の疲労をよび起しはするが、それはむしろ快いものでさえある。私自身、教壇に立ったり、机にむかっていたりするよりも、庭師になるほうが適していたのではあるまいか、とさえも。土に触れ、肌に風と汗とを感じ、四十雀の囀りを聞く。このことはおそらく人間が数千年来、続けてきた原初からの基本的な経験の一種なのだ。そして、他の動植物たちとも深奥のところで繋がり得る行為なのだ。農夫や漁夫、樵夫たちの行為はあまりに機械化されないかぎり、こうした世界の歌を聴きとり、自らも世界の一部として歌うものであった。

TVのレポーターたちは何かを伝えながら、しばしば決り文句のように、――「私たちがすでに見失ってしまったもの……」「私たちが過去のなかに置き忘れてきたもの……」などと言い、なにか貴重なものがすでに失われてしまったことをあらためて感慨深げに喚び起そうとする口ぶりで語るが、ほんとうは彼らは報道の姿勢として、そんな素振りをみせるだけで、何一つ惜しんでもいなければ、何一つ回復させようと思ってもいないのだ。それは現代のこの国の人間の幾ぶんかの気取りと、無責任と傲慢とを代弁しているだけのことだ。

今日も、幾らか雲が薄く空を蔽っている部分があるものの、陽が射し、はやくも気温は高そうだ。肌に蒸し暑さをおぼえる。

庭師の行為に匹敵するような著述ということは可能なのだろうか。象徴的な言い方になるが、一つには、それを受け取って、世界、あるいは自然そのものがよろこぶような作品であること、四十雀や黒鶫の歌のような、桔梗やカンゾウやソバナの花のような作品であること。大地のよろこびであるような作品であること。しかも、それが止むを得ず人間の心の産物であるゆえに、自然の交配から生れたものでないことを世界が、自然が、宇宙が驚くような作品であること。いま一つには、他者の内面という不可視の大地に働きかけ、それを耕し、そこに種子を蒔き、そこに花咲かせるような作品であること。言葉ではなしに、造形芸術や音楽の領域でならば、その表現力の直接性によって、ことはもっと容易であるだろう。音、色彩、線、塑像などはそこに物の空間とのいっそうの緊密性を保ち得る要素としての働きを秘めている。

だが、言葉は現実空間とのあいだで、相互に閉されたままだ。どうすれば言葉を世界にむかって、——単に読者にむかってではなく——開くことができるのか。どうすれば世界の声を言葉そのもののなかにとどめることができるのか。

＊

フランスの大統領がシラクになって不安を感じていたが、先日、とうとう南太平洋のムルロワ環礁で、核実験を再開した。中国につづいて、フランスまでもが！　と情けない気分だが、また、これにたいする「否！」を表明するために、フランス製品の不買運動の提唱だとか、なにかしら文化的な意義をもつ国際会議への不出席だとか、私としては俄に賛成しかねる動きもある。フランスはひとかたまりであろうか。日本がそうでないのと同じように、フランスもまた多様だ。核実験が再開されようとされまいと、私にとって否定的な要素としてのフランスがある。私はナポレオンやド・ゴールを崇拝するフランス贔屓の一人ではない。高級娼婦や流行文士にフランスの典型を見る人間でもない。硬直した官僚主義も、力ずくの自己顕示欲も、軽佻浮薄も、私が拒否したいものだ。

だが、あそこにも深く人間的な多くの人びとがいて、質朴な日常生活を営みながら、いまシラクと同じように「フランス人」と呼ばれ、彼と同種の「フランス人」と看做されることに、彼らは深く傷ついているだろう。暗黙の裡にも私は彼らと心をともにする。

どんな名称によって呼ばれる民族をも私はひとかたまりの等質のものとして考えたり、扱ったりすることができない。私自身が国家の呪縛を免れているからだ。

＊

昨日は久しぶりに真夏を想い出させる暑さが一日戻ってきたが、夕刻から気温は下がり、今日はまた秋の気配がそれだけ深まる。もうこんなふうにして何十度、秋を迎えたことか！　そして、いつのまにか私は老いはじめている。
そして、齢を重ねるにつれて、かつては耀かしくみえていたものも、それほどのものではないように目に映り、生き甲斐とも思えたものがただの夢にすぎなかったように信じられてくる。そして、困ったことに、若いときや人生の盛りに感じたり、信じたりしたことが、じつは迷妄にすぎず、いま明晰にみえている世界こそが世界というものの真の姿だと思われたりするのだ。マクベスやプロスペロの台詞がそのまま自分のものとして受け容れられるようになる。

そして、この幻のいわれない織り地同様
雲つく塔も、華麗な宮殿も、
厳粛な神殿も、この大きな地球そのものも、
まこと、それが受け継ぐ一切も融けて無くなるだろう、
そして、空虚なこの芝居が消え去ったように、
あとにはちぎれ雲すら残りはしない。私たちは
夢と同じ素地でできているのだ……

だが、もしかすると、これもまた、老いの目に映る一つの幻影かもしれない。なにが真実であり、なにが幻影なのか、——それを決めるものは何一つない。そして、おそらく、人がなにかの対象に執着し、それを愛することがないかぎり、価値というものもまた生れてはこないの

だ。私が自分の周囲のさまざまなものにたいして執着することがなくなっただけ、それらがすべて実質的でないもののように感じられるのかもしれない。

あまりに苦しみ多く、自分の願いが成就されなかったからか。諦めを強いられることの多すぎた故か。――自分の人生をふり返ってみれば、答えは否だ。充分にではなくても、私はある程度まで自分の可能性を実現へと結びつけることもできはしなかったか。何もかも思い通りになったわけではないが、幸福でなかったとも言えまい。

とすれば、その余のことはいずれにせよ、五十歩百歩の違いだ。だが、他方で、これを五十歩百歩と感じてしまうそのことがおそらく問題なのだ。

＊

かつては、この国でも若者たちは、機械的な産物ではなく、人間の精神そのものが生み出すものの魅力にとり憑かれていた。たとえば、コンピュータの操作から出てくる画像と、レンブラントやファン・ゴッホやジャコメッティの知覚が捉え、その魂が描き出す画面とでは、たんに制作のプロセスが異なるばかりでなく、結果として生じるものもまったく異質だ。

そう考えてみると、数千年来の人間の文化の歴史のなかで、いまは分水嶺的なところにあるのかもしれない。私の抱く興味と彼らの興味とは、こちら側と向う側との距離に隔てられているのかもしれない。僅かな数歩でも、稜線のこちら側と向う側とでは視界は一変し、それぞれが身を置いている世界もまったく異なる空間のように感じられるだろう。
サン＝テグジュペリは戦争の時期にこう書いている、――

……この地上で私の愛するすべてのものが、どうして脅かされなければならないのでしょうか。戦争以上に私を怖れさせるのは明日の世界です。これらすべての破壊された村、ちりぢりになったこれらの家族、死、それは私にはどうでもいいことです。でも、この精神の共同体には手を付けてほしくはないのです。……こんにち、こんなにも索漠としているのは魂です。渇きのために死にそうです。

あるいはまた、――

戦争で殺されようと、私にはどうでもいい。私が愛したものの何が残っていようか。人びとのことばかりでなく、私が言っているのは、あれこれの習慣や、かけがえのない言葉の抑揚や、ある種の精神的な光や、オリーヴの樹の下での田舎の農地での食事のことや、ヘンデルの音楽のことなどだ。

サン＝テグジュペリは謂わば戦争を契機として、一つの時代が閉じるのを怖れたのだが、こんにちの状況はそれよりもさらに悪い。なぜなら一見創造的とも思われる科学技術の進歩がとめどなく精神の領域を侵蝕していっているからだ。それは物質的なものの擬似精神化だ。その支配下から精神そのものは追放されてゆく。檻褸を纏って曠野をさすらうリア王のように。

＊

時代の喪失というものは故郷の喪失のようなものだろうか。おそらく、人は誰しも自分が精神形成を遂げてきた時代の何らかの要素を、自らの価値観の基盤に据える。私の生れ育ったのは、戦前、戦中、戦後の、ある意味ではきわめて非人間的な時代であった。私自身もその時代そのものがこの国に何の変貌もなしにそのまま再現されることなどいささかも願わない。そこには独裁や植民地支配や、覇権への野望や、餓えや貧困、目を覆うばかりの惨状など、数え上げればきりがないほどのおぞましいものがあった。

だが、他方で、権力者や軍人や支配階層とはべつのところで、人びとの素朴さには美しさがあり、自然もまた美しかった。さらには、いろいろな領域で、精神の高さを持してゆこうとする人びとも、数多くはないが、間違いなく存在していた。教導するのでもなく、もちろん煽動したり、幻惑したりするのでもなく、ひたすら自らを真摯に実例として生きているそんな人びとだ。私自身もその人たちから学んだのだ。

時代が変り、いまその人たちはいない。そして、その人たちの生涯も仕事も、いまや何の意味ももたなかったもののように疎んじられ、忘れ去られてゆく。時代の喪失とはこのようなことだ。

＊

空が澄んで美しい。なぜ、それを美しいと感じるのか。

風景や人の表情、花の姿などについても美しいと感じることがある。何かを美しいと感じるとき、心にはある純粋なよろこびがある。穏かな、一種の満足感のようなものだ。それは所有や征服の欲望、または欲情とは縁遠いところにある。よい音楽、よい絵画に触れたときにも同様の感情が働く。そして、何かを美しいと感じたことに触発されて、私たちの心は内側へと傾き、その深い奥底で何かを見つけ出そうとする。一種の回想の作用だ。

だが、何を想い出そうとするのであろうか。いつかもこうだった、あのときの空もこれと同じように青かった……と記憶の底から、何かが眼前の知覚に対応して立ちのぼってくることもある。けれども、私についていえば、そうなることはむしろ稀だ。知覚から生じたよろこびの静かな感情に、内面で呼応するものは限りなく遠く、奥深いところにある。それが何なのかはさだかでないままに、しかし、限りなくなつかしい何ものかだ。

今日の空の青さを見上げながら、私は幾つかの空を想い出す。秋の九州の一人旅で、昔、阿蘇から熊本にぬける汽車の窓から見上げた空、クレタ島のアギオス・ニコラオスの海辺で、午前の光に満ちみちていた空、その他にも。だが、これらすべての空は、今日の空と同じ一つひとつの粒として、宝玉の環をなしているだけだ。その中心にある見えないものは何なのか。

この見えないものの反映として、なにかが私たちのまえに現れるとき、それを私たちは美しいと感じるのだろうか。

遙かな以前から、人はそれを〈調和〉とよび、また〈神的なもの〉〈聖なるもの〉などと名づけた。あるいは〈全一〉〈一者〉とも。ときに、〈イデア〉と呼ばれることもありそうだ。

おそらく呼称が重要なのではない。だが、紛れもなく、個別の事物や存在が美しいと私たちに感じさせる瞬間があり、そのとき、私たちが内面に満ち足りたよろこびを感じるのは、私たちもまた、〈全一〉へと溯行する体験をその一瞬のうちに持つからではあるまいか。

＊

二十世紀最大の人類の産物は核エネルギーとコンピュータだと、先日、私は考えたが、日常的な生活のレベルでの影響ということを思い合せれば、これにもう一つ、メディアとしてのＴＶの存在というものを付加する必要がありそうだ。

これらのものは部分的には人間の生活に便宜と娯しみをもたらしているが、他方で人間の思考や感性を著しく害なう働きがあり、また、生《なま》の世界体験を人間から奪って、擬似的なもので置き換えてゆく。

人間の在り様においてばかりでなく、自然の生態系にも重大な影響を及ぼすこれら一連の変化は、外部からと同時に、内部から人間を破壊しつくしてゆくだろう。多くの人間は、とりわけ都会では――そして、いまや全世界を支配しようとしているのは都会的なものだ――、生の世界体験を擬似的なものに置き換え、あるいは置き換えられ、自ら考え、判断するかわりに提供される情報に頼り、感性や想像力を低俗で、刺戟的な対象に振り向ける。そして、核の存在により、かつての世界でのペストに対するように、常時、潜在的な不安や恐怖心に摑まれている。だが、この恒常的な不安は、ペストの場合のように現代医学によって除去されることもない。

人は自分の存在の根拠を喪って、物化し、大きな錯覚のなかで時間を過し、怖れながらも死を待っているかのようだ。

何が欠落しているのか。――一言でいえば〈詩〉だ。〈詩〉とはいささかも空想的なものではなく、また、珍奇な言葉遊びの類でもない。それは人間が存在の全体を世界にむかって開き、自分と他者との諧和を生きる状態のことだ。この上なくささやかではあるが、紛れもなく真実であるもの――雲の動きや樹木や生き物たち、人間の顔、そこに漂う雲である微笑や哀しみ、苦しみ――などを通して表れる全体の耀きを讃嘆することだ。人間の営みの全体のなかに、このような〈詩〉が反映しなければならない。

そのことへの自覚に、いま一度、私たち人間は到達するのだろうか。

＊

何処となく幼い雰囲気さえ残っている学生のKがおずおずと入ってくる。彼が片隅に坐っていた去年の演習の教室の情景を私は想い出す。

彼は話しはじめる。――自分は卒業論文を先生に指導していただいている者で、ヴィーゼルの『夜』を取り上げているのだが、じつは九月になって三週間ほどヨーロッパを旅してきた、と。彼はヴィーゼルを理解するためにアウシュヴィッツを訪れた。そして、深い感銘を受けた。それから、イタリアへ赴いた。「じつは私は先生の影響をたいへん強く受けておりまして、それでアシジへ行き、バスの本数が少ないので駅のところから丘まで歩いてゆきました。カザンツァキの『アシジの貧者』を携えていったのですが、あれに出てくる地名やお寺の名まえがほんとうにあるのがうれしくて……。それに、あのレオーネのお墓も……」私の衷を軽いショックが走る。

彼はこの旅で三冊の本を持ち歩いていたが、それらはヴィーゼルの『夜』、ユダヤ人虐殺の記録フィルム《ショア》のテクスト、それにカザンツァキの『アシジの貧者』だという。ヴェネチアやフィレンツェをも回ったあとで、プロヴァンスを訪ね、サント＝ヴィクトワールをも見てきた。――「これも去年の講義のほうの授業の折に、先生がセザンヌのことをお話しになったので……」

彼は信仰の問題をめぐってのヴィーゼルの作品とカザンツァキの作品との違いを素朴に語る。一方にみられる信仰の喪失と、他方にみられるその強めと。なにか中学生の打ち明け話を聞いているようだが、彼が研究室を出ていった後、依然として私は奇妙なショックを自分の胸の衷から消すことができずにいる。これはなぜなのか、不意打ちのようなこのショックは？

＊

先日、南太平洋でフランスが今回二度目の核実験を行なった。人類の全体としての運命に対する無責任さと、この地域に対する植民地主義的な蔑視とが露骨だ。そのことに深い失望を感じる。

だが、他方で、こうしたことへの賛意の側ばかりでなく、反対の意志表示の側にも、いまや非常にきわだっているのはある種の民族主義であり、一見緩和された姿をとってはいるものの、一種の国家主義だ。何処となく私が幼かった日に、不断に耳にした「鬼畜米英」という語を想い出させるところがある。

＊

秋が深まり、彼岸花も金木犀も過ぎていった。欅の葉が黄ばみはじめた。

私はひどく疲れている。もう充分に仕事のできる時間もそれほど多くはないだろうと思う。いま頭にあるのは、ジャコメッティ、クレー、ボナールについての一連の文章だ。表現されるものにおいてばかりでなく、制作の過程においてもおそらく極端に異なるこれら三人の創造者たちについて考えながら、創る主体としての個人と対象としての世界との関係の在り方を理解したいのだ。だが、それを達成できるだろうか。

もしできなくても、べつに悔いはない。

これまでに実現した仕事の量はそれほど多くはないが、それでも自分の何かをとどめていると考え得るかもしれない。これはある意味で幸福なことだ。それを誰が受け取ってくれたかについてはもう問うまい。たぶん、読者を求めるということは、一種の報酬を求めることだ。痩せ我慢でなく、無償の行為としての仕事の在り様というものが考えられはしないか、世界にたいする感謝としての仕事というものが。

この世界で、あれこれのものに出会うことがなかったら、私の生きている道筋はずいぶん寥しいものであったかもしれない。苦しみも悲しみに劣らぬほどに多かった。ときにはまた、惨めさも心身を死の淵に近いところまで連れてゆくのにそれほど手間は必要なかっただろう。

それにもかかわらず、よろこんで受け取るもののほうが遙かに多かったように感じられるのは何故だろうか。

ここでは奇妙に差し引き勘定というものは成立しない。幸福な想い出は人生の貯えのようなものだが、その価値を、他の損失の部分が減少するという事態は生じない。どんなに小さなよろこびであろうと、それがそのときに真実なものであった限りにおいては、けっして失われたりはしないのだ。

むかし、子どもたちが幼かったころ、庭に一本李の樹があった。三月の末ごろ、美しい花が枝々を飾った。小さな淡緑いろの巻貝のような葉が拡がるのと、花の蕾が雪片のように綻ぶのとは同じ時間の進行のなかでだった。七月初旬には、家族皆で李の実の収穫だった。やがて樹は老い、実をつけなくなり、伐られた。だが、この損失はかつての日のよろこびの貯えをいささかも減じはしない。樹の下で、幼い娘の笑い声がひびいた。唐突に、娘は姿を消してしまった。だが、この消失は私の心のなかの彼女の笑い声を消し去りはしない。

私はたくさんのものに出会った。すくなくとも、自分にとっては充分とも思われるほどに。私を育て、友となり、道連れとなってくれた詩や文学、絵画、音楽……　それだけでは不充分だっただろうか。

＊

先日、研究室にKが訪ねてきて、話していったことがきっかけになって、私は久しぶりにヴィーゼルの『夜』を読み返した。人間としての尊厳がつぎつきに剝ぎ取られてゆく段階——魂の死——は存在の抹殺と同様にすさまじく恐ろしいことであるが、それにもかかわらずヴィーゼルの筆致に〈詩〉の存在することがこの重いメッセージを支える救いとなっている。それは深い闇のなかの音楽のようにかすかに響きつづけている。

私がそんなふうにあれこれ考えていたとき、ヴァイオリンの音が聞えた。まだ生き残っている者たちの上に死者たちが折り重なっている暗いバラックのなかのヴァイオリンの音だった。誰だ、こんな、自分の墓穴の縁みたいなところで、ヴァイオリンを弾いている気違いは？　それとも、これはただの幻覚か。

きっとユリエクにちがいない。

彼が弾いているのはベートーヴェンのコンツェルトの一部分だった。これまで一度だってこんなに澄んだ音を、私は聞いたことがなかった。それもこんな静寂のなかで。

どうやって脱け出すことができたのだろうか。私が気がつかないままに、私の身体の下から擦り抜けることが？

真っ暗だった。ヴァイオリンの音が聞えるだけで、まるでユリエクの魂そのものが弓の役を果しているみたいだった。彼は自分の人生を弾いているのだった。彼の人生全部が弦の上を滑っていった。失われた彼の希望が。焼き尽された彼の過去、消えてしまった彼の未来が。これより後、もうけっして弾くはずのないものを、彼は弾いていたのだった。

私にはユリエクがけっして忘れられないだろう。聴衆は瀕死の者たち、すでに死んだ者たちだけというこの演奏会のことがどうして忘れられようか！　今日でもまだ、ベートーヴェンの曲が演奏されるのを聞くと、私の目は閉じられ、死にかけている聴衆へのお別れをヴァイオリンで告げている私のポーランドの友人の蒼ざめた、悲しげな顔が暗闇から浮び出てくるのだ。

どれほどの時間、彼が弾いていたのかは知らない。睡魔に負けてしまったからだ。朝の明るみで、目が醒めたとき、私の真向いで、ユリエクが身を縮めて死んでいるのに気がついた。

傍らに置かれたヴァイオリンは踏み潰されて、異様な、気を動転させる小さな遺骸のようだった。

生きられた〈詩〉、そして、のちに叙述された〈詩〉。このようなエクリチュールを人間不在のテクストとして読むことは不可能だ。

私の『詩とミスティック』が刊行されても、おそらく現在のフランス文学研究の流行からは時代遅れの遺物のように看做されるだろうし、あるいはそれゆえに完全に黙殺されるだろう。だが、私は言葉が記号にとどまるものではなく、テクストがたんなる織物ではなくて、言葉には呼吸のリズムがあり、テクストには肉体や魂同様に、熱い血が通うことを示したいのだ。

＊

新宿、安田のギャルリーで、ゴッホのすばらしいアルル時代の風景画に再会した。《ラ・クローの収穫》だ。その他にも、モンマルトルの丘の風景や、舟のある水辺の景色など、数点はいずれもアムステルダムのゴッホ美術館から来たものだ。同じ会場にコローやヨンキントなどが十点ばかり展示されていて、それらのなかにも大変すばらしいものがあったが、この展覧会の中心となっている風景画——空の青が美しく、遠方には丘のつらなりがあって、麦畑のひろがりのなかには幾つかの朱色の屋根の家、そして、道には荷車、手前の黄金いろの麦の描き方がすばらしいとSは言う——を観ると、ゴッホの画面構成の確かさと明るさとがきわだっていて、造形言語がすでにほんの僅かな時間先行する世代のものとも決定的に異なっていることが感じられる。空間の印象はクロード・モネの画面から靄をすっかり取り払ったようだと私は思った。つまりここにあるのは溢れる光だ。光そのものが描かれているわけではないが、地上の事物がそれを吸収しつくしている。

病気さえなかったら、こうした画面がどんなに沢山、彼の画筆から生れ出たことか。

午後に、若松町の備後屋に柚木沙弥郎さんの展覧会を観にまわった。今回はガラス絵と布地の型染の作品だが、柚木さんが人生から驚くほど多くのよろこびを得ていることがそれらの仕事から直接に伝わってきて、それらを観ている私たちの心によろこびの灯を点す。日常的に、あるいは旅先で、私たちが目にすることのあるごく素朴なものがそのままに主題となっていて、難解な形而上学も宗教もそこにはないのだが、不思議に、私たちの生きている空間を明るく澄ましてくれる力が柚木さんの作品にはある。

＊

昨夜は紀尾井ホールに、ヴィーン八重奏団の演奏を聴きに出かけた。

曲目はモーツァルトの《ディヴェルティメント　ヘ長調・K一三八》、《クラリネット五重奏曲イ長調・K五八一》、それにシューベルトの大作《八重奏曲ヘ長調・D八〇三（作品一六六）》で、いずれも私には馴染みのものばかりであり、アンコールにベートーヴェンの《七重奏曲》の一部とヨハン・シュトラウス一世。

ヴィーンの人たちの演奏にはいつも大きな期待をもって出かけるのだが、なぜか充分な満足を得られないことが多い。秩序や規律による一体感ではなく、深い心情の奥から自発的に形成されるハーモニー――それはずっと昔のLPの頃から私の耳が馴染んでいるものだが――、それがこの夜も不充分のように感じられた。それでも《クラリネット五重奏曲》の第二、第三楽章は澄んで美しかった。

シューベルトでは最初、奇妙な印象が支配した。河口に近い大河の、さまざまな漂流物をも浮べている水面の澱み。ときとしては、ほとんど流れは停止したかのようであり、また、むこうのほうで何かがきらめいたかと思えば、それとは無関係に、手前では流れが一瞬速度を増したり、渦を巻いたりといった具合なのだ。この印象ははじめの二つの楽章のあいだずっと支配的に続いていて、それを聞きながらどういうわけか、私はイヴ・ボヌフォワの長詩のなかの「散らばり、分割し得ぬもの（L'épars, l'indivisible）」という語を想い出していた。まさしく、音の散らばりでありながら、分割し得ないものがそこにはあった。第三楽章のアレグロ・ヴィヴァーチェをむかえて、澱みは堰を切ったように流れ出したが、最初の広大な水面のイマージュは最後までつき纏った。第四楽章冒頭の主題は非常に美しい。おそらくこれはシューベルトという魂の特徴をもっとも明確に語っているものの一つだ。変奏の部分といい、こんなふうにうたうことのために彼はおそらく生れたのだ。地上的な夢のおだやかな織物、その経糸と緯糸とは哀しみと静かな愛の想い出とでできている……。

よく晴れている。昨夜聞いたモーツァルトを想い出させるような空であり、その下の透明感のある空間だ。

＊

私たち齢を重ねてきた者にとっては、重要なことはもはや平坦な時間の延長の問題ではなくて、刻一刻をどれほど深め得るかということだ。詩人のギルヴィックの『いま』のような作品が実感として捉えられるためには、おそらく一定の齢に達していることが必要かもしれない。

幾つかの詩篇、――

人はいつも彼方へ
赴こうとする。

何の彼方へかは
わからない。

自らの裏にあるものの
彼方へか。

自らの裏にはないものの
彼方へか。

存在しない何ものかの
彼方へか。

雲雀の歌が大気とのあいだにつくる関係、——

私は何の役に立つのだろうと
雲雀はひとり歌う。

私はむなしく舞い上がり

さえずり、旋回し、降りてきて
また舞い上がり、またさえずる、

でも　誰がそれ以上のことをなし得よう？
何ごとも何ひとつ変え得ないと
歎かぬ者があろうか。

けれども私はいる、存在している。
私はこの私とともに顫わせるのだ、
私を囲んでいるものを。

そして、つい先刻私自身が書いたばかりのあの感覚、――

歓喜！

いまがここにある、
だが　それをどのように捉えるべきか。

それをわが物とし、
持続を逃れるために——

この仄明りのなかに
時間の奥底に沈潜することだ、

時間の根をなしているとも
思われるもののなかに。

窮極の肯定に赴こうとする詩人ギルヴィックの努力が刻々の詩句のなかにはうかがわれる。

＊

昨夜雨が降った。そして、朝まで霧雨の気配がのこっていた。やがて陽射しが出てきたが、微かな風があり、その風が何故か二月末か三月はじめの頃を想わせた。いまや樹々の葉は枝先との交流を失い、樹液を受け取ることもなく、落下しようとしているのに、この風の気配はなぜなのか。

Sに駅まで送ってもらう車の窓から眺めると、畑の土は黯ぐろと湿っていた。その様子はまるで霜解けの朝のようだった。風はその上を渡ってきたのだ。まったく逆の季節なのに、漸く寒さから解き放たれようとするあんな日々の朝の時間を想い出させたのは、そのためだったのかもしれない。

そして、肌に春先の冷たさを感じさせるこの風のために、電車を待つプラットフォームの上で、私はすこし幸福だった。

*

日曜日午後、サントリーホールで、Sとヨセフ・スークのヴァイオリンを聴いた。

曲目はベートーヴェンばかり三曲で、《春》と《クロイツェル・ソナタ》とのあいだに、《第十番ト長調（作品九六）》。——私たちの席は前から十八列目のほぼ中央だったが、最初の《ヘ長調》がはじまったとき、ヴァイオリンばかりでなくヨセフ・ハーラーのピアノも同様に、ひどく音が遠く感じられた（演奏会のあとで、Sも同じように感じたと言っていた）。何が理由だったのか。この距離感は第一楽章のあいだずっと続き、ある種のもどかしさを覚えさせたが、いつのまにか消えていた。端正な演奏だが、音は磨きぬかれて、すばらしく美しい。官能的ではないが、感覚をよろこびに導く。

ベートーヴェンの最後のヴァイオリン・ソナタは微妙なニュアンスに富む作品であり、交されるこの上なくやさしい愛の囁きのようにはじまるが、それはいささかも肉体的なものではなく

——《クロイツェル》はそれを感じさせるが——、心と心との囁き交しのようでもあり、ときにはすでに魂と運命との低声の対話のようでもある。四重奏曲《ハープ》の第二楽章、あるいは《セリオーソ》などに通じる雰囲気なのだろうか。あるいは、もっと後の、最後の四重奏曲の出だしを想わせるところもある。ときとして、モーツァルトのピアノのためのアダージオやロンドの気分に通じるものさえ感じさせる。

いつのまにか音楽は聴衆全部をその雰囲気のなかに引き込んでいた。演奏家自身も出来栄えに満足そうだった。過度に精神主義が強調されるわけではなく、音楽に不可欠の感覚的要素がそのまま精神のよろこばしい表明でもあり得るのだということを知らされる演奏会であった。マスネーやグルックやシューベルトや、幾つもの小品がアンコールで弾かれ、その都度、聴衆が熱狂的に拍手した。

＊

一昨日、Nさんから貴重な贈り物を受け取った。Nさんの家は祖父の代から額の製作に携わってきて、これまでに東西の多くの傑作の額装を手がけてきた。彼の話によると、祖父であったその人は、遙かな昔、パリ万博に何かの理由で出かけた折に、そこで目にした額縁のすばらしさにすっかり心を奪われてしまった。暫くの滞仏で額縁作りの修業を積んだのち、帰国してその仕事に携わることになったのだという。Nさんはそれから三代目にあたる。そのNさんの手許に祖父の代から伝わっている古いレンブラントの図版をみごとに整えて、私にとどけてくれたのである。自分の人生の終りを迎えて、――「結局、相応しい人のところに落ち着くべきだと思いましてね」とNさんは電話で話していた。私は返事を書く、――

親しいＨ・Ｎ様

お送りくださいましたレンブラントを、昨日昼ごろ拝受しました。胸を躍らせながら包みを開き、早速部屋の壁に立てかけて眺め、こんなに貴重なものをほんとうに頂戴してしまっていいものだろうかという想いでした。久しいあいだ大切にされてきたセピアの図版もさすがに見事なものですが、また、それを収めて、じつに堂々と引き立てている額にも感嘆します。温かみと慥かさとを具えて、これをお作りくださった方の、隅々にまでゆきとどいたご配慮が感じられます。その額の金色のためでしょうか、画面のセピアの濃淡のなかに、胸飾りの部分では黄金いろがそのままに、また、人物の周囲の空間の部分ではこの画家に特有のかすかに金色を溶き混ぜた深い褐色が反映のように感じられます。

ほんとうに有難うございました。心からお礼申し上げます。

手許の二、三の資料によって、《癩に打たれた王ウジヤ》――旧約聖書「歴代志下　第二六章」で語られているあの、病気に罹った王です――と確認しました。私はまだこの作品に接する機会をもち得ずにいて、ほんの小さな図版からあれこれ想像するだけのことでしたから、この贈り物にとても感謝します。サスキアとの結婚によって幸福な、そして、自らの卓越した技倆に揺らぐことのない確信を抱いている一六三六年の芸術家の作のようです。ある意味で、人生の頂点に達しているこの画家が、何故この主題を選んだのだろうかと不思議な気がするのですが（画家はやがて来る自らの運命を無意識に察知してでもいたのでしょうか）、この大きな画面を見ていると、レンブラントはこの誇り高く、強い王が、主に背いたゆえに病気に打たれ、驚き、畏れるその一瞬を描いているのだということがよくわかります。しかし、この一瞬は過ぎ去る喜怒哀楽の一瞬ではなく、運命の決定的な、謂わば神的な一瞬なのでしょう、そのために、服装や装飾品の王らしい威厳に引き較べて、顔の表情の深さがじつに印象的です。両手の組み方にも、それがうかがわれます。遙かに自分を超えたものの力が自分に及ぶことへの驚きです。

以前オランダの幾つかの美術館を歩きながら、フランス・ハルスとレンブラントという同時代の二人の画家をたえず見較べて、ハルスの卓越した肖像画が対象を、たえず変化する水面の動きのように、そこに映る陽射しや雲の陰影のように捉えているのにたいして、レンブラントは自らが描くべき人物を、運命の深淵で捉えようとしているのだと感じたことがありました。いままた、そのことを想い出します。

先日も想わず愚痴めいたことを口にしましたが、なにか自分の生きているこの時代がますます悪くなってゆくように感じられてなりません。物質的にではなく、精神的に、ということですが、TVやコンピュータや核エネルギーが幅を利かしているその度合いだけ、何百年も何千年もの時間をかけて、人間がさながら約櫃のように守り、搬びつづけてきたある種の価値がいとも容易に投げ棄てられて、顧みられないかのようです。もう文学部の教室でも、ゲーテやドストエフスキーは読まれることなく、ロマン・ロランやヘルマン・ヘッセの名さえも忘れられようとしています。――そんななかで、なお、自分が語ったり、書いたりすることに、どれだけの意味があるのだろうかと考え込んでしまうことも再々です。でも、もう暫くは辛抱してつづけるつもりでいます。ですから、疲れと落胆ばかり多いそんな日々に、頂戴したこの贈り物がどれほど私にとって、貴重な慰めであり、励ましであるか、おわかりいただけると思います。

なかなかお目にかかる機会に恵まれませんが、どうかくれぐれもご健康にご留意なさいますように！　ほんとうに有難うございました。

Ⅳ

十一月三日の日本時間早朝、イスラエルのラビン首相が極右テロリストのユダヤ人学生によって暗殺された。この人がパレスチナとイスラエルとのあいだの共存の可能性を実現へ導くためにアラファト議長と協力してはたした功績は大きい。この可能性の実現は、両民族にとっての平和に結びつくばかりでなく、おそらく、世界全体にとってのよろこびでもあるのだ。歴史的にみてもっとも困難な状況下においても、人類の夢が徒労な夢のままに終るのではなく、達成の可能な理想であることを証するものであった。旧ユーゴスラヴィアをめぐる目下の情勢が語るものと正反対の方向を指し示している。

この偉れた人物の死を、多くのパレスチナ人が歎き悲しんでいる。

日本の政治家たちは、このような理想の実現のための道をまったく用意しない。人間全体の運命はつねに彼らの視野の外にある。

＊

昨夜は深更になって雨の音が軒を打ち、大地を叩いていたが、朝になると、そこここに小さな水溜りを残して、雨は止んでいた。巨大な雲の塊がつぎつぎに何かを怖れるように空を横切っていったが、それはクロード・モネの描く雲ではなく、プッサン、またはコンスタブルの空の雲だった。

すさまじい木枯しは依然として吹き荒れているが、しかし、いま研究室の窓からみえる空にはまったく雲の影はない。ここからみえるのは建物の屋根ばかりで、揺れるものは何もないのだから、風は私の記憶がなお想い浮べるものだが……

通勤の途次、目にしたもの、――すっかり鉄錆いろになって、舞い落ちてゆく欅の葉。農家の前庭の隅や畑のへりに、まさに燃え尽きようとする炎となって咲いている紅紫や、黄金色や朱色の菊の花。溢れ出て、こぼれ落ちている山茶花。そして、芋の葉は数日まえの霜のあとで、もう茶がかった黄土色に枯れはじめている。

これらすべては冬の到来を告げている。すべてのものにとってほんとうは眠りこそが相応しいのだと語っているかのようだ。シューベルトの《即興曲（作品九〇）》の第三番のアンダンテのように。

以前、私はこの季節を疎ましく感じていた。自分の季節なのに、日を追って、夕暮れが重くなるこの季節、それがはやくけりをつけて、むしろ厳しい冬になることのほうをいつも望んだ。死と衰滅との時間のむこうに期待と約束との朝が現れてくることが確実だったからだ。すっかり葉を落した裸の枝のそこここに、凍てつく寒さを耐えて、やがて動き出すはずの芽の、固いかたまりがうかがわれるからだ。

だが、それも生きている個別の存在としてのこの私自身が冬を越すことができるとしての話だ。あと幾つの春を迎えることができるのか。

漸老逢春能幾回

この詩句の杜甫のように、あるいは「聖なる春」のリルケの老人たちのように、このことが実感となって、刻々の時間を惜しむというよりは、慈しむようになると、この木枯しの季節もまた、かけがえのないものの一つと感じられてくる。

＊

数日まえに江藤総務庁長官という政治家が、またしても、日本の朝鮮支配の時期には、「教育を高めたり、鉄道を敷設したり、よいこともした」などと語り、韓国の民衆の怒りを買って、辞任した。彼の言った教育は朝鮮の人びとの誇りを高め、その独自の文化をいっそう創造的にするための教育だっただろうか。彼の言った鉄道の敷設は朝鮮の人びとの生活の便宜と幸福とのための建設だっただろうか。それとも、植民地支配のためのものではなかったのか。

けれども、この愚かな政治家に限らず、この国には一般に、手に負えないある種のナショナリズムがある。それは多くの場合、空虚な自尊心と、競争心と排他主義とに裏打ちされている。そして、何らかの外圧により、それらが崩されると、卑屈になる。

言語を支配することは精神を支配することであり、おそらく、その支配下に置かれた者は、あるいは好んで身を屈する者は、そのことによって自らを壊され、あるいは自らを壊してゆく。それは自らの存在を他者に、抑圧者に譲り渡すことに等しい。同様に、どれほど特異にみえる少数民族の言語であれ、それは他者によって尊重されなければならない。同様に、生活習慣や文化も……、それらが反人間的なものでない限り（大戦中、反人間的だったのは、私たちの権力の側だった）。

私たちは異質な言語や文化や生活習慣を学ぶことに謙虚でなければならない。そして、相互に、それぞれの在り様の根柢に人間的なものを見出してゆくことによって、はじめて〈全一〉の基盤に立つことができるのだ。英語が流暢にしゃべれて、経済的国際会議の場で、相手に負けないように論じ得ることが国際的なのではない。民族、言語など、あらゆる点で自分とは異なるものにたいして差別の感情を抱かず、その存在を認めて、つねに共生の道を開こうとすること、必要なのはこのことだ。

だが、なぜ自分のノートに改めてこんなことを書かなければならないのか。

*

風は昨日ほど強くはないが、いっそう冷たくなった。そして、空は一面、どんよりした鉛色の雲に覆われている。何処にも青い部分がない。

この、どんよりとした曇り空と大気の冷たさが、幾ぶんか私にパリの冬を想い出させる。私が想い出すあそこでの自分の姿はいつでも歩いている者の姿だ。もっともパリに限らず、私は何処ででも歩いているような気がする。おそらく、それが旅する者の原型でもあるのだが。

リオ・デ・ジャネイロ生れのパウロ・コエリョという作家は、どの一日にも他の瞬間とは異なる特別な「不思議な瞬間（instant magique）」があるが、多くの者はこの瞬間にと気がつかないふりをして、それを取り逃してしまっているのだと、作中人物の一人に語らせている。

だが、旅にあっては私たちは各瞬間を他の刻々と異なるものとして感じる。私たちは刻々、世界の新しい貌を見るからだ。そして、それはほんとうは旅先だけのこととはかぎらないのだ。けれども、それは私たちにとって、この作家の言うような幸福の契機とはかぎらないものであり、また、困惑と苦しみの契機にもなり得るものだ。

昨日、フランスが南太平洋で、このたび四回目の核実験をおこなったという。この実験で、シラクはフランスがヨーロッパ防衛の盟主たることを示そうとしたが、ベルギーからもイタリアからも拒否されている。時代錯誤的な点ではアジアにおける日本とよく似ている。

＊

ボスニアでは三つの勢力のあいだで妥協が成立して、新たな共和国が生れようとしている。これによって、殺戮と戦火のいっそうのひろがりを避け得るならば、それに越したことはないが、しかし、各民族相互間の憎悪が穿った溝はそう容易に埋まりそうにない。

国内的にも国際的にもおそらく最悪と呼べそうな一年だったが、それでもかすかに希望の芽は萌え出ようとしている。

＊

この数日湿り気が回復していて、大気が呼吸しやすい。たぶん、このままに冬のなかへ入ってゆく。夜が明けるのもおそくなったし、日が暮れるのもはやくなった。すべてが眠りのなかに入ってゆくこの時期に、それに加わらずに目醒めてあるというのは曠野にとり残されてあるようなものだ。

＊

空気は冷たいが、よく晴れている。光の散乱が熱を感じさせなくなって、碧いガラスの無数の砕片のようだ。

並んで、切れ目なく訪れてくる日々はどれも同じようでありながら、おそらく無限に異なっていて、何かしら他の日々とは違うものを私たちに感じさせようとする。おそらく一人の人と他の人との相違以上のものがあるのではなかろうか。ほんとうはそんなふうであるのに、私たちはどの一日をもほぼ同じようなものとして迎えようとする。そして、そのために結局は見飽きた顔のように、一日の時間にうんざりしたりするのだ。

私がいわゆる人生というものに積極的な興味をもち得なくなっているのもそんな理由からであろうか。それともすこし違うような気がする。たぶん、ある種の不適応性。——そして、もしかすると、詩や芸術のある種のものはこの不適応性に由来して、創られるのかもしれないといま思った。たえず眼前の現実との関係に満たされることなく、心が何かを希求しつづけているのだから。それが何かを知らないままに。それが在るのかどうかも知らないままに。そして、そのときまで存在していなくて、詩や芸術のかたちを取って、そこに出現するものに取り敢えずのよろこびや満足を感じもする。だが、あるときから、物のように、現実のように、詩や芸術がそこに——何処に？——在ってしまうことを確認すると、心はまたしても何かを希求して漂泊いはじめるのだ。

＊

窓から外を眺めると、木々の葉を吹きちぎって風が荒れている。大方の枯葉は今日、土に落ちるだろう。家の外に出たい気分を怖じ気づかせる。

今朝、食事のときにSに話したことだが、いつも私が自分の本来いるべきところにいるのではなくて、何処か他に帰るべきところがあるというふうに感じるのは、憶い出してみると、少年期に形成されたものではあるまいか。つまり、戦争末期から敗戦後にかけてのあの時期のことを私は言っているのだ。

幼い夏の日々、母の故郷で過した時間は穏かで、熱く、幸福な夢の色彩を帯びていた。だが、空襲を避けて疎開したときには、そこは以前の雰囲気とはまったく異なる気配を私たちに感じさせるものだった。母自身にとっても、私や幼い弟にとっても、親密な、居心地のよいものではなかった。戦争のためと人は言うかもしれない。そうだったかもしれない。けれども、あそこで私たちは無力な、厄介者の三人だったのであり、私にすればさらに田舎の、ほとんど山奥のように思われたところにある中学校へ、徒歩で二時間以上もかかって通うことは惨めさ以外のどんな印象も残さなかった。そこにも、地方性のなかの素朴な親しみを示してくれた者も、一人か二人はいた。そんな少年たちの顔をいまでも私は想い浮べることができる。だが、それだけだった。

せいぜい十二、三という年齢で、すでに地方性のなかに潜む排他的な野卑さを知らされて、それを私は徹底して嫌うようになった。そして、それに耐えるために、私はここが本来自分のいるべきところではなくて、私には戻ってゆくところがあると、無意識の裏に自分に言い聞かせていたのかもしれない。

一年半の苦痛ののちに、東京へ戻る列車の窓から、一九四六年十二月に、夜の横浜駅のプラットフォームの灯りがとても心に深く沁みたのも、そのせいだったかもしれない。いまでも夢幻劇の一場面のように想い浮ぶ。

だが、ここではなくて……という実感を私の裏に固定させたのは、九州への疎開に先立って、一九四四年の夏の学童集団疎開の際にすでに自分が喪失したあの幼時の雰囲気、幼時の親密さにつらなるすべてのものを、その後けっして取り戻し得なかったことだ。戦後に江古田に帰ったときには、私が期待していたすべてはおそらく消えてしまっていたのだ。

今日考えていることはたぶん誤りではなかろう。だが、気がついてみればこんなに単純なことを、これまで私はどうして思わずにいたのだろうか。そして、いま何故考えるのだろうか。

わかってみてけっして気が晴れるという性質のことではない。いままで、このことに無意識の裡に蓋をしていたというのも当然のように思われもする。魂の現実が物の現実の領域に引き戻されたかのようだ。

＊

昨日のすさまじい風は幾らかおさまったが、まだ大気はひどく冷たい。空はよく晴れていて、雲の影はない。学校に着いてみると、スロープ傍のメタセコイアの並木がまだ昏いオリーヴ色を残してはいるものの、レモン黄の炎となって揺れ立ちはじめている。この樹の黄葉が最後のものだ。そして、足許に散っている一枚ずつを指で拾い上げてみれば小さな鳥の羽にも似ているこの葉がすべて落ちてしまえば、もうこのあたりの落葉樹のなかでなお葉を纏っているものは一つもない。そして、空が冷たく、明るくひろがる。

自分がすでに六十数年も生きてきたのに、私の内部にはすこしも渝らずに幼い日のままであり、若い日のままである部分がある。そんな部分を外側から誰かがありのままに見出したら、きっとその人は驚くだろう。そして、おそらく、私のもっとも中枢の要素であるのはその部分なのだ。感性のなかの、ある部分だろうか。たぶん、〈詩〉に結びつくもの。だが、それだけではない。ときとしては、自分を十八歳にも二十歳にもしてしまうもの、あるいは久しい歳月を通ってなお、そのときから今日まで依然として生き残り、生きつづけているもの、十八歳か二十歳のままに。

*

七十歳を過ぎたゲーテが少女に恋をして、彼女に結婚を申し込んだなどということは、自分が若いころには何ともすばらしいことにも奇妙なことにも想われたが、実際にその年齢に近くなってみると、すくなくとも心の問題としては何ら不自然ではないし、想いがけないことともみえなくなる。とりわけ、そのための傷心があの「マリーエンバートの悲歌」のような傑作を生み出したとなればなおのことだ。私が昨日考えたことからしても、ほとんど自然でさえある。

だが、もう一方で、ゲーテにしても、彼と較べるわけではないが、私自身にしても、若い時期とは異なり、世界全体が自分から遠退いてゆくことを否応無しに実感するのも慥かだ。旅路の果てに近づいたのだという印象、そのときはじめて自分の辿った道すじの全体が見えてもくるのだが、しかし、そのことは世界と自分とのあいだに或る距たりがあるのだということを証するものである。

＊

いまFM放送でディヌ・リパッティの弾くシューベルトの《即興曲》を聴きながら、ふと数年まえに亡くなったピアニストのKさんのことを想った。病気の自覚が強くなった時期にいただいた手紙のなかで、――「昨年は一年中ひどい苦労に妨げられ通しで、あの会もその前何週間も不眠不休、ピアノなど全然弾けない様な状態でしたので、あの日の演奏は文字通り必死でした。人生とは最悪の事態の中で必死の努力をするしかないものだとこの頃では思い含めています」と書かれていた。ご自身のホームコンサートの直後のものだったかと思う。そのことを想い出すだけでも、Kさんの熱の迸りのようなものがいまの私にも伝わってくる。Kさんは音楽を信じて、音楽に献身していた。ベートーヴェンやモーツァルトの音楽がそれらの音楽への愛を通じて、内側からKさんの心を燃え立たせているようだった。

ほんとうは私たちはつねに絶体絶命の状況のなかに置かれているのだ。だが、そのことを自覚的に捉えようとしないだけなのだ。しかし、この状況についての自覚よりももっと重要なのは、必死の想いをこめて努力するということのほうだ。

今日も空が冷たく晴れている。広大な宇宙のなかで、私たちの地球に近いあの部分だけがあの色をしているのだろうか。限りなく夢想に誘う色だ。そして、自分が夢想の領域を拡げてゆくとき、宇宙の内面というようなことを考えたくなる。そこで宇宙そのものが夢想を拡げる不可視な空間、宇宙の記憶が宿る空間……そんなものが存在しないとどうして言い切れるであろうか。

私たちが過去のなかにとり残してきたすべてのものが、かつての日のそのままに保たれている宇宙の内面空間。もしかすると、私たちの心はこの空間の反映の一つであり、私たちの記憶は宇宙の記憶の一断片なのかもしれない。

＊

昨日は風もなく、穏かな日だったので、庭隅の落葉を集め、また、剪り落したニシキギの枝などを積んで焚火をした。風邪を引きこんで、仕事に気がすすまなかったせいもあった。

ゆらめき、燃え上がる炎を眺めながら、自分の仕事のことを想った。ほどなく灰にすぎないものに還ってゆく仕事のことを。そこに籠められた情熱のようなもの――私に、仕事への情熱があるのだろうか――、または、ともかくも注ぎ込まれた努力のすべて、それがひとときの炎のように思われたのだ。燃え尽きては灰となり、その灰もはじめはまだ熱く、炭の色をしているが、やがては白くなり、微かな風にも舞い散ってゆく。

火、あるいは炎にじっと視線を注いでいると、いろいろな夢想がひろがる。だが、すくなくとも都会の生活のなかではもはやこんなふうに火という要素に直接に触れる機会はきわめてすくないだろう。煖炉や竈、囲炉裏、あるいは風呂の焚き口に燃える炎も、火鉢の灰のなかの炭火も、もう私たちの日々の生活のなかからは消えてしまった。こんなふうに、生きることの形態が根本的に変ってゆくところでは、人類の何万年もの歳月のなかでの集合的な経験が蓄えてきた原型としての〈火〉というものもまた、消えてしまうのではなかろうかと、ふと想った。

石蕗の黄いろい花も、もうほとんど終りかけている。

だが、他方で、不思議なことに、この年の夏から秋にかけての奇妙な気候不順のせいか、こんな初冬の季節のなかで、昨夜から今朝にかけて、月下美人が甘やかな匂いを放って、大きな純白の花を開いた。

この数年、いつも夏の幾夜かに花を咲かせて、私たちをよろこばせるこのサボテンがその時期には一つの花もつけず、秋になって、一輪咲かせた。それが咲き終ったとき、大きな分厚い、固い葉の縁にまた小さな花芽のふくらみが一つ出ているのがうかがわれた。けれども、ひどく時を逸したこの小さな約束はいずれ反故にされるだろうとSも私も想った。この蕾はしかし、室内で、辛抱強く大きくなっていった。暖房の利いた部屋で育ち、やがて、淡い朱のいろの被膜のような外皮――莟だろうか――のあいだから、絹の肌触りを感じさせる花弁の柔かい白さがみえるようになった。一昨夜、咲くかもしれないと私たちは思った。咲かなかった。もう一日待った。昨夜の九時ごろになって漸く、自然の奇蹟は開示されはじめた。芳香は冬のさなかの、夏の夜の夢の馨りだった。

あまり体調のよくない私は幾らか早めに、Sも真夜中過ぎには床に就いた。三時過ぎに、喉の痛みで目が醒めたとき、私はこの花のことを考えなかった。

朝六時過ぎに起き出したSが、――「まだ咲いているわよ」と叫ぶのが聞えた。

それは漸く九時近くなって萎みはじめた。気温の低さのためだろうか。ほぼ十二時間ばかりものあいだ、夜の女王として夢の国に君臨していたのだ。

「季節はずれの、遅咲きの花は咲いている時間が長いね」と私は言った。

＊

またしても先日の想いにたち帰る。

個体としての存在である私たち人間は、日々の営みのなかで、確実に物質を生命に変え、この生命を精神に、あるいは意識に変える。この精神、意識は夢を紡ぎ出すものだが、この全体の過程はごく自然な一行程である。同じように、だが、むしろ私たちの在り様の規範として、じつに久しい歳月の経過のなかで、宇宙は物質を生命に変えてきたし、また、生命を精神、意識に高めてもきた。とすれば、私たち自身がその一部に他ならないこの宇宙が記憶したり、回想したり、さらには夢想したりすることが絶対にないなどと、どうして言い得るであろうか。宇宙の夢が私たちにもみえるとすれば、それが星空であり、宇宙の夢想が私たちにもうかがわれるとすれば、それが春の花の枝であるということを、どうして否定したりすることができるであろうか。

＊

この年の最後の月もほぼ半ばにとどこうとしている。

二日ほどまえから敦賀の原子炉の故障が報じられている。冷却用のナトリウムの問題のようだが、おそらく放射能漏れというような危険な事態も充分に考えられるのではあるまいか（そのようにはけっして伝えられていないが）。

やはりこれに加えて、コンピュータとTVとが今後の人間の生存に大きくかかわってゆくことになるだろう。

それでもなお人間の魂の中心的な現実としての〈詩〉、人間と宇宙との諧和的な関係の核となる〈詩〉を、人間の抽象的知性が張りめぐらす罠と対抗させてゆかねばならない。

おそらくコンピュータの操作に乗り遅れることが私たちの生存を危うくするのではなく、むしろコンピュータが蔑ろにし、切り捨てて（あるいは取り落して）ゆくものを私たちが決定的に見棄てるならば、そのことが私たちの生存を危うくすることになる。TVを盲目的に信じることで世界を欺き、私たちに御し易い世界像をつくってしまうことが、世界と人間との関係を本質的に悪化させることになる（Virtual reality などというものはいささかも reality ではない）。

これらのことについて、現代の社会のなかで深い不安や疑念の提示されないことがすでに危機的状況を示すものであると私は考えるのだが……

これまでにも（たとえばフランスでは）いろいろな思想家や詩人たちがすでに百年まえから近代化される世界に疑念を示してはきた。ペギー、ブロワ、ジオノ……　だが、それぞれ彼らの属していた時代と較べてみると、問題は比較にならないほど深刻に大きくなっており、さらに救いがたい様相を呈している。

＊

一八一六年秋、ドイツから南下して、イタリアへ赴いたスタンダールは翌年一月十九日に、ボローニアからフィレンツェへ向う途次、ロンバルディアの野のひろがりやアペニン山脈の眺めを愉しみながら、同行の学者の議論のつまらなさにうんざりして、こう述べている、——

もし私にほんの僅かでも気象学の知識があったら、雲の流れを見て、想像の赴くままに、雲が壮麗な宮殿やとてつもない怪物の姿をとるさまを、日によっては、これほどたのしむことはないだろう。いつだったたか、私はスイスのシャレーの一人の牧童が、腕組みしたまま、ユングフラウの雪に蔽われた山頂を三時間も眺めつづけている様子を観察したことがあった。彼にとって、あれは音楽だったのだ。私の無知がしばしば私をあの牧童の状態に近づけてくれる。

こんなふうに世界のすべての相を音楽として受け取ることができれば、どんなにすばらしいだろうかと思う。そして、こんなふうに書いているこの作家を夢想の無知のなかでたのしむのではなく、多くの研究者たちが気象学者のように詳細に研究しつくそうとしている。

いつの年だったたか、三月はじめ頃に、フィレンツェからボローニア経由でヴェネチアまで車で移動したことがあった。その手前で、アシジの丘も深い雪につつまれていた。交通を困難にしたあの大雪もまた、音楽だった。

＊

この数日、清瀬の駅から七時近くに帰宅のバスに乗ると、右側の窓から美しく澄んだ月を見ることができた。広い畑の傍らの道を走るときにはすでに闇が深いから、それだけ月のかがやきはすばらしかった。クレーの描く満月と同じかたち――だが、ここはチュニジアではなく、いまは冬なので、冷たい闇のなかの月だが――、そのかたちが夜毎にすこしずつ崩れていった。

今朝、清瀬駅のプラットフォームで電車を待っているとき、ふいに駅舎の屋根のかげに月を見た。何のかがやきもない半月だった。光もなく、そこだけがただの空の破れ目のようだった。淡青い壁紙の破れ目から、ふるい壁面がすこしのぞいているふうだった。物としての、どんな存在感もうかがわせることなく、ただ中空に浮いている月の、葬儀用の写真みたいだった。私は何となく、その姿を自分と重ね合せに想い描いた。もし私が不可視な何ものかから放射される光を反映することがなければ、私の仕事などというものは耀きのまったくない、朝の空の月のようであるにちがいない、と。

私自身はそれほどにも取るに足らぬ、貧しい存在なのだ。そして、それにもかかわらず、私の仕事のなかに僅かな何かがあるとすれば、言葉遣いの一つにいたるまで、その僅かな何ものかは私自身のものではないのだ。

＊

幼いころ、あるいは青春期のころ、私は自分が将来どんな人間になると夢想していたであろうか。奇妙なことに、何一つ想い浮ばない。たぶん、そのときには、四十歳の自分、六十歳の自分というようなものはまったく想像すらできなかったのだ。それに、どういうわけか、私は未来のさまざまな状況を薔薇いろに想い描くタイプの若者ではなかったし（いまもそうだ）、予測するということさえも拒絶するというよりは、念頭に浮ばないのだ。これは本質的な想像力の欠落であろうか。それとも何か他の理由からだろうか。

それなのに、いまや過去のさまざまなことに関してさえ、追懐するということが意味をもたなくなりかけており、それかといって、現在の世界に生起する諸事象にたいしても、自分とのあいだに大きな距離があることを感じてしまうのだ。

だが、目下のところ、私は自分に鬱気質を強く感じているわけではなく、おそらく、外側から人が見れば、私はこの齢にしては人一倍精勤であるかもしれない。

＊

進歩の思想が信じられる時代は幸福だった。そんな時代にはともかくも集合体としての人間の営みは永遠の持続のなかで、無限に前進、または上昇すると考えられていたのだろう。それはつい最近までのことであった。あるいはもしかすると、現在もまだ続いているのかもしれない。だが、おそらく、それとはべつのところに、私は自分の仕事の動機や根拠をもたねばなるまい。つまりすべては束の間のものであり、一瞬ののちには滅びる宿命をもっているのだということを知り、この認識を基盤にして、何が創造的なことであるのかをさらに考えることだ。

かつてテイヤールが言ったような意識の自動的上昇という思想は、こんにちの状況からみると、あまりに楽観的にすぎるように思われる。私が生きているこの時代、とりわけこの国、ここではもう人間の精神にとって価値あるどんなものも後の世代に遺そうとしない。この時代が価値あるものを生み出さないというだけではなくて、これまで幾世代にもわたって継承されてきたものをさえも顧みることなく、打ち棄てようとしているということだ。精神にも生きつづけるための空気や糧が必要だということをもう知らなくなっているのかもしれない。もっとも、未だ精神が窒息させられながらも、生きつづけているとしての話だが。

かつて薔薇によく似ていて、もっとすばらしい薫を放つ種類の花があった。花が衰え、枯れかけてきたときにも、誰一人としてその花のために力を注がなかった。花は絶滅した。その花は人びとに特別な幸福の時間をもたらすことができただろうに、そんな花が存在したことはもう誰も知らない。私も知らない。

*

晴れているが寒い。風が強い。

電車の窓から眺めていると、ところどころの樹木はまだ枝に枯葉をのこしているものの、多くは冬の気配を漂わせて、裸の枝をひろげている。

ふいに私の目は何処かに紅か白の梅の花が咲いていはしないかと探した。そんなもののあるはずのないこの季節に、ほんの一瞬とはいえ、どうして私はそんなふうに想ったのだろうか。シューベルトの歌曲の幻のように。まだ何かを希求し、何かに憧れているのだろうか。

*

三日間、頭痛のために苦しんだ。痛みを憶えている神経がまだ噴煙をのこして廃墟と化した都市のようだ。そして、今日は日本の上空を寒冷前線が通過中とかで、このあたりはすさまじい風が乾いたまま吹き荒れている。他の地方ではいたるところ大雪だという。

けれども、もう冬至も過ぎて、日ましに光が戻ってくることを考えただけでも、気もちが幾らか明るくなる。

H・K夫人からすばらしく美しい文面の手紙を受け取った、——

……十月のはじめから十一月迄母と一緒にフランス、スペイン、ポルトガルと行ってまいりました。ルルドに五日程おりまして、そこからバスでピレネーを越えて、サン・セバスティアンに入りました。りんごの林の道でした。ピレネーの山々は春から初夏にはエーデルワイスの花々を踏まないと歩けない程と案内の方が話して下さいました。トウモロコシの収穫が終わり、パルプの原料となるシラカバとポプラの中間のような木々が黄葉を始めた牧草地帯、時折、大西洋からの霧でそれ迄の景色がすっかり隠れてしまうバスク地方を眺めておりまして、先生がいつもお話し下さいました可視と不可視、有形のものと無形のもの、この謎であり、神秘でもあるものという教室でのおことばを想い出しておりました。野を越えて風が渡り、野を越えて馬のいななきと戦いの剣の音の響いて来る様なパンプローナの丘や、丁度大きなピラール祭という祝日にあたった十月十二日のサンチャゴ・デ・コンポステラの大聖堂の「ボタ・フメイロ」という大きな香炉と人々の主張する強い信仰と強い瞳のスペインでは心の置き場所がなく、ひどく疲れた時の様な気持ちがいたしました。

シャルトルに着きましたのはバスの道が混んでおりまして、夕陽の頃でした。どんな天使達がこのヴィトローを作る手伝いをしたのでしょうか。日曜日でしたので、夕方のミサの準備の為でしょうか、パイプオルガンが響いていましたが、それはオルガンではなく、あのヴィトローの耀きから響いてくるもののようでした。そこにおりますと、モーツァルトに感ずるものと全く同質のもの、人が創り出そうとするものではなく、そこに有るものを、唯そのひとが、そのひとだけが感じて集めたような神的なものという気がいたしました。

祈りはことばではなく、自分の中からヴィトローへとたち昇って行く思いが祈りそのもののように思われました。

帰り道、誰にもたずねられてはおりませんのに、もし「アシジ」と「シャルトル」とどちらに住みたいかと問われたら、どちらにしましょうかと大いに悩みながらパリに帰ってまいりました。……

便箋に綴られた言葉の一つひとつを辿りながら、あたかも一篇の散文詩を読むようなよろこびを覚える。

＊

先日、アンドレ・シュアレスの『桜草の聖ジュアン』(Saint Juin de la primevère)を何気なく手に取って、つぎの文章に行き当った、――

知性は一種の器官のように、胴体の上の頭部のように、生のなかにある。生がポケットのなかの時計のように、知性のなかにあるわけではない。知性そのもののなかには、体験されたものの幾ぶんかがあるだけだ。詩についての批評は詩でも、詩人でもない。したがって、純粋に知的な、いかなる形而上学も、また、いかなる知識も不完全なものだ。生きた精神をけっして蔑ろにしないことこそが肝要だ。生きた精神は自らが創造する一切のもの――これが知識だが――のなかで思索し、たえず自らの思想を創りつづけるのだから。私は主体にたいして客体であり、客体にたいして主体だ。生だけが機械とロボットとからわれわれを救う。それゆえ、必要ならば自分の血を失うのも気もちのよいことだ。

シュアレスをいつでも肯定できるわけではないが、ときに彼のテクストは非常に美しく、またときに非常に真実だ。

*

S夫人からみごとな真紅の薔薇の大きな束が届けられた。添えられているSさんの賀状はペギーの「むずかしいのは希望すること、たやすいのは、そして自然の傾きは絶望すること……それは大きな誘惑だ」という言葉を引いている。また、その花を見ていて、あのブールゴーニュの敬虔な、苦しみ多い魂の物語である「紅い薔薇」が想い出された。

今朝、この友情の徴を受け取るまえに、マリー・ノエルの『覚え書』(Notes intimes)を開いていて、こんな表現に出会ったのだった、——


私の魂の物語、それは麦の物語だ。

春には、私は風にそよぐ草であり、花であり、戯れであり、よろこびだった。そのとき、おお　神よ、私は〈あなた〉を愛した。

夏には、私の穀粒は熟れた。そこで、幾らかの作品を〈あなた〉に捧げた。

秋には、私はそれを失った！　私にはもう〈あなた〉に捧げるものは何もない。

私にはもう花も穀粒もない。私はもう私でもなければ、私に似た何ものでもない。砕かれつづけて、このとおり私は塵になった。このとおり穀粒として叩かれ、粉として砕かれ、このとおりパンとして捏ねられ、焼かれ、かじられ、嚙まれて消滅した。

私の何ひとつ残ってはいない。

私にはもう〈あなた〉に捧げるものは何もない、おお　神よ、花も果実も、心も、作品も。

あるのはただ乾いたパンの従順なひと口だけ。

私は〈あなた〉のパン、〈あなた〉が私のパンであるように。


私もまた、世界、または宇宙との関係で、自分をこのように感じる。だが、まだ、そんなふうに感じる自分が残っている。

*

一昨日だったか、夕刻四時半すこしまえ頃、何か軽い爆風のようなもので、一瞬、道に面した家の東側の壁が音をたてた。二階の自室にいたKも隣室のSも集まってきて何だろうかと言ったが、わからなかった。近所の子どもの蹴り損ないのボールが飛び込んできたのかとも思ったが、そんな様子もないようだった。

のちになって、千葉県の柏や茨城県の筑波のほうでは、赤く燃えた物体の落下を目撃したという人も出ている。隕石が大気圏内に突入して、破裂したのであろうというのが気象学者たちの結論のようだ。

どんなに長い旅をしてきた隕石だったのか。私の想像力は強く刺戟される。

＊

私はすでに齢老いている。それほど大きな波でなくても、私の船を覆し、沈めることは容易だ。しかし、また、他方で、私のなかには依然として子どもの頃の、あるいは青春期の、漠然とした、もの憂い憧れのようなものが在りつづけている。私にとって、詩の源泉でありつづけるのはこの部分なのだろうか。

そして、私が持ちつづけているこの部分、それは私の肉体的な年齢とともに老いることがないのだから、もしかすると、それを言葉にうまく託すことができさえすれば、私の個別の存在を超えて、その消滅ののちにも、なお在りつづけることができるかもしれないなどと夢想する。

＊

先日、大学院の学生たちとボヌフォワの『ゼウクシスの葡萄』の詩篇を幾つか読んでいて、どうしても摑み得ない一篇に出会った。以前にもひとりで読んでみて判然としなかったものだったが。それが昨夜だったか、ふいに実に明瞭なイマージュとして浮び上がってきた。わかってみると、それが何故そのときまで摑めなかったのか、不思議なほどだ。

作品はつぎのようなものである、——

Un pays de montagnes qui sont des chiens, de vallées qui sont des abois, de pierres dressées dans l'aboi comme des chiens tendus au bout de leur chaîne.

Et dans les bonds, les halètements, la fureur, voici la porte, qui est ouverte, et la grande salle.

Le feu est clair, la table mise, le vin brille dans les carafes.

「犬たちである山々のつらなる地方……」と読みはじめたとき、私の想像力をすぐさま支配したのは数匹の犬の姿であった。たとえば、こんなふうに日本語に移し変えられると思った、——

ある山国、山は犬たちで、谿はその吠え声、鎖の端で引っ張られている犬たちのように、吠え声のなかにそそり立つ岩。

そして、跳躍、喘ぎ、怒りのなかに扉があって、それは開いている、それに大広間。灯火は明るく、食卓は整い、ガラス瓶のなかで葡萄酒がひかっている。

だが、棒立ちになり、のけぞり、吠え立てる犬たちの姿がどうして自然の光景を喚び起すのか。この関連については、一緒にテクストを読んでいる学生たちに、ボヌフォワのジャコメッティについてのある解釈――彫刻された犬の背中の線と彫刻家の故郷スタンパでみられる山の稜線との関係――を引き合いに出してはみたものの、いささかも自分を納得させることすらできなかった。第二聯の冒頭にかけても、なお犬たちの姿が私をとらえて、離さなかった。どうしてそういうことが生じたのか。

けれども、ふいにわかったのだ。詩人が見ているのは犬の姿ではなくて、山国の風景なのだ。彼はそこに身を置いているのだ。そして、起伏のある稜線を眺めていると、彼には犬たちの背が想い浮ぶのである。そして、また、谿間を吹きぬけてゆく風の音はときとして、なんと犬たちの吠え声に似ていることか！　とすれば、この谿間にそそり立つ岩は猛り狂う犬のようではないか！

山々のつらなりと谿と聳える巨岩とをもつこの風景のなかに、一つの扉が開かれていて、なかに入れば、やすらぎと幸福の空間だ。おそらく、窓からはまだ山々のきびしい姿が威嚇的に見え、谿間を吹き抜けてゆく風の唸りが聞えるのではあるまいか。これらの風景は、実際、詩人にとって犬たちの変容なのだ。

私なりに全体が理解できたとき、私もまた一種の幸福を感じていた。この理解の手がかりは犬から山への突然のイマージュの転換だった。ずっと以前、学生だったころに、幾何学の図形を見ているうちに、ふいに閉じたままのその図形からほんとうのものが透けて見えてきて、問題が解けたときのうれしさに、それはよく似ていた。言葉の、表現の裂け目から、それこそ〈現存〉がうかがわれたような一瞬だった。

それからすこし訳し変えてみた、――

ある山国、山々の稜線は犬たちのようであり、谿間の風は吠え声のようだ。この吠え声のなかにそそり立つ巨岩の数かずは繋がれている鎖の端でのけぞる犬のようだ。

そして、跳び上がり、喘ぎ、猛り狂うこの風景のなかに、開かれた扉があり、それに大広間。灯火は明るく、食卓は整い、ガラス瓶のなかには葡萄酒がひかっている。

＊

この国の上空に大きな寒気団が吹き込んできているということだ。空はどんよりと曇っていて、いまにも雪になりそうな気配がある。

だが、この冬の気象以上に私の心を寒ざむとしたものにするのは、この国のほとんどあらゆる領域にわたってひろがってゆく保守化の傾向だ。若い同僚たちのあいだにもそれが感じられる。権威主義的であり、権力主義的で、なにかしら私などには耐え難い雰囲気が学校のなかにも漂っている。もはや自分がそれほど若くはないことを、どんなに安堵の気もちで想うことか。希望と同様に失望や絶望もまた幻影にすぎないものであろうから。

この国ではあらゆるものの側面から人間的なものが姿を潜めてゆく。どの領域においてもそうだろうが、自己正当化にもとづく既得権を社会が保障してくれるところでは、そこに何の既得権をも持ち得ない者は、それだけの理由で、ほとんど社会の秩序を乱すもののように排除されてゆく。そのことへの異議申し立てはそれだけでも違法行為だ。

ここではやがて一人の人間であることが違法行為になるだろう。すくなくともあらかじめこの社会の一員でなければ。

*

何故小説を書かないのかと私に訊いた学生がいた。私はそのことをあまり自覚的に考えたことはなかったが、一つには小説というもののもつ虚構性が好きではないのかもしれない。（実際、以前ほどにはそれを読むことも好きではなくなったように思う。）おそらく自分の気もちとしては、伝えたいことを充分に伝えるための直接性が小説という手段には欠けているということだ。

書くことの直接性を書き手に要求するもの、おそらくそれは詩だ。形式の問題としてではなく、詩的体験の問題として。これは文学の他の諸ジャンルとは別のものだ。そして、私自身としてはこのものによっていわゆる文学に関心を抱き、また係わりつづけているのであって、それをいささかも純粋な娯しみとして受け取ることはできないのだ。ギリシァ古典劇やシェイクスピアなどを別とすれば演劇一般というものへの私の興味が稀薄なのも同じ理由によるのかもしれない。

＊

今日もまた曇っている。乾燥していながら、気温が低いのは最悪の状態だ。私はまた極端に疲れきっている。そして、自分の生の糸がいつ切れてもそれほど不自然ではないように思われるのだ。私は充分に生きたということであろうか。それとも、もうそんなふうにも思いたくないということであろうか。精神的エネルギーの欠如、好奇心の欠如、身体的エネルギーの欠如。

＊

昨日深更から雪がちらちら降りはじめ、朝起きたときには庭土を覆いつくして雪の白さがひろがり、枯枝いっぱいに時ならぬ白梅か李の花が咲き溢れたふうだった。ボヌフォワの詩集『雪のはじまりと終り』のなかの幾つかの詩篇とともに、シュペルヴィエルのあの美しい詩が想い浮ぶ。

林檎の樹

ジュール・シュペルヴィエル

死んだのに、なにも言わないために
あなたは　ある日　想いもかけず
真冬のなかに花咲く大きな林檎の樹を生い立たせた。
そこでは鳥たちが未知の彼らのくちばしで
さながら五月の日々のように　季節はずれの樹をまもった。
そして　陽光と霧とにたのしげな子らは
樹のまわりで輪になって踊った、きっぱりと生きるために
彼らはこの樹の活力を証しした。
そして　この樹はごくありきたりの樹のように
雪ぞらの下で、なんの苦もなく果実を結び、
その高さいっぱいにあなたの願いを沁みとおらせた。
近くに寄ってみると、そのつつましさはすぐそれとわかった。
そうだ、おずおずと、ときおり、あなたがこの樹に近づいていたのだ。

郊外ではクロード・モネの雪景色のようであり、電車を乗り継いで街なかまで来てみると、幾らかユトリロの画面のようだ。
足許は滑りやすく歩きづらいが、いままで余りに大気が乾燥しきっていたので、この湿り気に

すこしほっとする。

家の近くでバスを待っているとき、ふと見上げると、道路沿いに高く数本の電線の張ってあるところに、三十羽ばかりも鶫らしい小鳥がとまっている。いつもならば畑地や芝草のなかにいるのだが、雪に追われて来たものだろう。その様子は真っ白なページの上の楽譜のようだった。ときおり、そのなかの数羽が電線を離れて、位置を変えるので、誰かが譜面をそのまま楽器に用いて、見えない指で、ところどころの音を押えてでもいるふうに思われた。

＊

空がよく晴れている。低いところではかすかに白を溶き混ぜたような、そして、全体としては淡い青さだ。このやわらかさが心を和ませる。何かしら、訪れてくる季節の先触れのように感じられるからだ。

いつでも先に変化するのは空であり、光であり、大気だ。地上の諸事物は植物や動物にせよ、人間にせよ、その変化に後から随いてゆく。高いところから低いところへと及んでゆく。

自然の、または現実の空間のなかの光と諸事物、諸存在とのこの関係をなにか超自然的な領域での事象に譬喩として適用することが可能であろうか。可能だとすれば、どんなふうに考えられるのだろうか。たとえば私たちの心のなかに宿る温み、他の存在たちにむけられる共在の感覚――それを人は愛とか慈しみとか名づけるが――は大地が太陽のエネルギーから受け取る熱のようなものだろうか。とすれば、ときとして、それが宿らないというのはどういうことなのか。

個別の生命と総体としての生命とが考えられるように、人間の心のなかにも個別のものと普遍のもの、あるいはそれぞれの領域が慥かにあるようだ。ある種の詩や芸術作品は人間の内部の普遍的な部分が個別のものの作業によって顕在化したのだと、どうしても私には思われる。他者の心の動きとして、ときに理解しがたいのは、むしろ個別の領域に生じるものだ。この自己中心的な部分には共在の感覚というものは働かないように思う。

＊

学年度末の雑事のためにすさまじく追われているものの、逃しがたい機会なので、昨日はSに促されるままに横浜美術館の〈ゴッホ展〉に出かけた。入場前に暫くの行列、なかに入っても大変な人込みで、容易に画面の一つひとつと正対することはできないが、それでもこの画家のすばらしさが心に伝わってくる。展示されているのはオランダのクレーラー・ミューラー・コレクションのもので、アムステルダムで以前観たものと同様に、オランダ時代、ヌーネンまでのこの画家の仕事に厚く、アルル時代以降のものに関しては密度がいくらか稀薄になる。初期の、ただひたすら対象を凝視するときの、何とも言い様のない真摯さ――暗く、苦しげな幾つかの画面では、ヴェルハーランの「風車」の詩を喚起させられた――、そして、パリに移ったばかりの頃の、この国の新しい画家たちの仕事に触れたときの、早春の朝の空気のような、解放されたよろこび、ついで南仏の光を知った一八八八年春から初夏までの感動――いつも想うことになるのだが、この時期が彼の仕事の頂点だ。驚くばかりの天分の迸りだ。そして、それは世界の、大地そのものの歌だ。

ついで病気とともに、描くことに自意識の烈しい闖入がはじまる。世界との純粋な接触以上に画面をつくることの意識のほうが強くなるのは、他者（たとえばゴーギャン）の批評を真に受けてのことなのだろうか。そうだとすれば、賞め言葉同様に、ときとして批判の言葉も創造者には危険であり、おそろしいものだ。とりわけ、尊敬する者からの批判は、たとえそれが正当な内容をもつ場合でも、受けとめるのに大きなエネルギーが必要だが、まして、それが不当なものである場合には……。ゴッホという画家は想像力に頼ったり、「頭で」描いたりするタイプではなく、その全存在によって描く芸術家だ。

帰宅してから、ゴッホの手紙の幾通かとヴェルハーランの詩を読み返す、――

風車

エミール・ヴェルハーラン

夕暮れの奥で風車がまわる、ゆっくりと
悲しみと憂鬱の空に、

風車がまわる、まわる、そして酒糟いろのその翼は
悲しくて　強くて　重くて　もの憂げだ、限りなく。

夜明けから、歎きの腕のように、その腕は
伸ばされては　地に落ちた、そして　いま
彼処　暗い大気と消えた自然のまったき沈黙のなかに
ふたたび　たち上る。

冬の苦しい一日が小さな村々の上に眠り込み
雲たちが昏いその旅に倦む、
そして　自分の影をとりあつめる雑木林に沿って
幾筋もの轍が死んだ地平線にむかってのびている。

大地のへりに幾つかのブナ小屋が
ひどくみすぼらしく輪になって並んでいる、
天井から吊された銅のランプが
壁や窓をその灯影で撫でている。

そして　広大な平野と眠っている空間とのなかで
ブナ小屋はみつめる――なんと苦しげなあばら屋！――
ぼろぼろの彼らのガラス窓の貧しい目で、
まわって　疲れ、まわって　やがて死ぬ齢老いた風車を。

＊

かりに神が世界を創造したとしても、それは被造物としての事物と存在とに関することであり、おそらく、いささかも精神の内面空間にかかわることではないかもしれない。そして、それだけにいっそう人間の魂の現実というものは――詩や芸術の創造行為を含めて――、何ものかの反映をそこに宿しているのだと考えられる。

＊

先日、人と話していてはっきりしたことだが、私が「単純な」もの、あるいは「原初の」ものというとき、それはすこしも「原始的な」ものを意味してはいないのだ。それにまた幼な児や老人の場合のように、一つの生の過程での未発達のもの、またはすでに退化したもの――生物学的なヒトに関して、そう言うことができるとして――に纏わる特性を想い描いているのでもない。

一言でいうならば、〈生〉そのもの、あるいはそれとの直接的な繫がりにおいての〈死〉というものにもっとも近いものほど、単純なものであり、原初のものであるということになる。それはおそらくレアリテの密度とも密接にかかわってくることだ。なぜなら、そこにあるものを論じるまでもなく、自明の現実としてそこに在るからだ。

＊

季節が二月に入ったということはそれだけでも私をよろこばせる。たんに暦の上のこととしてではなく、大気のなかに微妙な変化が感じられるからだ。

すこしずつだが、光が戻ってくる。そして、庭には寒さにもかかわらず、ペルス・ネージュ（マツユキソウ）の白い、可憐な花が咲いている。この花はローザンヌの、ウーシーへと下ってゆくメトロの線路ぎわの小さな情景を想い出させる。そして、私の内部にほんの僅かな、小さな鈴ほどの明るさを点す。

かつて目にしたさまざまなもの、いま自分の内部に想い起すもの、やがて、これらすべてを私はもう見なくなるだろう。私は心のなかにたくさんの想い出をもったままで絶対の静寂のなかに沈んでゆくだろう。あるいは繰り込まれてゆくだろう。いつだったか、私の知人の一人が、――「すくなくともなお暫くは、自分の親しい人たちにだけは、自分のことを憶えておいてもらいたいものだ」と言ったことがある。その言葉やそのときの彼の顔つきをいまでもはっきりと憶えている。何故だろうか。

誰でも口にしそうなそんな言葉を聞いたとき、たぶん、私自身の念いとは異なるものを感じたのだ。

自分の死後、私は誰にどんなふうに憶えていてほしいだろうか。おそらくこの点については私は誰にも何ものぞまない。だが、そのことと、私自身が亡き、親愛な人びとにたいして心を寄せるということはおのずから別のことだ。そして、死後にももし私の心がなおあるとすれば——いま、そう考えているわけではないが——、私はその心のなかに自分の死後にも、この地上にある親愛なものたちについてのよい想い出を携えてゆくだろう。

＊

モーツァルトの曲のどの一つをとってみても、おそらくフランツ・リストやブルックナーよりはずっと明快で、わかり易いものだ。だが、どちらに多くの、解きがたい神秘が宿っていると考えられるか。たぶん、自我というものは光を不充分にしか透さず、しかも屈折させる或る種の遮蔽物だ。必要なことはかぎりなく自己無化をはかることだ。とりわけ、創造行為に携わる場合には。光に射し貫かれること。このことは一種の宗教的な態度のようだが、しかし、おそらくこのことなしに作られる作品には神秘が宿るというような言い方はできないだろう。

＊

あまりの雑事に振り回されての、極度の心的疲労を癒すために、Sを促して奥武蔵の森林公園まで出かけ、アルルのゴッホのよろこびを想起させるような早咲きの紅梅をたのしみ、そのときには風もない穏かな陽射しだったので、たぶん三粁かそれ以上も歩いて、まどろみの浅くなった雑木林の間の小径を辿ったのは、先週の金曜日だった。帰路の車のなかでは、久しぶりに、自然の呼吸に触れたせいで、とても生き返ったような気がしたのだった。

ところが、その翌日からついに発熱。三日ばかりは三十八度以上が続いた。昨日は文研博士後期課程の入試の採点のために止むを得ず学校へ出かけたが、身体を起しているのがひどく辛かった。まだ今日も微熱の気配があり、また、視野が霞んでみえる。三十九度の高熱の日に、Sが――

「これでもう病気も治るわよ。この筆跡は私にもわかる、ほら、ボヌフォワさんからのお手紙よ！」

と言いながら郵便物のなかから、まっさきに一通の封書を手渡してくれた。

パリ、九六年一月二十六日

親しい友

またあらためて友情の印をあなたからお受け取りし、心から感謝しています。……

私のほうは数週間まえに、合衆国での長い滞在から戻って参りました。むこうでは、マサチューセッツの西部、バークシャー地方の森林に蔽われた丘陵の奥の、小さな村で暮しておりました。以前に、そこの教育施設で私は二つのセミナーを担当したことがあったのです。世界のこの地域ではいつの年にも美しい秋が、しだいに深まってゆき、ついで、雪が降りはじめて、いつも静寂がすべてを蔽うようになります。そんな様子を見るのはすばらしい機会です。この同じ場所での、はじめての、似たような滞在から、十年まえ、私は数かずの印象を取り集めて、それらを『雪のはじまりと終り』のなかでかたちにしたのです。こんな生活から別れがたい気もちで、私どもはパリに戻ってきました。

当然ながら、ご健康とお仕事とが順調でありますことをお祈りしています。どうか、ご消息をお報せください。幾つかの短い旅、その一つは四月にまた改めて合衆国へですが、それらをべつとすれば、今後数ヵ月に、パリからあまり動くような企てをもってはいません。まずはもっと自由になって、出直しの地点から書きはじめたいと、私は希っているのです。

どうか私のこの上ない友情の想いをお信じください。

イヴ・ボヌフォワ

―――

『雪のはじまりと終り』のなかの幾つかの詩篇を想い出す。たとえば、「僅かな水」という詩、

私の手のひらに
舞い落ちるこの雪片に　私は

永遠を保証したいと思うのだ、
自分の生を、自分の熱を、
自分の過去を、目下のこれらの日々を
ただの一瞬、涯しないこの一瞬に変えながら。

だが、はやくも
僅かな水があるばかりで、それも失われてゆく
雪のなかを往くものたちの靄のなかで。

あるいはまた、ピエロ・デッラ・フランチェスカの画面をも想起させるあの「憐れみの聖母」
という詩、――

ほとんど靄と刺繍だけでできている
おんみのかろやかなマントの下で、
いま、すべては
暖かそうです、
雪の憐れみの聖母よ。

おんみの身体に凭れかかって
眠っています、裸で、
すべての存在たち、物たちが。そして　おんみの指は
これらの閉じた瞼に明るいヴェールを掛けるのです。

＊

三、四日まえから気温が極度に下り、ついに霙が粉雪らしい様相に変化したかと思うと、昨日は一日、雪景色。今日もまだ、人や車の通るところを除けば、地上の視界の大半は雪に蔽われたままだ。空はほとんど灰いろ。ときおりずっと奥のほうから滲み出してくる光の気配がうかがわれる。また、灰いろの空のところどころにときとして、青いやわらかな亀裂が生じる。すると、高い、青いそこの部分だけが春の伝言のようにも見えてくる。それからまた亀裂は閉じる。

雪深い地方では異なる印象が生じるかもしれないが、私にはいつもこの言い様のない白さは何かしら地上の他のさまざまな事物とは折合いの悪いもののように思われてならない。何かしら、地上的でないのだ。たぶん、この雪の白さは他のもののように色ではないからだ。（その点では、幾らか光に近いところもある。）たぶん、これは固体でもなく液体でもないからだ。（そして、ゆっくりと空中を浮游しているときには、幾らか気体にも似ている。）

そして、いまこれを書きながら、ふと、雪はポエジーによく似ていると思った。（この連想に

は幾らか先日受け取ったボヌフォワの手紙の影響が働いているだろうか。）ポエジーもまた、空の、崩れ落ちた一部分のようであり、あれこれの言葉や表現に倚り添い、纏わりつくと、それらの言葉や表現をすばらしく美しいものにする。私は早春の「レマン湖のテラス」からみた対岸の、遙かな中空の、オート・サヴォワの山々の連なりのことを想い出す。空と大気と山々と雪との、あの、思わず息を飲むような、感動的な融合を想い出す。もしかすると「純粋詩」（Poésie Pure）とは雪のようなものだ。そして、すべての事物を蔽いつくす雪原の、なお降りやまぬ雪の日は、おそらく、絶対の沈黙に近いところまで、言葉や表現を喚起させることもないポエジーの状態のようだ。そこでは作品としての詩は生れない。だが、深い雪ののこっているなかに谿川のかすかな波が音をたてて、きらめきはじめ、いちばん早い春の花の幾つかが目を開きはじめると、それは言葉に託されたポエジーがもっとも単純で、もっとも真実で、もっとも美しい表現に行き当った一瞬のようだ。

＊

新しい本が刊行されて一ヵ月経ち、はやくも私の意識のなかから『詩とミスティック』が離れて落ちる。私の両手のなかはまたしてもからっぽだ。昨日、Sと話したことだが、おそらく彼女にとっては書かれたもの――一冊の本となってそこに在るもの――がよろこびであるのにたいして、私にとっては考え、感じ取り、書くという行為そのもののほうが重要であるのかもしれない。

ずっと昔、ボンかコブレンツからマインツあたりまでライン河を溯る船に乗ったことがあった。船は幾つかの城砦を眺めながら、また幾つかの町の船着場に立ち寄った。その都度、デッキにいる私は、そこから幾人かの船客たちが降り、桟橋を渡ってゆく様子を眺めていた。（かわりに新しい船客を迎えもしたのだが。）いま、私は客を降ろしながら、さらに先へと航行を続けていった船の姿を想い出す。というのも、私自身があの船のように想われるからだ。そして、私の幾冊かの本、それらは何かしら、時間の経過のなかの一つひとつの船着場で、私から降りていった客たちのようだ。

マダム・ボヴァリーは私だとも、ジャン＝クリストフは私だとも、私には言うことができない。私と自分のテクストとのこの奇妙な関係はどう説明すればよいのだろうか。書くという行為を通じて、その都度、言葉のなかに投げ出されてゆく私とはいったい何なのか。私には実感として、それが摑めずにいる。

ＡＴＬＡＳ〔アルル翻訳者会議〕は私の著作目録の提出を求めてきたので、私は自分の仕事の標題の幾つかをフランス語で書き綴った。Poémes; Essais; Traductions などとして、それ相応の数のものが並んだ。それは内実のあるものとして考えてみても、いったい私の何に対応する記号であろうか。

過去の私の仕事の数かずは現在の私をどんなふうに拘束するのだろうか。それとも、私はつねに、まったく自由なのか。——こうしたことについての思考が自分にとってもっとも重要なわけではないが、私はいつもこのことを考えると幾らか落着きを失う。率直に言って、自分自身の送り出した書物が何冊かになれば、それらを受け取ってくれる人たちは私について（ほんとうは私の書くものについてだが）、ある持続的な印象を抱くようになる。おそらく、そこから共感も反撥も生じることになる。

とすれば、そのような印象にたいして、私は無責任であるというわけにもゆかないだろう。過去のテクストにたいして私が担うべき責任とはどういうものであるのか。それとともに、もっと重要な問いとして、私のテクストとは私の何なのか。（テクストが人間と無関係だなどと私は考えてはいない。）客体化された私の思索であり、私の感性であるのか。たぶん、私は徹底してペシミスティックな人間だ。だが、他の人びとがどうしてそんなふうにならずに生きていられるのか、私にはほとんどわからない。

＊

今朝、目醒めぎわにクックウ、クックウと啼いている山鳩の声を聞いた。その声は何年も、何十年も同じように深く、遠くひびいている。いつも同じように人里を深山幽谷に変えるひびきをもっている。それを聞きながら、私は個体を超えて連綿とつづく山鳩の生命の持続を想った。

＊

昨日帰宅して、ボヌフォワから贈られたシェイクスピアの『二十四のソネット』の仏訳を受け取る。心が感謝とよろこびに満たされる。ほとんど手紙の文面に近いような長い、自筆の献辞が添えられている。

訳者としてのボヌフォワはシェイクスピアの原詩の十四行という形式にとらわれることなく、十七行にも十八行にも移し変えているが、彼は「後記」のなかで、外国語の詩を訳すという困難な作業についてきわめて重要な考察をおこなっている。詩の翻訳が、当然、詩的再創造の行為であることから発する言葉の意味、またはイデーとかたちとの間の関係を、どのようにすれば生きたディアレクティックとして擒え得るかという問題である。そして、これはまた、私自身の翻訳、たとえばボヌフォワの『光なしに在ったもの』が何であったのかということを考えるに際しても、きわめて示唆に富んだ考察である。

ボヌフォワはつぎのように述べている、――

　ポエジーの探求においては、私たちの衷でリズムのもつ直接的、自発的なものが、私たち自身についての、あるいは世界についての表象――私たちの諸概念がしばしばあまりにも性急に私たちに供するそれらの表象――を引き裂くように手助けしてくれる。だが、ポエジーとはまた、弁証法的に、意味が作用しての、それらのリズムや韻律法の変更でもある……

あるいは、また、

よく理解しよう。というのも、これは大事なことだからだ。つまり、訳者にとっての素材とはテクストのもつ〈意味〉――それはじつに複雑で、多様な次元で現れたり、消えたりする意味だが――である以上に、テクストについての彼自身の経験だということである。彼自身、当然のことながら、世界にたいして注意深い精神であるからには、この経験は私たちの生成ともなるこの推測の戯れのなかで、彼の側からの全面的同意を伴ってではないまでも、すくなくとも、暫時、彼に声を藉すのに充分なだけの開かれた、共感にもとづく理解をもって、もとのテクストの価値や正当性について自らに課する問いのかたちを取らざるを得ないからだ。こうした同意が不可能である場合には、訳者は翻訳を断念するほうがよかろう。というのも、人は自分に近いものしか訳せないからである。

そして、反対に、したがってまた必要なことでもあるが、こうした聞き取りの能力が彼に供されている場合には、翻訳の作業は他者を解読するだけでなく、自己探求ともなり得るであろうし、そのことから紋切型を追放するおおいなる自由なかたちにたいする要求が生じるのである。私の翻訳はまた一篇の詩でなければならない。つまり、相互作用から生じるリズムと意味ということだ。だが、注意が必要だ。というのも、このリズムは私のものだからだ。原作者自身と称讃の対象である者とのあいだの隔たりゆえに、このリズムがもとのテクストのリズムを完璧に蘇らせることはけっしてないだろう。私はイエーツのまことに奇妙な韻律法をフランス語にしようとは試みなかったし、それ以上にエリザベス朝の詩人のことばによる音楽を模倣するつもりもない——そうしたところでせいぜい外側からのことだが。ポエジーと呼ばれるこの創造の場に入るためには、あるいはすくなくとも入ろうと試みるためには、この犠牲が必要なのだ。

*

振り返ってみるとき、突然訪れたある一つの体験の確かさということを除けば、何一つ確かなものはなく、自分の才能などということについていえばどんな自覚もない一人の少年だった私、——当初は人並みにこの国の作家や詩人の作品にも触れてはみたものの谷崎や芥川、あるいは川端などという著作家に、自分が共有し得るどんな問題も結局は見出せないままに苦しみ、他方で、翻訳を通じてであれ、ゲーテやロマン・ロラン、ヘッセやカロッサ、さらにはリルケらへとしだいに傾いてゆき、それらの作家や詩人たちに、謂わばほんとうの親近感をおぼえるようになった青年期。その頃には、しかし、まだフランスの魅力が充分には私にはわかっていなかった。あるいは、むしろフランスは絵画の領域で私を魅了しはじめていたと言い得るかもしれない。

暗中摸索などというのでもなく、また継承すべき精神的遺産もない素手のままの私が歩きはじめて、ここまで来て、いまここから振り返ってみると、それでも背後にはじつに慥かな道が不思議に一筋通っていて、それは誰のものでもない私自身の道だ。この先、その道が何処に通じていて、さらにどんな風景を道沿いに展開することになるかは依然としてさだかではないが……。この道すじで私がのこしてきた足跡、それが私の仕事の数かずなのだろうか。それも不慥かだ。

いずれにせよ、まだ自分には見えていない領域へ、なおしばらく私は歩を進めることになるのだろう。なお暫くこの世界に生きて在るのだとすれば。ほとんどどんな企ても心にもたない状態で。実際、奇妙なことに計画的に実現されていった私の仕事などというものは皆無に近いかもしれない。——そして、もしかすると、私が書くもののなかでの〈現在的時間〉の特徴はこのことと無縁ではないかもしれない。考えながら言葉を探し、そのとき感じていることを表現に投影し得るかどうかを吟味しながら、一語書き、一節書くことが、私の一歩ずつの足取りだからだ。

デッサンにおいて、つねに何処からでも取りかかる自由を保有しているのに、そのときになぜか選ばれた決定的なただ一点から、鉛筆の先が、またはペン先が動きはじめるときの、面前の白紙、私にとっての〈いま、ここに〉ということはそんなものに幾らか似ているようにも思う。

＊

何の希望もないこの国に、それでも自分は生きていて、それも僅かながら積極的に生きようとしているときがある。

なぜ私はこの国に生れたのかと自問してみると、問いはすぐさま裏返しになって、なぜこの国の文化には私の欲するもの、実現したいものと共通するものが欠落しているのかということになる。同じように「詩」ということばを用いても、その内容はここではまったく異なるものなのだ。そして、その結果、私はこの国の文化的伝統とはひどくかけ離れた位置に身を置くことになる。辛うじてその片隅から排除されずにいるだけだ。

〈詩〉とは私にとって、何よりもまず一種の世界体験であり、宇宙感覚の作動だ。すくなくともすべてはそこから始まる。そして、その記憶に支えられ、あるいは導かれて言葉が働くとき、それが作品としての詩になるのだ。

＊

おだやかによく晴れて、暖かい日だ。季節がもう寒さのほうへ顔を振り返らないでほしいと思う。

昨日、久しぶりに詩が一篇生れた。それを含めて最近数ヵ月の作品（それでも僅かに五、六篇だが）をSに見せた。私がすでにこの齢に達しているために、これから先の時間のなかで展開するかもしれないことへの予感よりは、過ぎ去った時のなかへの沈潜の姿勢がこれらの諸作には特徴的だと彼女は言う。この指摘は想いがけなかった。というのも、私はそれらの作品に現れているかもしれないものとして、言葉にたいする自分の在り様の変化、いっそう解放された状態を一つの変化として考えていたからだ。

だが、言われてみればそれも真実であるような気がする。たぶん、自分にとってこれからの時間――どれだけの長さ、私とかかわりのあるものかは知らないが――は、どうでもいいように思われるのだ。世界にたいしても、この国にたいしても、不安の種子は多すぎるほどあり、ほとんど何の希望も抱き得ずにいるのだが、この方向づけは間違いだと私が叫んだところで、大勢《たいせい》がそれを是として認めているのであれば、仕方がないではないか。それに、私はいまの時代の人間の在り様を批判し、警鐘を打ち鳴らすことが自分の役割だとは信じていない。そうではなくて、世界と人間との関係のなかで是非とも必要であり、蔑ろにしたり、棄ててしまったりしてはならないものを語り、示しつづけること、もし私にも使命があるとすれば、それが私の使命だ。

いま、シューベルトの遺作である《変ロ長調ピアノ・ソナタ》をCDで聴いている。このソナタの、単調で、もの憂く、それでいて深い情感は現在の私になんと近いことか。第三楽章にいたって、この音楽はもう一度気を取り直そうとするかのようだ。そして、もの憂い沈潜から脱け出すための浮力を取り戻そうとする必死の努力も、所詮はむなしいものであると感じられてくる。

*

自分をつうじて、しかし自分ではないものを語ること、依然として、語るのであれば、そうでなければならない。

表層の自我、たぶん〈私〉と呼べるものは表層のものにすぎないが、それを語ることにいったいどれほどの意味があるだろうか。

＊

朝から霧雨が降っている。漸く伸び出たばかりの紅い芽からすこしずつ拡がり出てきた薔薇の柔かい葉の上に、それが透明な真珠の粒を置いている。土から出てきたもの、あれこれの芽生え。または二、三日まえにはほんの小さな形にすぎなかったのに、わずかな時間の経過ののちには、すでにはっきりと他と異なるそれぞれの特徴を私たちに示す植物たち、ウバユリ、カタクリ、ニリンソウ、サラシナショウマ、その他にも。

それからまた、いまが花ざかりのもの、種類によっては今年はあまり花つきがよくはないが、数かずのツバキ、純白の花弁の中心に黄金いろの蘂をたくわえているもの、夜明けの空の紅らみを肌に染み込ませているものなど。

淡黄いろのトサミズキ、ヒウガミズキ、紅白の木瓜など、小灌木の生垣をつくっているこれらの花はそれぞれに色彩がやわらかく、なにか遠い想い出のように、この朝の細かい雨に馴染んでいる。それにもう一つ、私はレンギョウを忘れかけていた。想い出していることが何なのか自分でもわからないほど遠い想い出のように。それは私の想い出なのか、それともこれらの花たちの想い出なのか。

土に近いところでは、ほどなく終ろうとしている水仙、クリスマス・ローズ。

小さな庭の消息を書きとめておくことは、いまの私にとっては、自分の心に生じるあれこれの想念を紙面に残すことよりも大切なのかもしれない。というのも、これらは空と大地との交わりの証であり、寒かった二月が陽気な四月に手渡すメッセージなのだから。

＊

朝、深い霧のなかを歩く。

七時過ぎ、家を出たときには、ほんの数十メートル隔てただけで、家々の建物もそれぞれの家の小さな庭にあるはずの樹木も、一面にひろがる乳色のなかに身を潜めて、かすかな姿を現すときにも、それは輪郭のない幻影のようだった。道の行く手も、また、冥府へと通じるもののようだった。最初に想い浮んだのはペルージアの街の朝だった。そこに滞在し、アシジをはじめて訪ねようとしたときのことで、もう二十五年近くもまえのことだ。そして、その日、アシジの丘も同じように霧につつまれていた。

暫く歩きながら太陽を探した。すると、それはすでに三十度ばかりの高さのところに、いつもとはまったく異なる一つの浮游物、まるでもう一つの昼の月のように、朧げな円形をして浮んでいた。

やがて家並を抜けて、畑のほうへと歩を進めると、乳白色の大気のなかに幾らか光が滲みはじめるのが感じられた。そこに畑のひろがりがあるはずだと私が知っているだけのそのあたりも、霧に蔽われていて、その奥からときおり樹木の影が幻のように浮び出てくるのだった。樹木は大地に根づくものではなく、あらゆる遠近感を拒んで、ただ影絵として在るだけだった。ふと、――「不思議だ、霧のなかを漂泊うのは！……それぞれがひとりぼっちだ」(Seltsam, im Nebel zu wandern!... Jeder ist allein.) という語がひどくなつかしい響きのように口をついて出てきた。昔、ヘルマン・ヘッセを読んでいて、憶えたものだ。だが、それを想い出しながら、むしろ、樹木も石も、人も、いま、すべては霧のなかに身を潜めて、ただ一体のものであるように感じられた。孤独でありながら、同時に、私自身、輪郭を失って、朧げに不慥かな存在であるように感じられるのだった。

三十分ばかりも歩くうちに、霧は霽れてきた。家に戻って、ヘッセの詩を読み返してみた。

霧のなか

ヘルマン・ヘッセ

不思議だ、霧のなかを漂泊うのは！
どの繁みも　どの石も孤独だ、
どの木にもほかの木がみえず、
それぞれがひとりぼっちだ。

まだ私の人生が明るかったころ
私にとって世界は友らでいっぱいだった。
そして　いま、霧がかかると
もうなにひとつみえない。

逃れがたく、また　ひそやかに
すべてから自分をひき離してしまう
暗闇を知らなければ
ほんとうに、誰しも賢くはないのだ。

不思議だ、霧のなかを漂泊うのは！
人生とは孤独であることだ。
どの人にもほかの人がわからず、
それぞれがひとりぼっちだ。

＊

芸術や文学はそれを受け取る人によろこびや共感を押しつけがましく強制することなどけっしてできず、また、してはならないものだ。それがほんとうに真実である場合にのみ、よろこびや共感はおのずから生じるものだ。だが、どんな真実か。――ギリシァの古典悲劇、シェイクスピア、モーツァルトのオペラなどを想う。

＊

自分の人生の夕暮れ近くなって、私自身がこれまで探し求め、培い、あるいは実現したものを、もっと若い人に受け渡すことができないというのは、慥かに淋しいことであるに違いはない。だが、芭蕉にせよ、良寛にせよ、あるいはリルケやヘルマン・ヘッセにせよ、誰も後の世代にそんなことを期待していたようにはみえない。彼らの一人ひとりに、比類ない独自の世界を開き得たことの自負があっただろうか。そして、私だけが自分の精神的な似姿の形づくられてくることを求めているというのだろうか。おそらく、そういうことではないのだ。

たぶん、私は自分の仕事のどんな面においても、独自性、または独創性などということを主張しようとは考えていない。私自身が独自に完成させたものなど、何ひとつありはしない。

私の懼れの原因は、これまでの時間のなかで人間が宇宙との調和的な関係の衷に創造的に継承し、蓄えてきた諸価値が、私の生きているこの時代のなかで投げ棄てられ、廃棄物として雨ざらしになりはしないかと感じていることにある。――おそらく芸術や詩の領域だけの問題ではなく、人間の生き方、在り様の根元にかかわる問題として。

＊

二年ほどまえに卒業したT嬢が、昨日、研究室に訪ねてきた。彼女が勉強を再開するにあたって、新たに扱おうとしている「音楽とイマージュの空間」という問題に話題が及んだとき、私は芸術的、あるいは詩的創造行為について考えながら、彼女にこんなふうに語った。——つまり、作品として私たちの眼前に置かれるものはこの行為の、謂わば累積的な結果であり、ある意味での反映に他ならない（または過ぎない）ということである（一方で音楽のことをも考えていたので、当然、時間の問題がそこには含まれていたが）。

仮にファン・ゴッホのタブローの一枚に対い合ったとして、私たちには〈描く〉という彼の行為がどのように進展していったかは推測し、想像するほかはないのだ。白い画布、または白紙が画家のまえにあるとき、それは無限の可能性の空間であり、あらゆるものが生れ出ることのできるひろがりでもあるのだ。——それは〈不在（absence）〉、または〈無（néant）〉であろうか。——否、と言っておこう。すでに〈場〉の保証であるのだから。彼はこの無限定の絶対のひろがりの何処に最初の筆触を置いたのであろうか。いま私たちが目にしている図版でいえば、画面の右半分の中央にあたる部分にうねりながら、黯ぐろと聳え立つ大小二本の糸杉にとりかかることからか。それとも、左手下方に描かれている小灌木からか。あるいは手前の麦畑からか。画面全体の輪郭のあらましがすばやく描かれたにしても、限定は間違いなくすこしずつ推し進められていったものだ。野外に画架を立てて、画布に最初の筆を置く瞬間を、画家の肩越しに見ることができなければ、私たちにはほんとうの意味での創造行為の瞬間に立ち合うことは不可能だ。

同様に、一篇の詩を私たちが受け取るとき、私たちがそれを読むように詩人が第一節の最初の詩行から書きはじめたなどとはまったく断言できない。どの言葉が、どのイマージュが詩人の心のなかに一篇の詩の形成、または生成を導くことになったのか。

おそらく芸術作品や詩に宿る秘密とはこの解き難く、推測しがたい部分にある。そこにこそ、創造する主体と世界そのものとの接点があるのだから。

＊

また学校が始まる。今年は前期だけ教室に出て、八月からはヨーロッパへ赴くことになる。そこで私はどんな経験をすることになるのだろうか。——こう書いてみて、驚くほどに自分に想像力が欠如していることに気がつく。何一つ想い浮ぶ情景というものがないのだ。他の人だったら、あれこれの場面をきっと想像するだろう。そして、その空想に幾ぶんかは酔い心地での、悦びを覚えもするだろう。実際、そんなふうに予めよろこびを先取りして、話すことのできる人を何人も私は知っている。だが、私の心はそんなふうには働かない。ただその時になって、そこに身を置いてみなければ何もわからないと思うだけのことだ。

不安を伴った予想はある。私はその点でいえば、いつも最悪の事態を想像してみる人間だ。だから、実際にある局面に立ち至ったとき、それがすこしぐらい困難なものであっても、私はほとんど驚かないし、たじろぐこともない。また、そんなに永く生きていなくてもいいと思う気もちが絶えず働くのも、おそらくそのためだ。

もしかすると、私はこの世界をそれほど高く評価していないということなのだろうか。

＊

一週間ほどまえにイヴ・ボヌフォワから受け取った絵葉書が、ローマ時代の石棺の写真で、そのことが気になっていたが、昨日になって、彼が「ラヴェンナの墓」というあの文章で言及しているライデンの博物館のものであることに思いあたった。その部分の文章を読み返してみる、——

近ごろ、ライデンの博物館で目に留ったある石棺を想い出す。……ラインランド地方の、ローマのある陣営から移されたこの墓は、したがってごくありふれたものとも思われないが、外観には何の特徴もない。外側は穴倉の壁に似てごつごつしている。表面の磨かれていないこの土色の石の名前を私は知らない。この石はとても使いやすそうで、身体を覆って拡げられた古い布地みたいだ。だが、蓋は外され、墓のなかはからだ。

おお、ふいに心を摑む純粋なよろこびよ！　おお、想い出よ、だが、時間の廃絶のなかの！空の裂目を通りぬけてゆくどんな観想が、これほど深く〈イデア〉の住居を開き得ようか、どんな閃光がこれほど強くて、自由な魂を、一気に救い得ようか。石棺の内壁は絹の質感をもっている。どの壁面にも彫刻が施されている。久しく流謫の身であった精神がいまや取り戻した数かずのカテゴリーのように、こうして浮彫りのなかに並べられ、それぞれの存在のあるべき真の場としての墓の空間に詰め込まれて、住居とその付属物、そして、住居の内部、腰掛け、戸棚と卓、さらに死者の横たわっているベッドがある。また、壺（アンフォラ）があり、油や葡萄酒が蓄えられている。この石の粉のなかには帳の無限の顫えがあるが、それはもはや動かない。死の床の上で鋭い襞状に姿勢を整えて、永遠の魂が瞑想している。生と死とのあいだにあるそのまなざしは、存在が魂に返したこれらの物をおのれのものとしている。おお、装飾の捷利よ！　無時間的なものの「久しい願望」が、〔コリント式円柱の〕アカンサス葉飾りの悲愴な企図が、エジプト以来の心情の真の気高さである諸々のフォルムの一貫性が、亡き人がもはや存在しない現在の、この奇蹟のなかに、石の塊の通夜が集うのだ。

生と死、時間と無時間とのふたつの領域にわたっているかつてのボヌフォワのこの詩的な省察を読み返しながら、私もまたかつての自分がパリのルーヴル美術館やアテナイの考古学博物館で、同じように生と死について、時間と無時間について、古代アッチカの墓碑の浮彫りを見ながら、繰り返し省察を試みたことを想い出した。

徹底して受動的である私の思考や感性。外側からの何らかの刺戟がないままには働くことのない機能だ。空想的な想像力のようなものが作用する余地はおそらく何処にもない。だから、この地上世界の諸現実がなければ、私自身はおそらく無そのものだ。たぶん、抽象的概念空間を拒むことも幻想の扉を叩こうとしないことも この所為にちがいない。

＊

朝から雨が降っている。今日一日降りつづきそうだ。

私は自分が視覚的な人間なのか聴覚的な人間なのか知らないが、たえず眼前の世界と心を通わせているのが好きだ。昨日も若い人たちと話していて、絶海の孤島に流されることになったら、一冊の書物のどれかを選ぶよりは、許されることならば、白紙のノートと筆記用具を携えてゆきたいと語った。その理由は、自分と世界との関係をたえず確認し、その関係を自分の力の及ぶかぎりで美しいものとして創り上げてゆきたいためなのだ。

詩であれ、他の芸術作品であれ、私がもっとも強く好奇心を抱くのはそれらの生れ出るときの現場にたいしてだ。

＊

久しい歳月のなかで人間が考え、創り出してきたことの総体を私たちは文明とよぶ。それはこの地球上のいたるところで人間の尊厳、あるいは品位、存在意義の証として残ったが、すこしずつ時間に侵蝕されて、風化してゆく。そして、無数の砂塵だけがそこにもひろがってゆく。

私の机の上には、人から貰い受けた敦煌の沙漠の砂の瓶詰が置かれている。

遙かな遠方まで視線を投じれば、目下の私たちの必死の営みでさえもがすでに同様の砂塵だ。そこには、私が書いたり描いたりしたものも、散りぢりの分子となって、風が吹けば舞い上がる。夜と昼とはどちらが静寂が深いだろうか。あるいは沈黙という語を用いるべきだろうか。

そこにはもはや人類などというものが棲息していないというような距離で、いま私は見ているのだ。あるいは地球などというこの一つの惑星ももはや存在していないかもしれない。

そして、そのときには人間によってなされたすべての意味づけはもはや役割を終えてしまっている。諸価値の網目は綻び、ずたずたに切断されて、それも砂塵に帰している。貴賤も、美醜も、貧富も、すべての相対的関係は消失し、人間の脳のなかに現実が落していた影にすぎない概念の総体が幻よりもはかなく崩れ去る。精密な世界地図も、確固たる世界像も存在しない。

しかし、また、このことの全体と同じくらい慥かなのは、つねに時間に突きくずされながら存在しつづけている〈いま、ここに〉という微小の一点だ。つぎの瞬間にはもうそれは存在していないかもしれない。だが、それが〈いま、ここに〉在るというその事実、無数のその事実を覆す力を持つものは何一つ存在しない。

この確信はいつから、どんなふうにして私の衷に根づいているのだろうか。

＊

人はどうして根元的に孤独なのだろうか。そして、なぜ、意識そのものの働きとともに欠落感が生じるのか。——昨日、想ったこと、それは鳥の姿と木々の梢とがじつによく調和的な関係のなかにあるということだ。子どものように、そんなことを想った。

他方、世界と人間との関係はそんなふうではないのだろうか。

個の意識そのものの衷に、おそらく決定的な欠落感が潜んでいるのだ。全体とおのれ自身とを隔てるものとして。他者と自己とを隔てるものとして。この奇妙な自己意識というもの、それがたぶんこの世界のなかでの自らの居場所を不安定なものにし、姿勢を危ういものにするのだ。

＊

依然として寒い日がつづく。四月も半ば過ぎというのに、今日も光が乏しい。

今朝モーツァルトの最後のピアノ協奏曲の第一楽章の、それも冒頭部分を断片的に耳にした。

演奏はおそらくバックハウスのもので、この曲の演奏としては私が知っているかぎりでもっとも明るい雰囲気を湛えたものと感じられるのだが、それでもひどく悲しい明るさだと思った。矢張り、諦念の明るさのようなものであろうか。それとも、満たされなかった憧れの明るさであろうか。——「天才というものは自分の生命の時間については、はっきり感じとる力を具えているのかもしれない」とSも言う。「あなたは自分の人生がもう終り近いと感じるようになってから、ずいぶん永いこと生きているねとモーツァルトに私は言われそうだ」と私は言った。

実際、そう感じているのだ。この春が最後の春になるかもしれない、明日はもう目が醒めないかもしれないと、そんなふうに思いながら、どれほどの歳月を生きてきたことか。

だが、それはおそらく自分の心の内外にある種の悲愴感を漂わせようとするためでも、徒に悲観的になるためでもなかったし、いまでもそうだ。もしかすると、これは私にとって、身のまわりの人びとや事物にたいして愛着を保ちながら、距離をとるための一つの方法なのかもしれない。

午後になってすこし晴れ間が見えはじめた。そして、どんどん雲が薄れてゆく。

いま、ここに在って　1996—1999

長男が二歳の頃、小さな木造の家で暮らしはじめました。家に少しずつ手を加え、ぶどう棚も依頼しました。秋には収穫もあり、鳥の声も聞こえていました。

I

晴れていて、雲はまったくない。久しぶりに気温は回復するという。

実際、不思議なことのように思われる。今年のはじめ、この新しいノートを開いて、最初の数語を書き誌したときには、ノートはほとんど白紙の状態だった。換言すれば、一九九六年という時間はまだ始まったばかり、ほとんど何の展開もなかったということだ。ところがこうしてほぼ四ヵ月ばかりが経過すると、その間にノートにはいろいろなことが書き誌されていった。

言うまでもなくノートの外、私の身辺から遠いところでも、世界にはさまざまなことが生起し、人が死に、人が生れ、枯れた樹木の傍らで新しい樹木が芽吹いている。何処かで戦火が消えてゆくと、べつのところで新たな殺戮が生じる。イスラエルの民の深い不安よ、レバノンの無実な人びとの言いがたい不幸よ。すべては時の経過ののちに振り返れば、予め書き誌されてでもいたかのように寸分の隙間もなく、事柄によって埋め尽されているのだ。――歴史の必然とか、神の意志とかがこのことの解釈に持ち込まれてくる心理的理由もわかるような気がする。

けれども、私の実感は未来に関していえば、すべてが見えない文字ですでに書き誌されているというよりは、まったくの白紙の状態のようにみえる。だから、そこに生じることはどんな予言者の予知よりもはるかに奇蹟と神秘にみちたものとなるのだ。背後ですべてが不可視の領域に送り込まれてゆくとしても、それらすべてはともかくひとたび存在したものであり、この存在の事実は決定的に打ち消しがたいものだ。

だが、他方で、未来にむかっては、存在しつづけるとは、すべてが同時に、一斉に、絶え間なく誕生しつづけているということのように思われる。存在そのものが奇蹟だ。そして、いま私の目のまえに、部屋の窓の内に、これらすべてのもの、——コーヒー茶碗や、ボヌフォワやポンジュの書物や、インク壺や、それらのものが置かれている机や、壁に掛けられた絵の額や、視線を転じれば窓の外にみえる青空、——それらのもののあること、無かったかもしれないのに、それらが私とともにいま、ここにあること、それが神秘なのだ。

＊

楢や櫟の林の新しい葉がさながら海の泡立ちのように沸き上がってくる。それは植物もまた、おそらく動物以上に強く、生きる力を具えていることを示してくれているが、実感としては、植物であるとか生き物であるとかいう以上に、一種の自然現象だ。たとえば山際に突如として現れる不連続線の雲の動きのようだ。遠くから眺めているとき、雑木林のこの若いみどりの動きが音も立てずにいるのが不思議なことのように感じられる。

植物たちは大地と空とを結び合せながら、この世界を廃墟の様相から救ってくれているのだ。それに較べると、動物たちはそこに住居を借り受けているにすぎないもののようにみえる。ましてや、私たち人間は間借り人にすぎないのに、何にも増して横柄だ。

私たち人間、この者はいったい何物なのか。世界とも宇宙とも本質的には馴染まないままに、そこに自分の領域を主張し、力ずくで押し拡げてゆこうとするこの者は？　人間の営みのために宇宙のいたるところに傷みが生じ、世界のいたるところに無言の歎きの声が聞かれるようになった。人間はそれを自分たちの技術革新の成果だと自負している（「進歩」という語がかつて指示していたものでさえ、なんと素朴だったことか！）。

＊

この二、三日、想いがけず初夏のような陽気が続いている。萌え出た若葉はいっきに濃い葉叢をつくって、憂いの翳をそこに宿す。――それを見ながら、私は自分が若かったころの物憂げな気分を想い出す。

すべては遙かなところへ去っていった。数年まえまでは昔の誰彼に一目会ってみたいという気になることもあった。かつて自分が時を過したことのある何処かを訪れてみたいという想いに捉えられることもあった。けれども、いまではそんなことを本気で考えることはきわめて稀だ。地上的な様相においてはすべてが絶えず変ってゆくものであることを深く知っているからだ。すべては深く翳のなかへ沈んでゆく。私自身が沈んでゆくのと同時に、私にかかわりのあったすべてのものが。

何かが不変であると考えられた時代は幸福だった。昔の中国の詩人のように自然は渝らないと考えられたり、古代のインドの賢者のように河はつねに流れつづけていると観想したり、あるいは天国があって、そこに神が存在しつづけていると、信心深い人たちのように信じたりすることは、おそらく幸福の一条件だ。

だが、私はもう彼らのようではない。

＊

昨日、今日と雨が降っているが、もう冷たい雨ではない。そして、研究室の窓からみえている空はいちめん灰いろだが、何処となく明るさを含んでいる。この明るさは下からではなく、上から雲を透して滲み出てくるものだ。

形のないものから光が来て、形のある大地がそれを受け取る。

最近、視力がますます衰えてきたようだが、いずれにせよ、子どもの頃から、私の肉眼は自分の手許しか見てとることができない。そして、同時に夢想の視力は途方もなく遠方を凝視している。そのために、私には他の人がほどよい距離で見ている多くのことがよく見えないのだ。つまりは人間の尺度に合った物質世界ということだが、私にはそれがよく見えていないらしい。

＊

長年ガブリエラ・ミストラルの研究に携わってこられたS・Tさんの誘いで、このチリの詩人を主人公とした創作オペラ《蠟の女》を、御茶ノ水のカザルス・ホールで観た。作曲は藤家溪子さんという女性で、脚本はマリッツァ・ヌニェス。このモノローグオペラをフィンランドのメゾ・ソプラノ歌手アンナ＝リーサ・ヤコブソンが歌った。

自分が退屈しはしないかと惧れていたのだが、想いがけず興味を惹かれるところがおおかった。身のこなしは基本的に踊りであり、また床に坐り込み、しばしば床に臥す姿勢となるが、この最後の身振りは私に、ふと、夢と大地との婚姻という言葉を想い浮べさせた。――舞台上に、楽器奏者たちがいて、むかって右端に弦の四重奏者たち、左側前面にギター奏者が客席に正対して腰掛けており、その奥のほうにピアノ奏者がいる。彼らは純粋に楽器奏者でありながら、そのあいだを歌いながら移動する歌手と混り合って、あたかも楽音による登場人物のようにも思われてくる。実際、第二幕では、弦楽器のグループのなかから奏者の一人が立ち上がって、舞台中央近くの歌手の傍らまで、曲を奏でながら歩き進む場面がある。夢と回想と現実とが分ちがたく一体化してゆくように、その一体化を生み出す個別の役割を担った者たちが一つに混り合おうとするかのようだった。

*

ボヌフォワがジャコメッティの仕事を論じる際に用いている〈quiddité〉と〈eccéité〉という語を中心に据えての小さな文章を一つ、書き終った。最近の詩人の著述からの引用がかなりの部分を占めるようになってしまったが、止むを得ないし、むしろ必要なことだと感じている。

それにしても、この詩人の〈詩〉観、あるいは世界把握の仕方には、どうしてこんなにも私自身の問題に触れてくるところが多くあるのかと驚く。大きな一つの相違——才能のことは言わないとして——は私に較べれば、彼のほうがまだしも楽天的だということだ。あるいは、私のほうがいっそう悲観的だということ。ボヌフォワ自身、さまざまな局面で、私たちのこの時代の在り方に深い危惧の念を抱いてはいるが、それにもかかわらず、いっそうの仕事の充実がみられるというのは、この人の使命感のようなものにもとづくことだろうか。私などよりはずっと年長であるというのに。

憺かに私の場合には、何か言い知れぬ使命感のようなものに突き動かされて仕事へ赴くということ、ましてや行動へ駆り立てられるということは、いまや灰の下の火種ほどもなくなってしまった。

だが、また、私は齢老いて苗木を植えつづけている者のことを想う。彼の植えた苗木が陽光を受け、風雪に耐えて、みごとな山林として育つころには、もう老人は生きてはいないだろう。彼は自分が美しい針葉樹林や闊葉樹林を見るよろこびのために、山腹に腰を屈めたり、背中を痛めたりするのではすこしもない。世界にたいして、自然にたいして、集合体としての人間にたいして、おそらく信頼を抱いているから、彼はそうするのだ。あるいはまた、自分が価値を認めているものにたえず絶滅の危機をひそかに感じるから、そうするのだ。

私の植林の仕事とは何か。私がそれを怠れば、そのぶんだけ、人間の精神のなかで危険が増大するのだろうか。私が放置したために、何かが永遠に欠落したままになるのだろうか。

＊

ずっと幼いころ、私は世界をすばらしいもののように感じるときがあった。あるいはとても好きだった。だが、そんなときにも、私には世界とは自然と同義語のものであり、そこに幾らか夢が宿っていもした。人間は？　極く身近な者たち、両親や兄姉、あるいは親戚の人びと、また、時おり訪ねてくる父の教え子だった人々については何の違和感もなかった。私は家族の愛情とやさしさに包まれていたわけだ。すくなくとも、太平洋戦争の勃発の時期までは。――だが、幼馴染みとしていま懐かしさをおぼえるような顔があるだろうか。幼友だちなどというものはなかった。頭痛は始終のことだったし、ときには原因のよく分らない発熱で、何週間も続けて学校を休まなければならないことがあった。そんなとき、私は学校に行きたかっただろうか。

生徒たちの野卑さ、粗暴さが私は嫌いだったが、そういう野卑さ、粗暴さはそちら側では私のこうした弱点を知っていて、よく私にむかってきた。

先生も例外ではなかった。ある日、放課後に廊下の掃除をしていたとき、私たちのすぐ近くに一人の若い男の先生がいた。彼は教室側の窓のある壁に凭れかかっていた。いま想うと、おそらく私たちの作業ぶりを監督していたのだろう。そこへ一人の若い女の先生が通りかかった。彼女のやさしさが私は好きだった。ふいに、彼は片足を突き出して、彼女に脚払いを喰わせた。そのため、私たちの見ているまえで、やさしい先生は前のめりに倒れた。そして、立ちあがると、泣きながら遠ざかっていった。彼のほうもすぐさま生徒たちのまえから姿を消していた。——何が生じたのか、何故そんなことが生じたのか、私は自分の目を疑ったが、憤りの混った言いようのない不快感が心に残った。

私のなかには、何かしらそのまま大人の背丈になってなお付き纏っている性格がある。

自然のなかにいると、精神も感覚も解きほぐされるように思われるのに、人びとの集まるところではいつも自分が幾らかぎこちなく硬直するのが感じられる。

＊

今年はどうしていつまでもこんなふうに気温が低いままでいるのだろうか。そのためにいつまでも緑は美しいいし、花の開いている時期はどれも長いのだが、しかし、何か心を不安にするものがある。

いつもはこうではなかった、あるいは普通ならばこの季節は日中幾らか汗ばむ程になるものだという感覚は、私たちがこれまでに獲得してきた経験にもとづくものだ。ベルクソンならば、この場合、記憶の有用性ということを持ち出すかもしれない——慥かに私たちを安堵させるのはこの種の記憶だ。おそらく、世界、宇宙そのものがある一定の状況を告知する際には、ある一定の信号を発しているのかもしれない。道の角を曲って、自分の家のみえるところまで来たとき、夜のなかに玄関灯が点いているかどうかを、いつも私は最初に確認する。数十メートル手前で私はひとまず安心する。

安心が眠り込むと、それは習慣となってしまう。無意識の衷に確認の作業はたぶんなされているのかもしれないが、しかし、精神は眠ったままだ。

たえず確認する作業、——おそらくそれが私たちの精神の仕事だ。現状の肯定のためにも、安心のためにも、世界と自分との関係を調和的に保ちつづけるためにも、それが必要だ。そして、世界が私に差し出す美に驚くためにも。

芸術家にとってと同様に宗教者にとって、おそらく自己と世界との関係の習慣化ということはまったく無縁のものであるにちがいない。創造行為と同様に、祈りというものもたぶん、その都度一回限りのことであるからだ。そして、おそらく愛とよばれるものも、また……。

習慣化されることを拒むこれらのことは、つねに心にとってのはげしい苦痛の源泉でもあるのだが、しかし、また、憶かにそこからしか生じないような純粋なよろこびもある。

*

私にはまだ自分の主観を打ち砕くエネルギーが残っているのか。

おそらく。そして、このエネルギーはたえず私自身が誕生しつづけるためのものだが、それと同時にこの同じものが私をいつか決定的に打ち砕くだろう。たんに主観の殻ばかりでなく、私の存在自体を。私はそのことを予め受け容れていさえすればよいのだ。

*

昨日の夕刻からまた一段と大気は冷え込んでいる。樹木はすでに黯ずんだ翳を深め、そのために自然の姿はどうみても初夏なのに、そこに漂う空気は春先を想い出させる。

この季節になると、自分の内側に翳が深まるのをいつも感じる。自然の翳がそのままに私自身の内部にまでひろがるのだろうか。もの憂い気分、あるいは謂れのないメランコリックな感情、幾らか悲しみに似た……。――だが、おそらく心の深いところでは、謂れがないとは思っていないのだ。心はこの感情の謂れを知っているのだ。けれども、私の意識にはそれを明かさない。そして、心の奥のその深い翳のなかから、二つか三つの情景がおぼろげに浮び出てこようとする。

そんな様子を『ジャン＝クリストフ』のもっとも詩的な叙述の幾つかはみごとに描き出している。たとえば、「女友だち」の巻で、オリヴィエとジャックリーヌが二人の人生を決定するための言葉を交すあのパリ郊外、リラダンの森の縁にあたる地域の、ランジエ家の別荘の庭での情景。

庭園のはずれの、数本の大きな樹々の幕によって、芝地からは隔てられている野菜畑のところまで彼らはやって来た。紅や金いろの実の房をつけたスグリの繁みとイチゴ畑とに縁どられた道のまんなかを、彼らは小さな歩幅で歩いた。熟れた実が大気のなかに芳香を放っていた。六月だった。けれども、過ぎていった驟雨のために空気は冷えびえとしていた。空が灰いろで、光はなかば消えかけていた。幾つかの低い雲が一塊になって、風に搬ばれ、重たげに移動していった。だが、遠い、その大きな風は地上にまではとどいてこなかった。そのため、木々の葉のそよぎ一つなかった。ある深いメランコリーがすべてのものを包み込み、彼らの心を包み込んでいた。そして、庭の奥の、そこからは見えない別荘のほうから、半開きの窓を通して、オルガンの音が聞えてくるのだった。ヨハン＝セバスチアン・バッハの《フーガ・変ホ短調》だった。彼らは井戸の縁石の上に並んで腰を下ろした。蒼ざめて、口を利かずに。ジャックリーヌの頬を涙が流れるのをオリヴィエは見た。

私はこのページを閉じる。だが、いまの私の心のなかのこの翳とは何なのだろうか。そして、すべてが明るく照らし出されているようにみえるときには、どうして深みの感覚というものは生じてこないのか。表面がたんに翳のために蔽われてゆくということではなくて、翳の部分はほんとうに深みを宿しているのだろうか。

隈なく照らし出されているように思われる昼の光のなかでは、空の遙かな奥のほうが私たちの視覚によって知覚できないのは憶かだ。ノヴァーリスの讃えたように、夕暮れの空の翳りのなかから星々は朧げに浮び出てくる。心の風景のなかでも事情は同様であろうか。——あるいは古典主義的な端正さとロマン主義の夢幻の相違のようなものだろうか。

*

なぜかはわからないが、ずっと以前にはときおり非常に美しい夢をみることがあったし、また、自分に、外の世界とは明らかに異なる内面空間というものが存在するのではないかと納得させるような夢も多かった。

ここ暫く、私はそういう夢をあまりみなくなった。それと同時に、いわゆる外界というものが逆に非常に密度の稀薄なもののように感じられることがあり、否応なしの憶かさを具えているものではけっしてないことが強く実感される。おそらく、自分にとってかけがえのない存在の、あれもこれもがすでに地上的現実の可視の領域からは身を退いていってしまったためかもしれない。

　モーツァルトのオペラ、ソフォクレスやシェイクスピアの劇などの世界の真実さがそのぶんだけ密度の濃さを増す。

＊

《フィガロの結婚》のメロディー、《コシ・ファン・トゥッテ》のハーモニー。べつの真実の空間をつくり出すもっとも美しい、魅力的な要素。外界に溢れ出た夢の密度。たんにモーツァルトだけの夢ではなく、美しいものに憧れる多くの心の深い奥底を流れる地下の水脈のような夢。その夢を汲み上げて、得も言われぬ甘美な水のように私たちの感覚に味わわせることのできるのは、そのとき、他ならぬモーツァルトだ。

＊

　岩波ホールのHさんの好意で、一昨日、《フィオナの海》という映画を観た。昨夜はTVの放送で、《無伴奏（シャコンヌ）》を観た。どちらのフィルムからも心に深い感銘が残った、美しい余韻のように……

《フィオナの海》はアイルランドの海辺の寒村に戻ってきて、祖父母と暮す少女が自然の力に護られて、行方不明の弟——幼子のときに、舟型の揺籠（ブルターニュの木沓の形だが）で波に攫われ、多くの人びとはこの子が死んだものと想っている——を捜し、発見し、再会をはたすまでの単純な筋立てだが、画面がすばらしく、また、登場人物のそれぞれに必然性があり、〈詩〉に満ちている。失われたものが贖われるという主題がそのままに表現される最後の場面では、民衆のレヴェルに置き換えられたある種のシェイクスピア劇の終幕といった印象さえ抱かせる（英語の標題は the Secret of Roan Inish）。

また、昨夜のものは著名な演奏家であったヴァイオリニストがコンサート・ホールでの聴衆の拍手に疑問を感じるようになり、パリのメトロの通路での奏き手となり、やがて暗闇の浮浪者となり、一度は楽器を壊されながらも、なお心で音を求めつづけ、バッハの音楽に近づこうとし、最後にはただひたすら、自分のために《無伴奏パルティータ・第二番》の〈シャコンヌ〉を闇のなかで奏きつづけている。聴いているのは死にかけているホームレスの老人や宿のない恋人同士、一つの椀のなかの僅かなものを啜り飲んでいる母子らしい者たちだけである。これもそれだけの筋立てである。だが、そこには何とはげしいメッセージが託されていることか！——Sと私は、以前、バスティーユのスタシオンの通路で出会ったメトロ・コンサートのグループのことを想い出したが、この映画でのヴァイオリンの音はギドン・クレメールのものだ。私はまた、ヴィーゼルの『夜』の、ユリエクのヴァイオリンを想い出した。

どちらの映画からも、物質主義的で効率本位の現代世界にたいするはげしい異議申し立ての調子がうかがわれる。しかも、本質的に創造的なヴェクトルをもって。

私は根柢から自分がこれらの作品の描く世界と親近関係にあることを感じずにはいられなかった。これはもはや、私たちのこんにちの世界が失ったものにたいするノスタルジーの表明などではない。私たちの市民的な日常性にたいするもう一つの世界からの拒否だ。いっそう正しい世界からの。あるいはほとんど唯一の、あるべき世界からの。なぜなら、そこにだけなお精神が――あるいは魂が――住まうことができるからだ。

＊

突然の胆嚢摘出の手術を受けてからほぼ二年が経過した。

年齢相応の疲れは日々の生活のなかで否めないものの、自分でも驚くほどに体力が回復しているのを感じる。とりわけこの春になってから。

身体のなかには欠落した器官を埋め合せる機能が幾ぶんかはあるらしい。それは自然の現象としてはすばらしいことだ。

だが、精神においては何らかの欠落が生じた場合、私たちの知らないどんな埋め合せの作用が生じるのだろうか。それとも、そんなものは何も生じないのだろうか。

＊

自分にはさして興味も関心もない全国学会の開催を勤務校が引き受けているために、その準備で、ほとんど毎日のように学校に来ているが、僅かな空き時間に、私は自室で、これもほとんど毎日のように《フィガロの結婚》をＣＤで聴いている。カール・ベーム指揮のものの抜粋だが、これによって私は自分の内部の均衡を回復している。ヤノーヴィッツの伯爵夫人とエディット・マティスのスザンナのみごとな二重唱、あるいはそのまえに伯爵夫人のカヴァティーナが聞えてくると、私はペンを擱き、あるいは本を閉じて、目を閉じる。すると、私にはオペラの舞台がみえてくる。また十八世紀の貴族の館の一室がみえてくる。ときには何もみえず、ただ深い愛の歎きだけが真実のものとして伝わってくる。

今朝、家を出るまえの僅かな時間、庭で薔薇を眺めながら、〈詩〉を信じるということについて考えていた。同様に〈芸術〉を信じるということも言い得る。ある人びとにとってはほんの気晴らしであったり、つくりごとにすぎないとも思われたりするものを、ほんとうに信じるということは、いわゆる現実空間をもう一つの空間と重ね合せに生きることだ。そして、このことは一方から他方へと往還することではなく、また現実空間とよばれるもののなかに主観的な妄想の類を持ち込むことでもない。私たちの生きているこの空間をたんに物と物とのあいだの関係の場としてではなく、あえて言うならば、神的なものの宿る場として受容することだ。美とは神的なものが微笑を浮べて、私たちにみせる横顔だ。そして、愛もまた。

＊

突然気象状況が一変して、昨日の午後から気温が上がり、蒸し暑ささえ感じられるようになった。ノートを繰ってみると、ほんの十日まえには寒さの印象さえ書きとめられているのに。

そして、そのせいかついに疲労をおぼえる。自分が歩いていて、脚が重く感じられる。ゆっくりと休息をとりたい気もちだ。何も考えずにといっても無理だろうし、何もせずにといっても、おそらく画筆を取ったりするだろうが、ともかく教室や雑用から解放されて、自然の大気のなかに心身を浸していたいと思う。無数の樹木の呼吸しているところに身を置きたい。自然との交感のなかで、私は確実に回復する。

そして、また、疲れてくるとシューベルトやシューマンの幾つかの曲を聴きたくなる。それにしても、私がシューマンにほんとうの親しみを感じるようになったのは、なんと晩いことか！　ほとんどここ一年ぐらいのことだ。（おそらく生涯、自分には馴染みのない音楽の一つとして終るだろうと思っていたのに。）

生れてこなくてもよかったかもしれないが、総体としては生きていてよかったという気もする。生きているということは、それ自体、何かしら不思議なことに、つぎからつぎへと立ち合うことでもあるからだ。幼年期や青年期の自分には想像だにできない展開が私の人生にはあった。すでに目のまえのことに驚いているばかりで、何ものぞまない子どもだったからだろうか。野心家でも冒険家でもなかった。いつも受動的だったように思う。私の本性のなかには、何一つと言ってもいいほどに能動的な要素はない。だから、私は世界から受け取るばかりだ。そして、自分が受け取るそのものとの間によい関係をつくろうと思うだけだ。

この受動的な自分の本性を私はすこしもつくり変えることができなかった。また、そうしようとしても、おそらくうまくはゆかなかっただろう。私は自分の生き方のペースを状況に応じて変えるということができないが、それでいて、どんな状況のなかでも、自己中心的に、自分本位に生きるということは不可能なようだ。いつでも状況のほうが私に先行するからだ。

Ⅱ

肉体的には間違いなく老いが進んでいて、日々の疲れの蓄積はとどめようもないが、精神的にはつねに生きいきとした在り様を保っていたい。そして、おそらく自分でも気づかぬほどにそうであり得ているかもしれないと、ふと想った。——若さに執着するということではない。この執着はおそらく自分の外見へとたえず心を引き戻すだろうし、そのことによってむしろ見苦しさをさえ生み出しかねない。

自然の理のなかの必然をそのままに受け容れながら、他方で、世界の、あるいは宇宙の日々の新鮮さに驚きを感じつづけること、時間を超えたものの超自然的な相を深く視てとること、おそらくそのことによって、精神は生きいきとした在り様を、自分も保ちつづけるのだ。だが、もっとよく考えてみると、私は自分の精神が生きいきとしつづけていればよいなどと望んでもいないのかもしれない。こんなふうにノートを開き、幾らか自省的な気ぶんにふと捉えられたからそう想っただけのことで、私の関心はほんとうはもっと他の処にあるのだ。

＊

疲れてくると、何もかもが虚しいことに思われてくる。それは自分が何もできず、何もしないでいるからだ。たぶん、すべてが虚しいから何もしないのではなくて、ことは反対で、何もせずにいるからメランコリックにもなり、虚しくも感じられるのだ（こんな考えの立て方はいくらかアラン的だが）。

とすれば、おそらくすべてが虚しいかどうかは、事実にたいする価値判断というよりは、事実にたいする主観的な受け取り方にすぎないのだ。必要なことは、すべてが虚しいという感想を固持しつづけることではなくて、疲労を癒すことだ。そして、虚しかろうとそうでなかろうと、最後までやり遂げることだ。あるいは生き遂げることだ。

＊

六月上旬の数日。私にとっての奇妙な季節、死に刻印された日々であり、またそのことによって永遠の時間へむかって開かれる扉のむこうの通路が仄見えてきた季節だ。地上の存在である私たちがともに連れだって歩く道すじはいずれにせよ僅かなものだが、永遠のもののように感じられた別離の期間もまた、それほどのことはなく僅かなものだ。

そして、すべては夢の実質のなかで、ひとつに融け合う。

＊

大気のなかの湿り気がひどく重く感じられるようになった。今日も曇っていて、朝、家を出るころにはぱらぱらと小雨が落ちていた。すでに梅雨に入っているという。

研究室に着いて、ＦＭ放送のスイッチを入れると、なにか聞きおぼえのある弦楽の曲が流れ出る。シューベルトだろうか、それとも最晩年のベートーヴェンだろうか。ヴァイオリンがゆっくりと哀切きわまりないメロディーを奏でる。それに呼応するようにチェロが低く鳴る。遠い想い出のように。いまの時間の哀しみはこの想い出のためなのか。それとも、僅かに想い出に支えられて、なおいまの時間に耐えているのか。メロディーは堰を切ったように下降するかとおもえば、またエネルギーをふりしぼって上昇を試みる。相変らず悲哀の調子が支配的だ。これはたぶんベートーヴェンだ。だが、晩年の彼ではなくて……。そして、最後に、その終りを予感させるようにヴァイオリンが絶えだえの高まりを聴かせながら、終りへと雪崩込んでゆく。曲が止み、女の声が言う、――「ベートーヴェンの《弦楽四重奏曲、作品五九ノ一》、演奏はアマデウス弦楽四重奏団でした。」つぎの瞬間、もう音楽は変っている。

すべては寸刻もとどまらず消えてゆく。だが、それは何処へ消えてゆくのか。同時に私の眼前の、この世界のすべては寸刻もためらわずに現れ出たものなのだが、私たちの視線はいつも見慣れたものたちの姿を追いつづけていて、なぜ微小なそれらの誕生のほうへ注意を傾けないのか。――私自身が過ぎてゆくことへの自らの哀惜の情のためか。希望とよろこびの目は前方へ向けられるが、悲しみと絶望の目はしばしば背後へと向けられる。私の目はもう前方を見ようとしないのだろうか。私自身の前方をではないまでも、世界の、あるいは人類の前方を。――なぜなら、私自身はその全体に属しており、その微小な一部にすぎないのだから。だが、いま、前方はなんと深く靄がたちこめていることか！　それどころか、闇に包み込まれていることか！

*

不思議に思われるほど、人は何処にでも住めるものらしい。もし住むことを決意しさえすれば、異郷である感覚はほんの僅かばかりの間のもののようだ。実際にそんなふうであるのだろうか。

そして、そんなふうだとすれば、どうして私は自分の真の居場所を心の奥底で探し求めているのだろうか。現実の生活の場として考えれば、私にはSや息子たちとのこの家のなか以外に、在るべき場所などない。私が安らぎを得るのはそこが十全な相を私に見せてくれているときだ。

だが、おそらく私はいまも何処かを探しつづけているように思う。ここに自分が根づこうとして注ぎ込んだ三十年近い歳月が無駄なものででもあったかのように…… 朝夕、目にする風景にすでに私はよく馴染んでいるのに、あたかも三十年まえに引っ越してきた翌朝の感じ方と同じように感じるというのはどうしてなのか。


だが、また、考えてみると、どのような生き物、どのような存在にとっても、この地上に、そのそれぞれに本来のものである在り場所などというものはないのかもしれない。小鳥たちは巣をかけるべき枝や繁みを探す。植物たちは種子により、胞子によって、新しい領域を拓いてゆく。

換言すれば、この地上の何処であれ、そこに身を置くとき、そこが自分の在るべき場となるのだということであり、それ以外の特殊な場というものは存在しないのかもしれない（私の衷の何かは依然としてこのことに納得しようとしないが）。

そして、この点でもモーツァルトは一つの典型だ。彼は一つひとつの場と、物質的な繫がりによってではなく、もっぱら精神的な――あるいは魂の――繫がりによって関係をつくった。彼の音楽の背後にはザルツブルクとかマンハイムとかパリとかヴィーンとかいう都市の名が見える。彼の心はすべての空を美しいものに変える不思議な小鳥だ。

＊

フリー・メーソンに関する興味深い書物を読んでいるが、モーツァルトの《魔笛》やゲーテのことに想いが及びながら、そして、また、ヘルマン・ヘッセの『朝の国への旅』などをも考え併せながら、どのような形のものであれ、また、どのような教義に支えられたものであれ、結社めいたものを自分が徹底して嫌悪していることに気がつく。兄弟愛に支えられ、高貴なものを体現するにしても、それが集団的な組織となること、あるいは自分がそこに参入するなどということへの、この拒絶反応は何に由来するものか。おそらくは外部から遮蔽された理想郷というようなものにたいしても同様であろう。同じ道を辿る道連れを欲しいと思い、孤立した存在ではありたくないと望みながら、つねに開かれた個人でありつづけることは、なんと辛い責務であることか！

特殊な群をつくるということは、おそらく、それだけで、精神的な価値の最高のものを喪うことになるのだ。

また、秘儀伝授であれ、何らかの認可であれ、すくなくとも精神的なものである限り、いかなる地上的権威からもそれを受けたくないという強い拒絶が私の心のなかには働く。絶対的な受動の神秘性において。

＊

若い人びとがその美しさや爽やかさによってときに私を感動させることはあってもそれも最近は稀になった――、私は彼らに羨望を感じたようなことはほとんど一度もない。長い航海を終えて、ほどなく最後の港に投錨しようとしている船がもう一度、時化や坐礁の危機や掠奪船の不安でいっぱいだった航行をやり直ししたいと思うだろうか。充分にやり遂げたとは思わないが、おそらく精一杯に近かった。そして、不可視の積荷である精神は、ときおりなお、自分の見知らぬ海域に想いをめぐらそうとするが、船体はすでに老朽化している。

そして、自分がさらに生きつづけていても、私たちの在るこの世界はますますおぞましいものになってゆくだろうと思う。政治の観点、経済の観点からというよりは、精神の価値そのものの全的な拋棄によって。

＊

ボヌフォワの「エクリチュールのべつの時代」はひそかにマラルメの一篇のソネを中心に据えながら、〈もの〉と記号、エクリチュールとパロルをめぐる問題を扱って、きわめて困難なテクストだが、想像上の登場人物が現実空間におけるすべての存在を窮極的に肯定し、諸事物、諸存在にたいする私たちの責任に触れ、また、宇宙言語ともいうべきものの発見について語る数行はまことに感動的だ。すべての解読しづらい途中の文脈は読者をここまで導くための伏線だったのかと思われてくる。

「……というのも、その同じ瞬間に、空の下で、樹木や岩のあいだで、潜んでいる獣たちの傍らで、私が発見していったのは、自分の気に入った幾つかのものと対い合っていることなど何でもないのだということ、その絶対もまた、蜃気楼にすぎないのだということ、なぜなら他の一切が存在しているのだから、ということだったからです！　たぶんけっして存在したことなどなく、たぶん私の妄想にすぎなかったこれらの記号など、打ち棄ててしまいましょう。あなたの愛のことを、愛情のことをお考えなさい、その対象について、深淵から立ち上る火の柱の上にでもあるかのように、彼らは絶対的に、永遠に存在しているのだと夢想しながら。さてと、深淵のずっと上のほうに彼らが存在するには、また一切が存在していることが必要ではないでしょうか。いかがでしょうか、聞えるでしょうが、あそこで樹の幹をついているアオゲラがいなくても、私たちは存在しているでしょうか。もし海のなかにただ一滴の虚無があったとしても？　もし海辺の砂のなかに、存在しないただ一粒の砂があったとしても？」

――「砂は自分を知らない」と私は思いきって言った。

――「砂を両手に掬って、それをこぼし、眺めている私を通じて、砂は自分を知るのです！　ですから、私には砂にたいして責任があります！　そうです、その瞬間に、おわかりですか、私を圧し潰すほどのあの責任感があったのです。」

「……ですから、私は森にいましたが、小径の光かがやく土は空いっぱいにひろがるあの、べつの砂浜のようでした。そして、まず一瞥で、私はたくさんの事物と存在とに気がつきました。つぎに、それらのものの相違——そう、この石をあのべつの石と隔て、この蟻をあのべつの蟻と隔てる相違——のきらめいている深淵のなかで、いずれも、唯一のものであるそれらの事物の一つひとつ、存在の一つひとつが、この相違において、この相違によって、この相違のお蔭で、ある種の言語の表記のなかで、ある一つの音を〈表現するもの〉となり、仰言るような、ある一つの音素を、ああ、明らかに恣意的にですが、表象しているのだと私は考えました。おそらく、その言語は、それ故、空のなかの星、また、それらの星のなかの原子と同じくらい、否、それ以上に多くの〈表現するもの〉、表象をもっているのでしょうが、私たちの通常のことばがするように、それら無数の音素を用いることで、つまりもっとも稀なものでさえも限りなく繰り返し用いることで、この言語は私たちのもののような無数のタイプの文をではなく、それ以上に遙かに多く、もしこう言うことができれば、唯一の無限なもののかわりに無数の無限なものを可能にするだろうと私は想いました。そして、ついに理解したのは、ただ神のような存在のみがその無限に多くの口によって、この言語を語り得るだろうし、それを書き得るだろうし、ただ彼のみが、そのとき、エクリチュールの虚偽を私たちのように見定め、存在の体験のなかを溯行することによって、ただ彼のみが、つねに私たちにたいしては語から逸れてゆくあの存在を、数かずの語のなかに固定し、打ち立て得るだろうし、こんどこそは、申し分なく、すべての事物とともに、すべての被造物とともに、それらのものが彼の息の恩恵に浴し、幸福になるようにと、この悲しい世界にあの存在を恵与し得るだろうということでした……」

＊

朝のあいだは台風になるまえのような生温い強風が吹いていたが、そのまま午前中から強い雨に変った。雨はいまも降りつづいている。

学校に着くまえに、日本橋の髙島屋にまわって、カジ・ギャスディンの近作の展覧会を観てきた。彼の画面はますますものの形象を単純化して、まるで太古の洞窟の壁面に刻み込まれた記号か何かのようにみせている。この壁面は彼の意識の奥深い部分でもあるのだろうか。そして、表現されているのは「夜の音」だったり、「自然の音」だったりしている。広い、さだかでない画面にときどき、獣らしいものや樹木らしいものが線描で示されているが、おそらく生れ故郷バングラデシュの風景のなかの想い出でもあるのだろう。そんな風景のなかに大きなアトリエを作ったと、このまえ会ったときに彼は言っていた。

彼の尊敬しているタゴールの絵よりは遙かに緻密だが、それに劣らず詩が漲り、溢れている。

＊

若いころには自分が精神的に形成されてゆくための規範を求めて、幾人かの師と仰ぐべき存在があった。彼らのなかのあるものは、すでに物故した異国の存在であったが、私はその人びとのように生きることになるだろうと漠然と夢想していたのかもしれない。ときには自分の軌道がそれらのどの星からもひどくかけ離れているようで、はずかしく感じられることもあった。私は自分の社会的な問題についての判断と行動の決定において、あの思想家のように公正と勇気とをもちつづけているだろうか、感性の明澄さと詩的夢想において、あの詩人のように誠実であり得ているだろうか、等々と。

この齢になってみると、結局、私は私自身でしかあり得なかったのだということがよくわかる。何もかも、それほど充分ではなかったし、むしろ私とはこういう者ですというふうには誰にたいしても語り得ないのを感じる。私はそれほど明瞭に自分の人格を把んではいない。だが、もしかすると、あの浸透圧のような関係が私と世界——または宇宙——とのあいだには絶えず働いていて、私自身の実質をなすものが不断に変化しているためかもしれない。けれども、おそらくそれが私なのだ。

個としての人格形成のようなことに私がそれほどの意味を感じなくなったのはいつごろからなのか。慥かに私にもある種の社会通念としてのモラルの感覚は具わっているようだし、それを打ち砕くことが真の自己実現だとか、あるいは自己解放だとかいう考え方を自分のものとしているわけでもない。いずれにしても、自己自体がほとんど問題にならなくなっているのだ。

＊

夏至も過ぎ、昼の時間ははやくも夜のなかへとすこしずつ組み込まれてゆく。一年の半ばは七月と八月とのあいだにあるような気がしたりするが、そうではないのだ。私の感覚は寒暖の変化にたいしてと同じくらい、あるいはそれ以上に、日照時間ということにたいして敏感だ。

ごく幼い頃、午後三時を過ぎると家の西側に立ち並ぶ欅や椋の大樹の翳が褐色の光に滲みてくるのが侘しく、切なく想われたものだった。黄金や褐色の印象は天から舞い落ちる無数の落葉のためのものだろう。そして、そんな季節になると、身体のどこかが、とりわけ肘や膝の関節が痛かったような憶えがある。私ははやくから自然のなかの凋落のリズムを知っていたかもしれない。

反対に、早春の朝や夏の夜明けはずっと昔から好きだ。いずれにせよ、まだ陽射しは強くなりすぎてはいないのに、季節としても、一日の経過としても、充分な光の時間を約束しているからだ。私はおそらく夜の時間や雪の降る日々をそれほど嫌いではない。だが、自分の好きな植物たちと過す時間は私には一種の幸福でもあるのだ。晩秋にはいろいろな樹木の枝に、翌春の花のための芽を探す。そして、植物たちの辛抱強い、周到な準備から、私自身多くのことを学ぶ。冬のあいだの大地のなかでの夢想や、生成のリズムや、けっして花ばかりがすばらしいわけではないことや、ときには一切を大地に返してしまうことなども。

＊

慥かに私はもっと違う時代の人間だったのかもしれないと思う。善意をも悪意をも含めて、人間がもっと素朴に生き、自然の威力を畏れながら、自然の恵みに感謝することができたような時代の。そして、そうした時代は遙かな昔に終ってしまったのではなくて、たとえばベートーヴェンの第六番の交響曲を聴いていると、ごく最近まで続いていたように思われてくる。驟雨や雷や小鳥の声や、戻ってきた陽射しや静穏が〈詩〉として感じられていた時代は幸福だった。

＊

カヴァフィスの「声」という詩を読む、――

亡くなった人びとの、私には
亡くなったかのように消えてしまった人びとの
想像の声、好きだった声。

ときとして夢のなかでそんな声が私に語りかける。
ときとして私の心は物思いのなかでそんな声を聞く。

そんな声のひびきとともに、一瞬　蘇る、
私の人生のはじめての詩の音が、
遠くに消えてゆく夜のなかの音楽のように。

＊

三人の人物が私を訪ねてきていた。彼らは私をも含めて、詩のための運動を興そうとしているらしく、それぞれにいろいろなことを言う。私はそれを黙って聞いているのだが、もうほとんど私の存在は彼らの念頭にないらしい。隣室からSが――「テーブルの用意ができたから、話が終ったら、場所を変えるように」と言っている声がきこえる。彼らは腰を浮かして、移ろうとする。相変らず私は無視されている。遂にたまりかねて、私が彼らに言う、――「いったい誰の家に来ているのだ？　それにあなたたちは自分の言っていることがわかっているのか」と。

そこで目が醒めた。私の激しい口調は夢の外にまで響いてゆき、おそらくそれに私自身驚いて、醒めたのかもしれない。ひどく後味の悪い夢だった。

それにしても、どうしてそんな夢をみたのだろうか。私自身の奥深くにいまなお、何かの群のなかに身を置きたいというひそかな願望でもあるのだろうか。私の顔を、驚いたように凝視しながら逃げ去っていった者たちに私が共感をおぼえる余地はいささかもなかったのだが……。

人間にそれらしい品位が欠けているというのは、とりわけ現在のこの国での特徴かもしれない。そして、それはもしかすると〈詩〉の欠如なのかもしれない。社会一般にそうなのだが、とりわけ文化や芸術、詩に携わっていると自負している人びとにおいて。ここでは人は魂なしに生きられると思われており、実際にそのように生きてみせているのだ。

＊

ローザンヌのバタイヤール夫妻からの絵葉書を受け取った。この夏、いつ頃に会えるのかと問い合せてきている。

遙かな昔、ヨーロッパに旅立ってゆくとき、むこうではルネ・マルチネ夫人やエレニー・カザンツァキ夫人が私を待ってくれていた。それまで何の経験もなかった私を真っ直ぐに家のなかに迎えてくれたのは彼女らだった。まだ、ダニエル・マルチネも健在だった。モンパルナッスの八九番地には〈アルシーヴ・ロマン・ロラン〉があって、マリー・ロマン・ロラン夫人がいた。遠く、ヴァンデーにはマドレーヌ・ドリヨンがいた。

幾つものなつかしい顔が想い浮ぶ。それらの顔の幾つもがこの地上世界からは消えていった。かつての地のそこここで私はみえない面影を捜しまわるだろうか。春先のまだひどく寒い、霙の降る日に、ソーミュールの墓地にマルチネ夫妻の墓を訪ねたことがあった。夏の太陽が照りつけるクレタ島の高台で、ニコスの墓に花を置いたことがあった。それらの行為は何を意味していたのか。
先日、試みに訳してみたマラルメのソネ「忘れられた森のはずれで」を想い出す。

——「昏い冬が通るとき　忘れられた森のはずれで
あなたはお歎きになる、おお　入り口の孤独な虜われ人よ、
ぼくらの誇りとなるべき二人のためのこの奥津城は
悲しいかな！　重い花束という欠落のみに充たされている、と。

むなしい数を投げ出した〈真夜中〉に耳を藉すこともなく、
通夜に心昂ぶり、あなたは目を閉じようともなさらない、
昔ながらの肘掛椅子のなかで
最後の燃えさしが私の〈影〉を照らし出すまで。

しばしばの〈訪れ〉をのぞまれるならば　あまりに
多くの花を石の上に置いてはなりません、私の指は
逝いた力の倦怠をこめてそれを取り除きます。

かくも明るい炉端に私を坐らせようとおののく魂よ、

私が蘇るためには、一夜通して唱えられる私の名前の息をあなたの唇にお借りしさえすればよいのです。」

逝いた人びとの墓に花束を置くことは徒にその不在を明らかにするばかりであり、彼らの蘇りのためには言葉によるほかはないのだろうか。だが、その蘇りとは何なのだろうか。――訪れてゆけばまた会えるということが心に感じさせるあらかじめのよろこびと、何処を捜しまわっても会うことは叶わないという悲しみとは、いずれも眼前の不在の問題というよりは、私たち自身の心の問題だ。

*

出勤の電車でときおり一緒に乗り合せる気の毒な少女が、今朝もひっきりなしにＴＶのキャスターだかディスク・ジョッキーだかの口調そのままに語りつづけていた。混雑のなかの周囲の乗客たちの様子とは明らかにそぐわないものがあり、その一語一語の文節はそれなりに意味をなしているにもかかわらず、彼女の語ることはまったく無意味なのだ。脈絡が乱れているからではまったくなく、発せられる言葉がその場の現実と対応していないためだ。他の場所では意味を持っていた他者の言葉が、そのままに記憶されて、切り離された一つの文脈として投げ出されるとき、それは場との関係で意味を喪うのだろうか。それとも、どんな言葉を語るにせよ、語る主体が正常でないと看做されるとき、すべては意味を奪われるのだろうか。
やがて彼女は途中の駅で下りていった。気の毒な少女は彼女の現実である幻想のなかで、どんな役割を演じているのだろうか。そして、ほんとうは私たちとどの程度違っているのだろうか。古代の巫女たち、あるいは詩人の役割、その言葉について想う。

*

この世界で味わわされた苦い想いに端を発する感情の固いしこりも、いつしかそれほどのものではなくなり、おそらく、すべては彼方の明澄のなかへと流れ込んでゆく。最晩年のシェイクスピアがしばしばそんな至高の和解の場面を作品のなかで描いたように。誰かを赦せないということは、その部分で、世界を赦せないということだ。一人と和解するということは、その一人を通じて世界と和解するということでもある。

*

唐突な病気の不意打ちを逃れて、取り敢えずこの二年間の生命に感謝。その間に幾つかの仕事ができたし、また、幾つかの友情をいっそう深めることができたから。
やがては深い休息へと往き着くだろう。墓碑に、——〈最愛の……ここに眠る〉というような文言が誌されているのをヨーロッパの墓地ではよく見かける。深い眠り、もう急き立てられることもない休息というのは、逝いた人びとにたいする私たちの心遣いでもあるが、また、私たち自身の願望かもしれない。あのボードレールの「貧しい者の死」に詩われているように、この地上世界で、私たちはあまりにも働きすぎだからだ。

私の心の底には、ずいぶん昔からこの休息への願望がある。私は一度もエネルギッシュな存在だったことがなかったし、また、そうなりたいと希ったこともなかったように思う。だから、地上的存在としての自分にたいして強い執着――ときには激しすぎるほどの――をもち、いつかそれが喪われるのを想うとき、予め恐怖を感じているような人に出会うと、何か不思議なものを見るような気さえする。かすかに羨ましさを感じないでもない。だが、往々にして、そうしたエネルギーの持ち主たちの視野がとても狭い領域に限られているのを感じる。未知のものの領域にまで視野が開かれることを、その人たちの恐怖心が本能的に拒むからかもしれない。永遠の休息よりはまだしも永遠の疲労のほうがましだと彼らは考えそうだ。

幼いころからの病気のことを想う。また、戦中、戦後の、餓えや寒さに苦しんだ身体のことを想う。写真や鏡に映る身体ではなく、他者の目に晒されている身体ではなく、全力を尽して、私の思考と感性を支えてくれている身体を私は有難く思うのだ。

私たちが現実と称ぶもの、それは厖大な、不可視の全体のなかの、なんとささやかな断片にすぎないことか！　だが、全体のなかで私たちの視覚に擒えられるのはその部分だけだ。

＊

昨日、今日とひどい雨が降りつづいている。地下鉄の通路に湿っぽい匂いがあって、そこに何処からかコーヒーの香りが混り込んでくると、ふいに感覚がパリを想い出す。それも朝の街のなかの時間だ。

もしかすると、嗅覚の記憶というものは視覚や聴覚の記憶よりも根元的ではあるまいかと思うことがある。だが、この記憶はそのぶんだけ、私たちの明晰な意識から奥深く隔たったところにあるために、しばしば匂いによって喚起されるなつかしさが何を起源とするものか分らないことが多い。いつだったたか、街を歩いていて、ふいに海の潮の匂いに行き当ったことがあった。並んでいる店舗の一軒が魚屋で、店先の小さな桶のなかに、たくさんの浅蜊か何かの貝が入っていた。その潮の匂いはすぐさま私を幼時のどの時間かへ呼び戻した。そこには母の姿があった。小学校の遠足での潮干狩の日の記憶であったろうか、それとも、海に近い母の故郷の町の、川辺へと下ってゆく石の階段での記憶か。

＊

実に久しぶりに宙を飛ぶ夢をみた。空を飛ぶというほど高くはないのだが、大勢の群衆のごった返すぐ上を、自分だけは両腕を櫂のようにかいて、膝を曲げた姿勢で浮遊して進んでいた。誰かが手を伸せばとどきそうな高さだったが、誰に妨げられもせず、街路の上方を進んでいた。街はパリだということだったが、私と同じ東洋の顔がいくつもあった。やがて、いつのまにか私は街を離れ、傾斜面をかたちづくる深い林の上方にさしかかっていた。下には、松や樅のような樹が立ち並んでいたが、人影はまったくなかった。王家の所有地か何かで、一般の人間は立入禁止の領域だった。森は下方の谿にむかって何処までも拡がっており、私はその斜面に沿って、依然として同じ姿勢で飛翔していた。

何処かで、ふいに夢が終っていた。いつもそうなのだが、こんな夢のあとでは、自分に飛翔能力のないのがまったく不思議に思われるほどだ。

＊

私にとって詩とは何なのか。

おそらく、言葉によって言葉を超えることだ。ほんの僅かにであれ、言葉の向こう側にあるものを摑み、仄示することだ。それからまた、現存と不在とを一つに結び合せることだ。

私に自分自身の詩法というようなものはあるのだろうか。一口に言って、この点で私は無自覚的だ。自分には自覚的な、どんな方法もないような気がする。最後の一篇ができたあとで、もう自分には詩は書けないのではないかと思われるのは、おそらくそのためだ。私は自分の内側から

――どうしてそれは内側なのか――、言葉がイマージュやリズムを伴って押し出されてくるのを待っているだけだ。

*

ほぼ半年の滞在を予定しての、フランスへの出発の期日があと一週間後に迫っている。その間に、家の建替えがなされることになった。つまり、私にとって、いまの家も仕事部屋も、あと一週間かぎりのことというわけだ。それとともに過去三十年の歳月に結びつくさまざまなものが私の空間から消失することになる。私はそのことにもっと執着するだろうと予想していた。過去を偲ばせるさまざまな事物に切り捨てることのできない哀惜の念いを抱くだろう、と。Sもそんなふうに考えたようだった。

ところが、この数日、私は自分がまったく違うふうに考えているのに気がついた。というのも、これを一つの契機として、謂わば自分にとっての〈Vita Nova〉がそこから始まるだろうと感じているからだ。そして、それとともに、この新生を何処までか往き着くところまで辿ってみようとさえも想っているのだ。率直にいえば、この年齢になってそんなふうに感じるだろうとは想ってもいなかった。そして、残されている時間が非常にたっぷりしたものだとは考えられない。

だが、老齢ということがそのままに一人の人間にすでに過去の存在であるという刻印を捺すことになるのだとは、すくなくとも主観的には思い込まないようにしたい。

Ⅲ

空は重く曇っている。朝食に下に降りたとき、コリンヌが、――「今日はすこし寒くなったわよ」と言う。私たちは昨日の顚末を彼女に話して聞かせた。

実際、昨日はSの好きなルーアンの街を訪ねるつもりだったのだ。ところがサン＝ラザール駅のフォームに出てみると、先発でトルーヴィル＝ドーヴィル行が待っていたので、それに乗り込んでしまった。なんという気紛れ！ とも思うのだが。

ほぼ二時間ほどでノルマンディーの海辺の町に着く。快晴、夏の名残りの日々を愉しむ人びとの様子はのんびりとして、緊張からは解きほぐされている。ウルトラマリーンというよりは幾らか緑を溶き混ぜたような碧さだ。そして、明るい色の砂浜が遠くまでひろがっている。水平線の右手のほうに低い陸地が続いていて、白い街並がみえる。――「あれはイギリスかしら。そんなことないわよね」とSが言う。「幾らなんでも、そんなことないだろう」と私が答える。ル・アーヴルのあたりだろうか。ときおり鷗の鋭い叫びが大気を裂く。

こんなふうに穏かな気もちで何処かヨーロッパの街々を歩き、海を眺め、山と湖とに対い合うことがいつかあるだろうかと私はいつも想っていた。七二年にも、八〇年にも、八三年にも、それから……　そして、いま、私の傍らには彼女の現存があって、私たちは同じものを眺め、同じものに感動し、また同じものを食べもする。経験を共有する相手がいないということ――孤独とはおそらくそれだ。ほどなく十月になれば、またその孤独が私の日々を包み込むことになるだろう。だが、いまは感謝の旅だ。

＊

久しぶりにノートを開く。いまは夜明けの三時だ。一日の夜からこのブリュッゲのホテル・カーロスに投宿している。一昨日はメームリンク美術館を訪れ、また、その隣の聖母マリア大聖堂のミケランジェロ、さらには右手奥のほうのヴァン・ダイクの《十字架のキリスト》を観た。そして、すでに疲れていたにもかかわらず、昨日はゲントまで出かけ、ファン・エックの壮麗な《神秘の仔羊》に再会した。

ある意味で、これらのことはすべて以前のままの私の精神的現実だ。

だが、私はむしろ私の傍らでそれらを見て、驚き、深く感動している彼女の様子のほうをいっそう楽しんでいるのかもしれない。自分がこれまで心を動かされてきた多くのものに彼女にも触れてもらうことができたら、そのとき、私のヨーロッパの経験は完成することにもなるだろうと、長いあいだ想ってきたのだ。そして、そのとき、私の周囲からも内部からも取り敢えず死と孤独が影を潜める。

ルーアンの街を訪れたこと、はじめてジャックマール・アンドレ美術館を訪れたこと、それらから受けた感銘が深いものであれば、それらはまたいつか私の内部から言葉を藉りて現れ出るだろう。同時にまた、現実というもののなかの、もっとも酷しいもの、はげしいものも身を潜めている。私はまだそれと対峙していない。巨大な石塊や煉瓦の積み上げられた建築の連なる街並を歩いていれば、圧し潰されるほどの何かを感じることもあるはずなのに、ある安堵の、信頼の感情がすぐ自分の傍らに在ることによって、私はおそらく無意識の衷にもそうした圧迫を撥ね返すことができているのかもしれない。

ゲントからの帰りにSが一目だけでも見たいというので、アンソールの街オスタンデに立ち寄った。僅かな時間、駅前の聖堂の周辺を歩いただけだったが、海からの風がもうひどく冷たかった。雑踏と、日常的でないものの雑多な取り集めのようなこの街が、私は好きになれない。港街というもの、異質な文化領域の接点であるようなところには、おそらく何処にでも幾らか共通するものがあるかもしれない。

*

Sの姿が消えてゆく。何度も何度も、こちら側の私にむかって手を振りながら、四十五番ゲート（パリ、オルリー南）、ニューヨーク行のデルタ航空便はすでに離陸してから一時間近くにはなるのだろうか。

そして、私はまた戻ってきて、ペテル通り十四番地にいる。無限に近い歳月が過ぎていったような気がする。そして、また、一瞬の夢だったような気もする。パリのいたるところで、私は彼女と一緒だった。いつかそんな時が来ればいいと、かつて幾度となく想っていたように。サント＝シャペルやマルモッタンでともに時間を過すことができたのはなんという幸福だったろうか。一緒にボヌフォワ夫妻を訪ねた。ローザンヌのバタイヤール夫妻とも再会を果した。いろいろな街や通りを一緒に歩いた。そして、ベルギーやスイスの旅行、雨もよいの深い霧につつまれたインターラーケンの駅の近くを歩いた。——彼女は「寒い」と言いながら何度も「美しい」と言った。オーヴェールやジヴェルニーを散策したことも、ゴッホやクロード・モネを好きな彼女にとっては、とても大きなよろこびであり、経験であったようだ。

数ヵ月ののちには、私もまた新しい春の野火止に戻ってゆくだろう。そして、そのとき私たちはいろいろなことを以前とは違ったように語り合うことができるだろう。

＊

一日ずつの時間がその都度、心のまわりで蓄積とならず、剝ぎ取られてゆくときがある。そんなとき、心はいつも裸で、世界に曝されている。傍らから信頼の息に搬ばれてゆくのでないとき、一日一日がひどく重い足取りで、ほとんど足を引きずるように過ぎてゆく。そして、そんなふうでありながら、次の日がやって来ると、もう前日の名残りは何ひとつ残っていない。すべてが初めからのやり直しのようなものだ。

＊

天気が回復したので、思い切ってル・マンまで出かけた。だが、パリを離れ、列車がシャルトルに到着するころには、ふいに深い霧に木立や畑が覆われてしまって、まったく幻想的な風景となったが、雨に変りはしないかと心配だった。車窓からみる大聖堂の影絵が朧げに気体になってしまったかのようだった。

ル・マンに着くころには陽射しが戻っていた。寂しい町だ。お昼で学校から飛び出してきた生徒たちだけが陽気にはしゃいでいる。駅前中央の通りを十分少々も歩いてゆくと、右手のすこし奥まったところに大聖堂がみえてくる。外から観たところではパリやシャルトルの大聖堂のようにすぐさま心を捉えるようなものは何もなく、むしろひっそりと建っている。控え目にと言ってもいいぐらいだ。

だが、内部にまでつづくこの静かさのなかで、すぐさま古いものの数かずが目を惹く。ここの魅力はヴィトローではない。それはごく僅かだ。しかし、目を凝らすと、幾つものシャピトーの単純な、得も言われぬ美しさが一千年という時間を眼前のものにしてくれる。とりわけ中央の、下に潜んでいる小さな礼拝堂だ。あのアシジの、ポルチウンコラほどの大きさがあるだろうか。

ここにも時代の変遷を潜り抜けて生き残ったものがある。何でもない渦巻や唐草模様がごく浅く浮彫りとしてとどめられているそれだけのことなのに、なぜ、それが深く語りかけてくることになるのか。「地下の聖堂」という言葉を想い出す。ほとんどもとの石材に戻りながら、あるいはそれよりもさらに脆く、つつましい石塊に帰りながら、久しい十世紀のあいだ、意味を担いつづけてきたものがここにはある。

＊

愛によって、不在の生じさせる苦痛を超えてゆくことは可能だろうか。むしろ、愛によって苦痛も生じるのだ。だが、その苦痛を通して、点としての時間と空間とから世界の大きさにまで、心を拡げることが可能かもしれない。以前、マルセル・レーモンの『日記』を読んでいて、妻のクレールを喪った彼の視線が不可視のものとなった現存をむなしく探しまわるのを感じた。おそらく、現存と不在との隔たりを超えることができるのはポエジー、芸術だけだ。

読むことと書くこととで、私はいつも幾ぶんか心の平衡を取り戻す。

＊

昨日、ルーヴルへ行ってみて、ティチアーノについての興味が以前ほどではなくなっていることに気がついた。同時に、フランスの画家たち、クルーエとフォンテーヌブロー派、ニコラ・プッサンとクロード・ローラン、さらにはシャルダンらが私には見えはじめたように思う。幾ぶんかはボヌフォワの影響もありそうだ。イタリア・ルネッサンス初期の画家たちの見る世界は、慥かに現在のものとは異質な何かを持っている。中世のロマネスクやゴチックの建築とその装飾が持つのと同じように。私は十六世紀中葉以降のものにこれまであまり関心をもつことがなかったが、すこしずつそれらをも理解したいと思う。

*

朝食後、アルジャントゥーイユまで絵を描きに行った。街を通り抜けてセーヌの河岸まで着くと、橋のたもとから水辺へ下り、樹蔭にほどよい場所を見つける。風は冷たいが、陽ざしはすばらしく、すぐ手前の波に眩く反映する。空の青い部分と雲との対比はくっきりとしていて鋭く、これはニコラ・プッサンの空を思わせる。あの空はすこしも誇張されたものではないのだ。

ここでは、どの時代の、どの画家もがじつによく見ているということに気がつく。絵画の概念が大きく変えられてゆくのは二十世紀になって、おそらくピカソ以来のことだと思うが、シュールレアリスムとキュービスムに発する人間のこの自己探求は、その後、あまりに自己に拠りすぎて、世界そのものを見失ったのではあるまいか。自分自身を世界よりも上位に置くという位置取りは私には馴染まない。

水であれ、空であれ、樹の繁みであれ、テーブルの上の何かであれ、それを夢中になって描いているとき、後から気がついてみると、私の衷からほとんどあらゆる種類の不安が消えている。描くことに集中しているからだ。少しでも眼前の世界の魅力に近づき、その断片なりと画面にとどめたいと思うからだ。

＊

ルーヴルのような存在は人を謙虚にさせる。おそらく一人の画家、一つの作品に対い合っているだけなら、たとえそれがレオナルドやティチアーノであれ、精神の緊張の持続さえあれば、対応することも可能だ。

だが、遙かな古代からこんにちにいたるまでの厖大な営みの集積を否応無しに見ることになると、そこに自分の加えるべき何ほどのものがあろうかという気になる。絵画の領域でということではなく、一人の人間の営みとしてということだが。何かしら圧倒的な印象がある。

先日、私は二つのミケランジェロをさえ危うく見落したまま、その傍らを通り過ぎようとしたほどだ。他方で、僅か二十センチの高さにとどくかとどかないかの古代アッチカのテラコッタの踊り子の像でさえもが、無限に多くのことを語りかけてくる。不思議な空間だ。

＊

天気がよいのでセーヌのほうへ出てみた。

いつかSと一緒に歩いたコンヴァンシヨンの通りをミラボー橋までゆく。何処かで絵が描けないかと思ったからだ。そして、これも以前と同じにグルネル橋のところで中洲に下りてみた。島のいちばん下手のほうへ行くと、地面に坐って、脚を伸ばし、上半身を屈伸して、気もちよさそうに呼吸している女の人がいた。傍らにはその人のものらしいごく僅かばかりの荷物があった。何か不思議なものを見るような気がした。ずっとむこうにミラボー橋がみえていて、アポリネールやツェラーンのことを想った。ふと、彼女がそのままこの世界に別れを告げてしまうのではないか、と。

それから中洲を上手へと引き返し、ときどきベンチを選んでスケッチを試みようとしたが、何処にも気乗りのする場所がなかった。彼女のことが気になったのかもしれない。並木のマロニエは褐色の葉を物憂げに振り払おうともせずにいるのに、ニセアカシアのほうはレモン黄の細かい葉をほとんど落してしまった。

エッフェル塔がすぐ近くみえるビル・アケンの橋のところからまた上へあがり、すでに昼を過ぎていたので、あの角を曲って最初に見かけたレストランに入って昼食を取ろうと決めて、一軒の店に入った。渡されたメニューがまったく理解できない。それでもギャルソンの勧めに応じて料理をとったが、驚くほど酢と塩と香料が利いていて、すこし経つと、口に運ぶのが辛くなった。餅のようなパンと串焼きの羊肉とが私の知識に通じる僅かなものだった。

レバノン料理屋で、客はじつに多かった。「またどうぞ」と言われた。ジュッジュ通り、ヴィオレ通り、コメルス通りなどと辿りながら、いつもとは逆の方向からサン＝ランベール公園に入り、自分の好みの位置のベンチを選んでスケッチブックを開く。

暫くするうちに、乳母車を押した若い母親が私のほうを覗き込んで、――「絵をお描きになってるのね、私も描くのが好きなのよ、そんなに上手じゃないけど……」と言いながら、同じベンチに腰掛ける。

色白で、ソバカスの多い、端正な横顔だ。求めに応じて、私は彼女に幾枚ものスケッチを見せる。――「フランス語は何処で勉強なさったの？　学校で？」

あれこれ言葉を交すうちに、一歳ばかりになる彼女の娘の名はアヌ＝クレール、そして、彼女自身はヴィオレッタだと判る――「私はフランス人じゃないのよ。ポーランド人なの。……そう、いまでもクリスマスのときとか帰るけど、もうここで久しくなるわ。」「あら、あなたは大学の先生で、何を教えていらっしゃるの？」――昔からの知合いででもあるみたいに話が弾んだ。

三時になって、陽射しが弱くなりはじめたので、私は絵具とスケッチブックを片付け、彼女のほうは乳母車を押して公園の出口へむかい、即席の友情のたのしい時間は終った。彼女は手に私が描いたアヌ＝クレールをもっていた。

＊

ボヌフォワに誘われてスイスのヴヴェに来ている。そして、そこからスタンパまで足を延した。ジャコメッティの故郷の雰囲気を知っておきたかったからだ。

夜明けにみた夢、――父が庭の手入れをしていた。オモトに似た葉の広い、しかし、もうすこし軟らかそうな草の付根に何か見たこともない実がついていた。庭はかなり広かった。如雨露が見当らない。傍らに幼いKがいた。彼が昨日、如雨露を持ち歩いていたことを想い出したので、訊いてみると、――「うん、転んだときに落しちゃったかな」と言う。「おまえ、転んだのか」と訊くと、――「うん、毎日転んでいるよ」と答えた。目が醒めたあとも、幼いKの顔が残った。こんな夢はなつかしさとともに、言い様のない侘しさを感じさせる。

暫くするうちに、晴れ間がみえてきたので、絵の道具を持って、列車に乗り、シオンへ赴いた。リルケが晩年にこの一帯を愛したが、彼の墓を訪ねるためではなく、以前からバタイヤール夫妻に連れられてエランスの谿の奥深くにラ・サージユ迄入ってゆくときに、いつも巨岩の上に聳え立つ古城と古い修道院とを遠方にのぞみながら、いつか機会があったら訪れてみたいと思っていたからだ。

駅の近くから、城はすぐに視界に入るので、方向を誤ることもなく歩いてゆくと、シオンの街外れに想いがけず近く、この城の姿が現れた。通りがかりの婦人に道を尋ね、教えられたとおりに細い路地を辿って登ってゆくと、やがて家並が途絶える。岩肌も、枯れ残った草も、まだ朝の雨の名残りで濡れていたが、ほどよい場所を選んで、腰を据え、水彩のスケッチをはじめる。

ときおり、下の道を城のほうへと登ってゆく人の姿が、二、三人で、また五、六人で、と見かけられるが、私は彼らの漂わせる雰囲気によって声を掛けたり掛けなかったりする。暫くするうちに、若い生徒たちの一団が現れた。多くは男の生徒たちで、陽気に騒ぎながら通り過ぎてゆく。すこし遅れて、二十人ばかりがまた岩の陰から現れる。こんどは女の生徒たちでこちらの合図にたのしそうに応じる。なかの一人が斜面を登ってきて、私の手許を覗き込もうとする。残りの全員が同じようにやって来て、私を囲む。「おみごと！(Super!)」というのが彼女らの口癖だ。そして、私のこれまでの幾枚ものスケッチを観賞する。私は彼女らの写真を撮った。二枚目には私自身が加わった。それから、彼女らはまた城の廃墟のほうへと道を辿りはじめた。暫くすると、戻ってきて、手を振り、口々に挨拶しながら消えていった。

遠方には雲の合間に、耀かしい白雪をいただいた山がみえる。シオンの街の左手を手前から遙かなむこうへと、まだ幼いローヌ河が流れてゆく。ラミューの『わがローヌの歌』の一光景だ。

この暫くの時間が夜明けの夢の悲しい気分を取り払ってくれた。

＊

夜、ヴヴェのオテル・トロワ・クーロンヌでボヌフォワの講演を聞いた。終ってから、「今日の話はどうだったろうか」と彼に訊かれた。

オルレアンの印象。駅から中央に一筋商店街が通っている。街の中心の広場にジャンヌ・ダルクの騎馬像が立っている。カフェ・ジャンヌ・ダルク、等々。近代は商業主義のためにあくどくこの少女を利用している。

中心をすこしでも外れると、ふいに人通りが寡なくなり、何処も静かだ。

王冠を戴いたような二つの塔をもつ大聖堂は修復中のためか、閉されている。

広場から階段を上って扉のまえに立ってみるが、足許には鳩の糞と羽毛とが敷き詰められている。ほとんど廃墟の印象。正面に立ってみると、右側に修復のための足場が組み上げられているが、誰もそこで働いているわけではない。そして、そこここの窓のヴィトローが外されたまま、大きな孔になっていて、塞がれてもいない。死に到りついたかのような大聖堂だ。あるいは仮死状態。

あれほど近代を嫌悪したシャルル・ペギー、——それもすでに百年前のことだが——彼が自分の街のこの様子をいま見ていたら何と思うだろうか。

大聖堂の近くには幾つか十六世紀、十七世紀の建造物が残っていて、美しい。また旧い市庁舎は朱いろがかった煉瓦を組み上げ、ファサッドの屋根が立ち上がる部分には階段状のギザギザが付いていて、また窓枠の部分は白く、まるでそこだけフランドル地方の風景が移ってきているようにみえる。

さらに道を先へと辿ると、ロワール河を跨ぐ橋に出る。流れの周辺にはあちらこちらに樹木があって、美しい風景をつくっている。

列車がオルレアンの平原を走っているころ、全天が暗黒の雲に蔽い尽されて、僅かに彼方の地平線に近いところに低く、光りかがやく雲の帯がみられるというすさまじい自然を見た。雨はなかった。オルレアンの街には雨の降ったあとがあった。

＊

北駅からサン＝マルタン運河のあたりを歩く。界隈は庶民的で、昔みたパリの映画の雰囲気が残っている。

水位の異なる小さな水域を一つひとつ先へと進むために船はじっと辛抱強く状況の変化を待っている。同じ位置に何分も泊っているだけのようにみえるのに、徐々に水位が下がって、やがて水門が開き、船は先へ進んでゆく。

おそらく私自身も似たような状態にあるのだ。この奇妙な、動きのとれない状態――といっても実際には、考えられないほどよく動き回っているのだが――、目にはみえない檻のなかをただ動き回っているだけの獣のような状態が、いつか時間が来れば、突然、否応無しに変化して、先の水域へと進んでゆかざるを得ないのだ。

何処にも私を遮る壁はないのに、その壁を打ち砕き、引き裂いて、私は進みたがっている。自分にとってかけがえのない者たちのいる方向へと。そのために、目の前の現実の空間がまるで虚妄のようであり、蜃気楼ででもあるかのように。何もかもが本当のものではないかのように。私は抑えの利かない馬のように反抗し、仰け反り、この現実という絆に繋がれようとするのを拒みつづけている。

だが、いったい誰がこの現実を私に強いたのか。私自身が自分で選びとったものではなかったか。何の理由によって流謫の刑に処せられたわけでもないのだ。自分の意志によって、この現実を選択したのだ。

*

何処を歩いていても、何を眺めていても、決定的に欠落したものがある、当然、私の傍らにあるはずのものが……。これではないというふうに、すぐさま過ぎ去ったものを追い求めようとする。そして、そのために眼前の光景がいつも色褪せてしまう。私は現実の光景でないものを見たがっているのだ。

それでも、昨日は穏かな上天気に誘われてシャルトルまで出かけた。Sと一緒に訪ねてから一ヵ月を経て、もう車窓からの風景も深い秋のものだった。黄葉のさかりのもの、幾らか朱の色を混えたもの、また、いつか美しかったかもしれないのにすっかり色素が脱けてしまって、それでもなお淡いセピアの色のまま枝から落ちることができずにいる葉、すっかり葉を振るい落してしまって、細い枝の網を黯々とみせているもの、——間違いなく時間は経過している。

もう観光客もすくなくなって、お堂のなかは静かだ。あのときはこうだった……と連れがいて、楽しかったときのことを想い出す。

慥かに、回想というものは時間と場とがともに眼前のものでなくなったときに、はじめて心のなかで整合性をもつものだ。それが回想を語るための条件だ。

外がよく晴れているために、そして、堂内に幾つかの灯が点っているためか、北側のヴィトローは薔薇窓をも含めて、色が沈んでいる。耀きがなく、寂かだ。それにひきかえ南側のものはアダムとエヴの物語も、聖母の生涯も、ずっと奥のあの美しいガラス絵の聖母も、じつにみごとな耀きをもっている。

眼前の現実を、いま、この時間のなかでそれ自体として受け取ることができればと思う。そうしないと、私は何もかも取り逃してしまうだろう。私は収穫のない葡萄摘みになってしまうだろう。

外に出ると、午後の光のなかには晩秋を想わせる冷たさが流れ込んできている。二つ目の掘割を渡ったいつものところで、すばやく水彩一枚を仕上げ、三時二十分発の電車で戻ってきた。

＊

過ぎ去った時間を惜しむのではなく、やがて来るものを慥かなものとして待つこと。見えていたものが見えなくなったことに悲しみを覚えるのは当然としても、それ以上に、まだ見えていないものがやがて現れてくることによろこびの予感をこめて期待すること。たとえそれがこの地上世界での最後の瞬間であっても。

＊

超越とは一種の拒絶の相を帯びているのかもしれないと、暗いベッドのなかでふと想った。グリゾンの岩山と樹木、オルレアンへ赴く列車の窓からみた平原の上の異様な空、幾つもの、なかには崩壊を予想させるものさえある大聖堂、そのなかで長い時間、孤独に、必死に祈りつづけている人の姿、そして、また、路傍の物乞いたち——彼らの外見は、しばしば、物乞いをしない者たちと何の違いもない——、パリの街にかぎらず、いま、私はさまざまなところでそれを感じる。

遙かな地平の涯てまでも見渡すことのできるオルレアン地方の、何もない畑の上の空の何処に、これではないものを見たり聞いたりすることができるのか。——「私には聞えたのです。私には声がとどきました」と、昔一人の少女が言ったとき、人びとはすぐには信じようとはしなかった。超越とは拒絶だと信じていたからだ。

ヴィトローが感じさせる神秘。そう、神秘とはこの拒絶の裂け目だ。すぐれた芸術、すぐれた音楽も、この裂け目を見てとっている。あるいはそこから来るものを受け取っている。

＊

昨日はまたルーヴルへ出かけ、すぐさま三階へ上って、北方の絵画とフランス絵画だけを見てきた。

《トビアスの家族に別れを告げる天使》など、以前よりは展示されているレンブラントの画の数も増したように思う。この画家はあきらかに私たちの現実空間とは異なる空間を描き出している。あるいはまた、私たちが日常見ているのとは異なるように描き出している。人物をそこに置いて見ることができるのはほんとうに驚くべきことだ。

フランスの画家たちのなかで、いま気になるのは十七世紀の二人の画家の他には矢張りシャルダンだ。この画家の、日常性のなかの人間的なものにたいして徹底して敬虔な態度には、じつに多くの学ぶべきものがある。おそらく、自分の身近にもっとも置きたくなる画家だ。子どもにたいする愛情、その子どもに慥かな、愛情深い配慮を示している女性たち、私たちの日常をささえる果物や道具、それらのものにたいする確実な目がこの画家にはある。

ニコラ・プッサンは間違いなくフランス的な画家だ。色彩の対比とともに、主題のつくり出すはげしい動きのなかにも均衡を求める意志が働く。幾つもの画面のなかの空の描き方には幾ぶんか共通したところがあって、それがときおり、詩人ボヌフォワが言葉によって描きだす空を想起させる。

イタリアの絵画のなかでは、大階段の傍らの通路の壁にあるボッティチェッリの二つの壁画に挨拶しただけで、三時間ばかりで外に出た。

＊

リルケが視ることを学ばねばならぬと言ったとき、それも矢張り愛することに結びつくのではないかと、ふと暗い夜のなかで想った。マルテはパリにさまざまな悲惨を見た。視ることを学ぶというとき、それはむしろ、愛することを学ぶことであり、たんに目に映るものを漠然と見ることを意味しない。悲惨を見て、それに同意すること、――同意することと是認することとはまったく別のことだ――同意することによって見る対象の現存の奥底に身を寄せることが可能になる。是認するとは放置することだ。

リルケの場合、アルベルト・ジャコメッティの場合、レンブラントの場合。

読み手の心の上で踊るような言葉によってではなく、相手の心のなかに深く沈んでゆくような言葉によって語ることが必要だ。すくなくとも私が何かを書き、誰かに伝えようとする場合、それ以外の方法はない。

言葉もまた、自己のパフォーマンスとしてではなく、世界との関係をつくり出すことのためにあるのだ。それはまた、たんにコミュニケーションの意味ではまったくない。

＊

先日ロダン美術館で考えはじめたことを、今日も手繰りつづけている。つまり、人間の惨めさ、孤独、哀しみといったものが私の思考を支配する要素の一つとなりはじめているということだ。物質的、肉体的な面でというよりは、むしろ精神的な面でということだが。

キリスト教は人間のさまざまな欲求にたいして、〈原罪〉という規定を持ち込んだが、それが〈原罪〉である以上、人間の存在の条件としてはおそらく取り除きようもないものだ。そこから発するさまざまなものに、ロダンが形を与えていることに、あのとき、私は気づいたのかもしれない。たぶん、ロダンの人間主義と私は書いたが。二十四日に、パリのノートル＝ダムで感じたのは、神の栄光を讃えるために、また、権力の強さを誇示するために、大聖堂が建立されたにせよ、それを幾世紀にもわたって支え、搬びつづけてきたのは聖職者たちでも権力者たちでもなく、人間の苦しみ、哀しみに他ならないということだった。

この世紀の社会主義の敗北はおそらく物質的救済が唯一の手段であり、目的であると考えたためのものであった。だから、それらの地域をも含めて、宗教の役割の復活というものは、おそらく、宗教的組織の捷利などではなくて、苦痛の、悲惨の捷利であり、それが物質的充足のみからは――仮にそれが達成されたとしても――、除去され得ないということだ。誰も、何も誇ることはできない。ただ人が生きてあるとき、そこに苦しみがある。

明日、パリは最低気温零下六度、最高気温零下四度と予想されている。家のない者たち、食べるもののない者たちは生存の危険に身を曝しつづけるだろう。だが、また、孤独や哀しみに心を曝しつづける者たちがいる。

マグダラのマリアやマルタ、マリア姉妹の譬えばなしは物質的、肉体的な欲求にたいして、それを精神的なものに変容させてゆく過程を語っているだけだ。ここには、悲惨、苦痛、あるいはそれに伴う人間の弱さ、——これと芸術や詩との関係という問題がありそうだ。苦しみのメタフィジックという問題だろうか。

＊

昨日、ソルボンヌの傍らの本屋で買ったアンドレ・シュアレスの『甘苦いこの世界』を夜になってベッドの上で開いているとき、つぎのような数行に出会った、——

苦しみがなければ、詩は何処にあろうか。何処に棲み得ようか、流謫の身で、追放された島にいるのでないとしたら？　この島はどの国にも、どの大都会にも、その真っ只中にある。他の人びとの目からすれば、病人でないような、心において罪人でないような、狂人でないような大詩人を見出すのは困難だ。彼らが没理性、行過ぎ、狂気などと呼んでいるものは、まずは詩人の気紛れ、幻想、唐突さであり、ついで掟からの逸脱であり、最後に彼のポエジーなのだ。詩人とは聖者同様世間にとっては狂人だ。聖者は十字架の狂人であり、詩人は精神の、そして、精神が顕す美の狂人だ。

*

コンヴァンシオンの通りをほんの僅か逸れてダンチヒ通りを、パッサージュ・ド・ダンチヒまで行くと、想いもかけず人目を避けるようにしてラ・リューシュがある。住人たちの、突然の訪問は断る旨の表示が出ているが、表からみただけでも、いまもある雰囲気を湛えていて、美しさを感じさせる。レジェ、シャガール、スーチン、モディリャニ、アルキペンコ、ザッキン、さらには詩人のアポリネールやブレーズ・サンドラルスらがこの建物と縁があったらしい。

そこからすぐ近くのブラッサンス公園——そこの古本市を見て歩くのが私の週末の愉しみになっているが——を挟んで反対側の袋小路になっているサントス゠デュモンの一画には、この地区の昔を偲ばせるような二階建、三階建の風雅なヴィラが立ち並んでいて、とても魅力的だ。どの家の壁にも二階まで延び上がった葡萄の樹がある。秋のころにこの界隈を発見していたら、もっと美しかっただろうと思う。ここにも詩人や芸術家たちが住んでいたようで、ブラッサンス自身もそうだったという。

晴れていても、いまの太陽には高くのぼる力がなく、両側から街路を挟んでいる建物は概ね六階か七階なので、昼近くなってもほとんどの通りが日陰になっており、そこをシベリア寒気団の風が流れるのだから、とにかく寒さは刺すようなすさまじさだ。北欧の冬とはどんなものだろうか。

＊

書くという行為がある意味で、時間の絶対的拒否性への異議申し立てであるように、描くこと、彫ることは空間の絶対的拒否性にたいする同様な行為だ。時空の一切のなかで私たちは刻々に消滅を経験しているが、創造行為はこの消滅から何ものかを救おうとする私たちのひそかな願望の反映でもあるからだ。

音楽という芸術は、何処に、どんなふうに位置づければいいのか。

Ⅳ

あまりの慌しさの故に、あれは夢ではなかったのかと想い返す暇もなく、時が過ぎてゆく。おそらく、それはそれでよかったかもしれない。新しい生活と新しい仕事とにむかって、新しい場で、自分を開いてゆくべきだろうから。

建替えの終った新たな住居に戻ってきて、目下、滞仏中のできごと、その間の自分の思考過程についてほとんど想い出さないのと同じくらい、私たちの以前の家での生活がどうだったのかをも想い出すことがない。まるで、すべてが消失してしまったかのようだ。

肉体的な労働とそれに伴う疲労とは記憶の作用をも含めた一切の知的作業から人を遠ざからせる。おそらくシモーヌ・ヴェイユが工場体験によって経験的に理解したことの中心もそれであり、彼女にとって、それはとりもなおさず不幸の問題であった。

私にとっても、あれほどの滞欧経験の濃い密度がそのままに失われてしまうとしたら、これほどの不幸はなかろうと思われる。ボヌフォワとの対話も、エレーヌとの出会いも、アルルも、オーブテールも、何も生じなかったように感じられるのだ。

否、そんなことはない。ほぼ一ヵ月の時間を置いて、こうしてノートを書き始めるや、はやくも私には夜の暗がりのなかでリュクサンブール公園の鉄格子沿いに、舗道を小走りに辿ってゆく者たちの姿がみえてくるのだ。きっと何か新しいものが生れてくるだろう。そう、期待したい。

*

湿り気を感じさせる大気、曇り空の下で、漸く一枚一枚の葉を展げはじめた樹木の枝々が目と心をうっとりさせる。それは緑という語が私たちに感じさせる活力や鬱陶しさからはまだ遠く、柔かい白を混ぜた淡い黄みどりだ。あるいはすこし青みを帯びている。わずかにほんの数日のあいだの美しさだ。この季節の武蔵野の雑木林の比類ない美しさを私はしばしば「夢のなかでのように」と誌してきた。

おそらく、私は夢の領域を、現実空間を超えた美と価値とをもつもののように感じているのだ。あるいは、そこには私の願望や憧れが込められてもいるのだろうか。そして、また、ときには郷愁のようなものが……

いまの季節、そのなかに私はたぶん、何か考えられないほどにすばらしいもの、地上的でないものが混り込んでいるように感じている。しかもそれは自然そのものであり、歴とした地上的なものなのだ。それらが私たちの眼前から過ぎてゆき、消えてしまうために、それらを地上的でないもののように感じるのかもしれない。しかし、地上的なものの一切が過ぎてゆき、消えてゆくのを私は知っている。なんという矛盾！

きっと、いま、リュクサンブールの公園は美しいだろう。スクワール・サン＝ランベールもそうだろうと私は想っている。ついこのあいだまで、あんなに身近にあった数かずのものが、いまの私には絶望的な距離の彼方にあるように感じられるのだ。私はほんとうにあそこにいたのだろうか。ほんとうに彼の笑顔を見ながら、話をしていたのだろうか、彼女に出会い、彼女と並んで歩いていたのだろうか……と。

時間は過ぎ、私はなすべきことのほうへと呼び戻される。自分がどんなふうでいなければいけないのかをよく心得ている。しかもそんなふうでありながら、私はまるで若者のように、あるいは恢復期の病人のように、眼前の現実空間に朧げにしか身を置いていない。消えてしまった夢の領域から想いもかけず何かが零れ落ちてくるのをまだ待ち受けているみたいだ。

＊

私はここに戻ってきてから、どうして〈見ること〉を抛棄してしまったのかと昨日想った。そして、また、ここで見るべきものとは何なのか、と。――もちろん、見るべきものとは、すばらしいもの、讃嘆すべきものばかりを指しているのではない。パリのノートル＝ダムやサント＝シャペル、あるいはその他の教会や美術館にしても、私に多くのことを考えさせる。人間がながい時間をどのように生き、その経験から何を蓄えたかが看て取れるからだ。また、街を歩いているときにも同じような印象を抱くことがある。他方で、孤独や貧しさ、あるいは生きていることに纏わる悲喜の表情の露出しているのが感じられる。

私が異邦の人間だったからか。そうだとしても、それはあの大都会に出てきたときのジャコメッティやリルケやロマン・ロランの実感とどれほどの距たりがあるのか。

むしろ、依然として、私は追放された者として此処にいるような気がする。

生と死、存在と不在、運命、愛、こうした語の数かずがあそこではあんなにも重い実質を伴っていたのに、ここでは水面に垂らした一滴のインクのように拡散し、稀薄になり、見えなくなってしまう。私の心の視力の減退か、それとも人間らしい真実が社会の風俗や慣習に包み込まれてしまうためか。すべてがここでは画一的で、平均化してしまっている。そして、そこに問い糺されることのない凡庸な価値観が居座っている。すこし不機嫌そうな、もの欲しげな、感性の鈍い、知性の迸りのない表情が並んでいる。それらの表情に立ち向かってゆくことがまだ私にできるだろうか。彼ら、または彼女らの表情、あるいは無表情のなかに、人間らしい動きを回復させることができるだろうか。むしろ、自分にまであの表情や気分が感染してきそうな気がする。

＊

老人たちが鬱々とした気分で日を送るようになるのは、おそらく彼らの体質の変化によるものなどではない。この世界に永く生きていると、自分にとって大切だったもの、親愛だったものがつぎつぎに消え去ってゆくので、自分が世界と結ばれている絆が弱まり、そのために、すこし居心地が悪くなるのだ。新しくこの世界に現れた者たちとの絆をつくりたいのだが、その仕方が老人ゆえに不器用で――それはしばしば我儘や横暴だと思われる――、いっそう疎まれる。しかも若い世代は彼らをもはや必要としない。それでも彼らは生きていなければいけない。（あるいは、ときに生きていたいと思う。）そのために気分が鬱々としたものになるのだ。

だが、なぜ私はそんなことをいまノートに書くのだろうか。私は自分を彼らの一人と数えているのだろうか。

翻って自分について考えるならば、何よりも絶えず自分の精神に知的緊張を強いることが必要だ。私にとって大切なもの、親愛な存在たちがこの世界から消え去っていったとしても、言葉によって、それらのものをイマージュやイデーとして喚起することが可能だから、そのようにして、消え去ったものを甦らせること。

＊

ＴＶのニュースによれば、フランスの選挙では野党グループが優勢で、ジュッペ首相が辞意を述べたという。大勢が本決りになるのはまだ暫く先のことだが、あそこではまだバランス感覚がとどめられている。それはたぶん政治の領域だけのことではない。伝統と革新とが文化や生活のさまざまなレヴェルでディアレクティックをつくり出す。

ここではいまやすべてが一辺倒で、この上なく危険だ。政治においても、他の領域においても、精神的に低俗なものが支配権を握って有無を言わさぬ状態をつくり出しており、ＴＶや新聞がその風潮を煽り、増大させている。こんな状態に、批判的なものはしだいに重く疲れて、無口になってゆく。

＊

目醒め際の朧げな意識のなかで、ああ今日は休みだと思う。そして、もうすこし明瞭になった意識がすぐさまそれを打消し、否、今日は木曜日だから学校に出なければならないと自分に言い聞かせる。辛い数瞬間。

夜明けまでたっぷり降った雨のために、木々の葉も草もしっとりと濡れている。畑のひろがりの上には靄がたちこめ、静かだ。学校に着くと、スロープの傍らのメタセコイアの緑色の鳥の羽のような枝々も濡れていて、葉先に滴をためている。

ほどなくこれらすべてを私は見なくなる。私は絶対の寂かさのなかに取り込まれる。だが、これまでの歳月のなかで、なんと多くのものに触れ、出会ってきたことか！　そのことを想うとき、過分の人生ということを感じる。どうして、そんなにも多くを恵まれたのだろうか。まだ精神が夢み心地だったころに片山さんの示された友情にはじまり、ヘルマン・ヘッセやマドレーヌ・ロラン、カザンツァキ夫人、ルネ・マルチネとその周辺の人びと、そして、いまの時間のなかでのボヌフォワやエレーヌにいたるまで、私はたくさんの友情に恵まれてきた。あるいは、通常友情と称ぶ以上のものかもしれない。それが何故、私に差し向けられたのか。

《変ロ長調のピアノ・ソナタ》、倦み疲れたようなシューベルト、アシュケナージの演奏でCDが鳴りつづけている。いまの私の気分をこれほど適切に表現している音楽はないかもしれない。夢と覚醒とのあいだの、往きつ戻りつのためらいのなかに現れてくるイマージュの数かず。

＊

晴れの日が続き、一気に盛夏の気配。いろいろなところに夾竹桃が咲いている。庭のはずれに今年植えたばかりの木槿もうすい紅紫や純白の花を開きはじめた。いつからか、私はこれらの花の植物が好きだ。

真夏の強烈さをいっそう引き立たせる夾竹桃の葉と花とは、私の裏で地中海の風景を喚び起すものだ。ギリシァの岩ばかりの斜面に生い茂って、それは空と海との二様の青さと耀きとを際立たせるものだ。どの夏だったろうか、私は六八年と八三年の二度、夏にギリシァを訪れたことがあった。汗を垂らしながら、アテナイのアクロポリスの丘をのぼってゆき、丘の入り口、ニケの神殿の手前のところで真っ赤な夾竹桃の花を目にしたことがあった。その印象がひときわ強かったのは、その日の真昼の暑さのためでもあっただろう。そこにあった屋台からオレンジを一個買って、その汁を喉に通し、生き返った気もちになったのを憶えている。この植物の濃い緑、尖った両刃の短剣のような葉のかたち、それらはあそこの風景に似つかわしいものだった。

いま庭には他にも小さなオリーヴや月桂樹がある。それらの植物たちは私の心のなかに海の香を呼び寄せる。

木槿の想い出はたぶんもっと古いものだ。子どもの頃にまで溯る。どちらかといえば夾竹桃とは反対に、木槿の花はおだやかさそのものだ。そして、樹形とあまり釣り合わないだけでなく、季節とも対応していないように感じられる。そのやわらかさの印象のためだ。だが、それでいて、これは紛れもなく夏の花だ。

幼いころ、また若いころ、家から十分、十五分ほども歩くと畑や水田のひろがりのなかに出た。遠方にはなだらかな丘のつらなりの稜線が空の輪郭を整えていた。そして、松林があった。また、ところどころに農家が点在していて、牛の啼き声、鶏の声などがときに聞えてきていた。そんな農家の庭を道と隔てる垣に、この木槿を見かけることがあったのだ。花の時期が長かった。夕暮れの散歩の折に最初に目にしたこの花が、数日後、同じところを通りかかったときにも同じように咲いていた。数週間後にも、同じようだった。それが夏のどのぐらいの時期にわたって咲くものか、どんな名前をもっているのか、その頃の私はまだ知らなかった。いつか、その樹を自分の庭に植えてみたいと思っていた。

＊

先日、シューベルトの「言葉のない歌」という標題のＣＤを買った。冒頭に《アルペジョーネ・ソナタ》が収められているが、そのあとはいずれもこの作曲家のよく知られた歌曲を言葉なしで、マイスキーのチェロが奏でるものばかりだ。はじめてこれを聴いたとき、不思議な印象をもった。弦の音だけが辿ってゆく歌曲は私たちがそれを耳で聴かずに、心のなかで辿っているときとまったく同じように聞えるのだった。音楽を回想するときの、あの調子を心にひびかせた。現実の知覚という以上に回想の音だ。他の場合にも、弦には何かしら私たちを過ぎ去った時間のほうへと引き戻す力があるように思った。

＊

パリの自室でディッキンスンの詩集を読んでいたとき、詩人というものは明らかに別種の人間かもしれないと強く感じたことがあった。詩人と自称する人びとの自惚れや自負心の、世間知らずのことはともかくとして、またエリュアールのことも、ヴァレリーのことも考慮の外に置いてのことだが。どんな形にせよ、うまく世間と折り合いをつけながら詩人でいるということはとても困難だ。詩人であるとは、何にも先行して、存在そのものが詩人であることであり、それは絶えず宇宙にむかって問いを発しつづけることだ。問いはおそらく存在の奥深い不安から立ちのぼってくるだろう。そこにはある種の確信は宿るにしても、自己肯定はあり得ないように思う。たぶん、真性の詩人はどんなふうにも自己肯定を行なうことはできない。とりわけ〈詩〉のことばにおいて。なぜなら、彼、もしくは彼女は語る者である以上に、聞き取る者だからだ。

＊

ノートを開くと、ほとんど反射的に何かペシミスティックなことを誌そうとする癖が私にはある。慥かにこの時代の、この国に生きていれば、そうならざるを得ないが、むしろ必要なのは、それとは反対にこの地上に生きて在ることに連なるよろこびを記しておくことのほうだ。そして、それが自分にも可能かもしれないと思われるときがある。

私が探り当てたポエジーや芸術作品、音楽といったものを考えてみても、それらが私を暗い気もちに陥れることはないのだから。そして、また、驚くような自然の美しさ、――もちろん、オート・サヴォワの山並みを水面に映しているレマン湖の壮大な風景のようなもの、それは紛れもなく自然の美しさだが、そうしたものばかりでなく、私はただ一個の西洋梨やネクタリンのことをも想っているのだ。あるいは、いま私たちの庭ですばらしい紅色に色づいているヤマボウシの小さな実のことをも考えているのだ。止むを得ない理由の側からであっても、――なぜなら、レマン湖の「テラス」の風景を私はいま身近にもっていないからだが、――いちばん小さな自然のかけらのなかにも、私たちの心によろこびを芽生えさせる種子は潜んでいるものだ。

だが、同時に、記述するものが趣味的にならないこと、見えているものの背後に、見えていないものを探り当ててゆくことが必要だ。換言すれば、それらのものと世界全体との関係を摑むこと、些細な部分が担っている全体を語り得ることが必要だ。

*

海底に沈んだ都のイマージュがときどき心に浮んでくる。

私の内部に深く沈んだ都がある。私はときにそれを忘れてしまっている。そこに響いていた鐘の音や人びとの話し声、また部屋のなかの団欒の情景など……　たくさんのものが沈んでいった、時間をかけて、ゆっくりと。私の無限の奥底へと。

ときどき、そこから響きが立ち上ってくる。私がいまこの地上世界で耳にするのとはべつの響きが。よく覗き込んでみれば、暗がりのずっと下のほうに幾つかの塔の尖端がみえることだってあるだろう。

*

朝のニュースで、イタリア、ウンブリア地方を襲った大きな地震のことが報じられた。震源地はフォリーニョのあたりらしいが、アシジの丘の町も大きな災害を被ったらしく、大聖堂の天井のジオットーが剥落したという。その他にも、何もわからないが、サンタ・キアラやポルチウンコラやサン・ルフィーノはどうであろうか。人びとの家の倒壊もひどいものであろう。

こうした点に関して、私は神の怒りなどを持ち出す類の人間ではないが、アシジが中世以来の美しい聖地であるだけに、何かしらこれをこんにちの人間社会にたいする反省の促しのように受け取る者もあるようだ。

だが、また、私たちの住むこの地方一帯はいつ大地震に見舞われても不思議はないほどに緊張した状態のようだ。

そのときには私たちの生活そのもののもちろん安泰を保証されはしないだろう。

そうでなくても、すべてはすさまじい勢いで、打ち崩されてゆく。一生のなかで、人がはたす愛や生の営み、人類の創造的行為の証としての数かずのもの、さらには広大な宇宙の漂流物のような私たちの惑星——何もかもが一度の瞬きのあいだに消えてゆく。だから、何かを形あるものとして惜しみ、残そうとすることには、僅かなあいだの慰めしか宿らない。それでも人間の持続を尺度として考えればたいしたことではある。

だが、もっと決定的に私にとって慰めであることは、どのようなことであれ、何かある事実が生じたとき、どれほど儚く消えてゆこうとも、それが生じたことの事実はもはや何によっても否定しがたいということだ。このことへの確信ほど説得力のあるものはない。

これは主観主義なのか、客観主義なのか。

＊

イタリア中部の地震はまだ続いているようだ。ペルージアやアシジやフォリーニョや、あのウンブリアの幾つもの町や村が苦しんでいる。

いつかそれほど遠くない時期に、同じことが私たちの住んでいるこの地域にも生じるだろう。そして、人びとの小さな努力の限りない積み重ねが一瞬で無意味なものになるだろう。

人間の関係にあっても同じことだが、築き上げ、つくり上げるためにはじつに長い時間がかかるのに、打ち砕き、打ち壊すためには、一瞬しかかからないのは何故か。肯定や信頼のために注ぎ込んだエネルギーが一瞬の否定によって葬り去られてしまう。何故か。

＊

打ち壊すにはまるでエネルギーなぞ必要ないかのようだ。ただひたすら持続のためにのみ、あるいは育てるため、耐えるためにのみ、エネルギーは必要なのかもしれない。そして、そのエネルギーが途絶えるとき、その瞬間にすべては無に帰してゆく。芸術や文化、愛や友情も同じように。もしかすると、否定はないのかもしれない。あるいは恒常的に、潜在的にあるのかもしれない。

生命と物質との葛藤。生命は物質を物質の本性以上のものにしようとする。――文明、芸術。
――物質は生命を物質に戻そうとする。

＊

昨日、夕刻、急に木枯しが吹いて、季節は大きく冬へ傾いた。家でも、夜、朝と煖房に火が入った。

先日から気になっていたことだが、太陽光線で考えたとき、実際、光にはどんな影も見えてはいないので、光は遍く照らしていても、じつに多くの影があることを知らずにいると思った。それを精神的なレヴェルで考えたとき、ふいに、じつに悲しく、淋しい気がした。だが、ごく最近になって、精神の、あるいは霊的な光に関しては、光もまた遍在であり、物の空間でのようにただ一点の光源から放射しているわけではないということに気がついた。パスカルの、無限の速度であらゆる領域を駆けめぐるただ一点というあの譬喩が私の頭に浮んだのかもしれない。

もし不可視の光もただ一点から放射していたのだったとしたら、光は自分に影が見えないことを悲しみ、自分の非力に絶望して、自らを打ち砕いたかもしれない。――光源を画面に描くことのないレンブラント。

＊

光について、あるいは影について。

光はすべてのものを遍く照らしだしていると思っているが、それが光源から放たれる光であるかぎり、事物の背後の影はけっして見えない。見ることができないということ。

光がすべてのひろがりを包むためには光自体が砕かれなければならないということ（キリスト者にとっては、キリストの死の意味）。

事物の背後の、あるいは私たちの存在そのものがつくり出す影は一種の深淵でもあり、底無しの闇でもあり得たかもしれないということ（キリスト者にとっては、原罪の意味）。ここに鏡の反映、または反射の意味が生じる。

すべての事物、存在は紛れもなく、たとえ僅かであれ、自身が受けた光を反映、反射しているということ。そして、それが自身のではなく、他者の背負っている闇、深淵の部分をほんの僅かであれ弱めているということ。そのために、あり得たかもしれない深淵が影にすぎないものになっているのだということ。アガペー的な愛の、地上的な在り様。

＊

昨日は颪と雨とのすさまじい一日だった。吹きちぎられた街路樹の葉が舗道に濡れたまま敷きつめられて、足許が滑りやすく、また、たくさんの水溜りができていた。その様子が昨年のアヴィニョンを想い出させた。駅のところから教皇庁のほうへむかって、ほんの少しだけ歩き、左折して暫くゆくと、左側に私の投宿したホテルがあった。あの道には大きな並木があったが、プラタナスだったろうか、滞在中はほとんど雨ばかりだった。湿った大気が重かった。それからふいに天候は一変して、ミストラルが来た。

いつも何か侘しい気もちにとらわれていた。ほとんどメランコリーと言ってもいいような状態だった。

私は旅好きなのに、旅先で愉しい気分でいることがきわめて稀だ。むしろ、はげしくバランスが崩れそうになるのを懸命に押しとどめようとしているという状態のことが多い。けれども、どういうわけか、自分自身の奥深くまで沈潜するためにも、また、そこから浮び上がって自分の経験に何かのフォルムを与えるためにも、自分をそんな状態に置く必要があるらしい。自分が砕かれる契機を意図的に求めているということだろうか。

おそらく、日常性というものによっておし隠されているものが露になるためかもしれない。

＊

おそらく、哲学は自分一身にかかわるものだが、芸術やポエジーは自己と他者との関係をつくるものだ。主体が自己を維持しながら、あるいは維持したままで、他者を考察するというのでは不充分だ。

遙かな昔から私が哲学に馴染まないのは思考の困難さに原因があるというよりも、それがもつこの自動詞的本質に理由があるのかもしれない。宇宙や自然が人間の知的営みとしての哲学によって、どんなよろこびを受け取っているのか私は知らない。だが、芸術は自然が生み出すことのなかった別種の花であり、ポエジーは小鳥がうたわない別種の歌だ。それは人間が宇宙に、あるいは自然に返すことのできる唯一の贈り物だ。ボヌフォワがジャコメッティの問題を論じながら、――「哲学することとは死に方を学ぶことであり、彫刻すること、描くことは愛するすべを学ぶことだ」と言ったのも、それぞれこの自動詞性、他動詞性として理解できそうだ。モンテーニュからボヌフォワへ。

＊

おそらく詩とは支離滅裂な、きらびやかなことばを並べ立てるものではない。それかといって、日常的な散文をほどよい長さに行別けした形のものでもない。そうしたものはどれも詩ではないと私には思われる。

必要なのは当然イデーとイマージュだが、しかもその両者はたがいに縺れ合い、支え合っていなければならない。イデーが支配的になると、イマージュはそのための譬喩にすぎないという役割にまで後退する。イデーが貧弱だと、イマージュはワルツの舞踏会のように空疎なものになる。

ことばを無理強いして追い立てたり、削り落したりすることも、いちばん重要なことではないし、他方で、他人が聞きたくもないお喋りや絶叫は存在しないほうがいい。

いちばん必要なことは自分の世界経験をいっそう深いものにしながら、その根が吸い上げるものをことばの花に咲かせることだ。世界そのものは見る目をもっていさえすれば、無数のイマージュを提供してくれる。おそらく、それ以上のイマージュを捜す必要がないほどに。

*

一人の女子学生が研究室に来て話しているとき、私にとって〈夢〉とはどういうものかと訊いた。

私が〈夢〉に関して、彼女に話したのはつぎのようなことだった。

まず、夜の、眠りのなかでの夢について。もちろんこれは私たちが目醒めている状態で知覚する現実空間でとは違うひろがりのなかで生じることだが、それだからといって、覚醒状態での私たちの在り様に、夢が何の痕跡も、何の影響もとどめないとは考え難い。それは私たちの精神、意識のレヴェルでやはりある種の、真実な力をもつということ。

つぎに、たとえば、シェイクスピアの《夏の夜の夢》や《嵐》のような作品、モーツァルトの《魔笛》のような作品は、それが現実空間で生起することだと考えると、どう解釈してみても、まったく荒唐無稽であり、辻褄の合わないことの連続のようにも想われてくる。けれども、もしそれが夢の実質と同じもの――シェイクスピアならば、「夢の織られる布地」と言うかもしれないが――でできていると考えるならば、それらには充分な説得力がある。つまり、それらは物の空間での現実をではなく、魂の現実を語っているのだということ。

第三に、宇宙は物質を生命に変え、この生命を私たちの精神とか意識とか称ぶものに変える。この精神であるものが、詩や芸術を生み出す。私はそれらをまた夢と名づけてもよいと思う。こうして、宇宙の営みの一部である人間存在を仲立ちとして、物質から夢にいたるまでの連鎖は途切れることのないものとなっていること。

最後に、またしてもあのピンダロスの詩、――私たちのこの地上の日々から目醒めたとき、ふり返って、「あれは夢だったのか」と想い返すときの、一切である夢、もう一つの覚醒のあとでは、何もかもが夢なのだということ、これもまた、シェイクスピア的ではあるが。

*

気もちのよい季節、隅々まで庭の手入れをする。鳥たちが巣づくりのための小枝や何かの屑を嘴にくわえている姿をときどき見かける。風が薔薇の花を揺らしてゆく。ほとんど夏を想わせる突然の気温の上昇。――そこには実体であるとか幻であるとかの弁別を超えた何かがあり、有無を言わせぬものがある。

世俗のものへの執着から離れよ、地上的な現象に目を奪われるなと宗教家たちは言う。執着をもつこと、現象に目を奪われることから、苦しみが生じるのだと言われれば、それは私にも解っている。だが、もっとも大きな宗教的存在たちが、もしほんとうに他者の救済を考えたのであれば、あるいは他者の受苦をともにすることを意図したのであれば、それもまた地上的なものへのもっとも大きな、深い執着ではないのか。

問題になるのはいつも自我だ。

＊

また肌寒い日だ。私は極度に疲労に苛まれている。

そんな体調のせいか、昨日の夜明けには情けない夢をみた。

自分の子どもの一人と一緒に何処かイタリアの田舎にいた。連れていたのはTだったか、Kだったか、誰とも特定できないが、背丈は私の肩の高さほどだった。何が理由でか親子のあいだが諍いの雰囲気になり、――「それなら一人で行け」と私が言ったらしかった。息子は私から離れて歩きだした。そして、大きな建物の角を曲り、姿がみえなくなった。巨大な倉庫のような建物だったが、私はそれをはっきりバジリカと認めていた。野のひろがりのなかに、それだけがぽつんと建っていた。人けはまったくなかった。私は息子のあとを追うようにして、四角い建造物を一周した。見当らなかった。

バジリカの正面に向って右側にかなり大きな道が一筋通っていた。その道をすこし引き返したあたりに、人びとの小さな雑踏があり、また、そこでは自動車が頻りに往き来していた（バジリカの傍ではまったく見かけることもなかったのに！）そのあたりにはまた、路面電車の停留所があり、私はそのことを知っていた。——〈きっと息子はここに現れるだろう〉と期待しながら、私は目を凝らして人の動きを追い、ずっとむこうのバジリカのほうを眺めた。だが、彼は現れなかった。「いったい何処に行ってしまったのだろうか。」——激しい不安と悔いの念いとのなかで、目が醒めた。そんな夢をみる幾つかの理由にはすぐに思い当った。

市街から離れたところにぽつんと一つだけ建っている礼拝堂か何かの夢はずっとまえにも二度ほどみたことがある。何処の風景がそんなふうに私の内部に収まったのだろうか。パドヴァのスクロヴェニ礼拝堂の想起か。

起きてすぐにSに夢のことを話した。

午前中に（日曜日だったので）、私たちはそれぞれTのいるシンガポールとKの働いている香港に電話をした。できれば、私たちは七月末に香港とシンガポールとを訪ねる短い旅に出てみたいと考えている。

＊

結論だけを書こうとしては駄目だ。気がついたこと、疑問に思ったこと、考えたこと、感じたことをその都度、そのまま書き止めてゆく習慣が必要だと、先日、私は若い学生たちに言った。「だって、結論だけをもしフランス語で書けば、ただの三語で終ってしまうだろう、——〈Tout est vide.〉と。そうではなくて、ほんとうにそうなのかという吟味を含めて、そこに到るまでの過程が重要だ」と。私はこの言葉を自分自身のために、折おり繰り返すことが必要だ。そして、何をするにしても、おそらく仕上がったものそれ自体は結果としてたいしたものではないのかもしれない。〈試みこそ大切だ〉と言ったジャコメッティの言葉を想い出す。

なぜなら、一切は海の波のように一瞬立ちあがっては、つぎの瞬間に崩れ落ちて、海に還るからだ。しかし、それにもかかわらず、一瞬立ちあがるというそのことが重要であり、意味をもつのだ。

＊

今日もまた雨、やがて霽れてくるそうだが、それもあまり期待していない。

なぜか、最近はヨーロッパのことをあまり想わなくなったが、ふと、マロニエの花の零れてくるリュクサンブールの公園が心に浮んだ。七二年春のあの公園だ。甘美さと憂愁と若さと死の翳とがその景色には混り込んでいる。

そして、それとともに、すでに充分すぎるほど永く生きてきたとも思う。


私は想像力を駆使してイマージュを想い浮べることが非常に下手だ。多くの場合、音楽を聴いていても、ヘッセや片山さんのようにそれが自分の衷でヴィジョンを繰り拡げてくれるようなことはあまりなく、音楽はそれ自体として感性の奥深くまで沁み込んでくる。

絵を描いていて、抽象的な画面を抛棄したのもそのためだ。

何故そうなのだろうか。

この点での貧困を避けることができたら、私が書いたり、描いたりするものは、おそらくもっとずっとすぐれたものにもなり得ただろう。だが、詩や芸術の場合の創造行為に伴う想像力とは、おそらくそれぞれに固有の、天性のものであり、これを鍛えるというようにはゆかないものだ。

生きていることの、経験の密度を濃いものにしてゆくことが、何かを埋め合せることはあるかもしれない。

＊

毎日をもう少し、もう少しというふうに生きている。長距離走のようなものだ。

明け方に夢をみた。もうほとんど薄れてしまったが、夢のなかで、私はSと一緒にオランダを歩いていた。どこかの聖堂を訪ねたあと、あの地方の田舎の牧草地のへりの、運河沿いの径を辿っていた。そして、その行く手に何か風変りな白い建物があり、数人の人影がそこにはあった。それは異様な、人目を忍ぶ教団の建物だということがすぐ私にはわかり、私は足早にそこから立ち去っていった。

それだけの夢だった。ある種の不快な気分が目醒めののちに残った。おそらく、私のみる夢は通常のものとはいえないことがしばしばだ。つまり、日常的現実空間の残滓のようではないということだ。それらの夢は何処から来るのか。

この点では、私は『夢想の詩学』のバシュラールによりも、『ロマン的魂と夢』のベガンにいっそう近いのかもしれない。

ともかくも目醒めている状態での私の知覚は——残念ながら——非常に正常だ。だから、想像作用が私に詩の状態を促すということはあまりないような気がする。

それでも、想いもかけないときに、ひとつのイマージュが浮んでくるのは想像力の作用によるものなのだろうか。

*

サルトルはジャコメッティにたいして、芸術創造にも生きることにも適していないと言い、ジャコメッティはこの言葉に激昂したが、生きるのに適していない者たちこそが、ある意味で、詩や音楽に純粋にかかわることになる。彼らにはいつもこの世界の現実空間は、何かが欠落しているように感じられるところであり、何処か遠方からの――時間的にも、空間的にも――呼びかけ、促しが、彼らに創造行為をもたらすからだ。

芸術的創造行為とはこの欠落を埋め合せようとする必死の、絶望的な努力のようなものだ。というのも、詩や芸術の担い手自身、絶対的なものである欠落が彼らの努力によって埋め尽されるとは思っていないからだ。――しかし、それにもかかわらず、詩や芸術はあの遙かな呼びかけの幾ぶんかの反映を宿している。(そうでなければ、彼らにとって、それらに何の価値があるというのか。)回想が得も言われぬものであった体験そのものの、幾ぶんかの断片を心の裏に喚起することがあるように。

＊

おそらく、世界(または宇宙)の全体はそこに在るものとしての限りにおいては、ある全体の一断面にすぎないのだ。それはほんの一瞬しか自らを支えていることができない。

圧倒的に多く不可視の部分をもつこの全体を何と名づけるか。

理解の対象としてさえも〈無〉を受容することのできないこの確信。

祈るという行為はおそらく閉塞状態の自分の心に穴を開けることだ。そして、この点では言葉を発することにも同様の特徴がある。だから、見えない対象にむかって言葉を放つ行為は一種の祈りのようなものだ。――だが、それさえもできない状態がある。

*

私はすこしずつ立ち直りかけている。自分の意識の状態であっても、それが大きな周期、小さな周期で変化するので、物質そのものとは言わないまでも、紛れもなく自然の現象の一断片であることが実感されてくる。幾ぶんなりと意欲が回復してくれば、その時を逃さないように仕事に集中することが必要だ。

大学院の学生たちとボヌフォワの「大きな石の輪について」を検討しているが、これは彼のポエティックを語るためには重要なテクストの一つだ。言葉と自明性のなかの世界そのものとの関係を擒えている。

私の場合はどうであろうか。私にはどんな場合に、自分に詩が成立するのかまだよくはわかっていない。ただ、ときおり作品だけが生れてくる。

消去法的にいえば、日常的な生活感情をある種の修辞、美辞麗句によって一定の形に整えるということではなさそうだ。また、言葉遊びのようなものでもない。――自分と世界とのかかわりがほんの一瞬であれ、日常のものとは異なる在り方になるときがある（日常的なかかわりにおいては、多かれすくなかれ、私たちは世界を欲望の対象として断片化する）。かすかなものであれ、そんな体験の反映、余韻、軌跡とでも称び得るものが言葉に宿るとき、それが私には詩なのかもしれない。

言葉のレヴェルを超えて、行為としての〈詩〉を生きるということは可能だろうか。ある意味で、ツェランの絶望の痛切な事例、リルケやボヌフォワからとどいてくる慰め、――地上世界との関係を詩的に生きること、他者との関係を詩的に生きること、それはまた愛の問題でもある。そして、その点では世界や他者を戯れの対象とするような余地は〈詩〉にはない。

＊

誕生のときから、人は長い衰滅の道すじを辿ることになる。そして、すべてはその過程で成就されてゆくのだ。とすれば、必然的に、一切はその内部に死を含んでいるということでもある。この死を受容し、それに同意し、その意味を把え返さねばならない。死の彼方に天国や浄土があるというような虚構は美しいが、ほとんど説得力がない。一切は空であるという悟得は些細な一切のものから意味を奪ってしまうので同意しがたい。

事象そのものに依拠しながら、事象そのものの存在の意味を確認することが必要だ。

実際、現にいま、ここに存在するというそのこと自体が最大の神秘なのだ。どれほど瞬間のものであれ、それぞれの存在において、この神秘こそ讃えられるべきだ。死そのものを養っている生である存在。もっとも微細なものからもっとも巨大なものにいたるまで。

V

先週金曜日に、池袋の芸術劇場で、プラハ室内オペラの《魔笛》を観た。すべてに納得のゆくものだったというわけではないが、深い感銘と、生きいきとしたよろこびを受け取った。舞台がそれほど大きくはないから、装置はきわめて簡潔であり、そのことが幼い日によい絵本から受けたような素朴な愉しみを生みだしてくれた。中央の非常によい座席でもあったので、自分の目の高さで、歌い手たちが夢のなかの出来事を演じるのが余すところなく見てとれた。フリーメーソンの教義のようなものが持ち込まれている部分を私はあまり好きではないが、それも物語の根幹をなしているものであれば仕方ない。だが、メールヒェンの雰囲気は遙かにそれを突き抜けている。どこか村芝居のような気分のなかで、みごとな歌い手たちがモーツァルトそのものを搬んできてくれている。

指揮はルドルフ・クレチュマー、演出、ヤン・シュティフ、そして、歌手の顔ぶれはパミーナをモニカ・ブリフトヴァー、タミーノをロベルト・シホー、パパゲーノをダリボル・トラーシュ、パパゲーナをヤナ・ボトショヴァー、夜の女王をイヴァナ・コウピロヴァー、ザラストロをユーリー・クルーグロフ、またモノスタトスをペトュル・フリベルトなど。

夜の女王はすばらしいコロラトゥラ・ソプラノを聞かせてくれたし、また、テノールとバリトンの声がいずれもすこしハスキーな音質で、奇妙に響き合った。侍女や従者たちが並ぶと、その衣裳や被りもののせいで、私はアレッツォのピエロ・デッラ・フランチェスカの画面を想い出したりしていた。《ソロモンとシバの女王の会見》である。

こんなものに触れたあとでは生きていてもよかったという気分がしばらく続く。

＊

今朝未明のニュースで、アメリカがアフガニスタンとスーダンを爆撃したことを知った。先日のナイロビとコンゴとの「爆弾テロ」にたいする報復と、今後に予想される同様な攻撃への先制攻撃だという。アフガニスタンではイスラム原理主義者たちの訓練所、スーダンでは化学兵器工場が標的だったと、昨日、性的問題ではじめて証言を強要されたクリントンが声明を発表し、しかも民主主義と正義を守るためだと言っている。勿論、私はテロリズムを擁護しないが、あらためてアメリカの狂った判断一つで、世界戦争は一瞬のうちに生じるだろうという気がした。それに対しては国連をはじめ、この地球上の何処にも理性的に働く抑止力はない。反米的なアラブ諸国は一斉に反撥し、国連事務総長は却ってテロの頻発を憂慮している。イギリスとイスラエルはアメリカを支持し、日本の小渕首相は「理解を示し」ながら、他の諸国の反応を様子見している。

アメリカの独善的な正義感にはいつもながら嫌悪だけを覚える。これほど「国際的」でない国もいまや稀だ。

＊

〈世界〉という語の歴史的概念の変遷をスタロビンスキーが語っているが、近代になって宇宙像が数学的、物理学的になってしまったために、神的なもの、聖なるものが詩や芸術において内面化されざるを得なくなったという指摘はそのまま同意できるものではあるが、また、本来不可視の領域に宿るものは、かつての時代においても譬喩的に外在空間に仮託されていただけのことであろう。換言すれば、のちの時代になって外在的世界空間が〈受肉・托身〉の成立する場としての資格を、科学によって拋棄させられたということだ。おそらく、そのとき、世界において神が死んだのである（これもまた譬喩的表現の一つにすぎないが）。――そして、そのぶんだけ内面空間の自律的な役割がいっそう重くなったということかもしれない。

＊

木曜日に渋谷で、〈ブラック展〉を観た。つぎに、芝の庭園美術館に〈モランディ展〉を訪ねた。ジョルジュ・ブラックの芸術の生涯はものそれ自体から意味を剝ぎ取り、ほとんどすべてをものの素材に還元しながら、それらの堆積に新しい言語を語らせようとする試みだ。おそらく、楽器も花瓶もテーブルも、一切が原形へではなく、素材の様相に変えられており、人間についても同様だ。ときに、とても美しい作品に出会うが、これまで、これほどこの巨匠の仕事を悲惨だと私が感じたことはなかった。

画家が自身のアトリエを描いた作品がある。画家自身は背後から描かれており、彼は制作中の作品に対い合っている。画架が大きく描かれているが、それは遠くから見ると、黄いろがかった木の十字架のようであり、すると、作品そのものは墓であるように思われてくる。このタブローから一つ置いたところに、《虚無》という作があり、画面には頭蓋骨が描かれている。この、素材に還元され、意味を喪失したものたちの構成する空間から、きっと芸術家は解放されたいのだ。

やがて窓からは空の青さが見えるようになる。そこからの使者のような鳥が画面に舞い込んでくる。ときとしてこの希望は死の空気のために死んだ骸だが、新しい生命の象徴の役割をはたしているときもある。

そして、ついには広い空間が出現する。ファン・ゴッホへのレミニッサンス、同様に悲劇的で、いっそう重い。

しかし、ジョルジュ・ブラックのこの悲劇性はおそらく彼の時代をこの上なくみごとに代表しているのかもしれない。

モランディの節度を心得た外界との関係の表出は、いっそうニヒリズムの立場に近い。しばしば彼にはみごとな絵画言語があるように言われる。ごく僅かな語彙によるこのことばはそれなりに文脈の整いをみせる。けれども、何も語らない。画面には、ある種の光の効果がうかがわれるが、画家は光そのものをも空虚化し、虚無化している。イタリアの初期ルネッサンスの、それも多くの壁画を研究したということだが、古い画家たちとは視線に大きな相違がある。モランディの画面に溢れる光はレンブラントやティチアーノのもののようではなく、何ものにも生命を与えることなく、すべてを奇妙な沈黙のなかに沈める。それは熱のため、暑さのために意識が薄れてゆくときに目に映る世界を描き出す。

これもまた、慥かに一つの言語ではある。そして、醒めているものがあるとすれば、それは画家のある種の知性だけだ。――視線の魔術によって凝固させられた事物や風景。

是非とも必要なことはそこにもう一度生命の息を吹き込むことだ。

ブラックの場合のように、描く主体の側の悲劇性が感じられないだけに、共感というものからは距離を置いた位置にモランディは立っている。

だが、二年まえにパリのマイヨール美術館で観た彼のあの雪景色の絵だけは、私の衷にまったく異なる種類の感銘をのこしている。

＊

生きていること自体にたいする、あるいは世界にたいする執着がしだいに稀薄になってゆく一方で、刻々の経過のなかに自分のエネルギーを可能なかぎり注ぎ込もうとするという奇妙な矛盾的態度、——それが現在の私の基本的な在り方だ。つまり、私自身の側からすれば、可能な最大限に熱意を傾けながらも、それが外の世界にどのような反応を惹き起し得るのかという点に関してはほとんど考慮しない、あるいは期待しないというような在り方だ。

この在り様はいたるところの領域で、現在の私の思考や行動を規定している。そして、そのことのために、一日の終りになると、私は死者よりも重く疲れている。何もかも放り出したくなる。あれこれのことに、いったいどれだけの意味があるのか、と。

けれども、またしても私は身を起す。ともかくも、自分にできることを精一杯やっておくだけだ、と。

*

雲が多く、すこし陰鬱で、大気が冷たく、どちらかといえば嫌な天気だ。冬のはじまりのような。

私の六十六回目の誕生日。これは驚くほどの数だ、季節のめぐりとしても六十六回とは。これだけの秋を自分が受けとめるだろうとは思ってもいなかった。幼い日々のおだやかさ、あまり想い出したくもなく、忘れてしまった戦中、戦後の日々。仕事への意欲は持ちながらも道を閉されていた日々。

私はもう道の涯に来ている。依然として両手はからっぽのままで。実現すべき仕事の夢をもちながら。そうだ、私の両手は財産はからっぽのままで、そのぶんだけ夢をいっぱいに掬い取っているのかもしれない。手のなかいっぱいに夢をもちながら、そのまま、自分の死を迎えることができたら、きっと幸せだろう。それもなければ、そのときに、私の両手はからっぽだと言うことにしよう。

＊

冷たい雨が降りしきっている。これは冬の雨だ。散り残っていた木々の葉も大方は落ちてしまうだろう。窓から眺めているだけだが、見るからに冷たそうな雨が私にサン・モーリッツの日のことを想い出させる。

ヴヴェで、ボヌフォワ夫妻と別れて、スイスの列車を乗り継ぎ、サン・モーリッツの町はずれのホテルに投宿したときのことだ。到いた翌日すぐに、私はヴァル・ブレガリアの谿を下って、ジャコメッティの故郷スタンパを訪れた。その日はジャコメッティの想い出のうちに過ぎていった。そのつぎの日は雨だった。十月上旬というのに、ひどく冷たい雨だった。

なぜ朝から冷たい雨に手も身体も凍らせながら、ホテルから駅までの道すじを歩いてみようと想いたったのだろうか。靴もすっかり水浸しになって、惨めさだけが残った。おまけに、ホテル近くまで戻ってきていながら、大きく道を間違えて、かなり行き過ぎてしまった。

ときどき、何かの罰のように私が惨めさの想い出を意図的につくり出そうとするのは何故だろうか。それもまた、のちになって深いところで私自身の心を養ってくれるはずだと私は思っているのだろうか。しかし、対人関係のなかのものでないそんな惨めさは、不機嫌をではなく、悲しみを喚び起すものだから、しばしばそれ自体ポエティックだ。

＊

まったく絶望的だと言い切ってしまうには、なお何かが残っているように感じられる。とても微かな気配のように。そして、おそらく残っているというのは正確ではないかもしれない。むしろ、不断にいまでも生れつづけていると言うほうがいいのかもしれない。なぜなら、新しい、若い世代が私の、摸索する手の指先に触れることがあるからだ。

私の思い違いは、その何かに触れた場合、そして、それを一つの価値として受容した場合には、すくなくとも個としての存在の衷に、その価値を否認させるような種類の要素がなお残存している筈はないと思ったことだ。両立しがたい二つの価値のあいだには、決定的な選択しかあり得ないと思ったことだ。

だが、人間の在り様は稀少な結晶を含む大きな石塊のようなものかもしれない。その純度の問題はあるにせよ、鉱物としてさまざまな雑多な要素から成っており、稀少なその部分を純粋なかたちで取り出そうとすれば、その塊は砕け散って、もはや存在することが不可能になってしまうのかもしれない。

おそらく、世界とか人間存在とかいうものはそんなふうだ。何かが、天使のようにそれ自体純粋なかたちで存在しつづけるなどということはあり得ないのだ。私自身にしてみたところで、何と雑多な要素の集まりであることかと思う。

やがて晴れてくるというが、霧雨状で、空気がやわらかく呼吸しやすい。ただ、ここではどんなに天候が変ってもすぐ近くには山も海も湖もみられないので、僅かに木々の葉の変化に世界を感じ取るほかはないのだ。

＊

四日間にわたる米英軍のイラク爆撃はラマダン月に入る直前で停止されたが、双方の権力者同士の醜悪さだけが浮彫りになった暴挙だった。自らの破廉恥な行為と不誠実さから糾弾の鉾先を逸らすために、国際的な慣例をさえも無視して、不意打ちの命令を出すなどということが、どんな角度からであれ正当化されてよいものであろうか。また、この許しがたい行動に口実を与えたイラクの大統領の身勝手な権力欲も同罪だ。

攻撃が仕掛けられたのは、査察団の報告書を国連の安保理がまだ受け取るまえであり、それにもかかわらず、米大統領はその内容を知って独自の決断を下したというのだから、全体のからくりに大きな問題がある。尤も、報告書の内容そのものもいかがわしいもののように推測されるし、国連のアナン事務総長は「悲しい」と印象を語った。

＊

このあたり首都圏ではまったく雨のない連続日数がいまや記録的だそうだ。寒さのあまりに酷し過ぎない日を選んでは、ときどき思い切って散水してみるものの、庭の土も沙漠の砂のようになっている。そして、植物たちは埃に汚れている。

それでも臘梅は甘い香りを放って枝いっぱいに咲いており、マツユキソウの五、六センチばかりに伸びた花茎の尖端には白い綻びが見えはじめている。春はそんなに遠くはないだろう。

昨夕も唐突に詩が一篇生れた。「ある音楽に」——いまや私は詩のことばに於いてほとんど自由になっている。最初の行は——「すこし落胆して試聴室を出てから／冷たい夕闇のしだいに深まる街の……」というふうにはじまっている。遙かな昔の『光と風のうた』、あるいは私の三十年分を収めている『影の夢』などと較べてみても、私は詩のための特殊な語を選ばなくなった。それらの語が詩を形成するのに不可欠な要素だとは、多分、思わなくなったためだ。

たとえばイヴ・ボヌフォワの影響があるのだろうか。おそらく。——この二、三日リルケが手のなかに置かれ、ほんの数ページを読む。昔とすこしも渝らぬすぐさまの同意。フランス語で書かれた「泉」など。とすれば、私にとって〈詩〉とはこの数十年来、いささかも渝ることのない実質のものなのだ。

*

疲れ気味の所為か、すこし頭痛がある。けれども、昨夜、じつに久しぶりに雨が降ったので、いくらか呼吸し易くなった。

世界はいたるところで激しくぶつかり合っている。ユーゴ領内のコソヴォ地区、コンゴを含むアフリカ各地、北アイルランド、もっとも持続的な規模のものとしてのパレスチナとイスラエル。こんなふうに数え上げてゆくと、人類は何処まで憎悪の飛礫を投げ合えば気が済むのかという想いになる。

北朝鮮やミャンマー、中国などの内側で自由がどれほど抑圧されているのか、事情が充分に伝わってこないぶんだけ、その大きさが想像される。

そして、軍事的、経済的な大国の露骨なエゴイズム。

いつの時代にも、おそらくそんなふうなのだろう。

だが、他方で、文化や民族の差異を超えて、なんと美しいものの数かずを人間は生み出してきていることか！　それはたんに詩や芸術の領域の作品ばかりではなく、生活を楽しいものにする家具、調度の類にいたるまでだ。数日前、私たちが都心に赴いたとき、百貨店の絨毯売場でSの目と足とが動かなくなった。ほんの小さな一枚のペルシァ絨毯のなかの微妙な色調、とりわけその深い、言い様のないみどりの色と赤との対比、細やかな図柄などが彼女の心を捉えて離さなかったからだ。幸い、いまそれは私たちの家の壁を飾っており、いつもある種の恍惚感に近いよろこびを私たちに与えてくれる。イランの人たちの誰かが丹精込めて織り上げたものだろうが、私たちに伝わってくるのはその手仕事のすばらしさであり、色調や図柄に読み取れる心の豊かさ——もしかすると、個別のものにとどまらぬ集合的な——であって、作り手がどんな政治的、宗教的な主張をもっているのかは知られてこない。

世界へのかかわりのまったく異なる二つの在り方。

＊

詩でも散文でもほんとうは何を書けばいいのか、何を語ればいいのか、自分には一切わかっていないのかもしれないと思う。だが、それにもかかわらず、私はほとんどいつも書いているし、そして、ときにそれを目にした誰かがよろこんで受け取ってくれるという事態が生じる。

いったい、これはどういうことなのか。

まず、自分がこれから先、何を書こうとしているかということに関しては、何もわかっていないということ。つまりはある種の促しによって書いているのだ。とすれば、主題を私が選択するのではなくて、私を主題が選択するのだということ。そして、また、そのことによっておのずからスティールが決定されてくる。——主題が私を選択するということについて、なお付言すれば、私を驚かす魅力が対象から私に及ぶのだということでもある。ボナールが描く際の〈モチーフ〉、ボヌフォワの言う〈現存〉との関係。

だから、私はその魅力を語によって擒えたいのだ。たぶん、読者がよろこんで受け取ってくれるとすれば、それは語によって二次化された魅力なのだが、読者の側の感応する想像力の働きによって、それぞれの存在の衷でこの魅力は幾ぶんか復元されるということでもあるだろう。私の力を超えて。

私の位置は何処にあるのか。――それを主張するために設定する問いではないが、媒介者としての私ということであろうか。詩や芸術の作品というものをも含めて世界を考えるとすれば、世界と私がもちいる言語とのあいだの媒介者、そして、そのことによって、世界と読者とのあいだの媒介者、そんなふうに想われる。

瞬間とかかわらない永遠、個別とかかわらない無限は考え難い。

＊

ときどき寒さが戻ってくる。だが、現れるときの太陽はすでにかなり東へ移動したし、夕暮れの時間も長くなってきた。庭には、臘梅の他に早咲きの椿やペルスネージュがいまや満開だ。風が冷たいだけ、予感される春がもの悲しい。幼くして、あるいは若くして亡くなった者たちの、切ない憧れのようなものが伝わってくる空気だ。

だが、以前に較べて私が彼らに痛切な想いを懐くことがすくなくなったのは自分の年齢ゆえのことであろうか。というのも、いまや私にとっては此処と彼処とを隔てる境界がいっそう朧げなものになってしまっているからだ。こんどの私の詩集『冬の霧』に関して、多くの人が「見えるもの」と「見えないもの」との重なり合いということを指摘していた。それはいまでは以前にもまして、私には自然なことでもあるのだ。刻々に生れてくるものと、刻々に消えてゆくものとが、一瞬、私のなかで結び合う。私の持続とは刻々に変化する私自身の集積に他ならないのかもしれない。

同じように世界の持続も、それ以外のものとしては考え難い。

＊

昨日は昼前から雪が降りはじめ、それは暗くなるまでつづいた。

今朝目醒めたときには連なる屋根のほとんどが白く覆われており、また、庭の地面をいつもとは異なるふうに見せていた。

だが、朝からどちらかといえば陽射しは強く、雪はほとんど跡形もなく消えてしまうだろう。現に大学の界隈まで来てみると、こちらのほうでは昨日は雨だったのかと想わせるふうに路面のそこここが濡れているだけだ。

先刻、診療所に行ってきた。充分に注意深くなければならないが、特に治療を要するというふうではないと言われた。もう暫く生きていられるのであれば、その間に幾つかの仕事をすくなくとも手許では纏めることもあるだろう。それが何になるのかと問うまえに、仕事の姿勢が生きること自体を支えるものでもあるからだ。

仕事を、あるいは私の場合、エクリチュールを信じて疑わないからというのではなくて、それが取り敢えずの存在証明でもあり、共感の証言でもあるからだ。――レンブラントやボナールの場合のタブロー、モーツァルトの場合の音楽。

世界は私の個別の存在の有無にかかわりなく在りつづけるだろう。だから、総体としての宇宙、または世界は在りつづけるだろう。

言葉がなければ世界もまた存在しないなどと言うことができる人びとはどんな冗談を言っているつもりなのだろうか。あるいは、「私が存在しなければ宇宙は存在しない」とアインシュタインにむかって言ったタゴールの主観主義も。おそらく認識が存在を生むのではなくて、存在が認識を生むのだ。私が消えてなくなれば、そのとき消滅するものは世界ではなくて、私と世界との関係だ。その関係のなかにすくなくとも私の存在という一時期、あるいは一瞬、共感が働いたのだということを私は証言しておきたいのだ。それもまた野心にすぎないが。

＊

陽射しは強いのだが、すさまじく冷たい風が吹く。肌を刺すようなこの風はずっと昔の、ブールゴーニュの高速道路での朝を想い出させる。ディジョンでの〈マルセル・マルチネ展〉に赴くために、モデルヌ・オテルにドゥルーエ夫妻が私を迎えに来てくれたのは夜明けの五時ごろだったろうか。季節は十一月のことで、八時過ぎまで暗かった。ディジョンに着いたのは十時ころだったろうか。もう記憶はおぼろだ。翌日か、翌々日か、パリに戻ったとき、ホテルの入り口傍らのサロンのソファにマルチネ夫人が一人で腰かけて、私を待っていたのは憶えている。他には、やはりすさまじかった風の感触……「ねえ、だから言ったでしょ？　この辺りの風は凄いのよ、って」とアンヌ＝マリーが言った。

消えていったものの数かず。

*

すべてが過去とよばれる境域へ繰り込まれてゆくことをどんなふうに考えたらいいのだろうか。——ある点で、これこそが私からほとんど一刻も離れずに付き纏っている問題だ。しばしば、解答が発見されたかと思う。しかし、またしても問いは前方に立ちはだかっているという具合だ。過去のなかへと繰り込まれてゆく無数のもの——そこには私自身の一部も含まれている——によって、私は不断に前方へと押し出されてゆくようにも感じられる。あるいは刻々に、私は新たな存在としての私なのだろうか。そして、同時に、私も何かしらすべてを押しつづけているのだろうか。そして、他者を押すことによって、その都度、私はその在り様、その部分で、過去のなかに繰り込まれる。

＊

昨日は東松山の菅谷邸跡から小川町のほうへとSの運転で出かけた。気分を変えたかったからだ。菅谷邸跡の公園ではみごとな白梅。剪定などされた様子もなく堂々と四方に枝を張っていて、その枝がまたいっぱいに花をつけている。だが、みごとなのは一年のうちせいぜい二、三週間ぐらいのもので、およそどの植物でも似たようなものだ。それでいて、私たちはその数日、数週間を植物とともによろこぶために、残りのじつに長い時間をひたすら辛抱し、球根を植え込んだり、枝を剪ったり、害虫を駆除したり、肥料を施したりしている。ひたすら待つことの時間である。

「このみごとな花を来年も見るだろうか、――きっとそう思うようになるわよ、この樹が庭にあったりすれば」とSはそう言う。庭に何がなくてもそうだ、同じことだ。自分にとって、これが最後の三月かもしれない、これが最後の春かもしれないと、どうして思わずにいられようか。

ここ二、三日つづけてじつに冷たい日だ。それでも庭にはいろいろな花が咲いている。

＊

今朝からNATO軍によるユーゴスラヴィア爆撃がはじまる。コソヴォ紛争が未解決のままにセルビア軍によるアルバニア系住民の虐殺が続いているためだというのがその理由である。またたくさんの人が無益に死んでゆくだろう。幾つもの人生が唐突に閉じるだろう。——あまりにも多くの権力者たちが無責任すぎると思われる。そこでも春は美しいだろう。しかし、その春を享受することのできる人は寡ないだろう。なぜ私たち人間はこんなにも愚かなのか。

*

雨は降ってはいないが、光が弱く、空気が冷たい。しかし、それでも確実に季節は進行している。春はやゝ頃に咲きはじめた幾種類かの植物はすでにその花を散らし、替って、べつの植物が地面や空間を美しく彩っている。こんなふうにしてすべては変化してゆく。私たちの知覚が確認するのは万物の変化の様態だ。それ以外には通常見たり聞いたりすることのできるものはない。

だが、私自身の出発点にあったものは何だったのか。夏の草の径で、ふいに無限の果てまで拡がってみえたあの明るい乳白色のひろがりは何だったのか。ただそれだけのことなのに、あの時、すべては一様にこのひろがりのなかで、個別の輪郭を失ってしまっているのだと私は確信した。その確信は何処から来たものなのか。いささかも推論による概念的理解ではなかった。私には、あのひろがりが〈見えた〉のだった。

そして、その直後に私は幸福だった。何故ならば、一切が例外なしに虚無に落ち込むことはないと、そして、虚無そのものが存在しないと私は識ったからだ。

それ以後、実感は遠退いていった。あの体験の質がどのようであったかもいまはさだかでない。しかし、確信だけは残った。

＊

穏かな春の雨。空も大気も白く、木々の枝先は若いみどりに飾られている。たくさんの花が咲いている。大地の夢が樹液を伝って、こんなにも鮮やかな色を迸らせようとするのはほんとうに驚きだ。

私は言葉によって、何を迸らせ得るだろうか。私はおそらく樹液だ。私の大地を〈神〉と称ぶこともできるのだろうか。――この枯渇しかけている樹液、ときとして途切れ途切れになり、稀薄になり、ときとして、また混濁する樹液、花を咲かせ、果実を結ぶことの力を失うこともある樹液。しかし、外見であるもの、樹のかたち、樹の勢いは明らかに衰弱しており、もはや枯死しかけている。

雲よ、白くかがやきながら私の上を漂ってゆくがいい。雨よ、私の枝を濡らし、また打つがいい。そして、別け隔てをしない小鳥たちよ、私の梢に止り、ときには囀るがいい。そして、どんなに悲劇的にみえようとも、世界にはなお依然としてよろこびがあることを示すがいい。無数の苦痛、無数の困難に支えられ、搬ばれてよろこびがあることを。世界にあるすべての存在はよろこびを享受しながら悲劇的だ。

＊

ユーゴスラヴィアにたいするNATO空軍の爆撃は止むことがない。コソヴォ地区のアルバニア系住民にたいする迫害や虐殺が漸く無くなって爆撃が不要になったと判断されたとき、ユーゴのセルビア系住民は一人もいなくなっていたというような方向に事態は進んでゆく。

どの国のであれ、権力者というものの在り方を私は根本的に信用しない。それからまた、平和の維持のための、あるいは抑止力としての軍隊という言い方がしばしばされても、それは武力であり、暴力装置であることを忘れるわけにはゆくまい。

ここでは悲しいほどに若葉の春が美しい。

＊

爪先で、あるいは指の先で、まだ世界と繋がっているのだと思われることがある。存在のほとんどはそこから離れかけているのだ、と。

私はこれまで自分が生きてきた地上世界を懐かしんでいるのだろうか。もうすぐ見なくなる若葉の燃え立つような美しさをいとおしく想っているのだろうか。

あるいはほどなく開かれてくる未知の境域——しかし、私にはすでにそこがどうしても未知のものとは想えないほどに明確な意識があり、私はすでに知っているとさえ言えそうだが——に視線を注いでいるのだろうか。

実際、さまざまな偶然の作用のはてに、私の意識がここで世界に、あるいは宇宙に向き合っているということを不思議に思う。何もかもが不思議なことであるのに、多くの人はそれを当然のもののように見做している。そのことが私にはまた奇妙でならない。

＊

朝三時過ぎに目が醒め、その後、僅かにうとうとする間に、幾つも縺れた奇妙な夢をみた。とても不安な夢、——私は畑や家屋のある田舎道を登ってきていた。その道はこの界隈を走るバス通りの台田のあたりに似ていた。だが、車は一台も走ってはいなかった。向こうから誰か私の知っているらしい一人の男が犬を連れて歩いてくる。犬は私をそれと認めると、跳びついてくる。危害を加えるというよりはむしろ親愛の情を示すということなのだが、私は倒されそうになる。

ほどなく家に帰り着く。いまの家ではなくて、古びたあばら屋で、勝手口のような小さな入り口だった。私は留守にしていたのだが、入り口の鍵は開いていて、ひどく不安だった。なかに入ると、ガス器具には火が点いていた。つぎつぎの部屋の一つとして例外なしに器具は点火されているのだった。そして、奥には誰かが潜んでいるらしかった。

私の不安は募るばかりだった。

一転して、家のなかにはいまやそこここにたくさんの人がいた。まるで旅籠屋か難民収容施設のようだった。――どの部屋にも、大勢の人が雑然と、ごろごろしているような幾つもの部屋を通り抜けなければならないといった夢を私はしばしばみる、――そんな部屋の一つを通り抜けようとしたとき、そこにはフランス人らしい一家がいて、彼らは旅立ちのために男も女も着替えをしている最中だった。彼らは私の失礼に腹を立てているふうだった。私は見てはならないものを見ないために、身を低くし、視線を下ろして屈むように、そこを通り抜けようとしていた、……

何故こんな夢をみるのか。私は自分の夢を尤もらしく解釈しようとは思わない。どんなこじつけも可能だからだ。だが、ときに、夢が何かを予告し、あるいは警告しているように感じることはある。私の夢の領域には、私に係わりがあるとも思われないものが遠慮なしに侵入してくるからだ。

＊

夜なかに雨が降り、木々の葉が洗われて美しい。

烈しすぎもせず、光のいい季節だ。

小さな庭にもさまざまな花が咲くが、つぎつぎにその種類が移り変って、いくらか遽しすぎるようだ。石楠花ももうほとんど終り、薔薇が咲きはじめる。空には燕が飛び交っている。

こんなふうにして、私の時間は確実に終りに近づいてゆく。私はもう変化のない、静かなひろがりのなかに繰り込まれてゆくのだろうか。——勿論、いまの私にそれが分るはずもないし、おそらく、そんなふうではあるまいかとも思うのだが、それでいて、死者たちの集う国、過ぎてゆくすべてのものが消えてゆく先を執拗に想像したりするのは何故なのか。すべてが消えたのちの静かなひろがりが慥かなものとして考えられるのであれば、それはやがて在るものではなく、いますでに在るものだ。おそらく、私たちは一瞬一瞬においてしか何かを見たり、聞いたり、触れたりすることができないが——それがまた、生きることでもある——、この一瞬一瞬が移ってゆく連続性とは異なる相でみえるとき、それがもしかすると永遠と呼ばれてもよい静かさなのかもしれない。

＊

ユーゴスラヴィア、コソヴォ情勢は依然として好転の兆しがみられない。そこでは無数の現在の幸福、未来の幸福が喪われてゆく。どれもがかけがえのないものであるのに……

一方、朝のニュースでは、イスラエルの選挙で、現職のネタニヤフ首相が破れ、穏健派を代表するバラク氏が勝ったという。これによって幾らかでも中東のあの地区が平和な、人間的な空気を取り戻してくれればと期待するのだが。

＊

講義準備のこともあって、ボヌフォワの若いころのエッセイ「ラヴェンナの墓」を読み返したが、あらためて〈概念〉の拒絶の姿勢が印象的だった。

私なりに捉え返してみると、〈概念〉というものにはおそらく抽象的な普遍性のようなものが求められており、何かの〈現実〉を理解するというとき、その理解に〈概念〉がかかわっているならば、それはすでに約束事に則って対象を解釈するということにもなる。これは〈世界〉の全体を受け容れるための公教要理の勉強のようなものだ。――そこからは自分自身の一義的な体験の実質は消えてしまう。ミスティックが教義に馴染まないのはそのためだ。しばしば宗教的な組織や体系のなかでは、もっとも宗教的ものが排除される。もっとも宗教的ものとは神、あるいは神的なものとの直接的な認識、あるいは接触である。

〈詩〉もまた、そのような状態である。なにかしら〈詩〉とは神的なものの反映であると、若い頃に私が考えたのも、そうしたことからだった。根元体験は約束された一般性とは無縁であり、謂わば世界のレアリテそのものとの直接的な、独自のかかわりである。〈詩〉の根柢をなすものはこれだ。

ボヌフォワ自身の文章についていえば、一九五三年のこのエッセイはもっと後のものに較べれば、息づかいが短く、性急に語りたいものへ赴こうとする。そのために、語ることの実質よりも、彼が言いたいことを表現するときの断定的な口調のほうが強く浮び上がってくる。語の一つひとつを呼吸させるのは何と困難なことか！

＊

ユーゴにたいするNATO軍の空爆はいっこうに終ろうとしない。そして、ミロシェヴィッチのほうにはほとんど譲歩の気配がない。もっとも好戦的なのはイギリスだと伝えられている。日本では、昨日、いわゆる周辺有事の際の軍事行動のガイド・ライン法案が参議院を通過した。世界規模でも、この国の方向決定でも、すべてが人間精神のなすべき努力にたいして挑戦的であり、否定的だ。

世界そのものが断片化され、その度合いが進むにつれて、地上世界は住み難いものへと変ってゆく。そして、そんなふうでありながら、ここ、私の周辺、あるいはこの国ではほとんど誰も不思議なほど危機感を抱いていない。不安があっても、それは経済的な側面においてだけのことであり、この不安の解消の努力そのものがまた地上世界をますます生き難いものへと変えていっているのだ。

＊

今朝のニュースによれば、徐々にユーゴスラヴィア、コソヴォ情勢は平和への道を歩みはじめようとしているかのようだ。

世界のなかの何処であれ、軍事的、経済的な実力行使によって強者が弱者を抑圧し、服従させるという在り方を私は徹底して嫌悪する。それはおそらく個人と個人との関係においても同じことだ。なぜ、一つひとつの存在がそのままに存在する自由を認められないのか。

何か紛争があるたびに、多くの若者の生命が失われてゆく。才能や貢献の点で、彼らにどんな未来があり得たのかとは問わないことにしよう。そうではなくて、彼らがこの世界で、彼らの人生で、愛したり、よろこんだり、失望したり、悩んだりすることを充分にしないままに抹殺されてしまったこと自体が問題なのだ。

＊

週末土曜日に、上野の国立西洋美術館に、エルミタージュ所蔵作品を中心とする〈ルネッサンス・フィレンツェ・ヴェネチア展〉を観に行った。

実際には絵画にそれほど関心のない観客もいつもながら多く、騒々しい会場で、人が溢れ返っていたが、それでも幾つかの作品はすばらしく、また、私にいろいろなことを考えさせた。

中世末期のイコンの想い出をとどめているものから、初期、また最盛期ルネッサンスを通って、バロック初期にまで及んでいるために、絵画言語というものについて考察するよい機会となった。実際、時代の変遷に伴って、つぎつぎにもはや語られることのなくなった言語について。ビザンチン世界に生きていた人びとはおそらくほんとうに天国や天使の存在を信じていたのだ。そして、そのことによって、彼らにとって目に見える一切は象徴の意味を担ってもいたのだ。彼らはこの真実を語るための絵画言語をもっていた。こうして、〈信〉、あるいは〈真〉の一世界が出現する。

だが、美しいラファエッロの画面はもはやこの言語によって語られてはいない。

*

何かしら仕事も生活も思うようにはうまくゆかない。だが、それでいて、他方では充分すぎるほどのものを受け取ってきているようにも思う。うまくゆかないと感じるのは、状況との関係においてということであり、それは状況が変化しさえすれば変ってゆくことでもある。しかし、どちらかといえば、ますます悪化するだろう。

そのなかで護ってゆくべきものについて考えなければならない。いつも考えなければならない。本源的には〈詩〉の価値。

私はもう疲れた、あとはきみたちが仕事を継いでほしい、――と、こんなふうに言うことができれば、どんなにか気楽だろうに。いまやそれが私の偽りのない実感であるのに、私は老いてまだ叫びつづけなければならない。だが、あそこにBがいて、私よりもずっと年長であるのに、ほとんど疲れを知らぬかのように仕事をつづけ、自らを取り巻く周囲の状況にたいして異議申し立てをつづけ、栄光をたのしむことよりは絶望的な努力のほうを選んでいるのを知るとき、これは大きな励ましであり、慰めでもある。

昼ごろから雨になった。ひっきりなしの雨。いまがその季節であることをあらためて感じさせる。その他にも……夕刻で、自分が疲れていることを感じる。ときに幸せを、ときに苦痛をと、こんなふうに感じるということは、たとえば雨が降ったり、止んだりするのと同じような現象であろうか。それとも、別種のことであろうか。考える、感じる、推測する、想像する、夢想する、など、一括して心的機能だと言うとして、それと、私たち自身に直接に生じる現象、謂わば生理的な現象とは、どちらが〈生〉に近いのだろうか。あるいは、深く〈生〉の中心にあるのだろうか。

あるいは、今日は夏至。昼間の時間がもっとも長いとして、すでに明日からは斜面を下ってゆくことになるというのは、何としても気の滅入ることなのだが。

＊

空気が湿って、蒸し暑い。そのためか、庭の植物もひところの美しさを失って、ベタついたようになっている。植物がそんなふうであるとすれば、身体をもつ私たち人間にも、その影響がないはずはないだろう。思考や感性にとってはどうであろうか。

たぶん論理的に緻密な構築を必要とする種類の思考にとっては、この鬱陶しさは妨げとして大きく影響するかもしれない。悪天候のなかで棟上げをするようなものだ。

けれども、ある意味で、白紙の状態からはじまる思考は、もともと行き着くべき先が明確であるわけではないから、状況の悪さには何の問題もないだろう。――自分の内側にむかって投げ込まれる網としての言葉、その網の整いようがどうであれ、それはその都度、何かを深い底のほうから掬い上げてくる。そして、それによって、私はときとして、自分が何を感じ、何を考えているかを知ることになるのだ。これは海に深く沈潜する類の仕事。それでも、それはなお依然として個別の存在としての、この私が感じたり、考えたりしていることであろうか。それとも、漠然と世界と呼んでもいいようなものが感じたり、考えたりしていることであろうか。

*

いろいろな集まりで人の話を聞いていても、送られてくる人の詩集や詩誌を開いてみても、自分に訴えてくるものがほとんどない。この国では、そんな領域に限ってみても、私は精神的にそれほど孤独なのだろうか。

それでも私のために場を用意してくれる人たちがいるが、ある時、彼らが思い違いに気がつくということはないのだろうか。

いつも怒りを含んだレオン・ブロワの孤独を連想する。私は宗教的、政治的、どんな意味でも社会改革を目指す者ではないが、いま生きているこの社会がこのままでいい筈はないと思っている。この半世紀のあいだに、どれほどひどいものになってきたことかと思う。ほとんど修復不能なほどに。旧約の神はこうした人間の在り様に罰を下したのだろうが、私は人びとが塩の柱になり、自分だけがそこから逃れて出ることなど望まない。――私自身に愛が欠落したら、神の愛について考えることなど無意味だ。

だが、それにしても政治、経済、ジャーナリズム、教育……ほとんどすべての領域で、魂の現実は忘れ去られている。美しいものを愛し、創り出し、護ろうとすること、他者の不幸ばかりでなく、よろこびにも心を寄せること、自然にたいして感嘆と懼れとを抱くこと、……これほどの小さなことが、なぜこんなにも蔑ろにされ、嘲弄されるのか。

私は自分のノートの外にこうしたことを書くつもりはない。私がのぞむのは自然が創り出すことのなかった花や果実をほんの一つだけ差し出すことだからだ。

日々の、刻々の生活のなかで出会うよろこびを取り蒐めて、このノートに収めてゆくことはできないものだろうか。もちろん、私のような性質の人間にとっては至難のことども想われるのだが。

けれども、よろこびは人間の関係や人間の営みからという以上に、たとえば自然や宇宙そのものからいっそう多く齎らされるものでもあるから、それらを取り逃すということは自分が感性を充分に開いていないことでもあるのだ。

天候のせいもあってだろうが、この数日、体調不良がつづく。著しく気力を削がれてしまっているのだ。言ってみれば、シューベルトの最後期のあのピアノのソナタが表現しているような心の状態。

*

いつもそんなふうにしているのだが、私はそんなとき、自分の性に合ったテクストを訳してみる。先日、フォトコピーで送られたボヌフォワの『夏の雨』の十九の詩篇の訳を試みる。まだこれらは決定稿ではないかもしれないし、詩の配置に関してはまったく未定だと彼自身が言っている。

だが、まだよく分らないところはあるにしても、これらの詩篇は私には非常に納得のゆく作品群だ。ある意味で、ますます単純なものに近づいている。おそらく彼の人生がそこに近づいているということでもあろう。そして、可視と不可視、あるいは生と死、現在と過去といったものを截然と隔てる壁にはいたるところに亀裂が生じている。対応する日本語を探しながら、提示されるイデーやイマージュを整えてゆくことは私の心の状態によい作用を及ぼしてくれる。同時に、そのときにはわからないままに、それは私自身の表現にもよい影響を及ぼしてくれることになる。

こうして、私はほとんど無為を要求するような疲労の状態のなかで、よい収穫を得ることになる。

＊

依然として夏の光。空が明るい。

私のなかに蓄えられていたこれまでの幾つもの想い出が、いつしか心の糧として消化されてしまったのか、そのままのかたちでは内部にも存在しなくなった。それらの内面化された風景もまた、そんなに執拗に呼び出さないでほしいと願ってでもいるようだ。永遠のなかに安らぎを得ているのに、そこから喚び起さないでほしいとでも。

ヨーロッパで見かけた墓の〈Ici repose...〉（……ここに憩う）という記載はまことに当を得た表現だ。そのとおりなのだ。

こんなふうに考えるのはすでに私自身が半ば影に過ぎないものになっているからだ。私はいまや半分しかこの地上世界に属していない。そして、消えかけている半分の私はもう目醒めなくてもいいと思っているのかもしれない。そんなふうでありながら、何かの——私のではない——永遠を確信し、そこから夢を汲み上げているのはおそらくこの部分だ。

地上的現実のなかでの一つの希望。イスラエルのバラク首相がさきのネタニヤフとは反対方向に歩みはじめようとしていること。イスラエルの平和と安全のためには周辺のすべてのアラブ国家との協調が不可欠だと彼は言っている。

＊

また数日、雨が降りつづいている。空も地も水浸しといった感じだが、今朝目醒めぎわに、ふと、「空というものは在るのだろうか」と想った。空とは地球を取り巻く大気圏のことではない。また、何億光年の彼方にまで無数の天体を鏤めている宇宙空間のことでもない。空とは夜明けに白みはじめ、曙光を宿し、昼間は青く染まり、風を送り、雲を旅ゆかせ、そして、夕暮れには朱色と金色とにかがやき、夜には彎曲した暗い面に星々の砂をきらめかせるものだ。それは在るのだろうか。空とは大地と対をなすものだ。束の間の現存を永遠の不在と対照させるのも、このものの作用だ。

『広辞苑』によれば、——「（上空が穹窿状をなしてそっていることからか）天と地との間のむなしいところ。天。おおぞら。虚空、空中……」などという記述がある。〈天〉についてみれば、——「地平線にかぎられ、はるかに高く遠く穹窿状を呈する視界。そら……」などとある。

こんどは手許の〈Petit Robert〉にあたってみる、——〈Espace visible au-dessus de nos têtes, et qui est limité par l'horizon.〉とある。これは『広辞苑』の〈天〉に関する記述とほとんど変らない。〈Littré〉でも同じような定義である。

とすれば、地上の私たちが頭上のひろがりを眺め、それは地平線で限られ、穹窿状であると認めるとき、このひろがりを〈空〉と名づけるのだということが筋道として説明されてくる。

私は何かそれとは違った、異なるものを求め、あるいは見ているのかもしれない。そして、空とはいまでは失われてしまった何か、遠い想い出のようなもので、そこにかつては四季折りの、または一日の時間の移りゆきのさまざまな相を宿すことのできた永遠の鏡のようなものだと思われる。

もしかすると、空は物理的空間の彼方に、無限に退いてゆくイデア的なものかもしれない。だが、また、その空がほんの一瞬下りてきて、地上的な存在である私たちの誰かを、あるいは何かを包むことがあるのかもしれない。

＊

驟雨が降ったかと思うと、ふいに雲が裂けて空の青さがみえ、つぎにはまたその青さが閉されるといった具合だ。

日常的に私たちが考えたり、したりすることの多くは愚にもつかないことであり、しばしば、人に知られたくないとさえ思われる。虚栄心、競争心、嫉妬、劣等感、欲望、憎悪……なんと多くの濁った動機が私たちを突き動かすことか！

それでもなお宇宙進化はどうしてこんな存在を生み出したのか、それ自体は奇蹟ともいうべきものだが。どうにでもなる私たち自身を、なぜ私たちはこんなにも無自覚に貶めようとするのか。樹木や石や小鳥たちよりもずっと劣った存在であるかのように。

先日、クロード・モネの四分冊の『カタログ・レゾネ』を手に入れた。すばらしい仕事の生涯が跡づけられている。しばしばバッハやモーツァルトを聴く。驚くべき奇蹟がそこにはある。これもまた意識の営みから生れたものだ。ともかくも私たちと同種の存在から生れたものだ。彼らばかりでなく、有名無名のほとんど無数の存在たちがなんとさまざまな奇蹟を生み出していることか。そのことがまた私を驚かす。

この両極端が混在しながら、私たちの幅をつくっているのかもしれない。

＊

トルコで大きな地震があった。ＴＶの画面では、建物が倒壊し、瓦礫となって、その砕片の下に若い女性が埋もれている。目を閉じて、無言の顔だけがみえている。亡くなった人の数は八百人以上とも言われている。

先年、アルルの翻訳者会議で会ったアーメッド・ソイザールの若々しい、怜悧そうな顔が浮んでくる。閉会ののち、数日後に、私たちはアヴィニョンのプティ・パレでも偶然に出会った。「パリでもう一度、ボヌフォワさんにお目にかかった後、イスタンブールに戻ります」と言っていた。

世界のいろいろなところに、友をもつことが必要かもしれない。想い出のなかに消えていった友ら、まだ出会わない未知の友らをも含めて。とりわけ、この未知の友に出会うためには、地上のすべての人びとの幸福を願わずにはいられないことになる。

雲の動きのように　1999 — 2001

書斎スケッチ

三人の息子たちが成長し、書斎の本も増えたので改築いたしました。書斎の机にはパソコンなどを置き、清水は仕事をしていました。星野宣作の彫刻「春風」の若い娘が静かに見ています。

I

自分のなかに何か大きな変化の予感。

　八月十九日にＳとともに出発、同じ日の夕刻にはパリで、前夜すでに到いていたＫに合流する。快い疲労のなかでの幸福感。こんな時間を恵まれることを、かつて私は孤独な滞在のなかでどれほど願ったことか。サン＝ミッシェルの通りで、私たちは三人だった。雑踏のノートル＝ダムのなかで、私たちは三人だった。プティ・パレのなかでも、それからルーアンのふるい広場に臨む小さなレストランでも……　いつかまた、他の息子たちが合流してくれることもあるだろうか。

私たち三人のなかではＫに、誰よりも活気があった。彼は未知の領域を探索してゆくのにもう老いたヴィルジリオをほとんど必要としていない。それがＳの讃嘆を誘う。いつも疲れて、いつも頭痛や激しい消化不良に悩まされていたのは私だった。

　Ｋは二十四日の夜、ドゴール空港から香港へと発っていった。彼の背姿が消えてゆくのを見送れなかったのが唯一の心残りだったが。

その時刻に、私たちは招かれて、ルピック通り○○番地にいた。そこを訪ねることが私にとってはこんどの短い滞在のもっとも重要な目的だった。この季節、夕刻の五時はパリではまだ殆ど昼間だ。

心のこもった抱擁の挨拶。イヴは疲れている。おそらくはひっきりなしの、精力的な仕事のあとだったから。そして、また、別れ際に低声で打ち明けてくれたように、アパルトマンのことをめぐってのトラブルが未だ解決されないままで、彼を悩ましつづけてもいたから、――「姉が辛い目に遭って……」という言葉が彼の口から洩れる。

そんな深い心身の疲れを来訪者から幾らかでも隠そうとするかのように、まだ明るい窓を背後にして、彼は逆光のなかに身を置く。

「明日はイタリアに向けてご出発ですね」と私が言うと、――「いや最終的に明後日になった。それに手始めはイタリア以前にマケドニアです」と彼は答えた。九月十日頃まで、幾つもの講演を担っての、疲れる旅に赴くことになるのだ。「あなたもご一緒で?」とリュシーに訊ねると、――「どうして私が? 私はご存じのように飛行機が嫌いだし、同行する理由がないわ」と彼女は答える。

先客に、アルルの会議で同席した若いロシア人翻訳家がいた。彼はあのときと同じように態度が控え目だが、彼がいることによって、当然、話題は一般的なものになることが多かった。現在の世界の状況についていえば、私たちの誰もが悲観的だった。誰がチャンピオンだろうか。――

イヴだろうか、リュシーだろうか、それとも私だろうか。帰り途、ルピックの坂で、私がロシアの明日について希望があるかと訊ねると、マルクは――「もうすべては終ってしまいました」と言った。

ボヌフォワと私とはその場で、多く意見を交すような必要はもう何もなかった。これほどまでの、二人の言葉の人間の、これほどまでの言葉の不要！　傍らにいるSにもそのことは手に取るようにわかったという。精神の、あるいは魂の奥での共鳴のようなものが――それは一方から他方へと流れる必要もなく――、それぞれのその位置で響き合うのが感じられた。これはおそらくミスティックな時間なのかもしれない。

「ともかくも今後も絶やさずに手紙は交そう」と彼は言った。これが最後の抱擁になり、最後のまなざしの交換になるかもしれないとはどちらも言わなかった。

*

飛行機での十数時間ののちのはげしい頭痛はどのぐらい続いていたのだろうか。そして、ボヌフォワに再会し得たことの安堵感と疲労から、こんどは消化不良、二十六日深夜の嘔吐を伴う激しい胃痛、――こうした体調の悪さにとって、Sの存在は現実的に不可欠のものだった。彼女がいてくれなかったら、この短い滞在の結末がどんなものになったかは想像だに困難だ。

実際、あの苦しい夜の数時間の直後に、早朝のTGVでローザンヌに赴くことができたのは奇蹟のようなものだった。

ディジョン、ドール、ムーシャール、フラーヌと列車がジュラ地方に近づくにつれ、さまざまな想いが心を斜切っていった。七二年の旅、八〇年の旅、八三年、八九年……と。それぞれの時期の自分の苦しい経験のようなものが想起された。また、その都度、老いてゆくピエールやアンドレーの家庭の状況の変化、それにもかかわらずいつも親密な彼らの雰囲気が幻となって浮んでは消えていった。だが、著しい消耗のなかで、過去よりは現在の密度のほうが大切だった。

こんどの数日のあいだに変化があったとすれば、これはその一つだ。私はいままでのように想い出をつくるために現在を生きているのではなかった。誰のため、何のために想い出をつくろうとするのか。私には、それをたっぷり味わおうとするための時間はもう残ってはいないだろう。

夏の名残りの風景は美しかった。山が近いところでは霧が濃かった。牧草地の牛の群が休息したり、交尾したりしている様子がときどき霧の霽れ間、木の枝間からみえた。

十一時半ごろ、ローザンヌ駅に列車が到くと、プラットフォームにはピエールと、それに歩行の辛いアンドレーまでが出迎えに来てくれていた。抱擁！

彼らもまたなんと老いたことか！　しかし、あの一九七二年晩秋のツェルマット以来の友情の、なんと真実なことか！　今回、私たちは一泊を願い出るつもりだった。彼らは二泊の提供を申し出た。なかの一日で、Ｓがまだ知らないラ・サージュへどうしても彼女を連れてゆきたいというのだ。談合の末、そのとおりに決った。前日夕刻の、アンドレーをもまじえての、ウーシーの湖岸の散策、そして、当日の三百五十キロに及ぶ山中の日帰りドライヴ。ラ・サージュでの数時間、広い谷と山稜との見晴しをSはとてもよろこんだ。ピエールはその様子に満足そうだった。

口に出しては言われない一つの想いが、私たち四人の心を往き交っていた。誰もが人生での衰えを感じていた。それだけに貴重な刻々が祝祭的だった。

＊

奇妙な印象かもしれないが、後髪を引かれる想いというのはない。

ホテルでのコリンヌの日常的な気遣い。Kがパリを発つ前夜、私たちは彼らの家に夕食に招かれた。クロードは――「そうだ、あなたの想い出が一つあるよ。あなたはいつだって、文章を書くわけだし」と言って、二年半前に私が自室に遺していったインク壺をホテルの物置から出してきた。このノートのインクの色の違いはそのためだ。私はそのインクをこんどは家まで持ち帰り、使わないわけにはゆかないのだ。彼は私がまた来ることを確信していたのだ。

七二年以来のパリ十五区ペテル通りのモデルヌ・オテル。

おそらく充分過ぎるほどに享受したのだ。おそらく充分過ぎるほどに苦しんだのだ。私はそのことをこの十日間ではっきりと知った。

＊

おそらく感謝の旅だったのだ。いつも孤りでいて、美しいものの数かずに出会っても、それに触れた感動をわかち合える存在を傍らにもっていなかった。それが長いあいだの私のヨーロッパ体験の底にはあった。そして、漸く欠落は充たされた。彼女の気もちのなかに生じた満足の念いがそのままに私自身の衷の欠落を補ったということかもしれない。――遙かなむこうに一九七二年がある。たぶん、幼い娘の事故の後に単身、ヨーロッパへ戻ってゆかなければならなかったことから生じたある種の喪失感、ボヌフォワの好むあの『冬物語』のなかでのように、それがどういうふうにか贖われたのだと言うこともできるかもしれない。

そして、昔からの私たちを知っている、すべての友人ではないにしても、まずはコリンヌやクロード、ステファニー、さらにはアンドレーやピエール、こうした人びとは間違いなく、私のこれまでの孤独と、その後の、今回だけではないにしても、幸福の表情とを両方ともに看て取っているのだ。私たちを見ている彼らには、私たちの幸福に寄せるよろこびがその心にうかがわれた。これはとても貴重な何かだ。友情と名づけ得るもののなかでも最高の。

そして、それとともに、今度こそほんとうにこれが最後かもしれないという気もちが、パリ十五区にも、ルピックの通りにも、レマン湖畔にも決定的だった。実際、すでに最後を越えてしまったものもあったのだから。ピエールの運転で湖岸を走っていたとき、ヴィレットのあたりで私は――「このあたりに以前グリュンデル嬢が住んでいた」と言うと、アンドレーが――「彼女は暫くまえに亡くなったわ、癌で……」と答えた。私はヴィレットのアンヌ＝マリーに招かれたときの、夢のように美しい早春のレマン湖を想い出した。対岸のオート・サヴォワの山々が雪を被った姿を揺れる湖面に映していた。一九八〇年のことだった。

一人ひとりかけがえのない存在がこの世界との関係で、どちら側にいても、私にとってはほとんど等質の密度を具えているように思われる。消えてしまった幻は何処にもない。すべてはおそらく消えてしまったのではなく、時間を超えて不可視に存在しつづけているのだ。もしそれを存在と称ぶことが許されないのであれば、どんなふうに他の呼び方を与えてもよい。


他方で、いまの、ここでしか在り様はないのだという実感に充たされている。このことには自分でも驚く。現実感というものが私にはあれほど稀薄だと思われたのに、実に慥かなもののように息をしている。

このことは私と世界との今後の関係に作用するだろう。


昨夜の雨で、すこし気温が下がった。喘いでいた植物たちももう一度生気を取り戻すことだろう。

私はすこしずつ解放されてゆく。ふるいさまざまな思い込みのヴェールが剝がれて落ちる。そして、自分をも世界をもその都度、生れたばかりの新鮮さのなかで生きることができるような気がしている。いつも最後の一瞬が、いちばんはじめの一瞬であるだろう。刻々に打ち砕かれて。かけがえのない一刻として。

短い滞欧のあと、どういうわけかシューベルトやモーツァルトよりはバッハや後期のベートーヴェンへと心が向きやすく、それも声の音楽よりは器楽曲、ピアノやチェンバロのほうが馴染みやすいように感じられる。一時的なことだろうか、それとも何か理由があるのだろうか。

*

独立を選択した東チモールで、独立反対派による武力的な大混乱が生じており、インドネシアの国軍はその後押しをしているらしい。ある点で、コソヴォに生じた事態とよく似ている。

私たちのこの世紀はほどなく終るが、抗争と殺戮とに終始した百年だった。民族、宗教、言語、文化、たんなる生活習慣の相違、——それらすべてが自己の正当性を主張して、他を抹殺するように働いた。調和や協調はおろか、共存、容認ということさえも認めないという偏狭さが人びとの心を暗く支配している。イデオロギーのまやかしの後で、宗教のまやかしが人を殺し合いへと駆り立て、また、コンピュータなどの技術が単一言語の世界支配を容易にする。そして、経済的効率という考え方だけが無反省に価値観の中心に居座っている。

それらすべてのことが、世界のいたるところで、さまざまな可能性をもつ個人を不幸に陥れ、死に追いやる。こんなふうであって、すくなくとも全体としての人類というものがなお生きながらえてゆくことができるのであろうか。

ピエール・ジャン・ジューヴについてのボヌフォワの言葉、――「『婚姻』のときからずっとそうだが、ジューヴにはいつも〈革命〉につよく惹かれる傾向があった。それは終生のものだ。そして、彼はド・ゴールととても親密だった。ド・ゴールが高く評価したほとんど唯一の詩人だった。」

＊

どんな領域のことであれ、自分の手の及ぶところであるならば、精一杯に努力しもしよう。しかし、その上で、一切はことの生じるままにそれを受け容れ、認める他はないのだと考える。

今回ではなくて数年まえのパリ滞在の折、私は人間の一般的な在り様ということについての自分の考えが変化したことに気がついた。それまでは、おそらく自分の心の奥底では、たとえば怠惰とか、好色とかいうような性質をひそかに断罪していたのだ。なぜ、一人の人間としていっそう善い方へ、いっそう高い方へと努力しないのか、と。私はロダンの世界よりはピエロ・デッラ・フランチェスカやフラ・アンジェリコの魂のほうに強く惹かれ、こちらのほうがロダンの人間主義よりはずっと純粋である故に、また深いものだと感じていた。そうした判断そのものに大きな変化が生じたわけではないが、他方で、誰かが怠惰であったり、好色であったりしても、それはそれとして認められてもよいのではないかと思いはじめたのだ。

自分のなかのこの変化に気がついたとき、私はすこし驚いた。

そして、今回のごく短い滞在ではさらに、ほぼ同じ方向にむかって変化は深まったように感じられる。

これまで私は自分が属しているこの国の、現在の精神性の低さをひどくおぞましいものとして嫌悪していた。そして、何処か他の処にならば、私が価値を認め、私を育ててもくれた多くのものがあり、いまもそれらが息づいていると考え、そちらに惹かれる気もちが強かった。そのこと自体が今回の滞在で大きく変化したわけではない。

しかし、どんなに卑しく、どんなにおぞましかろうと、私はそれをそのままに人間の現実の一部として凝視し、認めることができるようになったと言ってもいいのかもしれない。実際、私たちのこの国の人びとの表情の浅さは、海外の数日から戻ってみると、きわだって異様にみえる。自己中心的で、未知の他者にたいする人間らしい気配りは皆無であり、物質的欲望だけが、行為に結びついている。空き箱の蓋の上のみすぼらしい絵のようだ。あるいは空き箱のほうがまだしもましかもしれない。これは若者の風俗だけのことではなく、政治、ジャーナリズム、商業主義、あらゆる領域で特徴的だ。

これまで私はそのために、ここは自分の居るのに適切な場ではないと感じていた。だが、おそらくこの点が今回の変化だが、自分はここに身を置いていても、もう苦しめられはしないだろうと思いはじめている。

私は強くなったのであろうか、弱くなったのであろうか。

*

イヴ・ボヌフォワのところで話題になったことの一つは、〈共生〉（coexistence）ということだった。何の話からか――たぶん、マルクが持ってきた彼の友人のロシアの画家の画面の印象からだったが――カマキリや駝鳥やモグラにとってはこの世界はどんなふうに見えているだろうかという話になった。ボヌフォワは視覚の〈綜合〉があるだろうと言っていた。いずれにしても、さまざまな世界像があるだろうと私は言った。

昔の人びとにとって、たとえば竜は実在のものとして考えられただろうとイヴが言うと、――「そんなのは昔のことよ」とリュシーは言う。「けれども、嵐の空に渦巻く雲の動きを見ると、そんな想像が理解できる」と私が言う。――「そんなのは昔のことよ」と彼女は繰り返す。「きわめて微小な生物がいまでは拡大写真で見られるが、そんなのを見ていると、異様な角をもっていたり、とても恐ろしげだったりする。竜は実在しないが、しかし、蟻からみれば私たち人間というのはまさしく怪物かもしれない。……実際、この世界の何処にも無数に近い生物たちがいて、ともに生きているわけだ。」　そうイヴは言った。

八月二十八日の夜、ローザンヌで私たちが「お寝み」を言ったとき、ピエールは私に（私たちはそのとき廊下で二人きりだった）、――「ローザンヌでの最後の夜を……」と言いかけて、

――「いや、今回の最後の夜を」と言い直した。いつもそうだが、別れが近づくと、彼の顔はひどく緊張する。

もうすぐ終る。その実感は私にとても強くある。だが、さまざまな親愛なものたちとの別れを惜しむという感情以上に、私にはこの地上でそれらのもの、あるいは人びとと出会えたことの感謝の念いのほうがいまではずっと深く実感される。

*

インドネシア政府が国連軍の進駐に同意したということから東チモール情勢は幾らか沈静化の方向にすすむことが期待される。

しかし、国家とか民族とか、あるいは文化とか宗教とかいうものはいったい何なのかという根柢的な問いがあらためて苦痛になるほど重くのしかかってくる。こうした要素に関して差異を強調し、それを人間の営みについての認識の基礎に据えた人びとは、はてしなく続く葛藤をどのように感じているのか。

すべての中心であるものは、それが見えないからといって、いささかも抽象的、概念的なものではない。それは確実に存在する。個別のものは外側から見えるかぎりにおいては、円周上のものにすぎない。個別のものが個別のかぎりにおいて自己主張するならば、円周上のものはもはや円周としての調和さえも保ち得なくなる。それが現状だ。

あるいはむしろ人類誕生以来の歴史的時間のなかで、この円周こそがつねに可能性として垣間見えていながら、一度として実現されたことのないものかもしれない。そして、それ故に、概念的とも、抽象的ともみえるものなのだ。

＊

近世以降の西欧世界の合理主義の特徴を一言でいえば、おそらくすべての領域にわたっての法則性の発見の努力ということだ。ものの落下の現象や天体の運行の現象にはじまって、自然界のすべての事象に関して、その法則性を発見すること、それはとりもなおさず予測の可能性を生み出す。こうして人間は自然界を支配し得ると信じるにいたった。これは宇宙ロケットによる探査——それはもう冒険とは呼び得ない——から、遺伝子組替えにいたるまでの領域ですでに事実だ。

そして、人間の営みの領域にあっても、こうした合理主義の侵犯は一種の擬似科学性として認められる。十九世紀以来のことだが、社会学や心理学などの形態で、ある種の客観的事実の証明に努力をむけている。なにかしら数量化できないもののなかには真実は宿り得ないのだとでも考えるふしがある。

この考え方に何を対立させたらよいのか。たとえば、〈神秘〉というような言葉はそれ自体迷妄の影を帯びているかのように嘲笑される。非合理的なものという言い方をすれば、それだけで負のヴェクトルを荷なうもののように受け取られてしまう。
それにもかかわらず、存在に関わる一切は数量化の不可能な神秘である。

＊

昨日未明の台湾の大地震ではすでに千数百の死者が確認されているという。瓦礫の下に埋もれている人びとの救出も漸くはじまったところだし、なお余震も続いているようだ。

ごく最近だけでも、トルコ、ギリシァに続いてのものだ。多くの天災があり、その都度、人が死んでゆく。そして、多くは数だけが報される。それらの数にはじつに密度のある実質が一つひとつに伴っているのだ。ここでも、「人は死すべきものだ」という言葉を持ち出すにはあまり悲惨だ。それにまた、「すべては幻だ」と言うことも慎まねばならない。おそらく、あまりにも遠くを見透す視力が、いまの、この時間に生起することをつねに過ぎゆくものとして捉えるために、すべてが虚しいことのように見えるのかもしれない。しかし、一切はこの、いまの刻々に生起することであり、一切はそこに於いてこそ十全に生きられるべきものだ。そして、この一瞬を抜きにしては何もあり得ないかわりに、この一瞬を肯定することができれば、一切はそこから私たちの裏に流入してくるのだ。

＊

あまり好ましくない予報だったが、昼前から天気は良好。淡い青空をやわらかい、白い雲がゆっくりと横切ってゆく。雲のへりのほうは、どれもほとんど青さのなかに溶けてしまっているみたいだ。

台湾の地震による死者は五千人近くになっているようだ。東チモールではインドネシアからの独立に反対する民兵たちによって街はほとんど破壊し尽されたらしい様子がＴＶの画面に映し出される。コソヴォと同じことが生じた。

地球上のいたるところで、衝突、殺戮が繰り返され、続けられている。

誰かが真実を発見する。誰かが神的なものに触れる、――彼、もしくは彼女は「自分が発見し、触れたものこそが真実だ」と叫ぶ。「唯一の真実なのだ」と。そこからすべての葛藤が生じるのだ。

真実には幾通りもの現れがあり、神的なものには無数の顔があるのだ、おそらく。

いつも空があって、空の表情は刻々変化し、おそらく一瞬も同じではない。

＊

横浜の美術館に〈セザンヌ展〉を観にＳの運転で出かける。

初期のものから成熟の時期にかけて、風景、人物、静物などの主題の油彩、水彩、鉛筆のスケッチまであって、よい展覧会だった。何よりも一つの精神が自己と世界との関係を慥かなかたちで捉えようとする様子がうかがわれる。視線の精確さとそれを画面に移し置くことの可能な技のみごとな熟練とが特徴的だ。

「ヴァーグナーを聴いたことのあるティチアーノ」と評したロマン・ロランの言葉を想い出す。風景と生物との音響的な壮大さ。一本の松の樹を描いてこれほどに宇宙を感じさせることは稀だ。ほんの僅かな数の果物を描き出すだけで、存在ということについて考えさせる。

だが、ときに、――とりわけ南仏の風景で――ボヌフォワがモランディの風景について論じる際にもちいた〈inhabitable〉というあの語を想起させる。そして、石化した人物たちの肖像、束の間の、移りゆく運命に合せて震動するためには、この芸術家の精神は強固すぎるのかもしれない。

＊

先日訪ねた展覧会で、若いセザンヌが描いたもののなかにオーヴェール・シュール＝オワーズの幾つかの風景があった。それらを観て、Sは自分もそこに行ったことがあるから、セザンヌの描く地形的な特徴がすぐわかって、とてもうれしく、倖せだったと言った。私たちはドービニーの家と向かい合ったゴッホの住居のあたりから、村のずっと奥のガシェ博士の邸のほうまで歩いていった。途中、曲り角のあたりで、繁みのある小さな崖の上で遊んでいる子どもたちにむかって道を訊ねると、一人の少女が傾斜面を転げるように滑り下りてきて、――「私が教えてあげる……」と親切に、手振りをまじえて示してくれたものだった。あの少女はどうしているだろうか。九六年の秋のはじめだった。

拒絶する言語を語りつづけたベルナール・ビュフェが自殺したというニュースが今朝あった。拒絶する言語というのは私の表現であり、私はこの画家に同意することがついにできなかった。ここにも矢張り、自己と世界との関係をどのようにつくってゆくかという問題がある。

＊

昨日、M・Kが作品を持って訪ねてきたが、出版社の仕事を辞めて、木版画の制作を中心にした生活をしてゆくには、勿論、アルバイトをあれこれするにしても経済的に非常に苦しいわけで、暗い顔をしていた。若い人たちにはそれぞれに、実現に結びつけたい夢のようなものがあり、日常的に安易なリズムでは満足しきれない場合も多いようだ。

いったい、何がほんとうに生命を賭けてやるべきことかとふと考えた。先日観たセザンヌの作品の数かずが想い浮んだ。幾つかはほんとうの傑作だ。セザンヌは生涯、自然の壮大な神秘に立ち向かって、表現を追求した。だが、それはそれだけのものだとも思われる。壮大な夢だが、それは所詮人間の尺度のものだ。芸術も詩も思想も……　ましてや政治や企業など、必要なものではあっても、まったくそれ以上のものではなく、いささかも誇るに値するものではない。尤もらしい悟りなどというものも多くは幻じみて虚しい。哲学的探求が人間の自尊心を満足させることはあっても、パスカルが言うようにそれが宇宙を包括するなどということは、ただの思い上がりにすぎない。

だが、それでも何かがある。生命を賭けてやるだけの価値のある何かがある。うまくは言えないが、他者にむかって自己を開くことだ。不可能だが、できればいつも自己を開いておくことだ。その状態が仕事を導くならば、どんな仕事にも何かが宿るし、あるいは宿らなくてもそれで構わないのだ。

*

昨日、『同時代』誌の編輯会議を終えて帰宅すると、ル・スーイユ社からの袋が届いており、ボヌフォワから『イマージュの場と運命』を贈られた。夏にお目にかかった折に、――「コレージュ・ド・フランスの講義録 云々」と言っておられたもので、この十月に刊行されたばかりだ。一九八一年から九三年にかけての講義の内容がどのようであったかがこれによってわかる。

それぞれの年度のタイトルはつぎのようである、――

「現存とイマージュ」（開講講義、一九八一年十二月四日、金曜日）

「ジャコメッティの詩学　一」（一九八一年―一九八二年）

「ジャコメッティの詩学　二」（一九八二年―一九八三年）
「シェイクスピアの詩学、予備的考察」（一九八三年―一九八四年）
「一篇のソネット、《ロミオとジュリエット》、《ジュリアス・シーザー》」（一九八四年―一九八五年）
「シェイクスピアの方へ、悲劇の言葉のギリシァ的想念」（一九八五年―一九八六年）
「ジュール・ラフォルグ、ハムレットと色彩」（一九八七年―一九八八年）
「イマージュ崇拝とイタリア絵画」（一九八八年―一九八九年）
「イマージュ崇拝とイタリア絵画（続）」（一九八九年―一九九〇年）
「ボードレール」（一九九〇年―一九九一年）
「ボードレールの継承者たち、マラルメの詩学」（一九九一年―一九九二年）
「マラルメの詩学、若干の考察」（一九九二年―一九九三年）
なお、一九八六年―一九八七年にかけては講義は行なわれなかったと註記がある。
それにしてもなんと精力的なことかと感嘆する。同時に感謝！

＊

朝、学校へ出る途中、田舎の畑の上には淡く霧がかかっていて、遠くの家々や木立の輪郭をぼかしており、とても美しく感じられた。直接の陽光はほとんどなかった。昨夜はとても気温が高くて寝苦しかったのだが、この霧の大気は肌に心地よいものだった。

こうしたことへの好みはおそらく若い頃とすこしも違っていないように思われる。霧の風景が私は好きだ。何もかもが個別の輪郭を失って、ただ一つに溶け混ってしまうからだろうか。――ただ、若い日々には、そこにいつも幾ぶんかの感傷があったが、いまはそれも消えてしまった。

いつの頃からか、この感傷というものが消えて、私は過去を振り返ることがすくなくなった。過去を惜しむという気もちがなくなったのであろうか。そして、過去を想わなくなるというのは、その時間に属したさまざまなものがイマージュとしてさえ、私の裏で消え去ったということなのであろうか。

重ね合せに眼前の風景の奥からべつの時間の風景が現れてくるのを見て取ることが寡なくなったということ、それもまた老いの兆候の一つだろうか。――だが、いまや私には過去のさまざまな事物のイマージュや存在たちの面影が、「もう眠りのなかから揺り起さないでほしい」と言っているように思われるのだ。

霧の景色はあの、べつの世界のようにすばらしく美しい。

＊

ときとして、自分はこれほどまでにある意味で保守的であったのかと驚くことがある。自分が置かれているこの国の伝統的な諸価値を遵守してゆきたいというのではいいさかもないが、人間の世界の全体のことを考えたときには、護るべき価値が危機に瀕しているのだという強い懸念に捉われる。経済的効率は過去をつぎつぎに振り棄ててゆくことによって、いっそう大きな成果を見込むものだ。

そこでは目下の条件のなかで、何が役に立つかということだけが考慮されるべきものとなる。それが産業社会の特徴だ。だから星雲の凝縮にはじまって、生命の誕生を経過し、こんにちの人間の営みにいたるまでの一切は、何の悔いもなく見棄てられてゆくことになる。かつての営みの蓄積のすべてが無用のものとして無視される。どんな貴重な遺蹟のあとにも必要ならば——誰が必要とするのか——容赦なくコンクリートの建造物が構築されるだろう。そして、この国ほどその傾向が顕著なところは他の何処にもないだろう。

そのようにして無視され、忘れられようとしているものの側に、私は自分の身を置きたいのだ。

＊

私にとって詩とは何だろうか。

多くの場合、憤りやはげしい悲しみがそのときに作品としての詩になることは殆どあり得ないことだが、それでも深い悲しみの経験がのちに詩篇となったことは幾度かあった。

だが、何かしら、論理的な、通常の言葉の脈絡では捉えられないものが心のなかで作用する場合だとは言えそうだ。目にはみえない内部で、世界と自分との接点——一応、「自分」と名づけておこう——がふいにある一語、あるいはある言い回し、またはイマージュの断片として確認されることがある。おそらく、それが詩の瞬間なのかもしれない。内部で自分が開かれている状態と言ってもいいのかもしれない。あるいは自分の衷に名づけようのない何かが侵入してくるということかもしれない。

私はその語を、あるいは言い回しを慥かめようとする。放置すれば消えてしまうに違いないのだが、それがとても大事なものかもしれないということが漠然とした状態のままで、私にはすでに分っているのだ。おそらく、イマージュに関しても同様だ。私は探りはじめるのだが、イマージュを固定しようとはしない。むしろイマージュそれ自体の自由な発展や変転を辿ってゆくことになる。

そして、そこに展げられ、投げ出されてあるもの、——ときとして、このものに私は幾ぶんか整いを与える。捉え得たものの実質が何なのかは依然として不慥かなままで。おそらくそれが詩なのだが。

＊

ほんの三年まえのこの日付の当日、私はアルルにいた。あの数日、アルルは翻訳者会議のメンバーでまったく特殊な雰囲気だったようだ。ボヌフォワと連れだって街を歩きながら、——「われわれがアルルを制覇しているみたいだ」と言ったのは愛想のいいノートンだったろうか。幾ぶんかそんなふうだった。だが、とても遠い昔のことのように思われる。何があったのだろうか、何かがあったのだろうか、――そんな想いだ。

けれども、私たちが過去のなかに残してきたすべてのものに関してはおよそそんなふうに私には感じられる。たぶん、それだから洋の東西を問わず、昔から人生は幻だと、ある種の実感を込めて語りつづけてきているのだろう。

この実感を覆して、刻一刻を真実なものとして生きつづけてゆくためには、じつに厖大なエネルギーが必要だ。過ぎゆくものだから慈しむのではなく、現にそこに在るものだから、それ故に愛するのだという決意みたいなものを学びたい。それが束の間の存在としての私の義務かもしれない。

＊

昨日の夕刻から今朝方まで雨が降った。この午後からは気温が下がるという。もう晩秋とよばれる季節も終り、ほどなく冬だ。そして、あと一ヵ月もすれば冬至になり、それからはまた光の蘇りの季節になる。

そんなふうに季節は移り、不安や失意や希望を曳きずってゆく。おそらく、生命も……宇宙のことを考えると、何が生命体であり、何がそうでないのかを識別するのはとても難しいように思う。実際、私たちは巨大な宇宙という有機体の微細な細胞の一つに過ぎないのではないかと思われることがある。全体としての宇宙の記憶とか意識とかいうものさえも真面目に考えられそうだ。

＊

講義が終ったところで、一人の学生が私を呼び止めて、通常の書物とメール本（彼女がこう呼んでいるのはコンピュータによって送り出され、画面で読まれる本のようだが）とのあいだで選択するとすれば……と問いかけてきた。私は即座に、紙に印刷された書物のほうを選ぶと答えた。まず、私には自分の詩なり文章なりの置かれる字面や紙質や表紙の作り方などの肌触りが必要だと言ったのだが、ここにはフェティシズムが混り込んでいるだろうか。

情報の伝達ということでは同様であるにしても、私にはコンピュータのなかはまったく閉じた空間のように思われる。たとえば一つの精神の顕現として、レンブラントやセザンヌ、あるいはファン・ゴッホの画面というものがある。これはそのような姿をとることで、謂わば空や樹木や大地と同じ空間にその身を置いているのだ。文字を用い、言葉を連ねたものであるとはいえ、書物もまたその空間に投げ出されてあるものだ。楽譜から立ち上がって声や楽音となった音楽もまた、風の音や鳥の囀りと同じ空間におのれのひろがりを持つ。

たぶん、そのことが私には大切なのだ。卓の上に花瓶やコーヒー茶碗と同じように置かれる手紙は、そのことによって電話やEメールと本質的に異なるものだ。

*

私はまだ昨日のことを考えている。――いっこうに自分が電話に馴染まないこと、あるいはFAXがたとえば遠方からパリの旅舎に届いたりしたときに、嬉しさに混ってかすかな不安（懼れだろうか）を感じること、これらは心的外傷の所為という以上に、私のなかにある一種の閉所恐怖症に由来するものかもしれない。私は存在が一本の細い電線ケーブルのなかに閉じ込められるイマージュを容易に想い描いてしまう。

また、読書の重要性に関して。慥かマルセル・シュオッブだったかと思うが、読書の記憶にはその書物の内容ばかりでなく、何処で、いつどんなふうに読んだのかという環境の記憶が綯い混ぜられているという意味のことを書いていた。その日、窓辺の光はどんなふうだったか、外で樹々の葉はそよいでいたのか、等々（このことはべつの角度から、ベルクソンも彼の『物質と記憶』で論じているが）。これらは人生において、かなり重要な部分だ。そして、ページを閉じて、本をテーブルの上に置く。すると、眼を閉じてひとしきり休息する私たちと同じように、書物もまた、そこに依然として在りながら、ひとしきり眠るのだ。そうしたすべての息づかいをコンピュータの画面に現れる書物はどんなふうに伝えるだろうか。

こんにちしばしば用いられる「情報」という語が、また、私には気に入らない。この語には便利さ、有益さといった連想が働く。何処にもよろこび、深い同意といったものの感じられる余地がない。私に必要なのは情報ではなく、心に通い合う言葉だ。

*

書くことが何の役に立つのかと考えることはある。しかし、それは特別なことではない。他の多くのことと同じように、何の役に立つかと問われれば、分らないと答えざるを得ないだろう。——結局は人が生きているのは、と問われるのと同じところに帰着するかもしれない。

けれども、慥かに私にとってある種の音楽はどうしても必要なものだ。また、そんなふうに感じられる絵画やテクストもある。それらは私に多くの慰めやよろこび、また生きる力を与えてくれる。そうしたことに結びつかない作品は、たとえ世間的にどれほど高い評価を与えられていても、私には無くてもよいものだ。

一方で、私はおそらくもっとも若いころから書くことが好きだ。そして、ときには、この行為によって自分の孤独や精神的な危機を乗り超えたこともあった。自分のために、という結論にもそれなりの正当性はありそうだ。モーツァルトの作品の幾つかには、自分自身の限りなく深い奥底に聴き入っている彼の姿勢を感じさせるものがある。

だが、他方で、私には自分の書いたものを人に読んでもらいたがる性癖も皆無とはいえない。世間的にどんな評価が得られるだろうかとは考えないにしても、人の心にまでとどくだろうかとはときに思う。自分の書くものが他の人びとにとって、慰めやよろこびになり得るだろうかと考えるのもまた自尊心であろうか。

＊

「パピーがいないなんてとても信じられない」とSは言う。昨夜、私たちはこの夏のローザンヌやラ・サージュでのことを繰り返し話した。ウーシーの湖岸の散歩や高地へのドライヴのさまざまな情景が浮んできた。

ピエール・バタイヤールが亡くなった。昨夜帰宅すると、アンドレーからの報せが待っていた、

――

ローザンヌ、一九九九年十一月十八日

親しいお友だち

大きな悲しみです……　パピーが微笑を浮べ、溜息をつきながら、友情と愛とに包まれて、その人生と同じように慎ましく、十一月二日に私どもの家で旅立ちました。蘇りの日でした。そして、祭式（四〇〇人）は清澄さと祝福に充たされていました。彼は護られていたからです。それは「主は汝に言う、〈花が咲く日が来るだろう。その香りがここのすべての者たちを生命の息吹で満たすだろう。アレルーヤ、アレルーヤ〉」と彼がうたい、〈アンサンブル・ヴォーカル・コルボー〉がうたった《ダヴィデ王》（オネゲル）の終りでした。

彼はあなたがたをとても愛していましたし、八月に再会できたことでとても幸福でした。

愛をこめて　　　　マミー

〈ピエール・バタイヤール＝ソーヴァジャ　一九二一年──一九九九年〉と誌されている真新しい木の十字架の写真が一葉、手紙に添えられている。

アルプスの山中で知り合ってから二十七年になる。一つの人生のなかでかなり長い歳月だ。同じような季節、雪の降り積ったツェルマットでだった。私は喪失の苦しみからまだ充分癒えてはいなかった。「運命的な出会い」とあの頃、アンドレーは言った。その通りだった。もっとも無私な、もっとも温かい友情と言うことができるだろう。

私はアルバムから彼の写真を一葉取り外して携えている。かつてヴィンタートゥールで撮ったものだ。学生たちとのヨーロッパ旅行で、チューリッヒに投宿した日があった。その日、夫妻はローザンヌから車を飛ばして私のホテルまで会いに来てくれたのだった。一九八七年の早春だったろうか。写真の姿はコートを着て、頸にマフラーを巻き、深い帽子を被っている。姿勢がいい。彼はいつも姿勢がよかった。すこし頑固だが、実直で、辛抱強かった。そして、友情のために努力を惜しまなかった。この夏は遂々Sをラ・サージュまで連れていったので、彼は満足だった。今回の、あそこでの僅かな数時間は私たちにとっても至福のときだった。誰も次の機会にとは考えなかった。

レマン湖畔の葡萄畑の斜面から夢のなかでのように湖と対岸のサヴォワの山々を眺めたこと

は幾たびか。ピエールはローザンヌを、ヴォー州を、またヴァレの山中の村々を愛していた。故郷の地をこの上なく誇りにしていた。そして、私たちにもそれを愛してほしかったのだ。だから、これからも私たちはあのすばらしい風景を愛するだろう。そして、その心のなかの風景にはいつも、ピエールよ、あなたが立っているだろう。あなたは私たちの衷に在りつづけるだろう。二度にわたる大きな心臓の手術にもかかわらず、いささかもめげることのなかったピエールよ。あなたは友情のみごとな実例だ。ときに茶目っ気が生来の生真面目さの裂け目から湧き出てきて、私たちを明るく笑わせた。そのときのかけがえのない微笑を私は忘れない。

私たちはローザンヌの駅のプラットフォームに降り立ったら、きっとあなたの姿を探すだろう、いつものように、永遠に。

日常の生活空間で孤りになったアンドレーはどうするだろうか。

＊

上野の文化会館で、Sと《フィガロの結婚》を観た。久しぶりに、音楽の余韻がいまも心に響きつづけている。

ポーランド国立ワルシャワ室内歌劇場オペラ、オーケストラと合唱は同歌劇場付のもの、演出リシャルド・ペリット、指揮ズビグニエフ・グラーツァ。ある部分で、演出によって誇張された滑稽さは舞台を見苦しくし、私の好みに合わなかったが、歌い手たちの歌唱力がすばらしく、幾つかのアリアでは充分にモーツァルトの魂を伝えてくれたので、泪に近い感動をおぼえた。伯爵アダム・クルシェフスキ、伯爵夫人ゾフィア・ヴィトコフスカ、スザンナはオルガ・パシチニック、フィガロはアンジェイ・クリムチャック、ケルビーノ役はマルタ・ボペルスカ、そして、バルバリーナはユスティーナ・ステンピェニ、等々。第一幕では、まだ雰囲気が充分にほぐれていないという印象があったが、第二幕の、伯爵夫人の歎きのカヴァティーナからは、おそらく主だった歌い手たちが自らの最高のもの、あるいはそれ以上を展げてみせてくれたのではあるまいか。とりわけ後半での、ヴィトコフスカのレシタチーヴォとアリア、それにつづく彼女とパシチニックの、手紙の二重唱はまことに素晴らしいもので、この日の心の高まりの頂点だった。声は申し分なくゆったりと、深ぶかと拡がって、溶けていった。

あらためてモーツァルトの天才ぶりというか、不思議さを印象づけられた。どの作品でも、器楽曲か歌曲かは問わず、深い悲しみを表すときと、喪われたもの、遙かなものへの憧れをうたうときに、もっとも美しいものとなって、聞く者の魂の奥底にまで沁み込んでくる。

幾つかの理由があって、私たちはこの数ヵ月来ひどく疲れていた。会場を出たとき、――「なんだかとても頭のなかが軽くなって、心がすっきりしたわ」とSが言った。僅か三時間余の時間が私たちを変えてくれたようだった。

＊

すさまじい木枯しが吹きはじめた。もうほんとうの冬だ。

時間のなかで何かが、誰かが喪われると、私たちは深い哀しみをおぼえる。欠落が内部につくり出した空虚を埋めるにはながい時間がかかる。ときには、最後まで決定的に埋め尽せないで、空虚が残る。

他方で、時間のなかにはつぎつぎに新しいものが現れ出る。おそらくそれは約束であり、期待であるはずだ。だが、ときとして、この新しい出現にたいするよろこびは、喪失が経験させる悲哀に較べようもないほど小さく、微かだ。この出現と消滅、誕生と死とは秤の均衡を保たない。

たぶん、喪失には、そこに至るまでの私たちのじつに長い時間、そして、それに伴う努力や愛着、それらすべてが対象に込められていたのに、その全体が一挙に消滅することから生じる傷みがあるからだ。私たちは誰かの、何かの喪失に伴って、私たち自身のものである過去の長い時間との関係を失うことになるのだ。サン＝テグジュペリが言うように、ほんとうに愛するだけの価値が対象に生じるためには、私たちは長い時間に亙って、無私無償の努力を注ぎ込むことが必要なのだ。

＊

ロシア軍はこの数週間チェチェンに侵入し、首都グロズヌイを包囲し、爆撃を加え、立退かなければすべての住民を殲滅すると最後通告を出している。住民は食べるものもなく、怯えている。老人にはこの最後通告は伝わっていないという。ロシアの目的はテロリストを根絶することだという。そうかもしれないが、これは表面上のものだ。いつでもそこには利権の問題がある。――漸く北アイルランドではカトリックとプロテスタントとの和議の上での政府が樹立したというのに。

私たちはまるで古代や中世を生きているみたいだ。あるいはその時期と何一つ変ってはいないのかもしれない。変化した部分は、おそらく、殺戮者がいささかも罪の意識なしに行為を精確に、機械的に遂行できるということだけだ。

＊

今朝学校への途次、地下鉄池袋駅のフォームで、若い女性が老人に腕を貸しているのを見かけた。老人は眼鏡をかけていたが、レンズが汚れていて、察するところ盲目のようだった。彼は女性の父親であろうか。とすれば娘だが、彼女は髪を茶に染めており、よく着込んだ白い革ジャンパーにジーンズのズボンという姿で、素朴だが、いかにも今風の雰囲気を漂わせていた。

電車がフォームに入ってくると、二人は上手に、下車する客を避けて乗り込み、いつも無言のまま、やがて二つ先の護国寺駅で降りていった。

私は老オイディプスとアンチゴネーのことを連想した。それから、想いは一九七二年の秋にパリのコメディー・フランセーズで観た《コロヌスのオイディプス》へと赴いた。あの頃、私は絶望的な孤独感に苛まれていた。

私はいま自分を老いた盲目の王と重ね合せることができるほどの年齢になった。いつ、あの神聖な場処に赴くことになっても不思議はない。そこに誰の手も借りずに行くことになるだろう。私は自分のアンチゴネーを喪って久しい。だが、彼女に替ってのなんと多くの扶け手が私をここまで連れてきてくれたことかと想った。

Ⅱ

依然として穏かな歳の暮だ。——この二、三日まえ、フランス、スイスあたりは暴風が猛威をふるって駆け抜け、パリでも修復が終ったばかりの美しいノートル＝ダム大聖堂の尖塔が曲ったり、石が落ちてヴィトローに穴があくなどの被害を生じ、多くの建造物が損壊しただけでなく、樹齢二百年を超える巨木がブーローニュやジャルダン・デ・プラントで根こそぎ倒れた様子がTVで報じられた。ベティやジャンのいるシャラント県のほうでもすさまじかったと報じられている。皆、友らはどうしているだろうか。

＊

奇妙な印象。昨日から二〇〇〇年の側にいて、それが世間で大騒ぎしているようには特別な感慨もなく、まったく当然のことで、自分はずっと以前からこちら側にいたかのように慣れきってしまっているといった気もち。それだけに一九……年が遙かな昔の、歴史のなかのことのように思われる。あるいは戻ることを決定的に拒絶されている不可視の幕、または壁の彼方の時間なのだ、と。

昨日になるまで、自分がそんな気になるとは憶測しもしなかった。単に昨日につづく今日だというのとは異なる不連続性の実感。

それだけに幾つかのことを暮のうちに済ませておいてよかった。台風の見舞いを兼ねて、ヨーロッパの幾人かの友人に手紙を書き送った。ほどなく彼らにとどくだろう。あたかも別な世界からのメッセージのように。

*

先日ピエールの友人のブールカンが送ってくれた文書によると、彼の亡くなった十一月二日は火曜日だったが、その直前の週末をピエールとアンドレーはエランスの谿の奥の村ラ・サージュで過すことができたと牧師は報告している。火曜日には、いつものように心臓手術後の体調を整えるためにジムへ出かけ、そこで容態が急変したのだという。夏に会ったときにも、八十歳という年齢にしてはとても考えられないほどに若々しくみえた。

最近自分の書く詩篇は生と死、現存と不在、可視と不可視、あるいは瞬間と永遠といった問題を扱っている点で、どれもほぼ共通した主題のものといえそうであり、この方向ではほぼ行き着くところまで達したと思われる。

今後、幾ぶんかの変化が生じてくるだろうか。意図的になし得ることとしては、テーマをめぐって心の方向を変えてみるということだが、可能だろうか。生きていることをよろこびとして攄えるような作品ができないものだろうか。

＊

昨日はやがて霙になり、ときに雪に変ったが、概ね氷雨、そして、それは今朝まで続いている。

暫くまえから思っていることだが、真実はもしそれが在るとすれば、世界そのもの、宇宙そのもののなかにしか在り得ない。レアリテと呼んでもいいが、私たちはそれが何かの書物のなかに潜んでいるかのように、ときとして取り違えたりする。だが、プラトンの対話篇にも、スピノザの『エチカ』にも、ゲーテやロマン・ロランの仕事のなかにも、真実があるわけではない。そこにあるのは彼らが世界に関して、真実として理解したことの反映だ。それらに触れることによって、彼らが世界を、あるいはその真実をどのように考え、理解したかを知ることはできる。だが、それは依然として真実そのものではない。それらに触れることが、私たち自身の世界理解を扶けてくれることはあり得る。だが、真実を理解するためには、書物から目を上げて、直接的に世界そのものとの接点を維持しつづけなければならない。

世界のレアリテは徹頭徹尾、抽象化、概念化を拒む。いまもひっきりなしに雨が降っているが、この事実は概念化をも、抽象化をも拒んで、建物や地面を濡らしつづけている。

＊

老ファウストに歎かせたゲーテも、真実が書物や知識のなかに潜んでいることはなく、それは世界そのものの側にあるのだということを認めていたわけだ。ファウストが若返りを手に入れて、書斎から出たのはそのためだ。

それにもかかわらず、この言葉というものの力は何なのか。——「はじめに言葉があった」とするこの主張自体も言葉に他ならないが。

むしろ、言葉は真実を反映としてとどめるものに他なるまい。

だから、たとえば言葉によって信仰を深める者は、世界そのものにたいする視線を失うことによって、しばしば空疎な言葉を語るようになる。神が実在者だとすれば、それは世界を、宇宙を含みながら、それを超えた存在であって、世界の外、宇宙の外に存在するものではない。概念の構築物としての哲学や形而上学における深まりではなく、たえず世界と接点をもつ〈詩〉にむかって開かれて在る状態を維持すること。

＊

先日はリュック夫人から、今日はアンドレーとイヴ・ボヌフォワからのものとを郵便物のなかに見出して、とても嬉しかった。ボヌフォワの手紙は消印が一月十四日になっている、——

親しい友

……新年のご挨拶と、これらのご論考やご翻訳をありがとう。あなたがお示しくださる共感とお心遣いがはっきりうかがわれます。あなたと奥様、あなたにとって親愛な方がた、それにお仕事のために、私もまたこの上ない愛情を込めて祈願いたします。私どもの風土では例のないあの台風の影響を、パリでは、私どもは直接には被りませんでしたが、森林についての報せは惨めなものです。でも、自然の世界の将来に絶望しないようにしましょう。自然の世界なしでは生きるに値しません。そのことを詩のなかで示そうではありませんか。私が読み得たかぎりでのあなたの詩に、自分がとても近いと私は感じていますし、私自身が書くものに対するあなたの寛いご関心は励ましになります。これは私たちが沙漠にいて、意味もなく語っているわけではないことの徴です。目下、私はゴヤについてのエッセイを書き、また、幾篇かの詩を取り蒐めています。ほどなくその新たな一連のものをお送りできるでしょう。いま一度、私の願いを込めて。あなたを抱擁します。親しい友よ、

イヴ

とても愛情に溢れている文面で、大きな慰めと励ましとがとどいてくる。おそらく、世界のなかでもかけがえのない友情の一つだろう。

アンドレーの筆蹟には幾ぶん読み難さがあるが、深い哀しみにもかかわらず、すでに立派に立ち直って彼女のすばらしい人柄を感じさせる。

＊

よく晴れていて、風はないが、それでもひどく冷たい。

私は折をみては、自分の詩や散文の原稿を整理している。あるいは、そのための時間を捻出している。このことはべつな在り方での私自身の孤独の確保でもあるし、取り敢えず自分にとって必要なことなのだ。

どちらのジャンルのものも優に数冊分はある。そして、それがまだ原稿の形で手許にあるあいだは生きていて、自分とともに呼吸しているように感じられる。私にしても、世間並みの書き手のように、それらを書物の形にしてみたい、それもできるだけはやく、と願っていないわけではない。脱皮したら、どんな蝶になって舞い上がってゆくだろう、と。――現にそれを見たといって遠方から丁寧に報せてくれる人も折おりいる。それはそれで嬉しいことだ。

だが、どういうものか、私の名の付された背表紙の書物が何冊か自分の棚に並んでいても、私はそれらがいまの自分に密接なかかわりのある何かだというふうには感じることができない。他の人たちはどんなふうだろうか。たとえば宇佐見さんだが、すでに八十歳を超えていても、仕事を書物に纏めようとする熱意はいささかも衰える様子がないし、これまでの自著にたいする愛着も、私などとは較べようもないほどに強い。

私の場合、自分の過去にたいする執着のなさであろうか。誰かそれまで私に親しみをみせてくれ、自分のほうからも大事に想っていた人が、何が契機になってか私から離れていったとき、自分のほうからその後を追おうとするようなことはほとんど皆無に近いし、暫くの間を置いて——何年か、何十年か——、もう一度懐かしそうな素振りをみせてくれても、そんなときに自分が感じるのは当惑だけだ。

＊

江古田の夫婦も一緒に所沢のホールで、ミッシャ・マイスキーを聴いた。いずれもバッハの無伴奏組曲の第一番、第三番、第五番で、この夜の演奏者はひどく疲れているふうであったが、それでも音色はのびやかで深く、感覚的に美しいバッハだった。抽象的に精神というのではない何か、それでいて音楽の本質であるものに触れる想いがした。

ホールは千数百人の満員で、いつもならば曲の途切れ目で騒々しく聞えるあの咳込みの音も皆無に近く、非常に感じがよかったが、これは演奏される曲目がこれ以上ないというほど生真面目な、というか、地味なものばかりだったから、それを聴きにきた聴衆としては当然のことだったのであろうか。アンコールでは、第六番のなかからガヴォットが奏かれた。

＊

じつに久しぶりに午前中雨が降った。朝のうちは霙混りで、ときどき粉雪になって。これで春を迎える植物たちも幾らか甦るかもしれない。そのあいだに一篇詩ができた。昨日も「早春」という標題のものを書いたから、もしかすると、これで新しいリズムが整うかもしれない。

いつも詩のことを考えている。というよりは自分をある状態に置いて待っている。そう言ったほうがいいのかもしれない。何かを感じ取ろうとするような状態、慥かめようとするような状態。ほとんどの時間は何も触れてこないままに過ぎてゆく。辛抱強く釣り糸を垂れている人の状態に似ているだろうか。水面の僅かな動きをも見逃さずに浮木を凝視している姿が想像される。待っているものがいまにかかるだろう、きっと天蚕糸を引き込もうとするだろう……　この岩の陰ならば。それとも、あの突き出ている大きな枝の下のあたりだろうか。魚の影だけが水面の下を通り過ぎていってしまうこともある。

だが、ときどき、一つのイマージュが、言葉の一つの表現が慥かな手ごたえを感じさせるときがある。一気に手繰り寄せることのできるときもある。辛抱強く、取り逃さないように、時間をかけなければいけないときもある。

現にいまだって、自分では釣に興味があるわけでもないのに、どうしてこの譬えによって語りはじめることになったのか。

詩に限らず、私の作業はほとんどいつも憔かめようとすることだ。しかし、知的にではなく、おそらくもっと深いところで。自分が世界の現実そのものと触れ得るところで、あるいは触れ得たところで。

読むことが嫌いではないし、こんなにたくさん読むのに、多くの場合、そこから私の得るものは寡ない。たぶん、知識や情報、あるいは解釈を求めているわけではないからだ。聖書や仏典のなかに聖なるものが宿っているということはあり得ないし、言葉は影を宿すだけだ。

＊

四年に一度の閏年がそのリズムで回りながら、百年に一度ずつは飛ばされるというので……一七〇〇年、一八〇〇年、一九〇〇年は閏年にならなかったそうだ。それが四百年ごとに微調整されるので二〇〇〇年の今年はまた、この二月二十九日という日付をもつのだということになる。

宇宙のリズムのなかには人間の合理主義に、全面的にはそぐわないところがあって、そこが面白い。こんなふうに歴然と現れるものでなくても、私たちの周囲には法則性を拒否するじつに多くの現象があると思う。それらを神秘と名づけようと名づけまいと、宇宙のなかのその部分を掬い取ることがおそらく詩や音楽に課せられた役割なのかもしれない。モーツァルトの音楽にある転調の微妙な測り難さ、その秘密、一見合理性を基盤にしているかのバッハの音楽のなかの僅かなずれ、その魅力。リルケのような詩人にときとしてうかがわれるある種の超感覚性。たぶん、幾ぶんかのイデーも必要だ。イマージュもなくてはならない。そして、ときには叙情性も……。だが、可能なかぎり〈私〉は無化されているのが好ましい。どういうかたちでか、そこに世界の痕跡が残るために。

＊

朝、偶然に開いたシモーヌ・ヴェイユの『カイエⅠ』から、——

〈息〉、ウパニシャッドのなかで〈口のなかにある息〉、ヨガの呼吸法（これについて私は何も知らないが）、同じイデーのフォルム？

肉体の生命のリズム（ここでは呼吸が時を刻む）を世界のリズム（星々の回転）と結び合せることだ、恒常的に、この結合を感じること（たんに知るのではなく、感じること）、そして、また、人間存在が世界に浸る際に必要な物質の不断の交換を感じることだ。

人が生きている限り、何ものも人間から奪い得ないもの、——意志が作用する動き、呼吸（それ以外では、あるいは例外なく意志が決定し得ない器官の変化、あるいは鎖が妨げ得る手足の動き）、知覚のようなもの、空間（監獄にあってさえも、両眼や鼓膜を抉られても、生きている限り、人は空間を知覚する）。
いかなる状況によっても奪われ得ないことをのぞむ思考をこれに結び合せることだ。

自分自身の持続がまた世界の時間であるのを感じることだ。

私自身の特徴として。私はあまり知的なタイプの人間ではないように思う。そのためだろうが、ときにおそろしく知的な人間に出遭いたいものだと憧れもした。若い一時期には、生身の存在としてのヴァレリーに会えたらどうだろうかと思ったりもした。ボヌフォワもある面では、そのようにみえるし、幸い幾度か言葉を交す機会にも恵まれた。ヴェイユやアランはどうであったろうか。

しかし、結局のところ、知性だけが一人の人間の特性のなかで際立っているような人がいるとしても、おそらく最大級の敬意に相応しいとも言い難い。何かしら、そんな人には大きな欠落部分がありそうだからだ。鋭く研ぎ澄まされた知性などというが、この表現は却ってこの欠落部分を充分に語っているようにも思われる。知性というものが対象を外在化して、分析や分類を推し進めようとするためであろうか。知性それ自体が自己を主張するわけではないが、知的な営みの主体それ自体は徹頭徹尾自己であるからだろうか。

近代の西欧合理主義が典型的には、世界の細部における法則性の発見ということに現れているとすれば、世界そのものの本質に神秘を見て、それにたいして畏敬の念を抱くという態度は、すでにそれ自体、知的ではないということになるし、ヴェイユのように、合理と非合理という二分野の使い分けのような在り方も生じてくる。

*

実際の空間のなかには何処にも消失点など存在しないのに、なぜ私たちには空間の無限がそのまま知覚されることなく、あたかも彎曲する面によって遮られているように見えてしまうのか。蒼穹であれ、星の夜空であれ、私たちの視界には間違いなく涯があるように見える。

*

先日のニュースによると、ローマ教皇ヨハネ＝パウロ二世が、ローマ・カトリック教会の人間による歴史上の罪の数かずを謝罪し、神に赦しを乞うたという。二千年祭の一つの行事だろうが、教皇の史上はじめてのことだ。十字軍の遠征、異教徒にたいする信仰の強要、ユダヤ人迫害、宗教裁判、魔女狩り、等々、正しい人間の在り様として、あるいは正しい宗教の在り様として当然のことだとは思うが、その率直さと勇気は讃えたい。あまりにも狂ったいまの世界のなかで、これは一つの光だ。

もう一方で、教会の歴史的な過誤のゆえに、教会のなかに入ることを拒絶し、その入り口――なかと外との接点――に自分の身を置いたシモーヌ・ヴェイユのことを想う。

＊

新しい『イヴ・ボヌフォワ詩集』を実現するために、先日詩人に宛てて手紙を送った。まだ返事がこないが、健康を害なっていなければよいがと思う。

ボヌフォワの仕事ははっきりと私の内部の何かを目醒めさせてくれたように思う。あるいは朧げな感じ方を確信にまで搬んでくれたと言ってもいいのかもしれない。それはこの総体としての〈現実〉の外の何処にも、真実も、神的なものも在りはしないということだ。私たちを現にいま生かしているこの時空と隔絶したところに、何かが在るわけではないという確信。個としての私の存在が消滅しても、あるいは現にいま私たちが目にしているすべての存在や事物が消滅しても、いささかも揺るがないこの〈現実〉にたいする確信。

微小のものと極大のものとの直接の、即刻の重なり合い。しかし、それは結局のところは存在や事物の個々の在り様の問題ではなく、それらを対象として見るときの私たちの視線の在り様にすぎないのかもしれない。微小のものが極大のものを担っていること、極大のものが微小のただ一点を空虚に置き換えようとすれば、ただちに全体が崩壊すること。

いつもいちばん微かなふるえが宇宙の全体の震動を伝えているのを聞き取らねばならない。

枝々がはじけてみどりが溢れ出し、ふいに初夏の気配だ。若葉の萌え出る勢いというものは驚くほどのものであり、同じ一つの芽、同じ一枚の葉でも、夕方見ると、朝気がついたときの三倍ほども伸び拡がっている。矢張り生命力の季節とでもいうのであろうか。地中の水や適度の気温や陽射しや、その他にもさまざまなものがいっせいに呼応して、何か大きなドラマを演出しているようにも思える。

＊

暫くの気懸り、私はまえの手紙が何処か途中で紛失したものとほとんど決定的に思いはじめていた。

そして、昨夕、またしてもボヌフォワから恵まれた大きな幸福感。大きな封筒。十六枚の原稿のフォトコピーと一通の手紙、——

＊

パリ、二〇〇〇年四月十一日

親しい友、

お手紙に心からの感謝。あなたのご計画を知って幸せですし、もちろん、全面的に私は同意します。……「ペスココスタンツォの断片」がどんなものだったか、もうよく憶えていませんので、そのかわりに新しい十篇の詩をお送りします。私をべつとすれば、あなたがこの世でこれらの詩を読まれる最初の読者となるでしょう。そうなることが、私のよろこびでもあります。標題は取り敢えず仮のものです。いつか「夏の雨」や他のテクストと一緒にメルキュール〔・ド・フランス社〕から一冊になって刊行されるでしょうが、目下はまだ私自身が版権を所有しています。

もしおのぞみなら、もちろん、メルキュールにあなたをご紹介します。

あなたを抱擁します、

イヴ

フォトコピーによる十の詩篇には、「遠い声」という標題が付されている。

*

昨日、今日とまた冷たい雨が萌え出たばかりの若葉を濡らしている。どこか物悲しいこの風景は来る年ごとに私にとってもっとも印象深いものの一つだ。夢のなかの美しい風景として、私は最後の目醒めの朝に携えてゆくだろう。

イヴ・ボヌフォワの今回の十篇の連作「遠い声」はほんとうにすばらしい。どれもが四行詩節の三連で整えられており、表現はとても簡潔で、しかし、可能な限り固定的なイデーから遠ざかっており、またイマージュの輪郭も絶えず朧げであるために、そこにあるのはほんとうに〈詩〉そのものだとしか思えない。これまでこんな詩を読んだことがあっただろうか。遙かな日の、記憶のむこうの回想、自分と世界との未分離の状態の回帰、顔が想い浮べられない誰かがうたってくれた子守歌のように。

それとも、私は声をべつの部屋で聞いていたのだ。
子どもの頃というほかには、それについては何も知らなかった。
幾多の歳月が過ぎていったが、あの歌、かけがえのない
私の幸福はほとんど一生つづくだろう。

(Ⅱ)

そして　凝縮したのちに　こんどは蒸発する
この水の光を、私たちの何ものも濁らせはしない。

そのためなのだ、何一つないことを知る
あの瞬間の明澄さ、それどころか歓喜は。
雪片　コップを摑んでいた手、
べつの雪片　夏、空、数かずの想い出。

(Ⅵ)

ほら、おまえの身体の影と遊ぶのに
充分なだけの光がまだ砂の上にはある。
それに　まだ子どもだから、樹々のなかでしだいに
暗くなる笑いにむかって、おまえの手を開くことだ。

（Ⅷ）

さらには、また、――

声はうたっていた、そして　その言葉の数かずのなかに
自分の長いたたかいをほとんど終らせるものを私はもった、
私は声の傍らまで来て、その手に触れ、
見えないもののなかに結び目をもつ
あの糸を、その指が解くのをじっと見ていた。

（Ⅹ）

暮れてゆくまえの空に漂うおだやかな明るさがどの詩篇にも感じられる。長いたたかいの詩人、イヴ・ボヌフォワ、もうあなたのたたかいは終ったのだ、私はそう思う。あなたがジャコメッティの《終りなきパリ》について言ったことはすでにあなた自身について語ったことでもあった。

そして、これらを直かに手渡されたに等しい私の幸福。これらの詩句を肌に沁みて理解できるのは、すでに私自身、私もまた道の果てに来ているからだ。そうでなければおそらくこれほどには馴染まないかもしれない。

＊

Sもよく言うのだが、私たちは亡くなった他の誰よりもピエールのことをよく憶い出す。彼の実直さと茶目っ気、几帳面さとやさしさ、それらのことがあのスイスの風景と結びついて回想されるのだ。心のなかで、私たちはレマン湖畔やラ・サージュの村に彼の姿を置いてみる。

昨年夏の末に、私たちがヨーロッパの幾人かの友らを訪れる気になったのは、間に合わなくなるのを惧れてのことだった。

そんなふうには誰にも何も告げなかったのだが、彼にはそのことがよく分っていたのだと思う。私たちは日帰りでパリへ戻るつもりだったが、彼はローザンヌでの二泊を強く申し出た。そして、Sをまだ山のなかの村に連れていったことがなかったからと言って、二日目の午前中から車を走らせてエランスの谿を深く入り、昼過ぎラ・サージュのシャレーに着いた。昼食はすぐ下のエヴォレーヌの村で摂った。

あそこでSのよろこびようは一通りではなかった。彼女は夢み心地でシャレーの背後の古い礼拝堂のある丘にのぼり、また、私と一緒に、小さなホテルのうしろの小川を越えて、牧草地のなかの径を歩いた。谷も山も遠方までよく見えていた。私たちのよろこびが彼の満足でもあった。丘の上でSは小さな植物の種子を摘んだ。私たちはそれを持ち帰り、鉢の土に播いた。それはこの春芽生え、幾つかの不思議な花をつけている。花茎から円い粒がふくらんできて――苞だろうか――、四、五日後にその先からふいに反り返った花弁が現れる。蘂もある。これが咲いたことに、Sは奇蹟を見た想いで感動している。

こうして、物の空間においても、私たちはまだラ・サージュとの縁を断ち切られてしまってはいないのだ。ピエールの善意の想い出！

＊

疲れてくると、その疲労がなかなか癒されなくなった。

これまで生きてきた長い時間の蓄積は経験ばかりでなく、身体の故障や疲労としても残ってくる。それはごく当然のことだが。

もし私たちが概念としての死というものを持っていなければ、生の最後の瞬間まで、ただひたすら生の意識に充たされている筈だと誰かが言った。ほんとうだろうか。

私たちは誰しも隔絶した世界に孤りで生きているわけではないから、身近な者たちの死に接して、それが人間の、あるいは生命ある万物の共有する運命であることを知る。意識のなかでのこの確認は、しかし、概念化の作用ではあるまい。レアリテそのものとの接触であり、拡大して言えば、それは生命であるか否かを超えて、不断のものである。たえず何処かで星が死ぬ、細胞が死ぬように。だから、生の意識というものは不断に死の意識と混り合っているのかもしれない。

そして、私たちに意識があるように、総体としての宇宙にもやはり意識は宿っているのかもしれないと思われる。さまざまな鉱物の結晶作用のようなものは植物の葉のかたちや花の色の形成とどう違うのか。そして、私たちのものである芸術や思想の形成とどう違うのか。

水の気化や火の燃焼はそれぞれ物質の一種の回想作用のようなものではないのか。

＊

今朝起きてすぐのときと、午前中と、二度問われるままにSと話した。

はじめの話題は何かを理解するということに関しての根元的な体験の問題。ポエジーや芸術に関しては理解の基盤に、ある種の体験が必要だということ。この体験は直接に対象の中心点へむかう。

円を理解するときに、円周の上をめぐって歩く人がいる。それはつねに外接するということでもある。余すところなく周りを歩くこと、対象にかかわる一切を検べ上げること、そのことが理解だと考える人がいる。

そのことに意味がないわけではない。しかし、円周上のどの一点からであれ、必要なことはまっすぐに中心へむかうことであり、半径を知ることができさえすれば、おそらく円のすべてがわかる。それが真正なポエジーや芸術の理解だ。

宗教に関してもたぶん同じだ。教義を習得するか、体験によって把握するか。

午前中に話したことは詩についてである。

詩とは言葉によって別種の空間を開くことであり、そこでは物の空間におけるのとは別種の花が咲き、別種の雨や雪が降る。そのために、詩に触れた人は物の空間に在る諸々のものを新しくそのように見、そのように感じることになる。おそらく、それがものたちに潜んでいる真のすがたでもあるのだろうが……

＊

一昨日、『同時代』の編輯会議のあとの歓談で、「昔はよかった」という言葉をめぐって暫く話がつづいた。この言葉は古代のギリシァ人のものにもとどめられているというが、おそらくどの時代においても、どの老人も口にする。個人の単位で考えれば、おそらく幼時への回帰願望であろうというのが和田旦さんの意見だ。

私たちが懐かしく想起する過去のどの時期であれ、それがそのまま再現されたりすれば、そこには受け取りがたいたくさんのものが含まれているのは間違いあるまい。そこで、私は矢張り記憶の浄化作用ということを持ち出さざるを得なかった。というのも、人は不断にその身に降りかかってくる嫌悪すべきこと、耐え難いことは、それが過ぎてゆけば、一刻もはやく忘れたいからだ。一種の生存本能のようなものとして。物質の次元においてと同じように、精神の次元においても、必要なものだけを摂取しようとするだろう。自分を慰めたり、励ましたりするためにも。こうして記憶は過去の経験のなかから、悲歎や憎悪の要素よりも、なつかしさや親しさの要素のほうを多く蓄えるようになり、「昔はよかった」ということにもなるのだ。半世紀前のあの戦争の経験のなかからさえ、ときに美しいものが喚起されたりする。

人類の集合的経験と記憶とに関しても同じことが言えそうだ。最初に楽園があったり、極楽があったりするのもそのためだ。そして、やがて黄金の時代は銀の時代となり、鉄の時代にまでなり下がる。詩人がしばしば（私自身もたぶんそうだが）現に目のまえに生じていることを謂わば過去のもののように捉え、記憶のなかに送り込もうとするのも同じ理由からかもしれない。

しかし、また、現実そのもののなかで、心があまりにはげしい痛みを経験させられて、治癒不能である場合には、心はその後の世界に同意することができない。

＊

夏の光に変った。花の色もいっそう濃くなり、繁みの翳は深くなった。小さな庭が美しい。巨大な宇宙空間の片隅に――ここは片隅だろうか――、こんな場処があるということが奇蹟のように思われ、まさに驚くべきことだが、すでに宇宙の存在することそれ自体があまりにも奇蹟のように思われる。たぶん、存在ということが説明しようのないことなのかもしれない。存在するということ、そして、存在しなくなるということ。

＊

このあたりで二ヵ月まえに萌え出た木々の梢の、靄のようなひろがりはもうすっかり初夏の深い翳を宿している。鳥たちの鳴く声が生気を帯びている。庭にもいろいろな花が咲いている。部屋には気に入りの幾点かの絵が壁に掛かっている。有田焼やデルフト焼の小さい瓶や皿がある。私にとってのくつろぎと仕事の場処だ。

可視のこれらすべてのものによって成る空間にたいして、もう一つのひろがりをどう考えたらよいのであろうか。思索を紡ぎ、感性を描出する意識、そのひろがりをどう考えたらよいのであろうか。絵画や音楽や詩として、外に投げ出されるものだけでなく、悲哀や歓喜の一つひとつにいたるまで。それもおそらく人間だけの特権的属性ではなく、生物、無生物の差異を超えて、譬喩的にいえば、おそらく宇宙の大きさに重なり合うようなひろがりとして、不可視のひろがりを考えずにはいられない。宇宙の全体が意識を宿していると言ってもよいのだが。たぶん、芸術は、あるいは詩はこの二領域の重ね合せから生じるものだが、可視の、個別の存在とかかわっていたもう一つのものを、限定された、個別の在り様から解き放つ。厳然とした個別のもののようにみえながら、おそらくこの不可視の、意識にかかわる領域は、感銘とか、影響とか、交感とかいうことを考えるならば、それこそ刻々に一方から他方へと交流し、受け渡されているのではあるまいか。

現に私自身の意識――と敢えて言うが――にしても、私がモーツァルトを聴き、ボヌフォワの詩を読み、ボナールの画面を見たことにより、そうでなかったときとは決定的に異なっているであろうから。

＊

もう十日ほどになろうか、左眼の視力がひどく落ちて、不自由している。こうしてノートを開いたり、書物を読んだりするときには右眼だけでことを進めているわけであり、左の眼はあの白内障の手術前の状態によく似ている。視界が霧のなかにいるようだ。

自分の時間切れももうほどなくのことであるから、それまで悪いなりに健康が持ちこたえてくれればよいがと切望する。静かな時間を永く味わえるならば、それに越したことはないが、この齢まで生きてくればそれ以上に何の不足があろうか。

＊

以前に手術を担当してくれた眼科医の土坂先生と連絡が取れたので、この極度の不自由もあと数日のことだろう。

眼が不自由だと、せめて視力が以前の状態にまで回復すればいいと願う。幸福であるためにはそれ以上のことは望まない、と。咽喉が渇けば、せめてコップ一杯の水が欲しいと願う。それさえあれば満足だ、と。こうしてみると、そのときどきの人間の願望というものは何とつつましいことか。しかし、また、こうしたつつましい願望が、何と果てしなく繰り出されてくることか、最後にはこれ以上に願うべきことはもはやないのかと想い至るまでに。

＊

午前中、土坂先生から速達がとどく。来週、月曜、火曜と診察してもらえるよう電話で取り決めた。私が書いた症状にたいする先生の判断では後発白内障と考えられるとのこと。これは一種の合併症で、白内障手術によってカプセルのなかに人工レンズを収めたあと、カプセルの周辺で細胞が増殖すると、このように曇りガラスを通してものを見るような状態が生じると書かれている。僅かな手当てで完治するとも。昔の生活のなかでだったら、失明を免れないだろう。

この鬱陶しい不便さが取り除かれれば、それだけでもこの夏が愉しいものに変るだろうと思う。

＊

有難いことに左眼の視力が前どおりに戻った。

今週月曜日、自由が丘の土坂眼科医院で診察を受け、矢張り、まえの手術後に生じた後発白内障ということだった。水晶体を形成する細胞の増殖は想いの外に進んでいて、人工レンズを覆い尽すまでになっていたようだ。

翌二十日、こんどは原宿の眼科病院で、レーザー治療。眼に麻酔を施し、レーザーをあてると、暗かった視野が深い青空の色になり、そこを透明感のある紅い二つの中心点がそれぞれに放電現象のような火花を四方八方に放ち、まるで真昼の花火のような美しさだ。途中で、——「もう三分の二ほど進みましたから、ほどなく終ります」と土坂医師が言われる。レーザー四十発。

被膜をつくっていた細胞の周縁を焼き落したのだという。「ですから、ドーナツ状の内側はほどなく離れて落ちます。」

昨日は慣れない所為もあってか、かすかに不自然なところが感じられたが、今朝起きてみると、もはやその不自然さもまったくなかった。「ほんとうによかったわ」とSもよろこんでくれる。

午後、診察を受けに自由が丘に出かける。

すでに冬のころから、折おり、私は眼の調子がおかしいと言っていたとSは指摘する。私が最近考えたのよりはずっと早かったわけだ。

＊

午前中、自由が丘に診察を受けにゆく。

前回と較べてかなり視力が回復していると言われた。——「ああ、よかった。私がほっとしましたよ」と土坂先生。私自身も当然のことながら、とても嬉しい気もちだと答えた。実際、視力が回復しさえすれば、そのことだけでもどんなに幸福なことか！　と、ほんの数日まえにはこのノートに書いたはずだったから。つぎには私のなかにどんな欲が生れるのだろうか。

仕事をつづけたいということ、この世界のなかに美しいものを見て取りたいということ、——おそらく視力を回復したい、あるいは保ちたいという願望も、このことと無関係ではないのだ。


〈一者〉であるもの、〈全一〉であるもの、このものは全空間を覆って、その外にまでひろがるひろがりであり、また時間のはじまりと終りとを含みながら、それを超える無限の持続だ。したがって、このものは空間と空間の外を統括し、時間と無時間とを、絶えず動く不動のものとして保つ。物質も意識もある実体的なものだが、もはやその外側というものを考えることはできない。あらゆる限定を超えるものであり、可視でもあり、不可視でもある。

これまで人間の歴史のなかで繰り返し証言されてきたこのものが、どうして、ごく僅かな人びとにしか実感をもって捉えられないのか、むしろそれが私には不思議でならない。

＊

朝四時ごろ目が醒めて、暫く仕事部屋にいたとき、レオナルド・ダ・ヴィンチの『ノート』を開いていて、「哲学」と区分されているところに幾つも興味深い言葉を見つけた。たとえばこんなもの、――

何かにつけて人は時間の経過が速すぎると言って歎くが、その持続が充分であることは認めない。だが、自然がわれわれに付与したよき記憶は、ずっとまえに過ぎ去った事物がなおわれわれには現存するかのように思わせる。（C.A.76 r.a）

*

愛媛県が新たに設定した正岡子規国際俳句賞の第一回の大賞がイヴ・ボヌフォワに授賞されたと報じられている。これはボヌフォワにとっての名誉である以上に、この賞にとっての名誉だと考えてもよい。いずれにせよ、この詩人の仕事はこうしたことの遙かな上方を翔っているのであり、そのことがこの国でよく知られていないだけのことだ。

もし彼がこの機会に日本に来て、会うことができれば嬉しいだろうが、彼の七十七歳という年齢を考えると、この長旅が彼に負わせる負担はとても心配だ。それに奪われる貴重な時間も。

いずれにせよ、来年はまたヨーロッパの友人たちに会いに行くつもりでいることを私は彼に書いた。

＊

夢のようなことが、実際、現実のなかにも生じることがあるのだ。

昨夕、六時過ぎごろ、電話が鳴り、Sがいつものように受話器を取った。突然、彼女の応答が覚束ないフランス語で、――「あ、はい、はい、お待ちを……」となり、片方の手で私を手招きする。

私が替ると、――「イヴ・ボヌフォワです」と言う。「パリにおいでなのですか」と訊くと、「そう、パリにいる」と彼は答えた。突然のことで、私は胸の高まりを抑えきれず、声が上ずるのを感じた。

昨日、午後、Sが愛媛県文化振興財団の井上という人と連絡がとれ、受賞のためにボヌフォワが来日することがあるのかどうか、授賞式の日程はどんなふうかなどを問い合せてくれた。井上氏は当方のことをすでによく知っており、レセプションに出席してもらえれば有難いと言われたそうだ。

すぐに松山からFAXが送られてきて、ボヌフォワ招聘の日程がわかった。授賞式九月十日十三時から、レセプションはその後、十七時からということだ。

私は当然、松山に直行して、翌日午後に戻ることにし、ボヌフォワと同じホテルに一泊する予定をたてた。飛行機もホテルもSが交渉してくれた。

パリからの電話はそれから二時間ばかり経ったときだった。

「ああ、おいでになられるのですね。それでは私もお目にかかりに松山へ参ります。十日の正午には到きます。」

「そう、私は六日にこちらを発って……セレモニーは十日の午後だから、では会えるわけだ。」

私は自分がその夜、彼と同じホテルに投宿すること、そして、翌日の午後にこちらに戻ることも言い添えた。ボヌフォワは話をしながらメモを取っているらしかった。「お目にかかれるのがとても嬉しい」と私は繰り返した。「あまりお疲れにならないように」とも。——「あなたも疲れないように……では、ほどなく、すぐに！」こう言って、電話の向こう側の声は消えた。

暫くのあいだ、私は放心したようにぼんやりしていた。ボヌフォワは私からみれば、いまの世界では最大限に尊敬する詩人だ。その彼が短い日本滞在の遽しい日程のなかで、私に会えるかどうかと気遣って、向うから直接に電話をくれたのだ、あのパリのときと同じように。

実際、人生は想いがけない演出をして、私たちを驚かすものだ。

*

昨夕、松山から帰宅。それにしても、ボヌフォワが私に示してくれた親しみの気もちのなんと有難かったこと！　彼はほんとうに私に会いたくて、私を待ち受けていてくれたのだった。そのことは通訳の中辻氏も平井氏も言っていた。久しぶりの再会の抱擁、お寝みの抱擁、お早ようの抱擁、そして、最後にお別れの抱擁。

受賞の講演は「俳句、短詩型とフランスの詩人たち」のタイトルで、通訳の時間も含みながらではあるが、たっぷり一時間、それでも後で控え室でうかがうと、準備したものがすこし長過ぎるので、ソネ（十四行詩）に関する考察の部分を削ったという。俳句自体についてというよりは、瞬時の詩的体験をとどめるものとしての短詩型の問題が語られた。

この講演原稿のコピーは頂戴して、いま私の手許にある。

昨十一日の昼食時には、まるで周囲に他の会食者たちがいないかのように、私たちは二人きりでの多くの話題にかかりきりだった。九月末には友人であるイランの画家ナセル・アサールの展覧会のために、またヴヴェのイエニッチ美術館に赴かねばならないこと、そこでスタロビンスキーとも落ち合う予定であること、十月にはイギリスでの講演が組まれていること、目下はゴヤについて書いており、これはプラドのゴヤ展に合せてのものだが、文章が長くなりすぎて、結局、一冊の本に行き着くかもしれないこと、——「ゴヤの黒絵と禅僧たちの水墨画とのあいだには共通するものがあると私は思う」と彼は言う。

「数ヵ月かかって、○○番地のほうはすっかり模様替えし、内壁もモケットも家具も新しくなり、台所も浴室も変えたし、絵も掛けかえた。その間、私たちは同じ建物のなかのべつの部屋を借り、××番地のほうも使った。私たちは疲れたが、ともかくリュシーも元気です。」「では、来年は模様替えされたお住いをお訪ねします。」

彼の現在の詩作のことが一同の話題になったとき、同席していたオリガスが、ドイツのある雑誌に掲載された「夏の雨」の一篇をトゥールの図書館から送ってもらったコピーで読み、大切にしていると誇らしそうに語ったとき、イヴは、――「ああ、そうだ、ドイツの雑誌に掲載されたものがある。だが、その全部を私はすでに清水に渡してあり、これはほどなく、フランス語でよりもはやく、日本語で読まれることになる」と打ち明けた。オリガスの驚きようはたいへんなものだった。他の同席者たちには事情がよく理解できないふうだった。（オリガスがボヌフォワの詩を愛読していることは他の友人からも聞いていたが、彼が直接ボヌフォワに会ったのははじめてのようだった。）

いまは午後三時半、帰国の途についたボヌフォワはシベリアの上空を横切っていることだろう。あまりに疲れすぎないことを祈りたい。そして、また一年半先に、こんどは約束したとおりパリのルピック街で会えればどんなにうれしいか！

＊

傍らからボヌフォワの様子を見ていると、歩いているときにも、いつもかすかに俯き加減で、いつも何かを考えているようにみえる。十一日の朝、ホテルのロビーで会ったとき、最初の挨拶とともに、私が、――「お疲れになられたでしょう？」と言ったとき、彼は、――「でも、ここでは仕事をしていないから」と答えて悪戯っぽく微笑を浮べた。講演やレセプションの終った翌朝のことだった。

実際、彼はいつも何か考えて、いつも何か書いているのだ。一日がつぎの日に続くのと同じリズムで。おそらく一つの姿勢として、これはとても大切なことなのかもしれない。そのことにいつか終りが来るかもしれないなどという不安や怖れの入り込む余地がないからだ。

＊

ボヌフォワから松山で頂いた講演原稿を読み返してみた。

短い詩の表現に関する矢張りすばらしい考察で、そこでは一瞬の詩的体験の直接的表現ということを繰り返し言っている。

表現されようとされまいと、おそらくこの詩的体験とは私たちと世界との関係のなかに生じる合一の体験であり、それを抜きにしては根元的な肯定――同時に世界と存在との――はあり得ないのではないか。存在を肯定するとは、小さな〈自己〉を肯定することではなく、むしろ全一性のなかに解消、あるいは融合した〈自己〉を感じることだが、それぞれにこんなにも離れた文化や教養の環境にありながら、この詩人と私とは何と似ていることかと思う。

「……私たちの共通の富であり、社会に重くのしかかる危険から、社会を保護すべくなお私たちに残されている稀な手段の一つでもある〈詩〉の最大の幸福のために、新たな交換を可能にする正確なプログラムを、あなた方のなかで過したこの日々から、自分が持ち帰れるようにと私は期待していています。」

これが彼の講演の結びであった。〈詩〉への何という信頼！

Ⅲ

自分の関心がしだいに外へ向かわなくなってゆくのは、これも年齢相応の自然の成り行きであろうか。あるいは自分と世界との関係が変ったのであろうか。

というのも、外界の変化や現象の一つひとつが、以前ならば自分の在り様に密接にかかわっているようにも思われたし、もしそのかかわりが稀薄に感じられれば、そんな状況のなかで自分はとり残されているという孤独感も強かったであろうから。

それなのに、いまでは外側のあれこれの変化は概ね自分とは離れたところで生じているように思われ、また、自分から積極的に何かにかかわってゆこうという気もちもずっと弱くなったためだ。絶えず意識してであれ、無意識にであれ、自分の持ち時間の終了を予感しているからだ。最後の瞬間まで自分の人生は充実していたなどというためには、刻々をどんなふうに生きるのだろうか。

いつも自分の仕事をすすめているイヴ・ボヌフォワのような人がいる。晩年に病弱だったロマン・ロランも、それでも同様の在り様だったろうと思われる。おそらく、ゲーテもそうだっただろう。

ただ、仕事への集中とはべつに、自分がもっと周囲の自然や人びとに積極的な、すくなくとも幾ぶんかは愛情とか共感とかよべるものを抱くことができたらとも思うのだ。これは仕事との関係でいえば、自分の送り出すメッセージというようなものになるのかもしれない。

*

昨夜は一晩だけで、あの月下美人とよばれるサボテンの花が六つも咲いた。僅か数時間のこと。そして、室内いっぱいに芳香を漂わせていた。何の変哲もない、どちらかといえばいささかの観賞にも耐え得ない幅広な葉の、何処か葉脈の一つの先端に、ある日、花芽がぽつりと見え、数日後には清楚な女王の気品を漂わせるのだ。

私たちの仕事もそんなふうであるだろうか。迸り出るものが充分なフォルムに育つまでには、周囲の環境、さまざまな条件がなければならないだろうが、まずは自分自身の内部でのある種の充溢が必要だ。

永遠と瞬時とを同時に視野に入れながら、いつも仕事に専心し、周囲に気を配ること。私たちのような場合には、仕事に愛が欠けていてはならないし、また、愛は仕事に結びつかねばならない。

またしてもパレスチナとイスラエルの間の紛争は拡大の方向にむかい、イスラエル軍は戦車を投入して、パレスチナ治安警察の施設を攻撃したと報じられている。どちらの側にも平和を好まない部分があるのは慥かだが、もしイスラエル国家が世界のなかでの存立を意志するのであれば、数千年来の選民思想は幻想にすぎないことを自覚する必要があるだろう。不幸な歴史のなかでそれが彼らを支えたことは理解できるが、これは周囲にたいする蔑視、敵視のもっとも大きな要素だ。一般化していえば、ほとんどすべての宗教の中心にある最大の欠陥だが、他方で、ユーゴスラヴィアにおけるミロシェヴィッチ大統領の存在。

＊

自分自身が立ち去るまえに讃える視線をもつこと。幸福をも不幸をも、よろこびをも、苦痛をも、いずれにせよこれほど多くのことを私にもたらしてくれたこの世界にたいして、決定的な肯定の身振りを示すこと。

何かを否定するということも、この地上的な在り様のなかでしか成り立たないのだから。

＊

＊

イスラエルの右翼代議士シャロンの挑発的言動に端を発して、いまやイスラエルとパレスチナとの軋轢は最悪の事態へと突き進んでいる。そのこともあって、西欧の国々でのユダヤ人迫害がまた頭をもたげている。

全世界の一人ひとりの存在の自由と権利とが、民族主義や宗教的葛藤によって、雑草の根のように引き抜かれてゆく。

他方で、ミロシェヴィッチは権力を譲歩したものの、ユーゴスラヴィアにも依然として捲き返しを図ろうとしているはげしい民族主義者の一団がいる。

そして、いたるところで、まだやっと人生に取りかかったばかりの子どもが死んでゆく。何も知らないままに、何も経験しないままに。

＊

金木犀の花がほどなく終る。匂いが淡くなった。もうすぐ秋が終る。するとすべてのものが深い眠りへと赴く。空と大地を沈黙が支配する。

憧れも追憶も失ってしまうということは老いの徴なのだろうか。

精神活動が鈍くなったのだとはまだすこしも思わないが、未来にたいしても、過去にたいしても、心を赴かせることはただの夢にすぎず、そのことからはほとんど何も生れて来はしないのだということを思い知らされたのかもしれない。これからの時間のなかに生起することを自分自身とのかかわりで考えたり夢想したりするには、私はあまりにも僅かな存在の権利しか持っていない。ほどなくそれを永遠に返さなければならない。また、過ぎ去った時間のなかの諸々のことに対しては、結局のところ、私たちのエクリチュールなど無力であり、何も救い取ることはできなかったのだから。私たちの存在は大海のなかの波頭の泡だ。それが消えることに何の不思議もない。だが、ときにすばらしく美しく煌く。

＊

いまここに、私はいて、ほとんどもののレヴェルで存在していて、その限りではテーブルや椅子やコーヒー茶碗と何ら変りないのに、その私がこうして考えたり、書いたりしているということの不思議さ。これはほとんど奇蹟のようなものだ。このことの最良の部分を愚にもつかないつまらないことのために費い尽してしまってもよいものだろうか。

音楽でのモーツァルト、詩でのリルケ、絵画でのセザンヌのような燃焼の仕方。

＊

Ｈ・Ｋ夫人のピアノの先生でもある田村宏氏の喜寿記念演奏会で、ボロディン弦楽四重奏団（ヴァイオリンはルーベン・アハロニアン、アンドレイ・アブラメンコフ、ヴィオラはイーゴル・ナイディン、チェロ、ヴァレンティン・ベルリンスキー）との共演。曲目はシューベルトの《弦楽四重奏曲断章ハ短調》、シューマンの《ピアノ五重奏曲ト短調》、ショスタコーヴィッチの《ピアノ五重奏曲ト短調》。

田村宏のピアノはいささかの自己誇示もなく、誠実そのもので好感がもてた。選曲にも自らの音楽的価値観がはっきりうかがわれて、とてもいいというのがＳの感想。ショスタコーヴィッチの音楽の内省的な調子からあらためて深い感銘。ベートーヴェンの最晩年の四重奏曲のある種の調子（たとえば《第十四番嬰ハ短調》のような）を受け継いでいるように感じられる。第四楽章インテルメッツォの〈レントォ〉の冒頭は思わず息を飲むほどの繊細さだ。

Ｈ・Ｋ夫人は友人やらご令妹やら、つぎつぎに連れてきては私たちに紹介してくれるので、その都度、彼女がどれほど私たちのことを大事に思ってくれているかを、ご友人やご令妹から私たちは聞くことになる。

＊

疲れて、バッハの無伴奏チェロのＣＤをかけたまま、ベッドに横になり、いつのまにか眠ってしまった。

夢のなかで中学校か高校かの廊下のようなところを歩いていた。私はそこの教師なのか、すでに大人だった。廊下の突き当りまで歩いてゆくと、物置場のような雑然とした片隅があり、段ボールの壁をつくって、その陰に一人の女子学生がいた。よく見ると彼女はチェロを奏いていて、音がすばらしく美しかった。その音楽を聴きながら、私はすこしずつ夢のなかから出てきたのだが、音はそのままに私の部屋で鳴りつづけていた。演奏はヤーノシュ・シュタルケル。夢の出口の経験。レマン湖畔で、グリュンデル嬢を訪ねたときの想い出。あのとき、彼女は訪問者用の記念帖に何か書くようにと私に求めたが、私に開かれた白紙のページのまえにはシュタルケルの挨拶が綴られていた。

＊

東武美術館で、オランダ・フランドル派の風景画の素描展を見て、たのしかった。素描はいろいろなことを考えさせてくれる機会なのに、観客はほとんどなかった。

十七世紀初頭の画家たちなので、一方ではすでに確立された透視図法が多くの画面を支配していながら、他方ではもしかすると東洋の山水の水墨画の影響が及んでいるのではあるまいかと思われるものが幾つかあった。ちょうどボヌフォワの『ローマ、一六三〇年』が考察の対象としている時期でもあり、旅の画家たちが多い。スヘーリンクスのものも一点あった。

気がついたことの一つはデッサンのなかに水彩などで色が持ち込まれると、デッサンに固有の緊張感が損なわれる場合があるということだった。そこから別種の愉しみは生れてくるのだが、純粋に対象を凝視める画家の視線が幾ぶんか緩和され、別種のものへと移行しようとするかのようだ。そして、そのぶんだけ、素描に対い合う私たちの、画面への参加が弱まり、画家の支配力が強まる。おそらく、色を施すというのではなく、最初から色でデッサンが試みられている場合はべつだ。

*

光はあるが、大気の冷たさは日を追って緊張を増してくる。ごく最近まで元気だった植物たちが唐突に萎れ、また葉を散らす。人もまたそのようであるとすれば、徐々に衰えてゆくとはかぎらない。そのページが最後のものだとはわからないままに書き綴られながら、ふいに閉じてしまうことだってあるのだ。

昨日、フランスからイヴ・ボヌフォワの小冊子『ボードレール、忘却の誘惑』がとどいた。九六年春の国立図書館での講演を収録したもので、ボードレールの「パリ風景」のなかの並んでいる二つの詩篇を対象とした考察だが、いまの私にはその内容の興味深さ以上に、彼の健在が励ましになる。詩の読み取りはいつもながら精緻をきわめている。

ランボーやジャコメッティ、いままたボードレールと、〈母〉を語ってきたボヌフォワ自身は自分の母親をどんなふうに感じているのだろうか。ジャコメッティやボードレールの作品から彼らの〈母〉を読み解くように、彼の作品から彼の〈母〉を読み取ることをボヌフォワはのぞむであろうか。すくなくとも、拒みはしないだろうか。

＊

イスラエルのバラク首相が唐突に辞任した。国民投票で信任を得て、中東和平実現にむかって国内での主導権を握りたいということのようだが、極右の好戦主義者がむしろ力を増す機会になるかもしれない。自分たちだけが特別な神の恵みを受けているなどと、ほんとうに彼らは信じているのだろうか。

そんな民族や個人は世界の何処にもいない。言い換えれば、この宇宙に存在するすべてのものが奇蹟のようにそこにあるということだ。今日の空が冬の大気に澄み徹って青くみえるということ、それ自体が奇蹟に他ならないのだ。そうでなくても何の不思議もなかったのに。

＊

空が一様に白く蔽われている。空気は冷たく乾燥している。すこし肌に痛い。パリのこの季節を想わせるような朝だ。

降るならば雨ではなくて、雪だ。だが、空はまだ堪えている。サン＝ミッシェルの広場からセーヌの河岸へ出て、むこうにノートル＝ダムを見ながら近づいてゆく。河面はとても冷たく見えるだろう。大聖堂のなかは昔どおり人けがなく、幽い空間に蠟燭の灯りだけがみえるだろうか。ヴィトローの色は沈んで、青だけが印象的だろうか。

そんな想像はすぐそこで現実のものとなりそうな気がする。だが、そうではなく、私は何と引き離されていることかと思う。だから、自分の精神的流謫を慰めるために、私はバッハを聴き、モーツァルトに自分の全存在を浸す必要があるのだ。音楽の持続は私には空間的に作用しているのかもしれない。

＊

明け方、暫くの時間、奇妙な夢をみていた。一面の水浸し。私は息子の誰かと――あるいは弟の幼い頃だったろうか――江古田の家から自転車に乗って薄暗いなかを、人を訪ねてゆくところだった。だが、ほどなくひどいぬかるみに車輪を取られて、自転車はまったく動かなくなった。仕方がないので歩きはじめたが、訪ねる相手がいるはずの十三間道路のあたりまで往き着けるあてはまったくなかった。それにもう遙かなむこうまで一面の水浸しで、建物らしいものも見当らないほどだった。僅かに水中の木立の蔭に、崩れかけた木造建築が残っていて、そこには私が野火止で顔見知りの一家がいた。私たちのほうは幼い者も含めて四、五人になっていた。

水害に遭った知人はじつに寒そうに、心細そうにしていたので、私はこれから家に戻って炊きたての御飯を彼らのところに持ってくると——そう、口に出して言ったのか——思った。その隣らしい、同じような壊れた家（そちらには屋根がなかった）の奥のほうに目をやると、三人ばかりが蹲っていて、なかの一人は裸ですぶ濡れの若い女だった。私は見てはいけないものを見てしまったような気がして、あわてて視線を返した。

私たち四、五人はふたたび水の中を歩きはじめ、この辺りは金塚農園のところだとか、あるいは萩原パン屋の工場のあたりだとか見当をつけていたが、依然として一面の水浸しで、何もそれらしいものはなかった。しかも、すこし先では泥土と水のひろがりのなかに、急流の部分があり、私たちはその河を渉らなければならなかった。いちばん小さい者が水中で足をとられ、頭まで水に没して、一回転して立ち上がったが、着ているものがびしょ濡れだった。

河を渉り終えて、ほどなく吉原組のところまで来たと思ったとき（そこにも建物はなかった）、行く手に僅かに水没を免れている土と木立が見えた。あそこはお地蔵様のあたりで、あそこから家まではまだ道がある筈だと私は確認していた。あるいはすでに知っていた。そして、そこで目が醒めた。

奇妙なことに、十三間道路、武蔵高校、金塚農園、萩原パン屋、五つ叉、吉原組、お地蔵様などは、私の幼児期、少年期に馴染みのもので、どれもその名称だけが夢のなかに現れてきており、しかも想い出してみると、それぞれの位置関係に狂いはなかった。

つぎにタルコフスキーの映画の画面のようだと私は想い、またノアの洪水のことが浮んだ。水というもののもつ烈しさの印象。

いずれにしても、こんなに持続と展開のある夢を私がみることは滅多にない。

*

二、三日前、TVの画面で、何か科学的な処理をしている数人の頭や手足に気を取られて、眺めていて、ふと夏の庭で行列している蟻たちの往き交うときの様子を連想した。何の理由でか、どんな情報の交換のためか、彼らはときに歩を止めて、頭をつき合せ、相談する。その様子によく似ている、あるいはすこしも変りないと思ったのだ。

実際、私たち人間は形態においても、個体の機能においても、他の生物たちとそれほど異なっているわけではない。それなのに、ヒトというこの種はいつからこれほど横暴になったのか。これほどの支配欲と所有欲はなぜなのか。欲望は何処まで肥大してゆくのか。あまりにも強い集団的欲望がいままでは科学という手段によって、際限なく実現への道を走りつづけている。ときに、走り疲れて、この集団のなかにはさまざまな歪みが生じている。それでも反省の暇もなしに走りつづけている。脱落者をふるい落しながら。

もし幸福や平和、あるいはよろこびや安らぎといった語がまだ死語でないとすれば、それらがこの地上にとどまることができるのは、私たちの欲望の実現によってではない。

私がいまの時代を恐れるのはそのためだ。何かしら酔い痴れて、見定めもせず、深淵の縁にむかって盲目に走ってゆく姿！

宇宙や大地や自然の真実を切り刻むのではなく、受け容れること、あるいはその真実のなかに、私たち自身が受け容れられること、これこそが大切なのだ。

そして、芸術も詩も、宇宙や自然とのこの関係のなかからしか真の誕生を迎えることはできない。ジャーナリズムや時流に奉仕する芸術や詩のあさましさ！

＊

晴れてはいるが、すさまじい寒さがつづく。日本じゅうから雪の情報がとどいている。北と西に山の連なりをもつ関東の平野部だけはいつもとり残される。

昨夜、電話でSが横浜のTと話しているとき、幼い息子が例によって電話口に出たそうだ。彼はいろいろな事物に名があることを知り、その名称を口にしはじめたようだ。幼な児にとって一つの世界――あるいは一つの社会――が開かれたわけだが、それはまた背後で一つの世界が閉じることをも意味している。一切が名をもたずに実質そのものとしてそこに在り、私たちの経験のなかにあるのだというあの原初の世界、自然やものとほんとうの意味で共在していられる世界。

名づけるということは対象化し、客体化することでもある。それは知識の世界に入ることであり、人間集団を特殊化する一つの社会に入ることだ。自然との隔絶がはじまる。

この社会の言語を共有することで、誰彼をその内部の存在か、外側の存在かというふうに分けようとする。区別をかいくぐって、その下に何かがなお残っているならばそれが〈詩〉の要素だ。名づけることにまで達しなかったときの記憶が幼な児のなかに、その後にも宿りつづけるならば、それが〈詩〉の温床だ。夢の空間と同じように。

＊

二晩ほどは続けてとてもよく眠ったが、今朝は明け方四時過ぎにふいに目醒め、ひどく頭が冴え、というか神経が昂ぶって、眠れなくなってしまった。暗いなかでひどい閉塞感を覚えた。心臓の不都合かもしれないとも思ったほどだ。そして、数年前パリからオルレアンまで行ったときのことを想い出した。また、ロマン・ロランが「私は陥穽に墜ちた」と言ったあの感じを連想した。何処か闇の一部を切開すれば、ずっと遠くまでひろがりが見えるのに、というあの烈しい感覚。そして、超越とか死とかいうことが頭を掠めていった。このことは、イヴ・ボヌフォワの言葉を藉りれば〈有限性〉ということの実感かもしれない。慥かにこの数日、家で静養しながら、私は彼の『ジャコメッティ』の自分の訳を全面的に整理し直しながら、はじめから終りまで目を通してもいたのだ。

幸いなことに、六時過ぎてから、ほんの少しまた眠った。

＊

光はとても明るくなったが、大気は昨日、今日と冷たい。よく晴れているのに、まだ本格的な春とは言いがたい。それでも植物たちは確実に新しい季節の到来を感じとっており、家の玄関のすぐまえのほうでは木瓜と黄梅とがほとんど花ざかりに近い。クリスマス・ローズも咲きはじめた。そして、幾種類かの水仙も芽が伸び、クロッカスやヒロハノアマナも所在を明らかにした。

こうした自然の動きに、この時期にはどんなによろこびを与えられ、勇気づけられることか。それはある意味で、ヴィトローと同じように、光の意義を私たちに明かしてくれるものだ。人工的な建造物や舗装道路などがけっして教えてくれないものがそこにはある。せいぜい部屋に射し込む朝の光の角度の変化が推測させる程度だ。

ときとして、ある人びとが自然にたいしてほとんど愛着も関心も抱かずに生きているのをみると私は驚かされる。どうしてそんなふうに生きていられるのだろうか。

この月も終り近くなって、東京江戸博物館の〈蕪村展〉と東武美術館の〈ロートレック展〉をたてつづけに観た。二人ともすばらしいデッサン家だ。とりわけ彼らが外からの何かの求めに応じて描いているのではないときに。そして、ものの表面や輪郭を辿るのではなく、対象を包む空気を描いたり、人物の内面を挙動のなかに捉えたりする方法が感動させる。描き手の気もちを恣意的に反映させるのではなく、おそらくこれもまた現存の問題だろう。

いつでも、状況のなかで旗を振り回している連中がいる。その旗は時代の印みたいなものだ。そして、大多数は旗の下に集結する。そこに赴かない者たちを彼らは時代遅れのように見做す。あるいは無価値なもののように。ときには敵意にみちた視線をさえ向ける。

ごく僅かな者たちが不安や苦痛に曝されながらも、自分の衷からの声に従おうとする。この人びとが自らの時代の苦悶の外にいるというのではない。むしろ、この人びとこそがしばしばことの本質を見抜いており、もっとも苦しんでさえいる。

＊

自分がこの世に生を享けたということの不思議さ。さまざまな物質の複合体である私が、それらの物質的要素を藉り受け、それらに支配されながらも、何かを感じ取ったり、思考したりして、たんなる物質的組成以上のものをつくり出しているのだから、これはまことに奇蹟的なことだ。私の存在を一つの巣とする思考や感性の実質は何処から飛来して、何処へ往こうとするのか。論理的な思考や詩的直観、日々の生活のなかの喜怒哀楽、芸術的創造行為、こうした領域は勿論、私たち人間だけのものではない。すべての生物、動物や植物にも認められるはずのものだし、たとえば岩石の結晶作用などにも、物質的組成というだけでは説明のつかないものが多すぎるほどありはしないか。

＊

夜明け近い時間の夢。私は何処かの建物の一室にいた。かなり広いが、散らかっていて、数人の人影があり――家族だろうか、どの家族だろうか――、雑多な印象だった。

ふと見上げると、欄間のあたりに一羽の小鳥がいて、呟くような声を出していた。何処かに翠を混えたようなとても青い鳥だった。私はそのときはじめてこの鳥に気がついたのだが、誰かが、――「こないだからずっといるよ」と私に言った。

鳥のつぶやきに合せて、私が歯茎と唇とを使ってかすかな音を出すと、すぐさま青い鳥は私の胸元に飛んできて、それから右の肩の上に止った。昔飼ったことのあるセキセイインコよりはすこし大きく、鸚鵡よりは小さいと私は思った。とても青かった。

傍らにいた幼な児の手から何か食物の切れ端を受け取り、それを鳥の嘴のところに持ってゆくと、それを口に呑み込んだが、チョコレートは食べようとしなかった。

小鳥は私の肩から飛び去り、誰がしつらえたのか部屋の鴨居のところにつくられたベニヤ板だか段ボールだかの棚の上に身を横たえた。そこが鳥の巣のようだった。水平な青さがみえた、半分隠れて。

目が醒めて、鳥の美しい青さと親密さのようなものが心に印象として残った。夢ではあったが、こころよい体験だった。

＊

朝方、夢をみた。私は昔のように何処かの試験場に坐っていた。他にも雑然と何人かの受験生らしい姿が暗がりに見受けられた。試験の問題用紙がどんなふうにか手許に置かれていたので、開いてみると、それは一枚の画面で、半裸で横たわっている一人の男がこちらに両足を向け、奥に頭を向けていた。問題は、――〈この全体の解を求め、かつクラーク係数を明らかにせよ〉というものであった。私にはこの設問の解き方は勿論、基本概念もまったく分らないので、途方に暮れるばかりであった。図版をもう一度よく見ると、臥している男の胸には矢が一本立っていた。こんな絵をミラノのブレラ美術館で見たことがあると私は思った。それから、胸に立っている矢から、死んだ男は聖セバスチアンだろうか、すこし風変わりだが……とも。さらに、この人物の描き方には、ボヌフォヮがセザンヌの画面に触れながら用いている表現〈内的透視図法〉が適用されていることを発見した。だが、それらすべては、この不可解な設問にいささかも対応する知識ではないことを私は知っていた。解答は白紙のままだった。時間終了のベルが鳴り、するとそれはベッドの傍らの目覚し時計の音だった。

あのクラーク係数とは何だったのかと考え、ふいにケネス・クラークの名に思い到った。だが、何もわからない。問題に取りかかれないときの惨めな不安だけが残った。

たいしたことを押しつけるわけでもなく、何かを説得しようとするのでもなく、ほんのちょっと手を差し伸べて、――「ほら触ってごらん、私の手はこんなにやわらかくて、温かいよ！」と言うだけの、そんな関係が人間相互のあいだに張り回らされてゆけば、どんなにかすばらしいことだろうに。強いたり、強いられたりするのではない、ゆるやかな結びつき、誰もが一人ひとり独立していながら、孤立しているわけではないと感じることができるような……

＊

＊

夜なかの三時ごろ、奇妙な夢をみて、目が醒め、いそいで書きとめた。

駅の構内のようなところ、臨時の切符売場の机が出ていて、人が並んでいる。私もそこに並ぶ。暫くするうちに、もう一つそれが設置され、そちらのほうが列が短いので、私のまえの数人がそちらの側に移ったが、その列がなかなか進まないので、また、まえより多い人数が私のまえに割り込んでくる。私はすこし不愉快になる。

列が進み、私の番になると、それは〈モランディ特別展〉の入場券前売りだった。私が「二枚」と言うと、係の女の人が「八千二十五円です」と答えた。展覧会の入場券にしてはすこし高すぎると思いながらも、ズボンのポケットに手を入れ、円とフランの貨幣を一握り取り出して数えながら、「ほら、ちょうどあるでしょう」と言って、二枚の切符を受け取った。同時に私はそこで筒型に巻いてあるポスターか何かを受け取ったが、これは希少価値のあるものだということを知っていた。

さて、私は会場を知らなかったので、すこし不安だったが、ホールを出ると、すぐに道を左に取った。道は下り坂になっていた。何処となく顔見知りのような、よく知らない男がなつかしそうに随いてくる。道の右前方に深いエメラルド・グリーンの木立が現れ、その繁みの上に小さな、金いろの円屋根がみえる。

「ここからだと見栄えがしないけれども、遠くから見ると、あの金いろの円屋根はきれいで、立派ですね」と私が傍らの男に言う。

「あそこに先刻入りました」と男が言うので、私は以前の夢でもこの建物を訪ねたことを想いだし、「ああ、あそこにはいいジオットーがあるでしょう？　たしか若いジオットーが修道院の台所のために描いたとかいう……」私は日本にはここしかないというジオットーの、縦長の、青い壁面を想い出す。「それからたしかラファエッロかティチアーノだったたか、いい作品が一点あったと思いますが……」

坂を下りきったところの左側に小さな空き地があって、その向うのはずれの建物の入り口に、〈Morandi〉という字がすこし踊るように綴られている。

ここでも、なかに入ると、小さなホールは雑踏している。係に切符を一枚渡してなかに入ろうとすると、例の男が「ああ、もう一枚切符をお持ちですね。無駄にならないように私にお譲りください」と言う。私はこの男から離れたくもあったので、「いえ、これは家内のぶんだから、あなたはむこうで入場券をお買いになっていらっしゃい」と言った。

漸く厄介払いができたと思い、最初の狭い展示室に入ると、例の、まるで壁画から取り外したようなくすんだ色のモランディではなくて、じつに生きいきとした色彩の絵が並んでいる。躍動感がある。よく見ると、十二歳ごろの作品だという。通路の左側の一点は画面の四周部分に奇妙な時計回りの動きがあり、右下隅で、奥のほうから何かがつぎつぎに押し出されて、こちら側に積み重なってゆく。よく見ると、それは何枚もの、まだ濡れている〔メモでは、塗れている〕キャンヴァスのようだった。「ここには後のモランディとは違った何という絵画言語があることか！」と私は思った。

そこで暑くて目が醒めた。下に降りて時計を見ると、三時だった。

＊

暑さに湿気が加わって、耐えがたい。西日本ではいたるところで大雨だという。

学校に来て、書店から届いていた数冊のなかのフィリップ・ジャコッテの『鎹間のノート』を開くと、唐突にこんなページに出遭う、――

シューベルトの最後のピアノ・ソナタが昨夜心に戻ってきたので、驚きもなく、もう一度、私はただ「これだ」と思った。これこそ最悪の嵐に抗し、空虚への強い願望に抗して、うまく説明はできないが立ちつづけていられるものだ。これこそ間違いなく愛されるに値するものだ。涯しないかにみえる沙漠のなかでさえも、人を導いてゆくやさしい火の柱なのだから。

シューベルトのその曲を想いながら、こんな言葉にはとても自分に近いものを感じる。自分自身がそのように感じ、そのように書いたのだといっても、すこしも不思議ではないほどに。

＊

大きな戦争ののちの窮乏のなかにあっても、人間の精神を信じ、素朴な理想主義にも力があることを疑わず、何かよい仕事をし、よく生きてゆこうと思うことのできた自分の年齢はある意味で幸せだった。

それからののち、人間も時代も世界も変質してしまった。利得と凡庸な享楽と猜疑心と、低俗な競争心と、セックスへの開けっ放しの興味と、物質主義と、他者への無関心と……こんなふうに書き立ててゆくと、止まりようもなく進んでゆくことになるだろう。たぶん、この国では誰もそれを否定しないし、さらに悪いことには、誰もこれではいけないなどと言わないだろう。この空気があらゆる領域に行き亙っている。転落に歯止めをかけるものが何一つない。それどころか、書き立てた幾つかの特徴は相乗効果を生み出してもいるのだ。

私は自分の在り様がいま、ここでは無力なのを感じるだけだ。

偉大さとか高貴さとか美しさとかが侮りを受け、嘲笑を浴びせられて、駆り立てられ、追い出されてからすでに久しい。もし、それらがまだ何処かの心の片隅に身を潜めているのがこの社会に感づかれでもしようものなら、たちどころに摘発され、葬り去られてしまうだろう。だから、偉大さや高貴さはきっと何処かで変装し、息をひそめて、身を隠しているのだ。せめて、そう信じたい。いつか廃墟の下、瓦礫のなかから、思いもかけず蘇ってくる人間の精神の次世代のために。宇宙意識の大きな進化のために。せめて、そう信じたい。

＊

暑さと湿気との不快な日々がつづく。それでも、いまはおそらくもっともよい季節の一つなのだ、夜明けと夕暮とによって。

先日、久しぶりにベートーヴェンの交響曲をCDで二曲ばかり聴いた。ブリュッヒェンの指揮によるものだが、それでも何とはげしく意志的な音楽だろうかと思った。そして、同時に、もはやいまの自分にはこれらを充分には受けとめきれないと感じた。いまの私に親しいのは、最後の数曲のピアノ・ソナタや四重奏曲群だ。だが、それらを肌に沁み透るようにわかるまでに、私自身どんなに多くの時間を費やしてきたことか。道の涯で、夕映えの空を見るときのようだ。

*

毎日のようにすさまじい熱風が吹く。そして、気温は三十五度を超える。朝夕庭にたっぷり撒水しているが、それでも植物たちは人間に劣らず憔悴しきっている。日本のなかで、関東南部だけ雨が幾日も降っていない。だから、この夏に自分の生命に区切りをつけてゆくものも多いだろう。

私はどちらかといえば、ますます古い音楽に惹かれてゆく。最近ではバーバラ・ボニーがうたっているイギリス十六、十七世紀の音楽がすばらしく深いところまで心のなかを沈んでゆくのを経験した。シューベルトの音楽までならば、自分の気質や感性にそのまま合うものがじつに多い。(それ以後のものだと、幾ぶんか受け容れるための努力が必要だ。)――そして、そんな音楽を聴いていると、人間の精神とか魂とか呼ばれているものをなお信頼できる気もちになる。だが、それでもそれらが生み出されたのはすでに過去の時代だ。私は滅びた種族に属しているのであろうか。

広大な意識の進化のなかでいえば、今回に限らず、おそらく幾度も一時的な退化はあり得ただろうとも思う。だが、レンブラントやモーツァルトにまで到達し得たものが、この現状にまで引き下げられるというのはあまりにもひど過ぎはしないか。尤も、私は意識の進化の頂点が人間の脳の働きだと信じているわけではないが。

＊

酷暑がつづいているが、昨日は大学院生数人が訪ねてきて、暫くの時間歓談した。

M・Hさんは国立音楽大学のピアノ科を出ているので、「いつか、あなたのピアノを聴きたい」と私が言ったことがあった。その願いを聞き入れてくれて、彼女は四つの曲を弾いてくれた。バッハの平均律クラヴィア曲集第一集から八番のプレリュード、つぎにふいに予定外で（と彼女は言った）、バードの非常に美しい叙情的な旋律、三曲目は私のまったく知らない現代風の軽い流れのもので、最後にもう一度バッハの平均律クラヴィア曲集からこんどは四番のプレリュード。私がふと想ったのはローマのマルヴィーダのサロンで、バッハを弾く若い留学生ロマン・ロランのことだった。

M・Hさんは非常に繊細なタッチで、深い音をひびかせる。彼女の感性がそのままうかがえるような演奏で、彼女が何故大勢のまえで弾くのが嫌なのかがすこし理解できるようだった。

私たちの家で弾いてくれたことにSも私も感謝の念いだった。彼女はすこしも遊び半分ではなかったから。「四歳からで、二十一年間、いまは自分のために」続けているという。「今日、他の方たちに聴いてもらう気もちになれたことで、自分にもすこし整理がついたような想いもあって、私もうれしいです」と家を出てからバス停までの道で彼女は言っていた。

*

この六月にSが体調を崩して入院、手術を受けたこと、また、その後の経過が良好なので、秋のはじめにパリを訪れることができるかもしれないことなどを記して、先日、私はボヌフォワ宛に書き送った。昨日、夕刻、ボヌフォワから長文の返事と新しい一群の詩稿がとどく。言い知れぬ、大きなよろこび！

親しい友、

奥様が快癒されたことを心から期待しています。万事に、目下の、また将来の、あなたのお心の安らぎを祈念しています。九月には、概ねパリにいるだろうと思います。けれども、二十日から二十五日にかけてはイタリアに行かねばならず、また、この月のはじめに、私どもはベルリンに赴くことになるかもしれません。ずっと以前からマティルドと約束してあるからです。ですから、まだ何もはっきりしていませんが、いずれお知らせします。

ほとんど間違いないのは、八月には私どもがパリにいる予定だということです。というのも、姉の件に掛り切りにならなければならないからです。もう八十七歳で、自分の身の周りのことができなくなったので、姉をある老人ホームに入れたところです。彼女のアパルトマンを売却するために、部屋を空にしています。これは悲しい仕事です。

十月初めに何冊かの本を出しますが、そのなかの一冊は詩集『彎曲した板』で、「夏の雨」と「遠い声」なども収められており、この手紙に添えてお送りする「生れた家」も入ります。私の仕事にたいするあなたのご関心に、とても感動しています。あなたからのものだけに、この思いは大きな励ましです。世界がこんなふうで、しばしば私たちの関心事とはあまりにかけ離れているだけに、私たちはたがいに身近に感じなければなりません。

もちろん、あなたの雑誌『同時代』に「ジャコメッティの願望」を掲載されて構いません。予めお礼申し上げます。特に姉の生活上の想いがけないできごとのせいで、仕事が遅れ、差し迫った期日の仕事——アリオストの『狂えるオルランド』についての私のエッセイなどですが——を優先しなければならなかったので、私の「ゴヤ」は立往生しています。

深い愛情をこめてお二人を抱擁します。

イヴ

*

幾度となく、ボヌフォワからの手紙を読み返し、また、詩を読み返している。言い知れぬ深い慰め、励まし。私はすでに十二篇の詩を素訳して、Sに示したが、詩人が自らの道の涯に来ていることの自覚がはっきりとうかがわれてとても感動的だ。夢のように遠い風景の奥に、彼は幼い日とおなじように、父や母の姿を見ている。そして、久しい人生のなかで結局はすべてを受け取らざるを得ないのだという想いに到達している。なぜなら、それが彼の人生なのだから。

雨のなかで夏が過ぎてゆく。この上なく静かな終焉だ。そして、半月後に戻ってきたときには、きっと何もかもが変っているだろう。

私たちは明日出発する。今回は医師の許可も出たので、病気静養中だが、小康状態にあるSの姪も、彼女の希望によって同行し、行けば香港からすでにKがパリに到着していて、私たちを待ち受けているはずだ。Kは一週間ばかりでまた香港に帰ってゆくが、私たちはヴェネチアにも回る予定だし、それをSは大きな楽しみにしている。私にしても、またボヌフォワに会えるだろう。

それなのに……と思う。それなのに、この気の重さはなぜなのか。

漠然と旅を夢想しているときには、私はボードレールに劣らず自分の想像力を働かせもする。だが、それが現実のものとして近づいてくると、むしろある種のメランコリーに捉えられ、むしろ、楽しい想い出をたくさん携えて戻ってきたときがいまの、この時間であればいいのにと想ったりする。

この奇妙な性質は突然のものではない。いつの旅のときでもそうだった。ただたくさんの想い出を蓄えるためにだけ、私は生きてもいるのだろうか、そんなふうにさえ思われてくる。眼前の時間にではなく、遙かな先の時間に私は照準を合せている。自分がこの世界に別れを告げるときのために、生きてでもいるのだろうか。あるいは、さまざまな経験が濾過されて、詩として生れて来るときを待っているということだろうか。

遙かな昔、たとえば信州への小さな旅を企てても、私がひどくうれしそうでないと言って、姉が私をなじったことがあった。だから、この性質は生れつきに近いものかもしれない。そして、旅立ちのまえにもう私は疲れてしまっている。

*

音楽についていえば、依然としてバードやパーセルを頼りに聴いている。これらの古い音楽が自分の心にはぴったりして、何か自分がこの時代に属してでもいるような気がする。そんなときには、モーツァルトでさえもが新しすぎるもののように感じられる。

Ⅳ

九月十八日昼ごろ、無事帰国する。Sも私も深い疲労。今日になってもまだ拭いきれずにいる。私たちにはもうこれほどの旅は不可能だろうと二人で話す。

旅の写真ができてきて、幾つも楽しい想い出を喚起してくれるものがあるが、イヴ・ボヌフォワを訪ねた夜の写真のなかの、リュシーの表情にあらためて驚く。気が沈んで、悲しそうにしていたのは慥かだったが、どの写真でも、彼女はカメラのほうに視線を向けていない。そして、顔は打ちのめされて、そこから悲しみが溢れ出ている。傍らのイヴが彼女を気遣っている様子がどの画面にもはっきりしている。――「ブッシュが馬鹿で、頓馬だから。世界情勢のことなんか、何もわかりもせず、アメリカのことだって、何も知らないで、自分のテキサスのことだけが大事なんだから」と彼女は泣きながら言ったことがあった。

彼女がアメリカ人であることは以前から知っていた。ブルックリンだかマンハッタンだかの生れで、そこに育ったのだ。――「ニュー・ヨーク、あそこは南部や中西部や、他の何処とも違うところなの、それなのに、ブッシュの馬鹿が……」と身体を震わせて言う。訪問客が私たちでなかったら、彼女は顔を見せなかっただろうとも思う。

「きっと、お友だちがまだおいででしょうね」と私が尋ねると、――「でも、私はとてもはやく出たから、もうそんなにいないけど……　ああ、ニュー・ヨーク！」と溜息をつく。

八日にヴェネチアに赴き、そこからパリに戻って、ホテルからイヴに電話したのは十三日の朝だった。疲れと風邪で、前日の夜は電話をする気分になれなかった。でも、結果としては、そのほうがよかったのだ、おそらく。そのときに電話をしていたら、リュシーは会いたがらなかっただろうし、イヴとも一年ぶりの再会の機会はすぐには取り決められなかったかもしれない。

＊

タリバンの若者たちがマンハッタンのツイン・タワーに、ハイジャック機で、乗客ごと体当りしたのは十一日のことで、私たちはその惨劇をヴェネチアの最後の朝、知ったのだった。

もうヴァカンスの名残りも退いていっただろうと予想していたのに、この街はごった返すほどの賑わいだった。パリに戻って、そのことをコリンヌに話したとき、――「私たちは二年まえにヴェネチアに行ったけど、十一月のことで、それはそれは静かだったわ」と彼女は言った。

レオナルド・ダ・ヴィンチ空港の案内所の紹介で、私たちが投宿したのは、サンタ・ルチアの駅からすぐのアルベルゴ・モデルナという貧弱な宿だった。路地の奥に入り口があった。私はいささかがっかりしたが、前金を払ってのことだったので、不承不承諦めもしたが、表通りからふいに姿を消すことになるので、「まるで住み着いている人にみえないかしら」とSは面白がった。

着いた翌日は駅のところから水上バスで、サン・マルコ広場に直行し、ドゥオモとドゥカーレ宮を訪ねる。広場でのSの驚き。彼女の姪も感動しているのだろうが、この子にはいつも自己表現が欠落している。病気、またはそれが植えつけた未来への不安のせいだろうか。私たちが彼女をこの旅に誘ったのは、人生にもう何も見ようとしない彼女のメランコリーからひとときであれ彼女を引き出すためだった。旅が終ってみると、それは幾ぶん成功したようだった。

Sはドゥオモのモザイクが想像を超えて美しいことに満足だった。私も今回は堂内の上の正面回廊へと上がることができたために、金色のタイルの一つひとつを指先で触れるように確かめることができた。そのあと、ジョルジュ・サンドのことを想いながら、フローリアンで昼食をとった。メロンと生ハム、それにクレープ。これは私たちの食欲には重すぎた。

午後、ドゥカーレ宮に入ったときには、すでに疲労のほうが好奇心に勝っていた。それに、ヴェネチア派の画家たちの作品は私にはいささか重すぎるのだ。

その夜、私たちは宿に近いペドリッキというレストランで食事をし、すこしだけリアルト橋の近くまで暗い通りを歩いた。昼間の印象では、Sには納得のゆかない何かが残ったからだ。というのも、彼女が期待していたヴェネチアは《ドン・ジョヴァンニ》に結びついていて、闇のなかで石像が動く不気味な静かさを漂わせていなければならなかったのだ。それに較べ、昼間の街は騒々しく、色彩が賑やかで、「玩具じみて」いたという。

＊

翌日はまた、まず大運河を船でアカデミアの橋のところまで赴き、最初に美術館を訪ねた。リアルト橋をくぐってゆく船からの眺めはこの街の独特の美しさを満喫させてくれる。調和のとれたアーチ型の窓の並び、柱廊など。「どうしてこんな街がつくられたのだろうか」とSは頻りに言う。アカデミアの美術館では幾点かのティチアーノとの再会、とりわけ《ピエタ》や最後の部屋を飾っている《神殿への聖母の奉献》。以前ここを訪れたときには、どうしてか館内の照明の暗さばかりが気になって、ほとんどどの画面もさだかには見てとれないふうだった。マンテーニャやジオルジョーネもすばらしいと思うが、この時代のヴェネチアの絵画として私の好みにほんとうに触れてくるのは、ほとんどティチアーノだけだ。

ティエポロが幾点かあり、明るい色彩のなかで雲のあいだに天使たちが浮遊しているのを見ながら、ふいにそこだけプッサンを想い出した。後にパリに戻ってから、ドラゴンでの食事の際にそのことをボヌフォワに言うと、彼は箸をテーブルに立てて、――「どうして？　でもティエポロがこの辺りだとしたら」と彼は箸の下のほうを指で示し、「プッサンのほうはこんなに高いよ」と箸のずっと上のほうを摘んでみせた。

美術館を出てから、私たちはサルーテの教会を訪ね、そこから午後じゅうかかってほぼ大運河沿いに道を選びながら、リアルト橋を眺め、また、カ・ドーロに立ち寄るなどして、宿まで歩いてもどった。カ・ドーロは折悪しく閉館していたが、Sが扉の小さな覗き窓を開けてもらったので、なかをわずかに一瞥できた。

疲労のためか私は極端に体調を崩したが、暫くの休憩ののち、また前夜と同じ店に食事に出た。どうやらそこの料理やヴィーノの味とともに、ユーモアたっぷりの、愛想のいいギャルソンが私たちの悪戯心を魅了しはじめたらしい。

＊

滞在三日目、私たちはパドヴァまで出かけた。あのジオットーを自分でも三十年ぶりに見たかったし、また、同行の二人に是非とも見せたかったからだ。扉を開いてなかに入った途端に、壁面の全体から来る、この世のものとも思われない青さの印象は、霊的な、という言葉がいかにも相応しい独特のものだ。

この旅でイタリアの他の都市ではなく、ヴェネチアに赴くことにしたのは、ごく僅かな日数に限られていたこともあったが、当初からスクロヴェニ礼拝堂訪問を計画に加え、楽しみにしていたからでもあった。だが、なんということか！　しばしばイタリアでそうであるように、今回はこのスクロヴェニの礼拝堂が修復中で閉されていたのだ。以前には、何度となくローマのボルゲーゼ美術館で同じ目に遭い、結局のところ私はあそこの傑作の数かずを六八年以来二度と見ていない。

仕方なしに同じ庭園のなかの市立美術館を訪れたが、大きな落胆を償ってくれるものは何もなかった。街の南のはずれ近くに建つ聖アントニオのバジリカまで赴き、そこからバスで駅に引き返した。九月十一日のことだった。

＊

昨日の雨は霽れて、陽ざしが出たが、風がつよく、私たちが帰国した十八日の蒸すような暑さはもう何処にもない。こうして一日一日と秋が深まってゆくのだろう。

アメリカはアフガニスタンのタリバンにたいする戦争の決意をいっそう強く表明しているが、実際にどのように行動すべきかが分らないようだ。イギリスをはじめとする西欧諸国と日本との追随。アメリカへの協力を約束した政府の決定にたいして、パキスタンでは民衆の反政府デモが各地に起り、すでに死者まで出ている。もしアフガニスタンでアメリカが戦闘状態に入れば、二十年の戦いになるだろうとも言われている。

惨劇の報のあった夜、ボヌフォワが仕事を終えて、ドラゴンに食事をとりにいったとき、他にはただ一人の客もみかけなかったという。――「三時にマティルドが電話してきたとき、彼女はとてもひどい昂奮状態だった。彼女はほとんどアメリカ人だったが、八時に、もう一度電話してきたときには、もっと落ち着きをとり戻していた」とイヴが言った。娘には母親ゆずりのニュー・ヨークへの執着があるのかもしれない。ボヌフォワも含めて、――「イヴにはまだ人間の未来への信頼があるわ。私には皆無だけど」とリュシーは言うが、――私たちは揃ってペシミストだ。今度のことで突然そうなったわけではない。――「西欧に関していえば、十二世紀に蘇りがあった。だから、今度は二十四世紀にでも期待しようか」とイヴが言う。――「でも、それまで人間が生き延びていればの話ですね」と私は答えた。

＊

帰国直前の十六日夜、プルエス夫妻が姪をも含めて私たち三人を例によって、アドルフ・シェリユーの広場に面した自宅のほうに招いてくれた。――「ご子息がお発ちになるまえには、私どもは忙しすぎて何もして差し上げられずご免なさい」とコリンヌは言う。でも、彼が香港へ発つ七日の朝、彼女はKをホテルまで見送りに来て、彼の荷物に上等のシャンペンの半ボトルを、「フランスの想い出に」と言って加えたのだった。

お別れの食卓は私たちの「健康を気遣って、ほんとうに軽いものに」してくれたが、細やかな心遣いが隅々にまで感じられた。同行した若い娘も大満足だった。別れ際に、彼女は食卓でお気に入りだった赤葡萄酒の新しいボトルをコリンヌから受け取った。

この食事のあいだ、私たちの話題はそれぞれの家族の近況であり、また、昔の想い出であったが、内輪だけの親しみのなかで、クロードは、――「アメリカの報復がとても心配だ」と言った。「結局、苦しむことになるのはいつでも不幸な民衆だけなのだから」と彼は言う。

いまステファニーはグワテマラに、キャロルはスペインにいて、ほどなく二人とも母親になるそうだ。彼ら両親はとても幸せだ。彼らは街からは遠く離れた湖水の傍らにある村まで、ステファニーを訪ねたと話してくれた。――「二人とも、電話のとき、ムッシュー・シミズによろしくと言っていたわ」とコリンヌが伝えてくれる。

だが、仕事への気遣いとなると、これはべつのことだ。――「ホテルのお仕事だから、こんなときにはお気遣いが大変でしょう？」と私は彼女に尋ねた。――「ここでもアメリカ人たちがとても悲しそうにしているわ。飛行機の便が止ってしまって、帰国もできないで……」

私たちの帰国の日のことだった。トランク二つを持って、エレヴェーターが上がってくるのを私が待っているとき、大柄なアメリカ人の老婦人が下りようとしてやって来た。古い建物の回り階段の隙間に取りつけられた小さなエレヴェーターに一緒に乗り合わせることはとても無理だ。――「私は待ちますから、どうぞお先に！」と私は老婦人に言った。明らかに私より十歳は年長にみえた。――「あら、私だったらいいのよ。わたしは歩くのが好きだから」と言って、彼女は傍らの階段を六階から下りはじめた。――「ほんとうですか」と私は背後から声をかけたが、このタイプの人間が譲歩を示したのはほんとうに印象的だった。あり得ないことが生じて、彼らは当惑し、自信を喪失して、悲しそうだ。まるで巣を壊された鳥のようだ。空港での出発表示板では、ボストン行の便は欠航（annulé）となっていた。

空港のロビーにせよ、メトロのなかにせよ、今回の事件について誰かが口に出して語るのを耳にしたことがなかった。だが、他方で、さまざまな言語の新聞に食い入るように読んでいる人の姿はよく見かけられる。あらゆる立場、あらゆる信条の人たちがここではおそらく交錯しているのだ。そして、そのために、緊張した空気が肌に感じられる。ただ、私たちの同国の観光客らしい者たちだけが奇妙に状況とは無縁な、あっけらかんとした表情で歩いている。

＊

Kは香港から、今度も幾つもの中国茶の罐を自分の荷物のなかに抱えてきた。それはプルエスやボヌフォワやMさん夫妻をよろこばせることになった。

私たちよりも一日はやくパリに着き、その日のうちにナシオンの界隈と北駅周辺を歩きまわったという。パリの中国人街の様子を知りたがってのことだが、あまりよくは分からなかったようだ。アフリカ系の人たちの多い地区を歩き回っての印象だから当然とは思うが、――「なんでも物の値段は安いけれど、パリはもう駄目だよ」と判断がはやい。

私たちと合流しての初日は例によって若者の好みのクリニャンクールからモンマルトル界隈。アール・ヌーヴォー調のガラス器の飾られた一軒の店で、私たちはエミール・ガレのたくさんのコピーを見つけた。小さな花瓶を私たちが眺めていると、Kは母親と従姉にむかって、——「好きなのを選んでいいよ、ぼくが買ってあげるよ」と言っている。すべてが写しかと私が訊ねると、店内の幾つかのものは本物だと店員が応じたが、それらはそれなりにたいそう美しかった。

二日目はルーヴル美術館（この日はひどい雨）、三日目はオルセー美術館、そして、めずらしく好天に恵まれた四日目にはジヴェルニーへの遠出。すばらしく花の咲き乱れるモネの庭園は私たち皆の気に入った。「でも、お庭はいいとしても、こんなにぞろぞろ訳の分らない人たちが自分の家のなかを歩き回っているのを知ったら、きっとモネは悲しむと思うわ」とSは言う。

Kにとっての最終日、「何処にもマチスがないね、マチスが好きなのに」と彼は言う。——「オランジュリーがいまは休館なのだから仕方がない。それならポンピドゥーへ行ってみよう」と私は言った。ポンピドゥーへは行かないと、どういうわけかそれまで言い張っていた気分をKは変えた。雨が降っていた。十一時の開館だったので、私たちはまずサント＝ウースタッシュの教会へ回った。幾人かの音楽家たちに纏わる説明を私はした。

ポンピドゥーを出たあと、Sの提案でリヨン駅へ赴き、あのトラン・ブルーで昼食を済ませた。彼女はあのレストランの雰囲気がとても好きだ。

Kはマチスの後期の貼り絵のような、徹頭徹尾明るい、楽しい絵が好きだ。生来の性質か、それとも幼い日々をかならずしも幸福だとばかりは言えない環境で過したことの反動か。

＊

秋分の日、昨夕からTたち三人が来て、先刻また横浜に戻っていった。幼い者はますます俊敏になり、心身を用いてさまざまなことを試みる。あの三人の家庭も幸福そうだ。これからの時代の激流にうち壊されることがないように！

九月十四日夜八時、ルピック街のお宅で、イヴ・ボヌフォワは私たち夫婦を部屋に迎え入れると、椅子をすすめる。「ほら、こっちのほうが坐り心地がいいかもしれない。」私たちは昨年松山以来の再会をよろこび、そのときに話してくれたとおりに室内は家具調度、壁の絵にいたるまで替えられていた。

近日中に数冊の新刊を出すという。一冊は詩集で、標題は『彎曲した板』、また一冊は散文のもの、さらにはアンドレ・ブルトンに関するものなど。——「この秋のよい収穫ですね」と私は言う。

「大きすぎるほどの判の書物や壊れやすい装丁の本を差し上げても、あなたの荷物にならないだろうか」と問われる。質問されたことの意味が咄嗟には分らなかった。——「あなたの言い方がわるいのよ」と傍らからリュシーが言葉を加える。

彼が下の部屋から抱えてきたのは、いずれも限定版の『とても長い呼び名』と『石のなかを遙かに遠く赴くように』であった。童話のほうには、彼の友人であるナセル・アサールのオリジナル彩色石版画が八点添えられており、また、後者のほうは、これこそ私が五年まえにスイスのヴェの展覧会場で目にして以来、「あんなものを手許に置けたら」と夢のように願いもしたものだった。アンリ・カルチエ＝ブレッソンのみごとなオリジナル石版画七点が挿入されていて、謂わば二人の詩人、芸術家の合作のような書物だ。その上、そのテクストを私は自分で訳して『イヴ・ボヌフォワ最新詩集』に収めたのだから、どうして差し出されたものを受け取らないでいられようか。

新しい詩集には、「夏の雨」「遠い声」、さらには「生れた家」などが収められているそうだ。——「はじめの二つに関しては、あなたの訳詩集によって、日本で先に刊行された」とイヴが言う。私は「生れた家」の詩稿をフォトコピーで以前に頂戴していたので、詩集のタイトル「彎曲した板」について、——「これは舟の側面の板の反りのことですね」と言うと、——「そう だ、そのとおりだ、船大工が一枚ずつ反った板を揃えて仕上げてゆくのは、なかなか骨の折れる仕事なのだよ」と答えながら、彼はその仕種をしてみせた。——「ああ、それはあなたが詩人として一行ずつを書かれるときの、言葉の困難をも象徴しているのですね」と私が言うと、イヴは微笑を浮べて、かすかに頷いた。

それにまた、いまのような時代にあっては、精神にとっても、文学にとっても、状況はほとんど絶望的なのだ。それだけに、この友情はかけがえのないものだ。ドラゴンを出て、ルピックの通りを横切るとき、——「深い悲しみのなかで、それでも今夜、私は幸せだ」とリュシーに言うと、——「私は悲しい」とだけ彼女は答えた。

最近の彼女のデッサン、黒地の紙にセピアのコンテで一つ、もしくは二つの裸の人物像を描いたものの連作だが、深い闇のなかの孤独や悲しみ、あるいは絶望的な愛の表現のようであり、私は「まるでダンテの世界だ」と彼女に言った。一点ずつ丁寧に彼女は作品を私たちに示しながら、重ねていった。「ダンテね」とリュシーは答えた。

「どう、もうすこしアルコールをやらないか」とイヴがウィスキー・グラスを私に差し出したが、私はそれを辞退した。Sが疲労のあまり、気が遠くなりかけたので、私たちはサロンですこし憩ませてもらった。それまでうち沈んでいたリュシーがきりっとした様子になり、水のコップをSに渡した。――「メトロまで送ってゆくよ」とイヴが言い、私はその申し出を断ったが、傍らからリュシーが、――「それはイヴの権利だわ」と言う。――「来年は?」とイヴ。「来年はまだ何とも……」と私が口ごもると、彼は、――「では、できるだけはやい機会に!」と言って、私の顔をじっと見た。時刻はすでに深夜を回っていた。

リュシーとお別れの抱擁を交したあと、三人は外に出た。「いつからここにお住まいですか」と訊ねると、――「五五年から。だから、もうほぼ半世紀になる」と言い、デュランタンの通りにさしかかるあたりでは、――「この辺には以前は多くの店舗があり、あそこは本屋、あそこは日本人の洋服屋だったが、いまはどの店も閉じてしまった」と語った。私はオーブテールの寂れた村の広場でのベティ・リュックの言葉を想い出した。時間の経過とともに、風景は変ってゆく。

アベッスのメトロの入り口まで送ってきてくれたイヴ・ボヌフォワの背姿が夜の翳のなかへと

戻ってゆくのを、私たち二人は熱い想いを込めて見送った。

*

雨のなかで金木犀の花が匂っている。昨日あたりから気温も下がり、急に秋が深くなった。こんどの旅がどんなものだったのかを私はまだ処理しきれずにいる。それと同時に、ヨーロッパの風景がかつてないほど急速に遠ざかってゆく。もしかすると、それは疲労のためであるかもしれないのだが。ともかくいまはこの旅の続きがいつかあるだろうとは思われないのだ。――「これが最後だとこのまえもあなたは言っていた。あなたはまたきっと来るとぼくは確信しているよ」と最後の夜にクロードは言った。「また来年に……　では、できるだけはやい機会に」と言ってくれたのはボヌフォワだった。

だが、取り敢えずいまの私には、「このつぎ」があるとは思われない。私自身も間違いなく老いている。そして、私のパリ、私のフランス、私のヨーロッパも老いている。あのみごとな限定版の本を見ると、Sは、――「きっとボヌフォワさんは形見分けの気もちでくださったのよ」と言う。私もそうかもしれないと思う。私たちにたいして彼の表情はかぎりなくやさしい。

私たちは滞在のあいだに一度だけスクワール・サン゠ランベールに入ってみた。ひどく印象が違っていた。まるでつくりたての若い公園のようだった。下の芝生の広場や花壇や噴水を囲んで周囲に規則的に植えられた木には、どれも生木に近い丸太の支柱が取りつけられていた。――

「あなたが心配して手紙をくれたあの台風のとき、まったく樹齢二百年、三百年の巨木が根こそぎ倒されてしまったのだから」とクロードは言っていた。だから、七二年の五月に、マルチネ夫人と一緒にここに入ったとき以来の印象とは、まったく異なるものだったのだ。

モンパルナッスにはロマン・ロラン文献所はもうない。ルネ・マルチネも、その娘のマリー・ローズも、彼女の夫のジャン・ポーピイももういない。ジュネーヴのカザンツァキ夫人も、ローザンヌのピエールも……　だから、私たちにとってはあのレマン湖の、光のなかのパノラマも閉じてしまったのだ。

あとには他の世代のさまざまなものが残っているだろう。

＊

二十世紀は最悪の時代だと私は思っていた。だが、たった一年が終ろうとしているだけで、この二十一世紀はもっと悪い時代になるだろうと予感される。いたるところで、あまりに物質的な文明の象徴である巨塔が崩壊するだろう。しかし、これまでわずかに生き残ってきた人間らしい精神も、その瓦礫の下に圧し潰されるだろう。精神とか、魂とか、愛とかいう言葉を想い浮べてみると、どう考えても好転の兆しはみられない。

アメリカはビン・ラディンの引渡しを要求して、いまにもアフガニスタンのタリバン政権を攻撃しかねない包囲網をつくり出した。攻撃がはじまれば、当然、どんな形態でか戦争になるだろう。それによって世界の一部が崩壊するだろう。大勢の死者が出るだろう。そして、いずれにせよテロリズムは終らないだろう。何故なら、それは虐げられた少数者の異議申し立ての最終形態のようなものだから。

だが、それだけにとどまらないものがあるように私は予感する。精神的な退廃、崩壊は現に進行中だが、それを追うようにして物質文明全体の、あるいは近代国家という社会的枠組みの全体の崩壊がはじまるだろう。すでにその兆しがみえたのかもしれない。

＊

昨夜八時過ぎに帰宅し、郵便物のなかにメルキュール・ド・フランス社からの白い封筒をみつけた。宛名書はもうすっかり馴染みのものであるボヌフォワ自身の筆蹟だった。詩集『彎曲した板』で、このまえ会ったときに、――「二週間後に刊行されるよ」と言っていたものだ。パリの消印は九月二十七日付。僅か四日ばかりで届いている。

「夏の雨」の全体も、以前にフォトコピーで頂戴したときよりはさらにずっと豊かになっている。幾つもまだ私の知らなかった詩篇が含まれており、単純さのなかにますます豊潤の味わいを深めている彼の詩の世界がわかるだろう。

＊

今朝の最初のニュース。イスラエルを飛び立ったロシアのシベリア航空の旅客機が飛行中に爆発を起こし、黒海に墜落した。原因については二説あり、アメリカではウクライナの演習中のミサイルが誤爆したものと発表したが、ロシアやウクライナはこれを否定し、テロリズムによる爆破の可能性があるとしている。いずれの側にも、それぞれの思惑が働いているように思われる。乗客の大半はシベリアに里帰りするイスラエル人だった。

おそらく、これからはこうしたことは頻発するだろう。そして、それは文明自身が招いた文明の危機である。

私は自分のペシミズムが的中すればいいと思っているわけではない。そんなにすぐれた評論家でもない。それに、イヴと同じように、――「おお、この世界はありつづけるがいい！」とひたすら祈願している。

だが、いまのままではどんなふうにも人間の未来に希望がもてない。そして、私の周囲で、他の多くの人たちが私ほどには悲観的でもないことが私には不思議に感じられてならない。

＊

私はすこしずつ読みすすめながら、彼の新しい詩集を訳してみている。深いペシミズムのなかでの微かな希望のあり様が、何と私自身のものに似ていることかと思う。これはほとんど奇蹟に近い似通いだ。時代にたいする、世界にたいする、そして、言葉にたいする深いペシミズムのなかで、それにもかかわらず〈詩〉を信じる一つの心がここにはある。

だが、空爆の開始されたアフガンの人びとの苦しみ、彼らの不幸を想う。そして、また、彼らの苦しみゆえの他の国ぐにの人びとの不安を想う。私たちはまるで一艘の船のなかで殺し合い、争い合っているみたいだ。船が沈むことがないと誰が保証するのか。

＊

依然として米空軍によるアフガン爆撃は烈しく継続され、村が壊され、都市が瓦礫となって、多くの死者を出している。他方で、フロリダやＮＹでは炭疽菌の感染者の数がすこしずつ増え、病原菌テロリズムの恐怖がひろがっているという。

いたるところで、愛や協調を、憎悪と葛藤が打ち砕いている。

私はこの数日、二十世紀のどの戦争のときとも違う印象を抱いている。一言でいえば、世界全体の色が、あるいは明度が、突然、変化してしまったという感じを拭いきれずにいる。明るい空が、あるいは部分的にであれ、青空のみえていたひろがりが、見るまに重い、黒い雲に覆われてしまったという感じであり、もうそれが消えることはないだろうとさえ想われるのだ。何千年という時間を費やして人間が、ともあれ信頼のなかで築いてきた文明という巨大な蟻塚が、突然、崩壊しはじめたのだ。そして、それは防ぎようもなく進行するだろうと予想される。たんにテロリストの撲滅というようなことで収まるものではなく、すでに異状な心理状態にあるこの国の小泉首相、そして、それを支持する人びとにこの文明破壊の病原菌は取りついている。

絶望というものもまた限りなくひろがる病原菌だが。

*

東京新聞が「心の語録」という小さな欄に「感銘深い言葉を」と求めてきた。私は「たとえ僅かでもこの世界に／希望は持ちつづけよう」という言葉を想い出し、「今年九月、ニュー・ヨークの惨劇の三日後にパリで会ったときの、フランスの詩人イヴ・ボヌフォワの言葉」と説明を加えた。

あとがき

清水茂はたいへん几帳面な性質でした。詩や文章を書く時にはもちろんですが、話をする時にも決して自分の言い分を押しとおさずに、言葉のつぎの転回を予想していました。彼の周りには教室でも集まりでも、家庭でも同じように静かで和やかな雰囲気がありました。

言葉について、たえず吟味していた彼のカイエ・アンティームの原稿では文中に（　）がよく使われています。そしてなかの文字が本文と同じ大きさです。読んでおりますと、私には彼の穏やかな声が聞こえてくるように感じられます。

「ボヌフォワさんに出会うことができてとても幸せだった」と彼はよく申しておりました。「私たちは地上に詩的に住まなければならない」と／いつだったか、あなたはそんなことを言った。／そのとき　あなたの言う〈詩的に〉は　私たち自身と世界との関係を誤ることなく整えることの意味だった。」と彼は哀悼詩に記しています。

「私はいま自分を老いた盲目の王と重ね合わせることができるほどの年齢になった。いつ、あの神聖な場処に逝くことになっても不思議はない。そこに誰の手も借りずに行くことになるだろう。
私は自分のアンチゴネーを喪って久しい。だが、彼女に替わってなんと多くの扶け手が私をここまで連れてきてくれたことかと想った。」と文中にも記しております。今、彼と過ごされたすべての方々への深い感謝の想いを表す言葉に代えて、これらを引用します。

本人が整理していた原稿を彼の意向に沿った形で世に出したいという私の相談を、川中子義勝様が受けて下さり、土曜美術社出版販売の高木祐子様のお世話になり、こうして『カイエ・アンティーム』を出版する運びとなりました。お二方には言葉に尽せぬほどの感謝をしております。ここにお礼を申し上げます。
生前の清水へお力添えを下さった方々、彼の詩や考えをお読みいただいた方々、これから彼に出会うことになる方々のお幸せを祈り、世界の平和を祈念いたします。

二〇二二年夏至

清水須己

清水　茂（しみず・しげる）
早稲田大学名誉教授

1932年11月	誕生 高校在学時より、片山敏彦に師事。
1956年3月	早稲田大学第一文学部仏文科卒業（卒業論文「ロマン・ロランの宗教感情」）
12月	日本・ロマン・ロランの友の会機関誌「ユニテ」第13号に論文を掲載。
1958年3月	早稲田大学大学院文学研究科修士課程修了（1958年4月―1961年3月　同博士課程在学）
1959年4月	早稲田大学助手となる。以後、専任講師（1962年）、助教授（1965年）、教授（1970年）となり、2003年3月まで同校文学部に在職。
1976年	矢内原伊作、宇佐見英治の誘いで「同時代（第二次）」に参加。
1990年9月	NHKセミナー（20世紀の群像）「ロマン・ロラン」全4回放送の講師を担当。
1993年	イヴ・ボヌフォワ著『ジャコメッティ作品集』（リブロポート）、イヴ・ボヌフォワ詩集『光なしに在ったもの』（小沢書店）を翻訳刊行。これ以降、ボヌフォワとの交流を深める。
2007年	詩集『新しい朝の潮騒』で現代ポイエーシス賞受賞。
2009年	詩集『水底の寂かさ』で日本詩人クラブ賞、埼玉詩人賞受賞。
2011年	日本詩人クラブ会長就任（任期2年）
2017年	評論集『私の出会った詩人たち』で日本詩人クラブ詩界賞特別賞受賞。
2018年	詩集『一面の静寂』で現代詩人賞受賞。
2020年1月	永眠

＊

2021年1月	遺稿詩集『両つの掌に』刊行。
2022年11月	手稿『カイエ・アンティーム Cahier intime ―こころの航跡』刊行。

カイエ・アンティーム
Cahier intime ―こころの航跡

発行　二〇二二年十一月十一日

著者　清水 茂
著作権者　清水須己
〒352―0021
埼玉県新座市あたご三―一三―一三

装丁　直井和夫
発行者　高木祐子
発行所　土曜美術社出版販売
〒162―0813　東京都新宿区東五軒町三―一〇
電話　〇三―五二二九―〇七三〇
FAX　〇三―五二二九―〇七三二
振替　〇〇一六〇―九―七五六九〇九
印刷・製本　モリモト印刷
ISBN978-4-8120-2719-6　C0095